COLLECTION
L'IMAGINAIRE

Roger Vailland

Beau Masque

Gallimard

Roger Vailland est né à Acy-en-Multien dans l'Oise, d'une famille de paysans savoyards. Il a fait ses études à Reims, puis en Sorbonne où il obtient une licence de philosophie en 1925. Cofondateur de la revue *Le Grand Jeu*, avec notamment René Daumal et Roger Gilbert-Lecomte, il part effectuer de grands reportages dans les Balkans, au Proche-Orient et en Abyssinie pour *Paris-Soir*. Après la défaite de 1940, il se retire dans un village de Saône-et-Loire, et s'adonne à l'héroïne. Après une cure de désintoxication, en 1942, il entre dans la Résistance, puis devient correspondant de guerre sur le front d'Alsace.

Drôle de jeu, son premier roman, écrit dans la clandestinité, est publié en 1945 et obtient le prix Interallié.

Les publications se succéderont ensuite sans arrêt : essais, pièces de théâtre, récits historiques, pamphlets, reportages et romans, dont *La loi*, qui lui vaudra en 1957 le prix Goncourt.

Beau Masque est son cinquième roman et a fait l'objet d'une adaptation cinématographique.

Roger Vailland est mort à Meillonnas, dans l'Ain, en 1965 d'un cancer du poumon.

PREMIÈRE PARTIE

I

Au printemps 195., au retour d'une longue croisière qui m'avait mené, au delà de Java et Bali, dans les archipels qui unissent les extrémités méridionales de l'Asie au continent australien, je m'étais installé, pour écrire le récit de mon voyage, dans un village de montagne, entre Savoie et Jura.

La Grange-aux-Vents, habitations et terres, est une clairière, au cœur d'une épaisse forêt de chênes et de hêtres, où il n'est pas rare que les battues fassent lever des bandes de sangliers et des familles de chevreuils. L'unique route qui y donne accès escalade en lacet une haute falaise jurassique, aboutit à l'église et va buter, quinze cents mètres plus loin, à la montagne où elle se change en sentier de chèvres; c'est moins une route qu'un chemin, en terme d'administration un *chemin vicinal;* la forêt en maints passages se referme au-dessus et, quand l'été est pluvieux, l'herbe croît au milieu. De la place de l'église, en terrasse au-dessus d'une gorge sauvage où gronde un torrent, on domine de fort haut la plaine toujours brumeuse où la rivière d'Ain s'unit au Rhône; cette plaine ressemble à la mer.

La centaine d'habitants qui peuplent ces lieux me parut vivre essentiellement de l'élevage, de maigres cultures à usage familial et du ramassage des noix et des châtaignes. Je me crus davantage à l'écart du monde et des batailles qui s'y livrent, que dans les îlots de l'océan Indien, d'où je revenais. Rien ne pouvait me faire pressentir le drame qui était en train de se nouer dans une vallée toute proche, qui devait éclater six mois plus tard, dont les échos allaient retentir dans le monde entier et à la Grange-aux-Vents, et qui fait l'objet de ce récit.

*
**

Au début de mon séjour, je notai chaque soir mes impressions sur un cahier. Le lecteur trouvera ci-dessous quelques-unes de ces notes. Les faits sont exactement relatés. Beaucoup de mes jugements durent être revisés par la suite.

3 mars.

La demeure où je viens de m'installer, à l'écart du village, se trouve prise en coin entre deux habitations paysannes, derniers lieux habités du Quartier d'En Haut, qui compta une dizaine de foyers au début du siècle.

En allant de la fenêtre de ma chambre à celle du cabinet de travail, je peux tour à tour plonger le regard dans la cour d'Ernestine et de Justin, mariés de trois ans, et dans celle des Amable, vieux cultivateurs, les plus gros propriétaires de la commune, avec seulement vingt hectares de terres, pâtures et bois. Mes fenêtres surplombent les deux perrons et, à l'abri des rideaux, je surprends tout à l'aise ce qui se passe dans l'une et l'autre salle commune.

Les Amable cultivent eux-mêmes leur domaine, sans autre aide que celle d'un employé des chemins de fer qui monte quelquefois d'un gros bourg de la plaine pour leur donner un coup de main. Ils vendent peu, ne vendant que les produits de leur élevage, cinq vaches, médiocres laitières. Ils achètent peu, Aimé Amable pétrissant et cuisant le pain, pressant le raisin de sa petite vigne, Adèle Amable barattant le beurre, filant et tricotant la laine de ses moutons. L'homme sait aussi forger et est grand chasseur. Robinson Crusoé vit à moins d'une heure d'automobile de Lyon.

Les Amable ont eu un seul enfant, un fils qui a été tué quelque part dans le nord de la France pendant la retraite de juin 1940. Adèle Amable n'a plus de famille. Le frère unique d'Aimé Amable, parti dans sa prime jeunesse « travailler en usine » dans une filature d'une vallée voisine, réfractaire du Service du Travail Obligatoire en 1944, a été tué au cours d'une rencontre entre le *maquis* et la Milice de Pétain; sa femme, ouvrière comme lui, est morte en couches peu de semaines après; la fille qu'ils avaient eue, Pierrette, demeure l'unique parente de mes deux vieux voisins.

Pierrette Amable, la nièce donc de mes voisins, « travaille en usine » comme l'avaient fait son père et sa mère. Elle s'est mariée au lendemain de la guerre, s'est séparée de son mari, trois ans plus tard, après avoir mis au monde un garçon. Les Amable élèvent leur petit-neveu, Roger, qui a cinq ans.

Je vois toute la journée Roger jouer sous mes fenêtres. Mais je n'ai appris sa parenté qu'au village, au Quartier d'En Bas comme nous disons, car les Amable ne parlent jamais ni de leur fils mort, ni de leur nièce vivante. On appelle Pierrette *Mme Amable;* on dit *Mme Amable la jeune* pour la distinguer de sa tante, appellation habituellement réservée aux brus. Mme Amable la jeune vient voir son fils un dimanche d'entre quatre. Je n'ai pas encore eu l'occasion de la rencontrer.

La presse locale a signalé mon arrivée dans la région et un reporter de Grenoble est venu m'interroger sur mes projets littéraires et politiques. On a lu son article dans le village. Aimé Amable n'ignore donc certainement pas quelles sont mes *opinions*, et il a vraisemblablement lui-même des *opinions;* mais nous n'avons jamais parlé ni des miennes ni des siennes. Ce n'est pas méfiance, mais réserve naturelle et respect réciproque. Les habitants de la Grange-aux-Vents, qui sont allés à l'école ensemble, se saluent par « monsieur » et « madame » lorsqu'ils se croisent dans un chemin, ne se font pas visite sans prévenir et se rendent les visites, plus pointilleux sur l'étiquette que le duc de Saint-Simon. C'est qu'ils sont propriétaires de leur terre et n'ont pas eu de maître, depuis 1793. Ils sont plus *duc* que ne l'étaient les ducs de cour.

Sauf pour aller au marché du chef-lieu du département, Aimé Amable n'a pas quitté la Grange, depuis la fin de la Première Guerre Mondiale, pendant laquelle il a servi dans l'infanterie. Il ne lit jamais de journal et ne possède pas de poste de radio. Le soir venu, la soupe mangée, le petit-neveu couché, Adèle Amable s'assied sur un banc et file ou tricote. Aimé Amable s'assied sur l'autre banc, en face d'elle, son chien de chasse à ses pieds, et ne fait rien. Comme ils sont pauvres d'argent au delà de tout ce qu'on peut imaginer dans les villes, ils ne sont éclairés que par une seule ampoule électrique et de la plus faible puissance.

Tout à l'heure j'ai soulevé un coin de mes rideaux pour

regarder dans cette pâle clarté, dans cet éclairage de tombeau, Aimé Amable, la main posée sur la tête de son chien, muet, immobile, droit sur son banc, magnifiquement inoccupé. Ainsi dans mon enfance imaginais-je les rois mérovingiens.

8 mars.

Le printemps est exceptionnellement précoce et ceux qui possèdent peu de foin mènent déjà leurs bêtes *en champs* c'est-à-dire dans les pâtures.

Ernestine et Justin viennent de s'en aller en champs derrière leur petit troupeau. Ils se tenaient par la taille; cela paraît ici le comble de l'excentricité; on ne regardait pas autrement, au siècle dernier, les Anglais qui passaient la Manche pour vivre en France selon leur bon plaisir; on ne le tolère que parce que Justin est ouvrier, fils d'ouvrier. Pour les habitants de la Grange-aux-Vents, les ouvriers du Clusot, petite ville industrielle de la vallée voisine, sont des étrangers auxquels on doit le respect mêlé d'ironie qui est de règle avec tout étranger.

Ernestine, fille unique d'un petit propriétaire de la Grange-aux-Vents, a fait un mariage d'amour avec un mécanicien d'une usine du Clusot, la filature précisément où travaille *Mme Amable la jeune*, à deux heures par les sentiers de la montagne, à une vingtaine de kilomètres par la route. Justin est employé aux services de sécurité et d'entretien des machines, fait par roulement les « trois-huit » : quatre heures-midi, midi-vingt heures, vingt-heures-quatre heures, ce qui met beaucoup de diversité dans la vie de mes voisins. Il arrive à Justin de remonter du travail, avec des fleurs pour sa jeune femme sur le guidon de sa moto; voilà qui paraît également bien excentrique.

Ernestine a apporté en dot la maison, un potager bien exposé au midi, quelques hectares de prairies, deux vaches, une dizaine de brebis, une chèvre et toutes sortes de volailles. Ainsi les deux jeunes gens se trouvent logés et nourris à peu de frais et les vingt-deux mille francs par mois que gagne le mécanicien sont presque entièrement disponibles pour les petits agréments de la vie.

Justin avait rêvé devenir mécanicien de locomotive. Mais quand il eut achevé son temps de service militaire — il n'y a pas longtemps —, la Société Nationale des Chemins de Fer, soucieuse avant tout de réduire le réseau exploité et de « comprimer » le personnel, ne formait plus de nouveaux mécaniciens. Le travail que Justin a trouvé à la filature pourrait être fait par un manœuvre. Le garçon s'est consolé en bricolant un tracteur avec un moteur de B-12, des roues des surplus américains et des pièces achetées chez des marchands de ferrailles. Il l'a peint en rouge et vert et apprend à sa femme à le conduire.

Pour cette occasion, Ernestine revêt une combinaison bleue, fort joliment pincée à sa taille, qui est bien prise. Mais pour mener en champs son petit troupeau, elle a fait faire par une couturière du chef-lieu du canton, un deux pièces « pour la campagne », avec la jupe demi-longue en forme, dont elle a trouvé le modèle dans un magazine de mode à l'usage des Parisiennes qui vont « à la campagne » pour les vacances.

Bien que rondelette de la poitrine et des hanches, Ernestine a la démarche légère. Elle gravit les marches de son perron, les épaules rejetées en arrière, le buste immobile, la hanche souple, comme une reine d'opérette. Quand elle sort de la cour, derrière ses deux vaches, au milieu de ses brebis et de ses agneaux, suivie de la chèvre, escortée du chien briard à poils longs, je pense aux bergeries de Marie-Antoinette.

La cour est fermée par la ruine d'une ancienne demeure, quelques pans de murs moussus, croulant sous le lierre, au pied de trois antiques sapins, avec dans l'angle une croix de pierre érigée en 1823 pour commémorer le passage d'une mission de la Congrégation du Sacré-Cœur de Jésus. C'est au pied de cette croix, dans ce paysage à la Hubert Robert qu'Ernestine s'assied pour lire les magazines que son mari lui rapporte du Clusot : *Confidences, Nous-Deux, Intimité.*

Jeudi, mars.

Les Amable sont grands et maigres, fortement charpentés. Les parents d'Ernestine, qui habitent un peu à l'écart du vicinal, non loin de notre groupe d'habitations, mesurent l'un et l'autre dans les un mètre quatre-vingts; son père, quarante-sept ans, a une maîtresse à Sainte-Marie-des-Anges, gros bourg de la plaine. Il va la voir une fois par semaine, à pied, quarante kilomètres aller et retour.

Mais la plupart des habitants du Quartier d'En Bas sont petits, les membres noueux et, dès l'âge de quarante ans, marchent si bizarrement courbés qu'ils semblent avoir les bras beaucoup plus longs que les jambes.

Cet après-midi, j'ai interrogé là-dessus l'institutrice. Elle est sur le point de prendre sa retraite et ne s'intéresse plus qu'à sa collection de cartes postales des premiers temps de l'aviation; elle a des correspondants dans le monde entier. Pour tout ce qui ne concerne pas sa manie, elle ne manque pas de bon sens.

— Ils sont petits, m'a-t-elle répondu, parce qu'ils ne mangent jamais de viande.

La plupart des habitants du Quartier d'En Bas ne possèdent que deux ou trois hectares de terres et en louent autant. Pour les labours et les charrois, ils empruntent les bœufs de moins misérables propriétaires, tels les Amable ou les parents d'Ernestine, et en échange ils se prêtent eux-mêmes au moment des grands travaux. Ils se nourrissent de pain, de pommes de terre et de soupe aux légumes et aux orties : les laitages, seule source d'argent liquide, sont livrés en totalité au laitier; et pas de cochon, faute de petit lait et d'assez de son.

Son explication terminée, l'institutrice m'a montré une carte postale, vue en couleurs, d'un meeting d'aviation qui s'est tenu en 1909 à Moukden, Mandchourie, et qui vient de lui être envoyée par un pilote australien, ancien volontaire des armées d'un « Seigneur de la guerre » chinois.

— Depuis que je fais ma collection, m'a-t-elle dit, ma vie a pris un sens.

Tout à l'heure j'ai rencontré Justin sur son tracteur; il faisait un petit tour, pour le plaisir; il possède si peu de terres que sa machine n'est pas utilisée plus de dix heures par an; mais elle vaut en argent plus cher que le minuscule domaine qu'elle sert à cultiver.

Avec son roi mérovingien, son mécanicien de fantaisie, sa reine de Trianon, ses nains laborieux, son institutrice à *hobby*, la Grange-aux-Vents me paraît ce soir le plus extravagant, — et en un sens le plus frivole — de tous les endroits où il m'a été donné de séjourner tout autour de la boule ronde. Cela me remplit aussi de tristesse. Peu d'hommes sur la terre, j'en suis convaincu, se trouvent aussi mal avertis que mes voisins de toutes les merveilles et de toutes les horreurs dont le monde est gros en cette année 195.; peu d'hommes vont se trouver, j'en ai peur, aussi désarmés devant les luttes à venir, qu'ils ne pourront éluder.

13 mars.

Je suis réveillé chaque matin à sept heures par le ramasseur de lait, qui s'annonce à grands coups de trompe. L'homme crie : « Au lait ! Au lait » sans descendre de sa camionnette; sa voix est moqueuse; c'est qu'Ernestine ne se lève jamais à temps pour traire ses vaches.

La jeune femme surgit sur son perron, écartant de la main les boucles blondes retombées pendant le sommeil sur ses yeux.

— Beau Masque, implore-t-elle, Beau Masque, repassez quand vous aurez fini votre tournée. Je n'ai pas entendu le réveille-matin.

La camionnette vire dans la cour au pied de la croix de la Congrégation. Ernestine passe un vieil imperméable par-dessus sa robe à roses pompons et se précipite à l'étable.

Trois quarts d'heure plus tard, Beau Masque, — tel est le sobriquet du laitier — Beau Masque revient du Quartier d'En Bas. Il aide Ernestine à transporter le seau de l'étable à la camionnette, puis il mesure et filtre le lait. Ernestine marque le compte sur les diverses colonnes du carnet à souches de la Société laitière et fromagère; elle y met beaucoup d'application.

— Vous ne savez pas faire les additions, répète chaque matin Beau Masque.

Elle tape du pied et le regarde en riant au travers de ses boucles blondes.

A ce jeu, ce matin, elle a perdu son sabot, un sabot ajouré et à bande de cuir travaillé, comme on en vend aux touristes. Beau Masque l'a ramassé. Elle a tendu le pied nu pour qu'il la chaussât; j'ai aperçu entre les persiennes que les ongles étaient vernis. Beau Masque n'a pas baisé le pied charmant, mais il a dû serrer la cheville, car Ernestine a rougi. Elle rougit facilement et s'enflamme jusqu'aux tempes.

Plus tard dans la matinée, j'ai demandé à Ernestine pourquoi elle ne se vernissait pas aussi les ongles des mains.

— Mes parents et mon mari, m'a-t-elle répondu, ne trouvent pas cela convenable.

— Mais vos jolis pieds, Ernestine ?

— Ah !... s'est-elle écriée. Justin n'est pas si indiscret que vous. Il ne s'en est jamais aperçu !

25 mars.

J'ai dû ces derniers jours me déplacer fréquemment et soit pour descendre à la gare du Clusot, soit pour en revenir, j'ai pris place dans la camionnette, au côté du ramasseur de lait.

C'est un Italien, un Piémontais, qui s'appelle de son vrai nom Belmaschio, ce qui signifie Beau Mâle. Mais les habitants de la région, fidèles à la tradition française qui fit de Köln Cologne, de London Londres, et de Firenze Florence, ne l'appellent que Beau Masque.

Son aspect ne justifie au premier abord ni son nom italien ni son sobriquet français. Le visage est profondément marqué bien que l'homme n'ait dépassé que de peu la trentaine. Les traits irréguliers, le nez fortement busqué, les yeux enfoncés, le regard allant droit à son objet, mais ne se donnant pas, retenu dès qu'il s'est posé, avec une petite flamme malicieuse dans les yeux gris verts. De taille plutôt grande, maigre, la musculature très développée, la poitrine broussailleuse, le poil noir.

Tantôt allant, tantôt revenant avec lui, je commence à connaître sa tournée. Dès quatre heures du matin, il part du Clusot, petite ville ouvrière où travaille la nièce des Amable. Il dessert, outre la Grange-aux-Vents, plusieurs hameaux et villages de la montagne, laisse une partie de ses bidons à un laitier du Clusot, livre le reste avant midi à la Fruitière de Sainte-Marie-des-Anges.

Beau Masque rend volontiers service. Il se charge des commissions lourdes que le facteur ne peut pas prendre dans sa boîte, les sacs de semence, les pièces de machines agricoles. Une vache pisse le sang; il donne un conseil vétérinaire. L'hospice des vieux a augmenté la pension de la grand-mère; auprès de qui faut-il protester ? « Je demanderai à la secrétaire du syndicat », et le lendemain il rapporte la réponse et le modèle de la lettre à écrire. Bref de paroles, le geste rapide et sûr, capable de soulever un sac de cent kilos avec autant d'aisance qu'il manie les fils délicats d'une pompe électrique. Les hommes lui disent Monsieur, monsieur Beau Masque, bien qu'il soit italien.

Les femmes l'appellent Beau Masque, et rient volontiers avec lui. Ce n'est pas qu'il soit beaucoup plus bavard avec elles. Il ne dit qu'un mot au passage, une gentillesse narquoise : « Tiens, on est descendu hier chez le coiffeur » à une jeune fille aux boucles empesées, une blague absurde : « Attention au taureau », à une autre qui porte pour la première fois un corsage rouge. Mais dès qu'il s'adresse à une femme, sa voix baisse d'un ton; il dit : « Bonjour, Marie-Louise », c'est comme une câlinerie, et Marie-Louise répond : « Bonjour, Beau Masque », à mi-voix, comme si elle lui confiait un secret. Son œil reste malicieux, et même dur, mais il trouve tout de suite le regard de l'autre. Une sorte de complicité s'établit immédiatement entre Beau Masque et n'importe quelle femme. Cela m'agace un peu; je ne dois pas être le seul.

J'ai entendu malgré moi des rendez-vous fixés furtivement. Beau Masque est libre tous les après-midi, dès le lait livré à la Fruitière. Tantôt il va retrouver ses amies dans les granges de la montagne, tantôt elles prennent prétexte d'achats à faire pour le rejoindre au Clusot. Mais il n'en tire pas vanité et nous n'avons jamais *parlé femmes.*

27 mars

Je suis remonté ce matin du Clusot, où m'avait déposé dans la nuit l'express Paris-Turin, dans la camionnette de Beau Masque. Le hasard de la conversation m'a amené à parler des chantiers navals de l'Ansaldo de Gênes, un des grands centres mondiaux de la construction maritime.

Beau Masque me dit, avec soudain la voix dont il use avec les femmes, qu'il avait été pendant plusieurs années riveteur à l'Ansaldo.

J'avais visité l'Ansaldo, conduit par des dirigeants syndicaux, lors d'une grève avec occupation. J'avais écrit des articles sur cette grève, vingt mille ouvriers enfermés dans les chantiers navals comme dans une forteresse. Je sais même ce que c'est qu'un riveteur de coques de navires.

J'en parlai. Beau Masque m'appela aussitôt par mon prénom.

— Ah ! Roger, Roger, as-tu vu aussi les chantiers en plein travail ? As-tu vu lancer des navires ?

Oui, j'avais vu tout cela, oui, j'aimais tout cela.

— Mais Beau Masque, dis-moi, toi qui es riveteur de coques de transatlantiques, qu'est-ce que tu fais sur cette carriole de laitier, dans ces misérables montagnes, avec ces paysans de l'An mille ?

Il me fit le récit du dernier de ses ennuis avec les autorités italiennes.

*
**

C'est ainsi que Beau Masque fut amené à me raconter sa vie. Cela se fit d'une semaine à l'autre, au cours de nos voyages. Pour simplifier, je vais en dire tout d'un trait les événements dont la connaissance est nécessaire à la compréhension de ce récit.

Beau Masque est né dans un village du Piémont. De père en fils, les hommes de sa famille vont travailler en France comme maçons; ils reviennent vivre leurs dernières années au pays natal, auprès de l'épouse vieillie, à laquelle ils ont envoyé régulièrement leurs économies. Le garçon avait appris de son grand-père la langue française en même temps que l'italienne. Mais, à l'époque ou je le connus, il ne savait pas écrire en français, n'étant allé qu'à l'école italienne; il saura bientôt, Mme Amable la jeune lui donnant des leçons de grammaire et lui faisant des dictées.

Dès le plus jeune âge, il avait éprouvé de la répulsion pour l'état de maçon.

— Les vaches aussi, me dit-il, les vaches aussi sont vaches de mère en fille, et elles font toujours à peu près le même lait. Pas de progrès dans le métier de vache, pas de progrès dans le métier de maçon.

— Mais, protestai-je, les techniques du bâtiment se transforment.

— Pas pour les maçons italiens qui viennent travailler en France. S'ils trouvent du travail, c'est qu'ils sont si peu exigeants qu'il est plus avantageux de les utiliser que de se servir des machines.

Tout enfant il avait décidé de devenir mécanicien. Il estimait qu'il avait eu raison. La mécanique n'est pas comme les vaches, elle se transforme de génération en génération. Dans les chantiers navals, le rivetage électrique succède à la soudure autogène. S'ils avait un fils, il aimerait qu'il se consacre à l'utilisation de l'énergie atomique, ou qu'il soit volontaire pour la première fusée qui partira pour la lune.

Il avait également décidé de ne pas émigrer en France. Son grand-père et son père lui avaient souvent expliqué que quand on est *piaf*, c'est ainsi que les Savoyards appellent les Piémontais, que quand on est *maca*, c'est ainsi que dans le

Lyonnais on appelle les Italiens, maca à cause de macaroni, que quand on est *piaf* ou *maca, les ouvriers français te reprochent de travailler au rabais et, si tu réclames le même salaire qu'eux, les patrons français te font retirer ta carte de travail.* Mais mieux valait encore être *maca* en France que chômeur ou demi-chômeur en Italie; c'était à quoi se résignaient depuis des générations les Belmaschio. Dès l'âge de raison, Beau Masque avait dit non à cette humiliante sagesse.

Dans la cour de récréation de l'école primaire mixte de son village, les garçons criaient aux filles des grossièretés, les filles répondaient par des ricanements. Mais un matin de printemps, Beau Masque arrivant à l'école eut le souffle coupé en voyant Rita, douze ans, Maria, treize ans, se promener bras dessus, bras dessous, sous les platanes de la cour. La noire Rita portait une robe rouge, la blonde Maria une robe bleue à pois blancs, leurs poitrines commençaient à prendre forme, Rita cambrait sa jambe nue et maigre, Maria riait en renversant la tête en arrière et ses cheveux blonds, dorés par le soleil oblique de mars, moussaient jusque sur ses reins. *Comme c'est beau une fille,* pensa Beau Masque. Il en resta les jambes tremblantes.

— Si je n'avais été incroyant, comme on l'est dans ma famille, me dit-il, j'aurais remercié Dieu d'avoir créé les filles, d'avoir créé les femmes.

Il avait alors onze ans. C'était le premier souvenir qu'il conservait de s'être émerveillé de l'existence des femmes, du soulèvement de leur poitrine, de l'éclat de leur teint, de la douceur de leur peau, du luxe de leur chevelure et qu'il pût exister des créatures au cœur si tendre, aux gestes si miséricordieux. Rita l'avait pansé à la suite d'une bataille avec d'autres gamins; aucun garçon n'aurait su le soigner de la même *manière.* Mais sa mère racontait volontiers qu'il avait commencé bien plus tôt, et qu'à ses gestes hardis dès le tout premier âge, les voisines s'écriaient en riant : « Il portera bien son nom. »

A quatorze ans, à peine obtenue la *licenza elementare,* le certificat d'études, il s'enfuit du village natal où les mœurs sont sévères et gagna Milan, pour ne pas aller en France, pour apprendre la mécanique et pour connaître des femmes. C'était en 1934.

Jusqu'à sa majorité il exerça toutes sortes de métiers, sauf celui de mécanicien qui exige un apprentissage interdit à un adolescent sans ressources. Ce qui l'en approcha le plus fut d'être machiniste d'une troupe de théâtre dont il partagea la gloire et les misères, de Venise à la pointe méridionale de la Sicile. Ouvrier agricole, il parcourut au hasard des saisons les rizières de la vallée du Pô et les vignobles des grands domaines de Campanie. Mais il préférait les villes, même comme gâcheur de plâtre, ce qui lui arriva souvent, malgré le vœu qu'il avait fait de ne jamais travailler dans le bâtiment. Le chômage et son humeur le chassaient souvent d'un lieu dans l'autre. Il fut marin sur un petit voilier qui portait le marbre de Carrare aux entrepreneurs de pompes funèbres d'Afrique du Nord. A dix-huit ans, il se trouva un jour assez d'économies pour monter avec un associé un petit commerce d'épicerie à Tunis; il y découvrit la complexité des problèmes nationaux; pour les colons français, il n'était qu'un « macaroni », pour les Arabes un être hybride, intermédiaire entre le Français et le Juif; il planta là son épicerie et les territoires coloniaux. En 1940, il était garçon de restaurant dans un grand hôtel de Palerme.

J'ai déjà dit qu'il était discret sur ses amours. De toutes les aventures de son adolescence, il ne me conta qu'une seule. Un après-midi, dans un trolleybus de Gênes, il s'était trouvé près d'une jeune fille dont l'éclat l'avait tellement saisi qu'il s'était avancé vers elle, les mains ouvertes. « Comme vous êtes belle, s'était-il écrié, comme vous me plaisez. » Elle s'était raidie d'indignation. Il avait baissé les yeux, en disant : « Pardonnez-moi. » Elle s'était serrée contre lui. Ils étaient restés huit jours sans se quitter.

Telle était bien encore, me semblait-il, quinze ans plus tard, sa manière avec les femmes. Il allait vers elles avec tant d'émotion vraie, il était si évident qu'il ne les méprisait pas d'avoir capitulé, il était si peu conquérant qu'elles ne songeaient pas à se défendre. Un jour je lui demandai :

— Dis-moi, Beau Masque, n'as-tu jamais été malheureux en amour ?

Il s'étonna :

— Comment l'amour pourrait-il rendre malheureux ?

Il réfléchit un moment.

— Comment pourrais-je être amoureux d'une femme qui ne serait pas...

Il chercha le mot :

— ... d'une femme, reprit-il, qui ne serait pas gentille avec moi.

Je pensai à part moi que comme la plupart des hommes que les autres jalousent parce qu'on ne leur connaît pas d'échecs, il lui arrivait plus souvent d'être choisi que de choisir.

A l'entrée en guerre de l'Italie, on l'envoya en Libye. Il eut l'adresse de se faire affecter, bien loin à l'arrière des champs de bataille, dans les ateliers de réparation d'une division motorisée. Ce fut là qu'il acquit les éléments de mécanique qui lui permirent plus tard d'entrer à l'Ansaldo. Il apprit également à haïr les Allemands, pour qui tout Italien, maca-maca, était un métis de Juif et de Nègre, et les fascistes, qu'il avait toujours méprisés, au même titre que les policiers et les carabiniers, et qui de plus, tout macas qu'ils fussent, faisaient maintenant la traite des macas pour le compte des Allemands. Evacué en Italie, après Tobrouk, il déserta, joignit un groupe de résistants du Latium, puis un maquis des Abbruzes.

Au maquis, Beau Masque mûrit vite. A la Libération, il commandait plusieurs dizaines d'hommes et il eut à prendre des responsabilités politiques. La guerre finie, il entra à l'Ansaldo, suivit des cours techniques, devint riveteur. Il milita activement dans son syndicat.

— Es-tu communiste ? lui demandai-je.

— Je vote toujours communiste.

Pourquoi n'était-il pas entré au parti italien ? Il ne s'en expliqua jamais bien clairement. Je crus comprendre que son passé de vagabond avait laissé quelques traces sur son casier judiciaire, qu'il était gêné de s'en expliquer avec ses camarades, qu'il craignait que des adversaires pussent en faire grief à son parti à travers lui-même. Peut-être tout simplement s'était-il senti encore trop frivole, trop prêt à céder aux caprices de son humeur, pour contracter un engagement qui lui paraissait grave.

Il apprit brusquement que le parquet d'Aquila, capitale des Abbruzes, avait ouvert une instruction concernant une de ses actions de partisan. De cette partie de sa vie pourtant il estimait n'avoir pas un seul geste à renier. L'affaire qu'on lui reprochait avait été chaude : dans un bourg occupé par une importante garnison allemande, il avait abattu deux Chemises Noires qui avaient dénoncé des partisans, et il y avait reçu une balle dans l'épaule. Il fut inculpé sous son nom de guerre; la police le rechercha; il passa en France, il y avait de cela juste un an, au moment où je le connus.

Il trouva du travail dans une entreprise de terrassement, sur un chantier d'électrification du chemin de fer, à proximité du Clusot. Son équipe était composée pour moitié d'Italiens, pour moitié de Nord-Africains. Le chef de chantier achetait d'un petit privilège accordé aux *macas* sur les *bicots*, ou inversement, une émulation dans le travail qui lui rapportait régulièrement la prime de productivité accordée par l'entreprise au meilleur agent de maîtrise.

Les Italiens et les Nord-Africains habitaient deux groupes de wagons de marchandises, rangés sur deux voies de garage parallèles. Les macas couchaient sur des matelas, les bicots sur de la paille. Presque chaque nuit, il y avait des rixes entre les deux voies. On dormait comme en état de siège, les portières des wagons coincées de l'intérieur avec des barres de fer.

Le surlendemain de son arrivée au chantier, Beau Masque alla trouver les Nord-Africains. Il arriva chez eux, les mains dans les poches, en sifflotant. Ils furent une douzaine à sauter du premier wagon et à l'entourer silencieusement, les bras croisés, le poing fermé sur des boulons ou des cailloux : *Voilà*, dit-il, *ce que les Italiens ont décidé. Si vous faites grève pour obtenir des matelas, nous ferons grève avec vous.* Après deux heures de discussion, ils établirent les grandes lignes d'un programme de revendications communes.

Beau Masque rentra dans son wagon et trouva les Italiens, qu'il n'avait pas mis au courant de sa démarche, en train de préparer une expédition pour aller à sa recherche; on le croyait victime d'un guet-apens des bicots. *Voilà*, dit-il, *ce que les Nord-Africains ont décidé. Si nous faisons grève pour obtenir qu'on emploie pour soulever les rails le même nombre d'Italiens que de Nord-Africains, ils feront grève avec nous.* Une des astuces du contremaître était en effet de faire exécuter par cinq Italiens seulement le travail de six Nord-Africains. *Vous êtes plus costauds que les bicots*, disait-il aux macas, ce qui était vrai, les Italiens mangeant davantage. Aux bicots il disait : *L'entreprise a tort de vous payer autant que les macas. Vous envoyez toute votre paie dans vos bleds et vous ne bouffez que du pain. Le pain ne fait pas les muscles. Vous n'êtes pas capables de fournir le même rendement que les macas. Vous volez l'entreprise.* Ce qui paraîtra incroyable au lecteur, c'est que jusqu'à ce soir-là les Italiens avaient été fiers qu'on leur reconnût de meilleurs muscles qu'aux bicots. Il fallut à Beau Masque trois heures de discussion pour persuader à ses compatriotes d'accepter le programme de revendications communes qu'il venait d'aider les Nord-Africains à imaginer.

Le lendemain, tous les travailleurs du chantier cessèrent le travail une demi-heure avant la pause du midi et allèrent en cortège trouver le chef. Beau Masque parla pour tous. L'homme blêmit, mais se contint : cent cinquante sombres regards étaient fixés sur lui. Il réclama un délai et partit pour Lyon par le premier train, pressé de rendre compte de la révolte à la direction de l'entreprise; on commença par lui reprocher son « manque d'antennes », comment n'avait-il pas senti cela venir ? Un vrai chef aurait étouffé l'affaire dans l'œuf.

Beau Masque cependant suivit les rails jusqu'à la gare du Clusot et demanda à un cheminot : « Où est le bureau du syndicat ? » On l'envoya chez Pierrette Amable.

Ainsi appris-je par Beau Masque que la fille de mes voisins, Mme Amable la jeune, était secrétaire de l'Union des Syndicats C. G. T. du Clusot. Elle était également membre du comité de section du parti communiste.

Il lui raconta l'affaire. La semaine suivante, quand un ingénieur de Lyon, fils de colon algérien et réputé pour savoir parler comme il le faut aux bicots et aux macas, vint porter la réponse de l'entreprise, il trouva Pierrette Amable aux côtés de Beau Masque. *De quoi vous mêlez-vous,* protesta-t-il, *nos ouvriers ne sont pas syndiqués.* Cela n'était plus vrai, la jeune femme et Beau Masque ayant mis à profit, pour organiser les travailleurs, le délai demandé par le chef de chantier. L'entreprise céda sur presque tous les points, car elle était en retard sur les délais d'exécution de son contrat avec les chemins de fer, et ne pouvait dans cet instant prendre le risque d'une grève; cela aussi Mme Amable le savait et n'avait pas caché qu'elle le savait.

— C'est sans doute, dis-je, une militante pleine d'expérience.

— Elle n'a pas vingt-cinq ans, me répondit Beau Masque.

Quelques mois plus tard, la direction de l'entreprise de terrassement licencia Beau Masque, qui ne put guère protester, sa situation de travailleur étranger n'étant pas en règle. Ses camarades ne purent le défendre, car l'électrification de la voie était presque terminée et ils se trouvaient menacés à brève échéance de chômage. Pierrette Amable le fit engager à la Fruitière, où elle comptait des amis.

*
**

A la date du 8 avril, je trouve dans mon cahier :

Hier matin, Justin était de service à la filature. Je n'ai pas entendu la trompe du laitier. Je suis allé voir à la fenêtre. La camionnette était rangée au pied des trois sapins, le bidon de lait abandonné près de la croix. Un peu plus tard, Beau Masque est apparu sur le perron, avec Ernestine appuyée de la main sur son épaule.

J'en fus irrité. Peut-être enviais-je Beau Masque ? Mais je me persuadais de ne vouloir que protéger le bonheur de Justin et d'Ernestine, dont j'étais chaque jour le témoin.

Aujourd'hui, je suis descendu au Clusot avec Beau Masque, pour faire des achats. Dès que nous fûmes en route :

— As-tu l'intention, lui demandais-je, de rester toute ta vie ramasseur de lait ?

— Certes non, répondit-il. Mes camarades de l'Ansaldo m'ont trouvé de bons avocats. Dès que mon affaire sera arrangée, je rentrerai en Italie.

— La France est grande, dis-je, le monde est grand. Mécanique ou politique, tu pourrais apprendre mille choses en mille endroits. Ni femme, ni enfants, rien ne te retient nulle part. Tu connais tant de métiers que tu peux gagner ta vie où cela te chante, sur les docks de Marseille, dans une usine de Billancourt, dans les jungles du Brésil. Pourquoi restes-tu attaché à cette camionnette poussive ? N'as-tu pas compris que cette montagne est le palais de la Belle au Bois Dormant? Tu te réveilleras dans cent ans, plus décrépit que le père Amable.

Il me regarda en riant.

— J'apprends à écrire en français, dit-il. C'est utile quand on est obligé de vivre en France. Quand je ne ferai plus de fautes d'ortographe, je me dégourdirai les jambes.

— Il n'y a pas que Mme Amable la jeune qui sache la

grammaire française. Tu trouveras n'importe où des camarades qui te feront des dictées.

— Attendre ici ou ailleurs, dit-il.

Je commençais à m'impatienter.

— Toi, m'écriai-je, toi qui as connu les durcs Génoises, je ne comprends pas que tu te laisses retenir par ces molles paysannes.

— Ce sont de braves femmes, dit-il, de très braves femmes...

Après un moment, il ajouta :

— Presque toutes les femmes sont de braves femmes. Ce ne sont pas les femmes qui me retiennent ici... Je leur aide à passer le temps, comme elles m'aident à passer le temps.

— Ernestine, dis-je, n'a pas besoin qu'on lui aide à passer le temps. Elle est parfaitement heureuse avec son mari.

— Qu'est-ce que tu en sais ? me demanda-t-il, en fixant sur moi la lueur malicieuse tapie au fond de ses yeux gris verts.

A un tournant de la route, nous aperçûmes soudain les toits de tuile de Clusot, beaucoup plus bas que nous, comme d'un avion : la vieille ville en terrasses sur un mamelon, au point d'intersection de deux vallées profondément encaissées; les hautes bâtisses blanches de la Cité ouvrière, coincées entre la montagne et la Géline, torrent qu'on dit truiteux, les toits en dents de scie de la filature, avec les initiales F.E.T.A. (Filatures et Tissages Anonymes), écrites en lettres énormes, une lettre par toit. En amont et en aval de la petite ville, la route nationale, le chemin de fer et le torrent, se croisent et se recroisent, comme les mèches d'une natte, à l'étroit entre deux hautes falaises dénudées où les couches superposées de l'écorce terrestre apparaissent à vif.

— Tu as raison, dit soudain Beau Masque, je dois partir. Cette montagne est laide comme un squelette.

Nous descendîmes encore l'espace de deux lacets.

— La F.E.T.A., dit Beau Masque, a apposé son cachet là-dessus, comme le boucher sur un bœuf écorché. Je ne peux plus supporter ce pays où personne ne rit jamais.

12 avril

Ce matin, par un tiède vent du sud, qui poussait doucement dans le ciel de petits blancs nuages pommelés, blancs et roses, je suis sorti tôt pour la promenade.

Dans la cour des Amable, j'ai rencontré Beau Masque, en avance sur l'horaire de sa tournée. Comme Justin n'était pas de service, il n'était pas pressé d'aller chercher le bidon d'Ernestine et nous avons bavardé un moment.

Il m'a raconté que Pierrette Amable, la nièce de mes voisins, avait obtenu que dans son atelier, à la F.E.T.A., chaque ouvrière ne surveille qu'un seul métier. Dans tous les autres ateliers les ouvrières surveillent au moins deux métiers. Dans l'atelier principal qu'on appelle Ateliers des Cent, parce que cent ouvrières y travaillent, chacune surveille trois métiers.

— Voilà, dis-je, (un peu au hasard, car je ne connais rien au tissage), voilà ce qu'on appelle les cadences infernales.

— Infernales, reprit-il, c'est bien vite dit...

Il jeta sur moi un bref regard, avec cette lueur moqueuse qui lui était habituelle.

— Infernales ? Cela dépend de l'ouvrière, de son âge, de son adresse, de son intelligence... Le nombre de machines à surveiller n'entre pas seul en ligne de compte... Il y a toutes sortes de moyens de tricher... par exemple, on casse des fils, juste avant le passage de la commission technique qui décide des cadences et des primes... Ce qui est insupportable, c'est d'être obligé de tricher pour se défendre. Moi ça me crèverait le cœur d'être contraint pour augmenter ma paie de saboter un rivet sur trois.

Il s'anima soudain. J'essaie de résumer sa pensée. A son idée, aucun travail n'est par lui-même « infernal »; on arrive toujours à apprivoiser son travail; il y suffit d'un peu ou de beaucoup de réflexion; si Beau Masque avait été Sisyphe, il aurait inventé une machine pour remonter automatiquement son rocher. Mais ce qui demande une énergie surhumaine, c'est de lutter avec les hommes.

Un an durant, m'a-t-il raconté, les contremaîtres, les ingénieurs, la direction, tous les chefs de la F.E.T.A. avaient tenté de faire plier Pierrette Amable, ou par force ou par ruse; cela n'est rien encore, car elle a beaucoup de force de caractère. Mais il fallut aussi qu'elle persuadât ses camarades, jour par jour, semaine par semaine, mois par mois, de faire bloc avec elle, de ne pas avoir de défaillance, de ne pas céder à la facilité, à la fatigue, à la peur. Elle y réussit.

Pour Beau Masque, c'est cela qui est immense.

L'ingénieur en chef entrait dans l'atelier et il prenait à part deux ouvrières : *Vous allez essayer de surveiller à vous deux trois métiers; vous verrez comme c'est facile; je vais vous montrer...* Les deux femmes baissaient la tête, Pierrette

Amable suait d'angoisse. Enfin l'une des femmes répondait : *Expliquez à notre déléguée, nous ferons ce qu'elle nous dira de faire.* Tous les regards se tournaient vers Pierrette. Elle soupirait d'aise; la bataille venait encore une fois d'être gagnée.

Moi, j'essayais d'imaginer la jeune femme.

— A part son travail syndical, demandais-je à Beau Masque que fait-elle dans la vie ?

Il me regarda en riant :

— Tu auras certainement, dit-il, l'occasion de la rencontrer.

17 avril

Beau Masque m'a transmis une invitation de Pierrette Amable pour le bal annuel de la Section du Clusot du parti communiste français.

II

Quelques mois plus tard, quand les événements nous eurent rapprochés, Nathalie Empoli, fille du grand banquier lyonnais Valério Empoli, me raconta l'enchaînement de circonstances qui l'avait amenée, elle aussi, au bal du Clusot, et comment la soirée s'était déroulée pour elle.

Elle était venue de Lyon en compagnie de sa cousine à la mode de Bretagne, Bernarde Lubas-Privas, dont elle se séparait rarement, passer le dimanche dans la petite ville, chez son demi-frère Philippe Letourneau.

Philippe Letourneau, petit-fils par son père de François Letourneau, l'ancien propriétaire des Filatures et Tissages du Clusot, petit-fils par sa mère d'Amédée Privas-Lubas, banquier ardêchois, beau-fils par le second mariage de sa mère de Valério Empoli, le banquier lyonnais, faisait un stage à la F.E.T.A. comme directeur du personnel de l'usine du Clusot, l'un des nombreux établissements que la société contrôle en France et ailleurs.

Il s'y était difficilement résigné, ses préférences allant aux occupations artistiques, à la littérature, à l'étude de la philosophie. Mais sa mère l'avait exigé : un an au Clusot, un an dans une filiale américaine de la F.E.T.A.; pour la suite, elle avait des projets qu'elle taisait encore.

Philippe avait résisté jusqu'au début de sa vingt-quatrième année. Sa mère lui avait alors coupé les vivres, et il était tombé dans la dépendance de Nathalie. Fille du premier lit de Valério Empoli, vingt-trois ans, maîtresse de sa fortune, Nathalie souffrait d'un mal de poitrine qu'elle se refusait de soigner : en échange de l'argent qu'elle lui avait avancé, elle n'avait rien demandé à Philippe que de l'accompagner dans ses sorties nocturnes; comme elle buvait énormément, c'était vite devenu la pire des tyrannies. Bref, le jeune homme avait cédé à sa mère et occupait son poste depuis un mois.

Son travail se bornait à signer le courrier et les circulaires, que lui soumettait M. Noblet, chef du personnel, trente ans de service. Le reste du temps, il lisait, ou rêvait, ou écrivait des sortes de poèmes. Il ne passait d'ailleurs que trois ou quatre heures par jour dans son bureau. Il y serait venu moins encore que personne ne s'en serait offusqué. Son prédécesseur n'y apparaissait que deux fois par semaine, deux heures chaque fois, qu'il consacrait à lire les annonces matrimoniales du *Chasseur français :* on avait raconté qu'il entretenait correspondance avec de nombreuses *brune, corpulente, 35 ans, avoir. Désire épouser gendarme ou retraité S.N.C.F.*, et que l'échange de lettres sur les *goûts communs* suffisait à le satisfaire. Le poste de directeur du personnel de la filiale du Clusot était l'un de ceux que la F.E.T.A. réservait traditionnellement aux protégés du conseil d'administration.

Nathalie avait apporté une bouteille de whisky, elle en avait bu à elle seule la moitié, elle voulait absolument *faire quelque chose.*

— Comment occupes-tu tes dimanches ? demanda-t-elle à Philippe.

— Je me couche à neuf heures comme les autres jours. Je lis jusqu'à ce que le sommeil vienne.

— Rentrons à Lyon, proposa Bernarde. On emmène Philippe. Il boira un verre avec nous dans une boîte, et reviendra demain matin par le train...

— Les Lyonnais m'ennuient autant que les Allemands, répondit Nathalie. Ils sont presque aussi provinciaux que les Munichois. Le Mitteleuropaische commence à Lyon...

Elle continua un moment sur ce thème. Elle avait déjà beaucoup voyagé et aimait dire des choses piquantes sur les pays qu'elle connaissait.

— Allons faire un tour au casino de Charbonnières, proposa Bernarde.

Bernarde Lubas-Privas, vingt-huit ans, appartenait à la branche pauvre des Privas-Lubas. Elle ne jouait jamais l'argent qu'elle gagnait difficilement en achetant et vendant des antiquités, à Lyon, sa ville natale. Mais quand Nathalie, grosse joueuse, était en veine, elle lui chipait ses petits jetons qu'elle misait à la roulette; il lui arrivait ainsi de réaliser de jolis coups, sans courir elle-même aucun risque. C'était ce qu'elle appelait jouer à la roulette *sur du billard.*

— Je suis sûre qu'il y a quelque chose à faire au Clusot, s'entêta Nathalie. Ces gens-là ne se couchent tout de même pas à huit heures, un dimanche soir.

— Allons demander à Noblet, proposa Philippe.

Cela lui était venu tout naturellement. Noblet faisait son travail, lui avait trouvé une femme de ménage et un restaurant, et protégeait sa paix, puisqu'il fallait passer par le bureau de Noblet, chef du personnel, pour parvenir dans le bureau de Philippe Letourneau, directeur du personnel; aussi bien personne n'y venait jamais.

— D'accord, dit Nathalie. Tu m'as justement donné envie de connaître *ton Noblet à tout faire...*

Du Clusot, Philippe n'avait pu évidemment décrire aux deux jeunes femmes que ce qu'il connaissait, c'est-à-dire Noblet. Il avait insisté sur le col et les manchettes de celluloïd, *comme avant la Première Guerre Mondiale,* sur les fiches du personnel, avec des signes de toutes les couleurs et de toutes les formes, cryptographie d'où l'on pouvait déduire la régularité du travail, les opinions politiques et religieuses, l'appartenance syndicale, le mariage, les enfants et les liaisons, bref la vie tout entière de chaque ouvrier. *C'est un flic,* avait conclu Philippe, avec une moue de dégoût. *Mais il me respecte parce que je suis le fils de François Letourneau, le grand Letourneau, comme il dit.* Les trois jeunes gens avaient bien ri. Par allusion à la pièce de Jean-Paul Sartre, ils avaient baptisé Noblet : *Le Respectueux.*

— Allons tout de suite chez Le Respectueux, exigea Nathalie.

Ils l'avaient trouvé achevant le dîner, dans sa villa du type F.E.T.A. personnel-cadres, à la sortie du Clusot, sur la route de Lyon. Mme Noblet portait au doigt un petit diamant, cadeau de son mari pour l'anniversaire de leurs vingt ans de mariage, fruit d'énormes *sacrifices,* le chef du personnel, après trente ans de service à la filature, ne gagnant que 45.000 francs par mois. Philippe Letourneau gagnait 65.000 francs, auxquels sa mère ajoutait 40.000.

Mme Noblet s'offrit tout de suite à faire le café.

— Surtout pas, protesta Nathalie qui pensait que dans cette maison le café devait être exécrable.

C'est bien ce que comprit Mme Noblet. Elle avait les cheveux gris, mais le teint frais des provinciales qui ne boivent jamais et se couchent à heures régulières. Elle rougit violemment et se retira dans la cuisine.

— Qu'est-ce qu'on peut bien faire ce soir dans votre bled ? demanda Nathalie.

— Allez au cinéma, conseilla Noblet. On joue...

— Je n'aime que les vieux films muets, coupa Nathalie.

Bien que Nathalie fût très maigre, sa gorge était flatteuse, les seins menus mais ronds et bien attachés; aussi portait-elle presque toujours, comme ce soir-là, au-dessus de jupes évasées qui étoffaient les fesses, des maillots de jersey de laine qui moulaient la poitrine. La tête petite au bout d'un long cou, les cheveux très courts en coup de vent, un nez de corbeau, pas maquillée sauf les lèvres élargies d'un trait rouge sang. Quand elle avait bu, ses petits yeux marron prenaient tant d'éclat qu'ils en paraissaient noirs, comme des éclats d'anthracite; elle fixait ses interlocuteurs, de l'air de leur dire : *Je ne crois pas un mot de ce que vous racontez, montrez-moi le dessous des cartes.*

Elle déplut énormément à Noblet qui l'avait d'abord prise pour une *poule*, à cause du maillot et du maquillage insolent des lèvres, *un maquillage cinéma*, avait-il pensé. Mais Letourneau avait fait les présentations, et que l'une des jeunes femmes fût Empoli et l'autre Lubas-Privas l'avait mis sur ses gardes. Il savait que des Empoli et des Privas-Lubas, figuraient dans le conseil d'administration de la F.E.T.A., bien qu'ignorant quelle part réelle ils avaient à la direction de l'entreprise. Depuis que les *Filatures et Tissages François Letourneau* avaient été absorbés par la F.E.T.A., il ne savait plus qui étaient ses patrons. Quand il allait prendre des ordres à Lyon, au siège de la société, il était reçu par M. Northemaire, directeur général, un employé comme lui.

— Vous n'avez pas quelque chose dans le genre d'un bal musette ? insista Nathalie.

— Oui, enchaîna Philippe, un bistro où l'on danse, où l'on puisse boire un verre en écoutant de la musique ?

— Vous n'avez pas de chance, il n'y a ce soir qu'un seul bal au Clusot, c'est celui de la fête annuelle du parti communiste.

— Est-ce qu'il faut être communiste pour avoir le droit d'entrer ? demanda Letourneau.

— Mais non, répondit Noblet. Ce sont les mêmes jeunes gens qui fréquentent chaque dimanche, à la salle des fêtes, les bals que donnent à tour de rôle les sociétés locales : l'Amicale des Anciens Chasseurs Alpins, les Boulistes, la Clique des Pompiers, La Mutuelles des Jardiniers.

— La Mutuelle des Jardiniers, comme c'est drôle ! s'écria Bernarde Lubas-Privas.

— Allons chez les communistes, décida Nathalie.

M. Noblet se tourna vers Philippe.

— Ce n'est peut-être pas exactement votre place...

Letourneau fut tout surpris d'être contrarié par *Le Respectueux.* Il répondit sèchement :

— J'aurais peut-être ainsi enfin l'occasion de rencontrer mes ouvriers.

— Vous ne venez pas avec nous ? demanda Bernarde à Mlle Noblet.

Marie-Louise Noblet portait des pantalons de ski. Elle n'avait pas ouvert la bouche. Elle avait l'air maussade.

— Je ne vais jamais nulle part au Clusot, répondit-elle.

Noblet décida d'accompagner les jeunes gens, *pour limiter les dégâts,* pensa-t-il.

***

L'orchestre avait pris place sur la petite scène qui servait aussi pour les représentations théâtrales des troupes d'amateurs de l'Amicale Laïque et du Patronage Saint-Joseph. Pour la soirée, on avait tendu au travers de l'estrade un calicot : UNITÉ D'ACTION DANS LA LUTTE POUR LA PAIX ET LES REVENDICATIONS OUVRIÈRES.

Des militants tenaient le buffet, le comptoir des livres et brochures, installé sur des tréteaux près de l'entrée, et servaient les consommations. Les jeunes gens du « service d'ordre » bavardaient dans le hall d'entrée et sur la petite place, devant la salle des fêtes. Près du buffet, autour d'une table ornée d'œillets rouges, les membres du comité de section et leurs familles encadraient l'ouvrier Cuvrot, héros de la grande grève de 1924, aujourd'hui leader de la minorité communiste du conseil municipal.

L'arrivée du petit-fils du grand Letourneau et de Noblet ne provoqua que peu d'étonnement. Dans les années qui avaient suivi la Libération, la plupart des notabilités du Clusot avaient fréquenté les fêtes du parti communiste. C'était le temps des enchères à l'américaine. Le marchand de ferrailles, tête de liste réactionnaire aux élections municipales, avait offert chaque année un fauteuil Louis XV, qu'on lui laissait racheter à coups de billets de mille. Il n'avait cessé de venir qu'après que les « apparentements » eussent fait perdre leurs sièges aux députés communistes du département. Mais au mois d'avril 195., où se déroule ce récit, les ponts n'étaient pas tout à fait coupés entre adversaires, et l'on s'attendait à ce que vers minuit le maire radical-socialiste vînt trinquer avec l'ouvrier Cuvrot.

Les nouveaux venus allèrent s'asseoir près de l'orchestre; Philippe entre les deux jeunes femmes, face à la salle, Noblet en face d'eux, le dos à la salle.

*
**

Je venais d'arriver, on m'avait fait asseoir à la table aux œillets rouges, j'écoutais les conversations. On parlait de Philippe Letourneau.

L'ouvrier Cuvrot — c'est ainsi qu'on l'appelait dans toutes les vallées industrielles de la région; il approchait de sa soixante-dixième année — expliquait :

— Jamais le vieux Letourneau ne serait venu dans un bal ouvrier. Mais s'il y était venu, il aurait mis une cravate...

Philippe Letourneau portait un pull-over à col roulé, façon cycliste ou sport d'hiver, et pas de veston.

— Il se battait ferme contre nous, continuait Cuvrot, mais il ne nous méprisait pas. Il n'aurait jamais amené chez nous deux traînées...

— La blonde a l'air bien comme il faut, protesta Raymonde Mignot, femme de l'inspecteur des postes. Son mari était secrétaire de section, mais elle n'avait jamais voulu adhérer au parti.

Bernarde Lubas-Privas portait tailleur et chemisier strict, le cheveu blondasse tiré en arrière. Seins plats, fesses plates, les yeux gris, pas maquillée. Nathalie, dans ses accès d'humeur, lui reprochait d'être « délavée ». *On croirait que tu te tiens depuis des siècles debout et immobile sous la pluie.*

— La blonde se déguise en garçon, reprit l'ouvrier Cuvrot. On a connu ça à Lyon vers 1925. Je ne lui confierais pas ma fille.

— Qu'est-ce qui te donne le droit de dire cela ? protesta Mignot.

— Voilà comment sont tes camarades, dit Mme Mignot, dès qu'ils voient quelqu'un de convenable, il faut qu'ils le salissent.

Mignot haussa les épaules.

Cuvrot continuait de fixer sur les nouveaux arrivés son œil vif, sous le sourcil broussailleux hérissé de poils blancs.

— Ce garçon-là, poursuivit-il, malgré son mauvais genre, est bien un Letourneau. Haut en graine, mais faible de coffre, il mourra en sana comme son père. Le cou épais comme son grand-père. Cou de bœuf. Ces gens-là sont comme les bœufs de labour : infatigables à l'ouvrage, mais ils claquent tout d'un coup. Le vieux Letourneau ne s'est jamais remis de la grève que nous lui avons faite en 1924.

— Vous direz ce que vous voudrez, mais moi je le trouve beau, s'écria Mme Mignot.

Puis se tournant vers son mari :

— Il a le cou... tu sais... comme sur ton bouquin... voilà, le cou de Jupiter Olympien.

Mignot agacé se leva et sortit.

Au bout de la table, Pierrette Amable, Mme Amable la jeune, restait à l'écart de la conversation. De son visage, je n'avais encore vu que d'immenses yeux noirs. Les yeux lui *mangent* la figure, disait-on au Clusot. Les mains croisées sur les genoux, elle se tenait très droite sur la chaise, mais sans raideur, dans le même mouvement que son oncle, mon voisin de la Grange-aux-Vents, le roi mérovingien.

Mignot était allé relever le chiffre des recettes au buffet et à la caisse de l'entrée, où l'on percevait cent francs pour les hommes, cinquante francs seulement pour les « cavalières ». Il revint faire les comptes près de Pierrette Amable.

— Ça va ? demanda-t-elle.

— Non.

Les recettes étaient encore loin d'atteindre le prix de location de la salle des fêtes et le cachet de l'orchestre. Or le bal avait pour but de redresser les finances de la section du Clusot qui devait déjà 75.000 francs à la Fédération départementale et 22.000 francs à l'organisation de vente des journaux et brochures.

— Pourquoi les copains ne viennent-ils pas ? demanda anxieusement Mignot.

Chaque fois que la section subissait un échec, Mignot ne dormait plus.

L'orchestre jouait un boogy-woogy extrêmement ralenti.

Personne d'autre ne dansait que trois couples de jeunes filles. De temps en temps, celle qui conduisait écartait l'autre qui passait sous son bras dans un mouvement qui devait correspondre à ce que Saint-Simon avait appelé « la révérence verticale ».

Les jeunes gens s'étaient agglomérés autour du buffet, silencieux, appuyés les uns aux autres, une buée rose dans les yeux, se passant de temps à autre un verre de vin.

— Alors maintenant, dit un vieil ouvrier de la table voisine, maintenant les jeunes filles ne dansent plus qu'entre elles !

— Les jeunes gens n'ont qu'à ne pas tant boire, dit sa voisine.

— Séparez les cavalières ! cria le vieux.

Deux garçons se détachèrent des autres et s'avancèrent au devant d'un des couples de jeunes filles.

— Bas les pattes, dit celle qui conduisait.

— Va cuver ton vin, dit l'autre par-dessus l'épaule de la première.

L'un des garçons insista. Les jeunes filles tournèrent sec. Le garçon roula par terre. Les jeunes filles firent trois pas. Celle qui conduisait écarta l'autre, qui passa sous son bras en « révérence verticale ». Elles refirent trois pas. Le garçon se releva lentement; les autres garçons riaient; il alla rejoindre le groupe; on lui passa un verre de rouge.

— Les cochons, dit Frédéric Mignot. On leur lancerait une boule dans les pattes, ils rouleraient tous par terre.

— Ils me crèvent le cœur, dit Pierrette.

J'étais assis en face d'elle, et je n'osais la regarder trop effrontément, mais elle excitait au plus haut point ma curiosité. Ses immenses yeux noirs étaient si sensibles aux variations de la lumière, selon qu'elle tournait le visage vers la scène ou vers le fond de la salle, et aux mouvements du cœur, selon qu'elle réagissait à ce qu'elle voyait ou entendait, que ses prunelles me faisaient penser à la mer, vue d'un avion ou d'une haute falaise, quand des nuages poussés par un vent rapide font passer sur la surface des eaux des ombres qui s'effacent aussitôt. Chacun de ses mouvements révélait un mélange d'audace et de timidité, comme un élan aussitôt refréné; peut-être était-ce ce qu'on appelait jadis de la retenue, terme aujourd'hui hors d'usage.

L'orchestre entama une valse. Pierrette se tourna vers la table voisine, s'adressant à la jeune fille qui avait répondu au vieux que les jeunes gens buvaient trop pour qu'on dansât avec eux.

— Marguerite ! appela-t-elle doucement.

La jeune fille approuva de la tête et se leva aussitôt. Pierrette l'entraîna sur la piste. Elles valsèrent impeccablement, à la française, à petits pas, le corps un peu raide, et chaque tour étroitement dessiné, presque sur place. Personne d'autre ne dansait : toute la salle les suivait des yeux. Elles étaient superbes : minces, bien campées, le maquillage vif et net, le port de tête fier; jupe droite exactement ajustée, Pierrette en chemisier vert, Marguerite en chemisier rouge.

A la fin de la danse, Pierrette nous présenta :

— Marguerite, me dit-elle, une camarade de mon atelier, une bonne amie, mais une tête de mule.

— Moi, dit Marguerite, je ne fais pas de politique.

Puis elle ajouta :

— Cela ne m'empêche pas d'aimer beaucoup notre Pierrette.

Les deux jeunes femmes se tenaient par la taille devant moi. Je savais par Beau Masque que Pierrette Amable avait vingt-cinq ans. L'autre, à ce que je compris une camarade d'école, devait avoir le même âge. Mais toutes deux, le teint animé par la danse, paraissaient beaucoup plus jeunes, avec le même air de parade et de défi que les adolescentes qui vont au bal pour la première fois de leur vie.

— Marguerite est capitaine de l'équipe de basket, dit Pierrette. Elle défend les couleurs de nos patrons dans tout le département.

— Quand je serai trop vieille pour faire du basket, je me rangerai sous les couleurs de Pierrette, répondit Marguerite.

— En attendant, dit Pierrette, elle me laisse me battre pour elle sans m'aider le moins du monde.

— A l'atelier, dit Marguerite, je lui obéis mieux qu'à la contremaîtresse.

Mais tout cela, qui évoquait de vieilles ou récentes querelles, n'en était pas moins dit légèrement, avec des clins d'œil complices et des rires étouffés.

⁂

Pendant que Pierrette Amable et Marguerite valsaient.

— Il y a ici une fille qui a de la classe, avait dit Nathalie Empoli.

— Qui donc ? avait demandé Bernarde Lubas-Privas.

— Les yeux noirs au-dessus du corsage vert.

— Elle a les mains rouges, avait répondu Bernarde.

— Des mains d'ouvrière, avait dit Philippe Letourneau, des mains qui existent... Exactement la main sculptée sur bois de la galère du lac de Nemi...

— Voilà comment vous êtes tous les deux, s'était écriée Nathalie. Une fille a de l'allure. Bernarde ne trouve à dire qu'une perfidie. Et toi... quand donc, mon pauvre Philippe, seras-tu capable de réagir à une femme autrement qu'en la comparant à une peinture ou à une sculpture ?

Pierrette et Marguerite s'étaient éloignées vers l'autre bout de la piste, puis se rapprochaient de nouveau.

— Moi je la trouve parfaite, dit Nathalie.

— Moi aussi, dit Philippe.

Noblet se retourna pour voir de qui on parlait.

— Vous aurez certainement l'occasion de la connaître, dit-il à Philippe. C'est Mme Amable, la déléguée du personnel.

— Noblet, Noblet, s'écria Philippe avec un enjouement forcé, pourquoi ne me l'avez-vous pas encore livrée pieds et poings liés ? Auriez-vous décidé d'en garder le monopole ?

— Je me demande ce que tu en ferais, dit Nathalie.

— C'est bien la première fois, répondit assez sèchement Noblet, que je vous entends exprimer le désir d'entrer en contact avec vos ouvriers.

Il prononça *vos ouvriers*, comme entre guillemets.

Il avait été blessé du reproche indirect que lui avait fait le jeune homme, en exigeant de venir au bal, *pour avoir enfin l'occasion de rencontrer ses ouvriers*. De retour chez lui, il en parlera toute la nuit avec sa femme qui *envenimera la plaie* : « Non seulement tu fais son travail, mais il te le reproche... »

— Noblet, dit Philippe, vous êtes rancunier.

— La prochaine fois que Mme Amable viendra à la direction, continua Noblet, je la présenterai à notre directeur du personnel.

— Madame ?... interrompit Nathalie. Cette gamine est donc mariée ?

Noblet hésita une seconde. Il lui était visiblement pénible de répondre à Nathalie. Mais il réfléchit que d'être aimable avec une Empoli faisait partie de ses devoirs.

— Mme Amable, dit-il, était mariée. Elle a divorcé ou elle est en train de divorcer. A vrai dire, elle a chassé son mari.

— J'aime les femmes énergiques, dit Nathalie.

— C'est fâcheux pour nous, poursuivit Noblet, car son mari nous rendait de petits services...

— A nous ? A qui ? interrompit Philippe.

— A la Filature. Son mari nous donnait quelques indications sur les affaires personnelles des dirigeants du syndicat. Vous voyez ce que je veux dire ?

— Non, dit Philippe.

— Vous apprendrez peu à peu cette cuisine. Le mari de Mme Amable nous a été très utile au moment de la scission syndicale.

— Je ne comprends pas.

— Vous comprendrez vite. La direction doit connaître les petits besoins de chacun, les petits ennuis, les petites erreurs... Votre grand-père me répétait souvent : *Noblet, ce qui me surprend toujours, c'est comme ça revient bon marché d'acheter un homme.* Vous verrez comme c'est vrai...

— Voilà qui est fascinant, s'écria Nathalie.

Noblet jeta sur elle un regard méfiant, mais le goût de parler métier l'emporta et il poursuivit :

— Nos indicateurs... c'est bien ainsi qu'il faut les appeler..., nos indicateurs nous permettent également d'identifier les irréductibles. Car il y en a.

— Qu'est-ce que vous faites des irréductibles ? demanda Philippe.

— La législation actuelle rend difficile de les licencier purement et simplement, comme nous faisions jadis. Alors nous essayons de les isoler... cela pose toutes sortes de problèmes...

Noblet jeta de nouveau un regard méfiant sur Nathalie qui fixait sur lui ses petits yeux agressifs.

— Continuez, je vous en prie, dit Philippe.

— Votre grand-père, dit Noblet, serait heureux de voir que vous commencez à vous intéresser à l'affaire.

Philippe ouvrit la bouche, comme pour protester, mais il se tut.

— Continuez, dit-il enfin, c'est passionnant.

— Toutes sortes de problèmes... poursuivit Noblet. Ainsi cette petite Amable, que vous trouvez tous charmante...

— Elle l'est, dit Nathalie.

— Elle nous coûte cher. Elle a réussi à imposer que dans son atelier chaque ouvrière ne surveille qu'un seul métier, alors que la règle dans l'usine est d'en surveiller deux ou trois.

« Un problème s'est posé. Fallait-il muter Mme Amable, par exemple, dans cet Atelier des Cent, que je vous ai fait visiter, monsieur Philippe, et où se perpétue la tradition de discipline du temps où votre grand-père était le patron ?... Vous avez été impressionné par le silence. Pas une voix. C'est à peine si l'on entend le cliquetis des métiers bien huilés. Vous m'avez dit : *On se croirait dans une cathédrale.* Deux hypothèses : ou bien Mme Amable aurait pris le pli, se serait laissée mater, ou bien elle aurait contaminé ses compagnes de travail. J'ai opté pour la prudence. J'ai jugé qu'il était préférable de faire la part du feu. Je la laisse dans son petit atelier.

— *She is tough,* dit Nathalie, c'est une dure, elle me plaît.

— Quand elle a appris, continuait Noblet, que son mari venait de temps en temps bavarder avec moi, elle a fermé sa porte à clef, et elle lui a jeté ses affaires par la fenêtre. Elle a alerté tous les rouges du Clusot, et l'homme a dû quitter le pays.

— Elle doit être intéressante à connaître, dit Philippe.

Noblet, qui croyait tout savoir du comportement des patrons envers leurs ouvrières, examina en silence son jeune directeur. Mais il resta sur la prudence.

— Il est bon, dit-il enfin, de connaître ses ennemis. Votre grand-père m'a encore dit tout récemment qu'il estimait que nous n'avions pas dans toute la région d'adversaire plus dangereux que cette jeune femme.

Philippe se pencha vers lui.

— *Nous*, toujours *nous*, dit-il violemment. Mon grand-père est à la retraite. De quoi se mêle-t-il ?

— Votre grand-père continue à prendre à cœur tout ce qui se passe à la Filature.

— La F.E.T.A. nous a volé nos usines, dit Philippe. Mon grand-père devrait avoir pour amis tous les ennemis de la F.E.T.A.

— Bravo ! s'écria Nathalie. Vas-y. Dis à ce garde-chiourme tout ce que tu as sur le cœur.

Noblet déplaça légèrement sa chaise pour bien montrer qu'il ne parlait qu'à Philippe.

— Monsieur Letourneau, dit-il, vous êtes trop jeune pour vous rappeler les événements. C'était en 1924. Il y eut une longue et terrible grève qui plongea toute la ville dans la misère. Votre grand-père fut tellement ulcéré de l'attitude de ses ouvriers, qu'aussitôt la grève terminée, il céda la Filature à la F.E.T.A. et se retira des affaires.

— Ecoute-le, dit Nathalie, il ment avec autant de conviction que ta mère.

— Noblet ! dit sévèrement Philippe, vous savez aussi bien que nous qu'après la grève de 1924, mon grand-père n'a pas pu faire face à ses échéances. La F.E.T.A. en a profité pour l'étrangler...

— Avec la complicité de la mère de Philippe, dit tranquillement Bernarde.

— Qui a ensuite épousé mon père, dit Nathalie. Si bien que la F.E.T.A. dorénavant c'est moi.

— Tu te vantes, dit Bernarde.

— La preuve que la F.E.T.A. c'est moi, dit Nathalie, c'est que je paie toujours pour tout le monde.

Bernarde se pencha vers Noblet et montra Nathalie du doigt :

— On s'aperçoit tout de suite qu'elle est juive, dit-elle.

Noblet recula sa chaise.

— Je ne veux rien savoir, dit-il, des affaires personnelles de mes patrons.

— Noblet, dit Nathalie, la F.E.T.A. a soif, commandez-nous à boire.

Nathalie guettait le vieil homme. Elle venait de s'apercevoir que ses yeux à fleur de tête pouvaient prendre l'expression de la haine. Elle attendait l'éclatement. Mais l'habitude l'emporta et il obéit à la F.E.T.A. Il fit un signe et une vieille femme s'approcha.

— Alors, la mère Tenay, dit-il, c'est vous qui tenez le buffet aujourd'hui ?

— Je rends les services que je peux pour la fête de mon parti, répondit la femme.

Noblet se retourna vers Philippe :

— Après trente ans de travail à la Filature, dit-il, elle n'a rien trouvé de mieux que de se faire communiste.

— Elle a compris plus vite que vous, dit Letourneau.

— Je vous en prie, dit Noblet. Pas ici.

— Vous ne saviez donc pas que Philippe est communiste ? demanda Nathalie.

Elle se tourna vers la vieille femme.

— Oui, oui, continua-t-elle. Votre directeur du personnel est communiste... Pas bien dangereux... Dans la mesure où il est capable d'être quelque chose... En paroles. Ne comptez pas trop sur lui

La vieille femme n'avait pas bougé. Son visage était resté impassible.

— Qu'est-ce que boivent ces messieurs-dames ? demanda-t-elle.

— Une bouteille de rouge, dit Philippe.

— Votre directeur du personnel a perdu la tête, dit Nathalie. Il croit que parce que nous sommes dans un bal communiste, il faut boire du vin rouge... Qu'est-ce que vous avez comme alcool ?

— Du marc, répondit la vieille femme.

— Va pour le marc, dit Nathalie.

— Quatre marcs ? demanda la vieille femme.

— Quatre verres et une bouteille de marc, répondit Nathalie. La F.E.T.A. est terriblement altérée... Et puis peut-être qu'après quelques verres M. Noblet prendra le courage de m'injurier comme il en crève d'envie.

Noblet se leva.

— Je vous laisse à vos plaisirs, dit-il.

Il chercha du regard Philippe.

— Moi, ajouta-t-il, je dois être au bureau à huit heures demain matin.

Il s'éloigna à grands pas. Malgré son pantalon noir rayé, son faux col dur à coins ronds, son costume étriqué de vieil employé, il n'était pas ridicule. Il venait de retrouver l'allure assurée des paysans des montagnes voisines.

— Le *putain* n'est pas aussi *respectueux* que tu le croyais, s'écria Nathalie.

Les trois jeunes gens rirent de bon cœur.

*
**

La salle se remplissait peu à peu.

Une table était occupée par des Nords-Africains du chantier du chemin de fer. Ils avaient commandé de la limonade. Ils portaient des chemises de couleur vive, des cravates, des costumes de ville. Mais ils n'invitaient pas les jeunes filles à danser, crainte de se faire refuser : *Va plutôt vendre tes tapis, monsieur sidi-sidi-y-a-bon.*

Quelques garçons de l'équipe de rugby étaient arrivés, qui n'étaient pas ivres. Ils dansèrent. Les couples de jeunes filles devinrent la minorité. Mais elles continuaient à être les meilleures danseuses.

Blaise et Marie-Louise Jacquelard, un couple d'instituteurs, que j'avais connus au Congrès fédéral, vinrent s'asseoir à notre table. Leur activité de militants consistait essentiellement à se mettre avec leur quatre-chevaux à la disposition du parti, pendant les périodes électorales, pour l'organisation des réunions, le transport des responsables, un dévouement qui se chiffrait, bon an, mal an, par une vingtaine de milliers de kilomètres. Ils lisaient beaucoup et étaient abonnés à de nombreux périodiques, communistes ou non, de la *Nouvelle Critique* aux *Temps Modernes.* Quand je les avais rencontrés la première fois, ils venaient de découvrir le *Chemin des Tourments* d'Alexei Tolstoï.

Au bal du Clusot, ils me parlèrent tout de suite de leur nouvel engouement : *La Terre en Fleurs,* de Safonov. J'aimais leur feu.

De l'autre côté de la table, Mignot et sa femme se disputaient à voix basse.

Soudain, Raymonde Mignot se dressa, blême, serrant le bas de la cuisse entre les doigts crispés, gémissant : *Ma douleur ! Ma douleur !* Mignot et Cuvrot la soutinrent. Elle se tenait sur une seule jambe, l'autre, la jambe malade, complètement raidie; puis elle commença à suffoquer.

— Je vais la reconduire chez elle avec la voiture, proposa aussitôt Marie-Louise Jacquelard.

Avec un halètement entre chaque mot :

— Le médecin... avait bien dit... que si j'étais... contrariée... ma douleur... reviendrait, gémissait Raymonde Mignot.

Mignot et un garçon du service d'ordre la conduisirent jusqu'à la voiture.

— Pourquoi discutes-tu avec elle ? lui reprocha l'ouvrier Cuvrot.

— Je ne peux pas tolérer que ma femme emploie le mot *bicot.*

— Bien sûr... dit Cuvrot. Mais tu la connais...

— Quand elle a vu entrer nos camarades Nord-Africains, elle m'a reproché de l'obliger à fréquenter un endroit où viennent des *bicots.* Je ne pouvais pas laisser passer cela.

— Tu la connais, répéta Cuvrot, il ne fallait pas l'amener chez nous.

— Elle me reproche toujours de la laisser toute seule à la maison.

La salle continuait à se remplir. Jacquelard me parlait des Mignot. Raymonde Mignot était la fille de petits propriétaires d'un village de Bresse. Ses frères et sœurs étaient robustes et bien en chair; elle était malingre. Elle avait passé la guerre à lire des romans d'amour qu'elle achetait par lot de cinquante, au bouquiniste ambulant, les jours de foire. Elle eut vingt ans l'année de la Libération; elle ne pensait qu'à échapper aux travaux de la ferme; son père l'obligeait à gaver les poulets et les oies. Frédéric Mignot, qui venait d'être nommé à la poste du chef-lieu de canton, fonda une section locale de l'U.J.R.F. [1]. Raymonde y adhéra, parce qu'elle avait remarqué qu'il l'avait regardée, au cours de la réunion préparatoire à laquelle toute la jeunesse de la commune était conviée. Ils se marièrent l'année où il fut reçu au concours de l'inspection des postes et nommé au Clusot. Elle avait espéré fréquenter les notabilités de la petite ville; Mignot n'amena à la maison que des communistes; trois soirs par semaine, il allait à des réunions; les autres soirs, il lisait ou préparait ses « interventions ». La « douleur » apparut, pour la première fois,

1. U.J.R.F. : Union des Jeunesses Républicaines de France.

un dimanche, dans l'instant que l'ouvrier Cuvrot, invité à déjeuner, se mettait à table; Raymonde Mignot détestait tout spécialement Cuvrot parce qu'il parlait crûment comme son père à elle, le paysan bressan. La « douleur » était une crampe ambulante qui saisissait tantôt un membre, tantôt l'autre, qui s'attaqua un jour au cœur, et la jeune femme eut une syncope dont on crut qu'elle ne se réveillerait pas. Mignot commença de promener sa femme chez tous les médecins de la région et même chez le rebouteux de Sainte-Marie-des-Anges.

— Nous l'avons emmenée chez un neurologue de Lyon, me racontait Jacquelard...

Mignot rentra.

— Tu devrais prendre la parole, dit-il à Pierrette Amable.

— Ce n'est pas le moment, répondit Pierrette. Ils sont en train de s'amuser. Ou bien ils sont trop ivres pour écouter.

— Ce n'est pas possible de laisser passer la fête du parti, sans qu'un communiste dise quelque chose, continua Mignot.

— Qu'est-ce que je pourrai bien leur dire ? protesta Pierrette.

— Explique la nécessité de l'unité d'action.

— Parle toi-même, dit Pierrette, si tu t'en sens le courage.

— Il est mieux que ce soit toi, insista Mignot.

— Je ne vois vraiment pas pourquoi ?

— Parce qu'on ne m'aime pas, dit Mignot.

— C'est bien de toi, dit Pierrette.

Une ombre passa sur les grands yeux noirs. Beau Masque cependant entrait dans la salle. Il se dirigea tout droit vers notre table.

— Bonsoir, madame Amable, dit-il.

Il serra vigoureusement la main qu'elle lui tendait. Quelque chose me surprit. En serrant la main de Pierrette, il redressa légèrement les épaules et rejeta la tête en arrière; c'est la manière de saluer des Italiens, quand ils veulent y mettre un peu de cérémonie (les Allemands baissent la tête, les Polonais inclinent le buste). Mais ce ne fut pas seulement ce demi-garde-à-vous qui m'étonna; le ton du « bonsoir, madame Amable » était totalement dépourvu de cette sorte de complicité, tendre ou ironique, dont il usait toujours avec les femmes et qui m'avait quelquefois irrité; j'y discernai même un peu de raideur. Et puis pourquoi avait-il dit « madame Amable », alors qu'ici tout le monde disait Pierrette ?

— Bonsoir, Beau Masque, répondit Pierrette, tu arrives bien tard à notre fête...

— J'ai passé la journée chez des compatriotes qui font du charbon de bois dans la montagne, là-haut, au-dessus de la Grange-aux-Vents...

Il avait pris le ton du récit, comme dans un salon. Je fus une fois de plus émerveillé de son aisance et de la civilité du peuple italien.

— ... les trois derniers kilomètres, continuait-il, il n'y a plus même de route. Ils sont venus au-devant de moi avec le mulet. Ils descendent une fois par semaine faire leurs provisions...

— Je ne savais pas qu'il y avait des charbonniers dans la commune, dit Mignot.

— Sauf ce qu'on dit en comité de section, tu ne sais jamais rien de ce qui se passe dans le pays, lui répondit Pierrette.

— Beau Masque, dit Marguerite, fais-moi danser.

Marguerite se leva, Beau Masque l'enlaça; ils s'éloignèrent sur la piste.

— Beau Masque... dit Mignot, pourquoi l'appelez-vous tous Beau Masque ?

— C'est presque son nom, répondit Pierrette. C'est peut-être aussi parce que nous le trouvons beau, bien qu'il ne le soit guère... Les choses les plus simples t'échappent, mon pauvre Frédéric.

— C'est vrai, dit Mignot. C'est mon malheur. C'est de là que viennent toutes mes fautes politiques.

— Assez, assez, s'écria Pierrette, tu n'es pas à confesse.

*
**

A ce moment arriva un nouveau groupe de joueurs de rugby, qui sortaient d'un banquet où ils avaient célébré leur victoire du même jour contre une équipe de Lyon-Villeurbanne, deuxième catégorie. Ils étaient menés par le fils Briand, leur capitaine, qui portait chemise à carreaux ouverte sur la poitrine et ceinturon de cuir à boucle de cuivre. Moitié cow-boy, moitié parachutiste, tel est son genre. On ne l'aime pas, mais c'est son père, le principal marchand de bois du Clusot, qui paie les maillots, les chaussures et les déplacements de l'équipe. (L'équipe de basket, jeunes filles, est subventionnée par la F.E.T.A.)

La danse vient de commencer.

Beau Masque et Marguerite sont presque seuls en piste. L'orchestre joue un tango. Marguerite laisse aller sa joue contre la joue de Beau Masque.

Le fils Briand examine les danseurs, debout sur le bord de la piste, les mains dans les poches, les jambes écartées.

— Il n'y en a plus que pour les macas, dit-il, assez haut pour être entendu de toute la salle.

Beau Masque stoppe net.

— Je t'en prie, lui dit Marguerite, je t'en prie, pas de bagarre ici.

Beau Masque fait tourner sa danseuse et se trouve face à face avec le fils Briand, mais encore séparé de lui par la moitié de la piste.

— Je t'en prie, chuchote Marguerite, pas de bagarre au bal du parti. Les gendarmes n'attendent qu'une occasion pour faire des ennuis à nos amis.

Beau Masque pousse sa danseuse de deux pas en direction de la bordure de piste, cherchant de loin, par-dessus l'épaule de la jeune fille, le regard du fils Briand. Marguerite s'arcboute pour le repousser vers le fond de la piste.

— Tu ne peux pas faire cela à Pierrette, dit-elle. Tu ne peux pas faire cela à ses copains.

Ils se remettent à danser. Marguerite sent les jambes de Beau Masque trembler contre les siennes. Elle sait que c'est de colère contenue.

Le fils Briand traverse lentement la piste. Tous les couples s'arrêtent de danser, sauf Marguerite et Beau Masque. Il les rejoint et met la main sur l'épaule de Marguerite. Beau Masque s'écarte doucement de la jeune fille. Elle est maintenant toute blanche. Ses jambes à lui ne tremblent plus. Il est tout à fait détendu, « comme avant de prendre le plongeon », pense-t-elle.

— Une fille comme ça, dit le fils Briand en appuyant lourdement la main sur l'épaule de Marguerite, une fille comme ça n'est pas pour les macas.

Marguerite se dégage brusquement de lui. Dans le même instant Beau Masque le frappe à toute volée au visage, puis au creux de l'estomac. Le fils Briand tombe au sol.

— A moi, Rugby Clusot ! hurle-t-il en se relevant.

Il a le visage inondé de sang, qu'il essuie du revers de la main et qu'il fait égoutter en secouant les doigts. Il s'avance vers Beau Masque, qui l'attend replié sur lui-même.

Mais déjà le service d'ordre communiste est là formant barrage.

Les militants qui étaient restés à bavarder par petits groupes devant la porte ou dans les cafés du voisinage, parce que le bal les ennuyait, arrivent au pas de course.

Les rugbymen sont flottants. Contre le maca, d'accord, mais contre les communistes l'affaire est différente. Les communistes ne laissent jamais chahuter leurs réunions; ils ont la réaction vive; tout le monde sait cela au Clusot. Il y a d'ailleurs, parmi les rugbymen du père Briand, plusieurs « sympathisants » et même un garçon qui a sa carte du parti; ils restent un peu en arrière du reste de l'équipe; c'est humiliant de ne pas voler au secours du capitaine, surtout un soir de victoire, mais ils ne veulent pas se bagarrer avec les copains; les voilà bien malheureux.

Arrive le cheminot Vizille qui fut commandant F.T.P.F.

Deux garçons du service d'ordre ont ceinturé le fils Briand qui rue furieusement et qui essaie de décrocher son ceinturon pour s'en faire une arme. Beau Masque se tient un peu en arrière, l'œil fixé sur le fils Briand.

— A moi Rugby Clusot ! hurle le fils Briand en décochant des ruades.

— A bas les macas ! La France aux Français ! crie du fond de la salle le charcutier Morel, qui a eu des ennuis à la Libération parce qu'il avait aidé les miliciens. Il est arrivé en même temps que l'équipe de rugby dont il est l'un des supporters.

— Ta gueule, Momo ! murmure quelqu'un dans son oreille.

Il sursaute, se retourne et se trouve face à face avec le cheminot Vizille.

— As-tu envie que je retourne faire une visite dans ta boutique ? demande Vizille.

Le visage du charcutier Morel se trouve soudain inondé de sueur.

— Pardon, mon commandant, dit-il, pardon, pardon...

Ses grosses joues tremblent, ses grosses fesses tremblent, tout son corps tremble.

Vizille traverse tranquillement la salle. C'est lui qui a libéré le Clusot, huit jours avant l'arrivée des Américains. Pendant une semaine il a exercé dans le canton toutes les autorités administratives et judiciaires. Il est communiste depuis 1929, mais, depuis 1946, il n'est jamais venu ni à une manifestation, ni à une réunion publique, ni à une réunion de cellule, et il lit *Le Progrès* de Lyon. Le 1er janvier, il paie en bloc toutes les cotisations de l'année pour le parti et la C.G.T., et puis on ne le revoit plus, sauf le jour de la fête, où il offre une bouteille de mousseux à l'ouvrier Cuvrot. *Quand vous aurez vraiment besoin de moi,* dit-il, *je serai de nouveau là, comme pendant la résistance.* Il garde le passage à niveau sur la route nationale, plus haut que le Clusot, à l'entrée de la forêt; on raconte qu'il braconne; il est lieutenant des sapeurs-pompiers. Il ne va même pas voter; c'est ce qui, en comité de section, a mis le comble à la colère de Mignot qui a réclamé son exclusion. Pierrette Amable et Cuvrot s'y sont opposés et l'ont emporté; il a été décidé de faire auprès de lui une démarche qui n'a jamais été faite.

Vizille traverse lentement la piste. A mesure qu'on le voit le silence se fait.

— Qu'est-ce que c'est ? demande-t-il à voix presque basse. Que se passe-t-il ? Qu'est-ce que cela veut dire ?

Les rugbymen s'écartent sur son passage. Mais le fils Briand continue à ruer entre les deux garçons qui l'ont ceinturé. Vizille s'approche d'eux, s'arrête, roule une cigarette, l'allume et les regarde. Le fils Briand cesse de ruer; son nez saigne; le sang s'égoutte sur la chemise à carreaux. Vizille fait signe aux rugbymen.

— Emmenez-le se laver à la fontaine et ramenez-le chez son père.

Le service d'ordre passe le fils Briand aux rugbymen qui l'entraînent.

— Bande de lâches ! crie le fils Briand à ses camarades de rugby. Bande de salopiots ! Vous n'aurez plus un sou de mon père, plus un sou, plus de souliers, plus de rien !

— Hep ! crie Vizille.

Les rugbymen qui entraînaient le fils Briand s'arrêtent.

— Si vous rencontrez les gendarmes, leur dit Vizille, vous leur direz qu'il était saoul et que c'est vous qui l'avez *arrangé* pour le faire tenir tranquille.

— Oui, Monsieur, répondent les rugbymen.

*
**

Les rugbymen entraînèrent dehors le fils Briand.

Vizille tapa sur l'épaule des deux garçons qui avaient ceinturé le capitaine de rugby pour les féliciter.

Dans le même instant, Nathalie Empoli écarta bruyamment sa chaise et cria :

— Bravo ! Bravo ! Bravo !

Et elle applaudit de toutes ses forces.

Bernarde Lubas-Privas applaudit également, mais plus calmement, sans s'être levée. Philippe Letourneau riait doucement; il avait bu plusieurs rasades de marc, il était devenu rouge, mais il ne paraissait pas ivre.

Toutes les têtes se tournèrent vers eux. Vizille examina tranquillement Nathalie, puis il tendit les bras dans sa direction et applaudit deux, trois fois, clac, clac, du bout des mains, en clignant de l'œil.

— Bravo, petite tête, cria-t-il.

Puis il gagna le buffet et commanda une bouteille de mousseux. Cuvrot alla le rejoindre. Il invita Beau Masque à trinquer avec eux.

— Tu vois, disait Mignot à Pierrette, j'avais raison, ton Vizille a des manières de gangster. Braconnier par-dessus le marché. C'est un anar. Tu verras que nous finirons par avoir des ennuis à cause de lui...

Pierrette ne répondit pas. Elle sourit en regardant de biais Vizille. Il avait pris du ventre et des joues depuis la Libération. Elle l'imaginait en train de lever les collets, à l'aube d'un matin d'été, suant et soufflant dans la pente, roulant d'un buisson à l'autre. Mignot avait peut-être raison. Mais elle imagina Vizille assis au pied d'un chêne qu'elle connaissait bien, hilare, des gouttelettes d'eau dans les boucles de ses cheveux gris, tenant entre les mains un lapin étranglé. Elle eut envie de l'embrasser sur les deux joues.

— Après ce qui vient de se passer, dit Pierrette, il est juste que je prenne la parole.

Elle monta sur la petite scène. Le chef d'orchestre tapa trois coups sur la grosse caisse pour attirer l'attention. Le silence se fit aussitôt, car après la bagarre on s'attendait à ce qu'il se passât encore quelque chose. Pierrette Amable commença à parler à voix presque basse, en cherchant ses mots.

— On vient, dit-elle, d'injurier ici un travailleur, parce qu'il est Italien...

Elle demanda si les personnes qui étaient dans la salle avaient vu les wagons à bestiaux dans lesquels vivaient les travailleurs italiens et nord-africains de la voie ? Oui. Pourquoi les entrepreneurs n'employaient-ils pas de la main-d'œuvre française ? Parce que les Français n'accepteraient pas de vivre dans ces conditions-là, ni pour ce salaire-là. Bon...

Pierrette parlait lentement, en cherchant le mot juste. Il était évident qu'elle n'avait aucune pratique de la réunion publique. Quand elle n'avait pas trouvé le mot qu'elle cherchait, elle s'arrêtait au milieu de la phrase. Alors on regardait ses grands yeux noirs, qui n'étaient posés sur rien, qui cherchaient : le silence se faisait encore plus grand; il était clair que tout le monde ici l'aimait. Même les ivrognes se taisaient, ne bougeaient pas. Elle accentuait l'articulation de son raisonnement par de nombreux « et voilà », « bon », « donc », « oui », « poursuivons », « demandons-nous si... ».

Elle se transporta par la pensée dans la Filature. Elle demanda quel âge avaient les métiers ? De vingt-cinq à trente ans. Mais la F.E.T.A. est une société internationale, dans ses usines d'Allemagne et d'Amérique quel âge ont les métiers ? De deux à cinq ans. Elle fit la comparaison des rendements. « Et voilà », « bon ».

— Mais alors pourquoi le F.E.T.A. continue-t-elle quand même à vous faire travailler ? Parce que votre salaire est plus bas, parce que vous acceptez de vivre dans de plus mauvaises conditions que les travailleurs américains ou allemands. La F.E.T.A. vous paie si mal que ça lui coûte moins cher de vous faire travailler sur des machines périmées que d'acheter des machines neuves. Vous êtes les bicots et les macas de la F.E.T.A. !

Elle conclut en disant que Français, Italiens, Nord-Africains, Allemands, Américains même, tous les travailleurs sont les macas et les bicots des grands monopoles internationaux.

— Tous unis contre toutes les F.E.T.A du monde, qui préparent la guerre et le fascisme pour pouvoir nous exploiter encore davantage !

Pierrette revint, au milieu des applaudissements, s'asseoir

près de Mignot. Elle avait élevé la voix pour l'exhortation finale, puis elle avait soudain eu honte de son ton d'orateur, et elle avait rougi. Elle était encore empourprée quand elle s'assit à notre table.

***

— Pourquoi n'as-tu pas applaudi, demanda Nathalie à Philippe.

— Que je le veuille ou non, répondit Philippe, je suis censé représenter la F.E.T.A. Je ne peux tout de même pas tendre la joue gauche après avoir reçu une gifle sur la joue droite.

— La F.E.T.A., ce n'est pas toi, c'est moi, dit Nathalie.

Elle avait applaudi tant qu'elle avait pu.

— Je suis encore bien plus sévère que cette petite pour la F.E.T.A., continua Philippe. Mais son exposé est tout de même un peu simpliste. D'abord c'est inexact que les ouvriers allemands soient mieux payés que les français...

— Tu es plus fils de patron que tu ne le crois, interrompit Nathalie.

— Et toi ? répondit violemment Philippe.

— Moi, je suis Empoli. Les Empoli sont banquiers depuis le XIVe siècle. Bernardo Empoli accula les Médicis à la faillite. Julio Empoli renfloua Charles-Quint. Les Empoli d'Edimbourg furent bien souvent davantage rois d'Ecosse que le roi d'Angleterre lui-même. Ma tante de New-York a épousé un Durand de Chambord et possède des usines atomiques. J'appartiens à l'une des grandes familles régnantes du monde...

Elle se tourna vivement vers lui :

— Pour moi tu es aussi *peuple* que n'importe lequel de ces gens-là... J'ai applaudi les yeux noirs parce qu'ils me plaisent...

Elle remplit leurs deux verres et leva le sien en cherchant les yeux de Philippe. La bouteille de marc était presque vide.

— A ton bonheur, dit-elle.

Elle vida son verre d'un trait. Philippe répondit d'un geste à son toast et vida aussi son verre d'un trait. Leurs yeux se trouvèrent. Les yeux de Nathalie brillaient moins, ses pommettes flambaient.

— Toi aussi tu me plais, dit-elle. Tu ne le sais que trop. Si tu veux remettre ça...

— Pour ce que ça a donné, dit Philippe.

— Nous étions ivres tous les deux, dit-elle.

— Nous ne nous plaisons que quand nous sommes ivres, dit-il.

— Moi, dit-elle, tu me plais en toute occasion.

La voix froide de Bernarde surgit comme de très loin.

— Et moi, demanda-t-elle, qu'est-ce qu'il me reste à faire dans toutes vos histoires ?

Nathalie se tourna vivement vers elle :

— Les demoiselles de compagnie n'ont pas voix au chapitre quand on parle de chose sérieuse.

Elle se retourna vers Philippe :

— C'est curieux, dit-elle, le goût des Empoli pour les gens de ta famille : mon père pour ta mère, moi pour toi... Si tu vas en Amérique, je suis sûre que tu feras carrière grâce à ma tante Esther.

Elle se tut une seconde.

— ... C'est sans doute, acheva-t-elle, à quoi rêve ta mère.

Philippe se leva et regarda vers l'autre bout de la salle. Puis il se pencha vers Nathalie.

— Tout compte fait, dit-il, je préfère les yeux noirs.

L'orchestre venait d'entamer un slow fox. La piste était encore vide. Philippe la traversa en diagonale, droit vers la table aux œillets rouges. Il était grand, un peu lourd des épaules et du cou, comme tous les Letourneau. Il marchait avec aisance, comme les jeunes gens qui n'ont jamais connu de patrons qu'à la table de famille. Même l'alcool ne le faisait pas vaciller, tellement il se sentait chez lui au Clusot. Tous les regards le suivaient.

Il s'inclina devant Pierrette Amable pour l'inviter à danser.

Pierrette leva lentement sur lui le regard de ses grands yeux noirs :

— Merci, dit-elle. Mais je suis trop fatiguée, pour faire cette danse-là.

Philippe s'inclina de nouveau, puis retraversa la piste avec la même aisance. Nathalie avait rempli les verres.

— A tes yeux noirs, dit-elle.

— Cette jeune femme a réellement de très beaux yeux, dit-il.

*
**

— Pourquoi as-tu refusé de danser avec lui ? demanda Mignot.

— Parce que c'est mon patron, répondit Pierrette.

— Le bal du parti n'est pas réservé aux ouvriers, dit Mignot. Nous avons invité toute la population du Clusot. Tu ne dois pas faire de distinction.

Pierrette sursauta.

— Tu es tout de même trop idiot, s'écria-t-elle. Comment veux-tu que je défende demain matin les intérêts de mes camarades contre le directeur du personnel si je rigole ce soir avec lui ?

— Elle a raison, intervint l'ouvrier Cuvrot.

— Je ne suis pas sûr que vous voyiez tous les deux les choses de la bonne façon, dit Mignot.

— Va donc inviter sa bonne amie à danser, dit Pierrette.

— Moi, dit Mignot, je ne sais pas danser.

Pierrette fit signe à Beau Masque qui l'invita, et ils dansèrent ensemble.

*
**

Philippe Letourneau, Nathalie Empoli et Bernarde Lubas-Privas, rentrèrent au château vers une heure du matin.

Lorsque Philippe avait reçu son poste à la Filature, son grand-père lui avait abandonné le pavillon des concierges. Ceux-ci avaient été congédiés, quand François Letourneau s'était retiré des affaires, après avoir cédé ses usines à la F.E.T.A. Le vieillard vivait avec une servante dans le bâtiment principal, qu'on appelait château, un pavillon d'une vingtaine de pièces, aux toits à la Mansart, édifié dans les années 1880, à l'époque de la plus grande prospérité des Etablissements Letourneau. Il n'occupait que le rez-de-chaussée. les étages ayant été fermés dès 1925; les volets n'étaient ouverts qu'une fois par an pour le « grand ménage »; à cette occasion le directeur de la F.E.T.A. prêtait pour vingt-quatre heures deux femmes de ménage à l'ancien propriétaire de l'usine.

Quand les trois jeunes gens pénétrèrent dans le parc, par la porte piétonne au bout du raccourci qui mène de la ville à la cité ouvrière, ils virent que les serres étaient éclairées. Depuis sa retraite, le grand Letourneau se consacrait tout entier à l'invention de la rose bleue, la seule que les *floralistes* estiment contraire au génie de l'espèce. Chaque année l'onglet bleu mordait un peu plus sur le pétale pourpre. Sauf accident, la première rose entièrement bleue fleurirait vers 1970; avec un peu de chance il la verrait. Il se relevait souvent la nuit, pour surveiller la croissance de ses hybrides.

— Allons dire bonsoir à ton grand-père, proposa Nathalie.

— Il déteste ma mère, dit Philippe, et par *effet*, comme au billard, toute ta famille.

— Il m'aime bien moi, dit Nathalie.

Philippe haussa les épaules.

— Comme tu voudras, dit-il.

Ils gagnèrent la serre éclairée.

— Philippe, dit Nathalie, vient de se faire refuser une danse par la déléguée du personnel de la Filature.

— La petite Amable ? répondit le vieillard. C'est une fière fille. Elle vous donnera à tous du fil à retordre.

III

Le lendemain matin vers onze heures une des secrétaires de la direction vint dans l'atelier de Pierrette Amable. Elle portait longue blouse noire, petit col blanc, cheveux tirés et n'était pas maquillée; le style du petit personnel de direction n'avait pas changé depuis l'époque où la Filature appartenait à Georges Letourneau, père du grand François Letourneau; on continuait à recruter sur la recommandation du curé.

La secrétaire alla droit à Pierrette qui surveillait son métier. Elle lui parla assez haut pour qu'on l'entendît tout autour.

— Le directeur du personnel vous demande de passer immédiatement dans son bureau.

Telle n'était pas la manière habituelle de convoquer la déléguée du personnel. D'ordinaire le grouillot de la direction venait lui porter une sorte de fiche, — quart de feuille, les petites économies font les grandes maisons — dactylographiée :

CONVOCATION
A 17 HEURES
A LA DIRECTION DU PERSONNEL

Dans le coin en haut, à gauche, on avait écrit à la main : Mme Amable. C'était toujours Noblet qui la recevait. A dix-sept heures, heure de la sortie des ateliers, parce que la direction ne voulait pas « perdre » sur le temps que Pierrette Amable consacrait à la défense de ses camarades. Ainsi commençaient généralement les grandes batailles. Cette fois l'ennemi semblait engager le combat sur un tout autre terrain.

Marguerite qui travaillait au métier voisin fredonna *Amour quand tu nous tiens...*

Pierrette pensa que Philippe Letourneau s'était levé tard et venait d'arriver au bureau.

Elle arrêta son métier. La secrétaire de direction était déjà repartie, après avoir répété : *le directeur du personnel lui-même* et *immédiatement.*

— Veux-tu que je te prête mon bâton de rouge ? cria Marguerite à Pierrette à travers le cliquetis des métiers.

Les yeux de Marguerite brillaient d'excitation. *Cela commence en effet tout à fait comme dans* Confidences, pensa Pierrette. Elle savait que son amie était grande lectrice de *Confidences.* Elle se demanda un instant si elle aurait à défendre sa dignité et la dignité ouvrière. Au fait, elle ne se sentait pas du tout inquiète; elle avait bien regardé Philippe Letourneau pendant le bal; il ne lui faisait absolument pas peur.

L'Hôtel de la direction, au centre du Clusot, se trouvait séparé de l'entrée principale de la Filature par une petite place. C'était un beau bâtiment de pierre de taille, que les voyageurs prenaient souvent pour l'hôtel de ville. Ils ne se trompaient pas tout à fait puisque depuis 1818, date de fondation de la Filature, jusqu'en 1934, le maire avait toujours été ou le propriétaire ou le directeur de l'usine.

L'odeur de désinfectant, qui prenait à la gorge dès l'entrée de l'Hôtel de la direction, était liée pour Pierrette à l'angoisse qu'elle avait éprouvée les premiers temps qu'elle était déléguée. Cela remontait même plus loin, à son enfance. *Je dois aller à la direction,* les ouvriers du Clusot ne disent cela que dans les cas graves : mise à pied, licenciement, demande d'avance, demande de secours, ou encore protestation qui vous fait inscrire sur la liste noire.

Au rez-de-chaussée les services de comptabilité et la caisse. Les premières années qu'elle avait travaillé à la filature, Pierrette s'était sentie honteuse, humiliée, de *passer à la caisse,* comme si elle avait fait quelque chose de bas, comme si elle s'était vendue; ce sentiment avait disparu quand elle avait commencé à avoir des responsabilités syndicales; maintenant en venant à l'usine, elle n'avait plus l'impression de vendre son temps, sa vie, soi-même, mais de venir livrer un combat. A la caisse, elle vérifiait attentivement sa fiche: sa signature s'était faite plus ferme, bien nette.

Elle monta rapidement l'escalier de pierre. Aucune angoisse cette fois; elle se sentait plutôt intriguée, amusée. Elle poussa la porte vitrée opaque, sur laquelle est écrit en lettres émaillées blanches : DIRECTION DU PERSONNEL, et plus bas : ENTREZ SANS FRAPPER. Une secrétaire derrière une machine, Noblet au fond, le dos à la fenêtre; elle alla droit à lui :

— Me voici, dit-elle.

Noblet leva une seconde les yeux vers elle, puis se remit à écrire, elle insista.

— Je ne vous ai pas fait demander, répondit Noblet, sans lever le nez.

Il continua d'écrire. La plus jeune des secrétaires pouffa. Pierrette la connaissait bien; elles habitaient le même pavillon de la Cité et la mère de la jeune fille faisait réciter le catéchisme aux enfants.

— Tu as quelque chose à me dire ? lui demanda Pierrette.

L'autre devint rouge et ne répondit pas. Pierrette alla frapper, au fond de la pièce, à la porte de bois verni sur laquelle est écrit, gravé sur une plaque de cuivre : DIRECTEUR DU PERSONNEL. Un bruit de pas rapides. Philippe Letourneau ouvrit la porte et s'effaça.

— Je vous prie d'entrer, madame Amable.

Elle passa. Il referma la porte derrière elle.

Elle fut étonnée de la clarté vive. Tous les bureaux qu'elle connaissait à la F.E.T.A. étaient sombres, éclairés par une seule fenêtre dont les vitres n'étaient lavées que deux fois par an, au printemps et à l'automne, les murs couverts de chiures de mouches, les plafonds écaillés.

Dans celui-ci, pièce d'angle à trois fenêtres, la lumière jouait sur des murs blancs, fraîchement repeints, ornés de tableaux aux couleurs vives, aux cadres clairs.

— Asseyez-vous...

Letourneau désignait un fauteuil *club*, placé en biais, près du bureau. Pierrette eut un mouvement pour refuser et aller s'asseoir sur une des chaises de bois, vieux style de la F.E.T.A., alignées contre le mur; elle se le reprocha aussitôt. Pourquoi la déléguée du personnel n'aurait-elle pas droit au fauteuil *club* du bureau du directeur du personnel ?

Elle s'assit donc dans le profond fauteuil de cuir, une jambe en avant, l'autre repliée, le buste très droit comme toujours, les bras posés légèrement sur les accoudoirs. Puis elle leva les yeux sur Letourneau qui venait de s'asseoir. de l'autre côté de la table, dans un fauteuil d'un autre cuir, couleur de bois de citronnier, un cuir très clair qui lui fit penser aux objets des boutiques de luxe. Elle s'aperçut alors qu'il y avait sur le bureau un vase plein de roses. Letourneau écarta les roses qui les empêchaient de se voir.

— Vous êtes surprise, demanda-t-il, de trouver des fleurs dans un bureau de la F.E.T.A. ?

— Vous m'avez convoquée..., dit Pierrette.

— Oui, oui..., dit-il.

Il chercha parmi les papiers et les livres accumulés sur la table.

— Voilà, dit-il. M. Noblet m'a demandé de signer la mise à pied de trois manœuvres du service de manutention qui... se sont présentés à leur travail en état d'ivresse.

Il sourit comme pour s'excuser.

— Je cite le rapport... qui se sont donc...

Il affecta de parler comme un gendarme de comédie.

— ... qui se sont donc présentés en état d'ivresse à leur atelier pour la quatrième fois en la période d'un mois, après avoir reçu consécutivement pendant la même période trois avertissements pour le même motif.

« Il ajoute consécutivement, pensa Pierrette qui connaissait bien le style F.E.T.A. C'est comme s'il me disait : je ne suis pas comme Noblet, j'ai fait des études, j'ai de l'éducation. »

— Qu'est-ce que vous en pensez ? demanda Letourneau.

— Je ne suis pas au courant, répondit Pierrette. Je vais faire une enquête. Faites-moi savoir, je vous prie, le nom des trois sanctionnés.

— Inutile, dit Letourneau. J'ai refusé de contresigner la décision.

Il la regardait en riant.

« Quel âge peut-il avoir ? se demandait Pierrette. On m'a dit vingt-quatre ans, mais il a un rire d'enfant. La vie sans responsabilités. Ces gens-là ne mûrissent pas. »

— Merci, dit-elle, le visage impassible.

— Si on veut encore leur faire des histoires, continua Letourneau, je les convoquerai... et puis nous nous expliquerons tous les deux... vous et moi... avec eux.

Pierrette se leva.

— Je vous remercie en leur nom, monsieur le directeur.

Elle inclina légèrement la tête, fit demi-tour et se dirigea vers la porte.

— J'ai encore à vous parler, dit vivement Letourneau.

Elle retourna vers la table. Il s'était également levé.

Ils se trouvèrent face à face de chaque côté de la table. Il désigna du pouce relevé un tableau suspendu derrière lui :

— Qu'est-ce que vous pensez de cette peinture-là ? demanda-t-il.

Elle se demanda : « Est-ce que je dois sortir sur-le-champ ? Ou bien lui répondre sèchement : je ne suis pas payée par la F.E.T.A. pour regarder des tableaux... mais pourquoi vexer ce garçon qui jusqu'ici... » Il lui vint l'idée que le sujet du tableau était peut-être offensant, elle giflerait le sale gamin. Elle leva les yeux vers la peinture, et éclata de rire.

— Alors ? demanda-t-il.

— Rien, répondit-elle, je n'en pense rien.

— C'est une excellente reproduction d'un Picasso de la période que je préfère. Vous ne trouvez pas que cela respire le bonheur ?

— Je ne sais pas, dit-elle.

— Vous n'ignorez pas que Picasso est membre de votre parti.

— C'est sûrement un brave homme, dit-elle.

— Mais vous n'aimez pas sa peinture ? insista Letourneau.

— Je n'ai pas assez d'instruction pour en juger, répondit Pierrette.

— C'est justement ce qui est intéressant, s'écria-t-il. *Je n'ai pas assez d'instruction*, vous êtes merveilleuse, vous ne pouvez pas savoir ce que vous êtes merveilleuse...

Elle le regardait avec étonnement, ses immenses yeux noirs grands ouverts. Il s'aperçut de son étonnement.

— Ce qui est merveilleux, reprit-il, c'est justement votre simplicité. Je suis certain que vous comprenez la peinture bien mieux que vous ne le croyez.

— En fait de peinture, dit-elle, je ne connais que le calendrier des Postes. Je peux même dire que je n'en ai jamais vu d'autre.

— Pardon, dit-il, excusez-moi...

— De quoi ? demanda-t-elle.

Il resta silencieux un moment. Puis brusquement.

— Pourquoi me détestez-vous ?

Elle rit :

— Je ne vous déteste pas, dit-elle.

Il se tenait tout gauche devant elle.

— Je crois même, ajouta-t-elle, que vous êtes un bon garçon.

— Je ne suis pas un ennemi des ouvriers, dit-il rapidement.

Il secoua la tête.

— La preuve, continua-t-il, c'est que j'ai refusé de signer les sanctions prises contre vos trois camarades... Noblet va faire un rapport à la F.E.T.A... Je me moque d'ailleurs de la F.E.T.A.

— Je ne crois pas, dit Pierrette.

— Vous ne croyez pas que je me moque de la F.E.T.A. ?

— Si, dit-elle. Je suis sûre que vous pouvez vous permettre de taquiner la direction de la F.E.T.A. Ce que je voulais dire, c'est que je ne crois pas que M. Noblet soit furieux. J'imagine même qu'il profitera de l'occasion pour mettre en valeur l'indulgence de la direction envers le personnel. Les trois ivrognes au sujet desquels vous m'avez convoquée méritent probablement la sanction prise contre eux.

— Vous êtes d'accord avec la sanction que je repousse ? s'étonna Letourneau.

— Non, je ne suis jamais d'accord avec les sanctions. Si les ouvriers boivent, c'est finalement de la faute de la F.E.T.A. Mais je tenais à vous signaler que M. Noblet a toujours beaucoup d'indulgence pour les ivrognes.

— Il est meilleur que je ne pensais, dit Letourneau.

Ils se trouvaient toujours face à face, debout, de chaque côté de la table.

— La F.E.T.A., continua-t-elle, ferme généralement les yeux sur les fautes de service dues à l'ivrognerie.

— Je ne la croyais pas si humaine.

Ils se turent un instant. Pierrette pensait à une vieille ouvrière de son atelier, toujours ivre, qui maintenait quand même la cadence, parce que surveiller le métier lui était devenu une seconde nature. Quand des ingénieurs passaient, ils se clignaient de l'œil : *la mère Virieux, quelle soiffarde !* On lui passait ses retards, ses absences injustifiées; mais elle avait été la seule à ne pas faire la dernière grève.

Pierrette raconta cela en deux mots.

— Ce n'est pas pour les mêmes raisons que Noblet que je défends les ivrognes, dit vivement Letourneau. *Soyons toujours ivre,* a dit Baudelaire... Ma demi-sœur que vous avez vue hier soir est ivre toutes les nuits... Je comprends d'autant mieux vos camarades, dans leurs terribles conditions...

Elle le regardait sans répondre. Il s'arrêta soudain.

— Je dis des bêtises, reprit-il... en refusant de signer les sanctions, j'avais voulu vous faire plaisir. Voilà.

Elle fronça le sourcil.

Dans le même instant on frappa, et aussitôt Pierrette entendit la porte s'ouvrir derrière elle.

— Oh, pardon, dit la voix de Noblet.

La porte se referma.

— Ne croyez surtout pas... dit Letourneau.

Elle le regardait sans sourire, interrogativement, un peu durement.

— Je méprise, continua-t-il, les patrons qui profitent de leurs privilèges pour... Bien entendu d'ailleurs vous ne le toléreriez pas...

Un demi-sourire passa sur le visage de Pierrette. Aussitôt le débit de Letourneau devint aisé.

— J'ai voulu vous faire plaisir, c'est peut-être égoïste, pour me prouver à moi-même que je ne ressemble pas aux gens de ma classe. C'est cela... j'ai voulu me prouver que j'étais avec les ouvriers.

Pierrette sourit de nouveau.

— Ce n'est pas seulement cela, ajouta-t-il précipitamment. Je voudrais conquérir votre estime... Comprenez-vous ce que je veux dire ?

— Je crois, dit-elle.

— Asseyez-vous encore un moment, demanda-t-il...

— Je ne peux pas, dit-elle. Si je reste ici plus longtemps, on jasera...

— Qu'est-ce que peut bien vous faire l'opinion d'un Noblet ?

— J'ai besoin de son respect pour me battre à égalité avec lui.

— Voulez-vous que j'ouvre la porte ?

— Si je ne rentre pas immédiatement à l'atelier, mes camarades aussi jaseront. Elles ont le droit d'être méfiantes; elles ont trop souvent été trahies. Au revoir, monsieur Letourneau...

— Vous refusez de m'aider, dit-il... et de m'aider à aider vos camarades ?

Elle eut un sourire malicieux.

— Alors, dit-elle, dès demain nous aurons quelque chose

à vous demander, quelqu'un viendra vous voir de la part de mon parti.

— C'est important ? demanda-t-il.

— Nous y attachons beaucoup d'importance, dit-elle.

— Comptez sur moi, dit-il.

— Nous verrons, dit-elle.

Elle lui tendit la main, puis se dirigea vers la porte.

— Madame Amable ! appela-t-il.

— Qu'est-ce qu'il y a encore ? demanda-t-elle durement.

— Vous permettez que je vous offre un petit objet sans valeur ?

— Cela dépend, dit-elle.

Il chercha dans son tiroir et en sortit une brochure d'un format légèrement inférieur à celui des *Conférences éducatives du Parti Communiste.* Il ouvrit, découpa et écrivit quelque chose à l'intérieur. Puis il tendit la plaquette à Pierrette.

Elle lut sur la couverture : Philippe Letourneau, *Le Roc, La Craie, Le Sable,* poèmes « Pierre Seghers, éditeur »; et sur la page de garde, d'une grande écriture enfantine : *A Madame Pierrette Amable dont j'aimerais conquérir un jour l'estime.*

— Vous le lirez un jour, dit Philippe, si vous avez le temps... c'est un peu spécial, comme cette peinture... Mais prenez-le comme un signe d'amitié...

— Merci, dit-elle.

Cette fois, elle sourit sans ironie ni malice. Il sourit à son tour.

— A demain l'épreuve, dit-il en lui secouant la main.

Elle descendit l'escalier en courant; l'entretien avait duré quarante minutes. Quand elle rentra dans l'atelier, elle posa la *plaquette* de vers près de son métier; Marguerite profita de la pose pour venir regarder : elle lut la dédicace.

— Des salades ! dit Pierrette.

— Ce n'est pas la peine de rougir, dit Marguerite.

— Tu es idiote, dit violemment Pierrette. C'est parce que je sais que tu es idiote que j'ai rougi.

IV

A la sortie de l'usine, Marguerite prit Pierrette par le bras.

— Tu ne m'en veux pas ? demanda-t-elle.

— De quoi t'en voudrais-je ? dit Pierrette.

Elles partirent bras dessus, bras dessous jusque chez les parents de Marguerite, et Pierrette écouta longtemps les confidences de son amie, qui était *béguineuse*. Le garçon du moment travaillait aux Ponts et Chaussées et se trouvait sur le point d'obtenir un poste aux environs de Lyon. « S'il m'emmenait... » rêvait tout haut Marguerite qui ne pensait qu'à s'évader du Clusot.

Pierrette ne rentra chez elle qu'à sept heures. Elle trouva Beau Masque, Frédéric Mignot et l'ouvrier Cuvrot assis dans la cuisine.

— Bonsoir, madame Amable, dit Beau Masque en se levant.

— Je m'appelle Pierrette, dit-elle.

— Bonsoir, Pierrette, dit-il.

Cela recommençait chaque fois qu'ils se rencontraient. Beau Masque s'obstinait à ne l'appeler Pierrette, comme tout le monde faisait au Clusot, que lorsqu'elle le lui demandait expressément.

Il lui offrit une cigarette blonde à bout doré. Il ne fumait que des Sultanes, malgré les moqueries de ses camarades français.

Mignot lisait, en prenant des notes, le dernier numéro de *France nouvelle*.

— Ça ne va pas chez toi ce soir ? lui demanda Pierrette.

— Non, grogna-t-il, sans lever la tête.

— Ce que je leur mets dans les gencives ! s'écria l'ouvrier Cuvrot qui préparait, sur un feuillet de papier quadrillé détaché d'un cahier, sa prochaine intervention au conseil municipal. Il commença la lecture d'une phrase.

— Pas moyen de travailler, protesta Mignot.

Le mois d'avril 195. fut frais dans la cluse et Cuvrot sans attendre Pierrette avait allumé la cuisinière. Elle laissait toujours la clef dans la boîte à lettres du rez-de-chaussée ou sur la porte. Ses camarades venaient à toute heure, quand ils en avaient besoin, pour trouver une brochure, la collection des périodiques du parti, les dossiers du syndicat, ou bien lorsqu'ils avaient des ennuis chez eux.

— Puisque tu as allumé le feu, tu aurais pu ouvrir les portes, protesta Pierrette. Ma chambre doit être glacée.

Elle ouvrit les portes des trois pièces en enfilade. Sa chambre était la dernière, au fond, au nord, contre la falaise de la cluse. La Cité ouvrière avait été construite au début du siècle, quand Georges Letourneau faisait travailler jusqu'à 5.000 ouvriers. Avec les progrès techniques, 1.200 ouvriers produisaient aujourd'hui davantage, et, à la Cité, on pouvait désormais appliquer le principe d'une pièce par habitant (Pierrette avait obtenu son logement actuel du temps qu'elle vivait avec son mari et son enfant). Mais il n'y avait qu'un seul cabinet d'aisance par étage, pour dix logements numérotés le long d'une galerie ouverte à tous les vents; et pas une seule salle de bains pour toute la Cité.

La salle de douche, au centre d'un carré de bâtiments, ne fonctionnait que l'été. Quand Pierrette avait réclamé qu'on la chauffât en hiver :

— Cela coûterait très cher, avait répondu Noblet. Et à quoi bon ? Vous savez bien que personne n'ira prendre de douches en hiver. On aura d'ailleurs raison. En se mettant tout le temps sous l'eau, comme c'est maintenant la mode, on attrape des rhumatismes et des maux de poitrine.

Noblet était sincère. Il n'y avait d'ailleurs ni bain, ni douches dans sa villa F.E.T.A. personnel-cadres. Sa fille, vingt-trois ans, licence libre de lettres par correspondance, faisait une fois par an une scène pour qu'il fît construire à crédit une salle de bains. Mais c'était pour le *standing;* elle lisait *Sélection*. S'il avait cédé, elle n'aurait quand même pas pris de bain l'hiver : telle est la force de l'éducation. En revanche, le directeur technique, l'ingénieur Tallagrand, trente-cinq ans, sorti de Centrale, marié à la fille d'un administrateur de société minière enrichi par les nationalisations, avait fait construire une salle de bains à ses frais, que sa femme utilisait tous les matins; on en parlait dans toute la ville. De tels détails différenciaient profondément deux générations parmi les cadres de la F.E.T.A. Ils se retrouvaient dans les méthodes de travail à la Filature.

Dans l'ameublement de la chambre de Pierrette se reflétait l'aisance paysanne de son oncle, mon voisin de la Grange-aux-Vents. Il avait donné en dot le lit bateau en merisier, le couvre-lit rouge, gonflé de plumes d'oies, l'armoire de noyer massif. Le matelas de pure laine à lui seul aurait coûté plus d'un mois du salaire de la jeune femme.

Un seul meuble dans la seconde pièce, entre chambre et cuisine, un buffet de bois verni à vitrine, folie de son mari pour le premier anniversaire de leur mariage : il l'avait acheté à tempérament, et c'était finalement elle qui en avait fait les frais. Elle avait longtemps détesté ce meuble, comme tout ce qui lui rappelait le lâche qu'elle avait chassé. Maintenant elle y rangeait les dossiers du syndicat.

Pierrette mit la soupe sur le feu. Elle demanda à Mignot s'il avait mangé.

— Non, dit-il, mais ça n'a pas d'importance.

— Qu'est-ce qui ne va pas aujourd'hui avec ta femme ?

— C'est de ma faute. Je lui ai reproché ce qu'elle avait dit hier soir à propos du fils Letourneau. Elle a protesté. *Pour une fois qu'il y avait quelqu'un de convenable dans un endroit où tu m'emmènes... bien sûr tu aurais préféré que j'aille avec les bicots.* Sa « douleur » est revenue. J'ai claqué la porte.

— Tu te conduis comme une brute avec ta femme, dit l'ouvrier Cuvrot.

— Rien à faire avec elle, dit Mignot. Tout ce qu'elle rêve c'est d'être reçue par Mme Tallagrand. Elle nous hait tous de l'en empêcher.

(La femme de Mignot n'avait encore rien compris à la société du Clusot. Jamais Mme Tallagrand ne l'aurait reçue. Par crainte de passer pour une provinciale, la femme de l'ingénieur ne recevait ni n'allait jamais chez personne au Clusot. Elle mettait son orgueil à n'avoir d'amis qu'à Paris, où elle passait quinze jours deux fois par an. C'était en cela justement qu'elle était typiquement provinciale. La fille de Noblet ne fréquentait personne au Clusot, pour les mêmes raisons.)

— Il ne fallait pas que tu l'épouses, continuait Cuvrot. Ou

bien il faut vous séparer. Mais tu ne peux pas lui reprocher jour et nuit d'être une petite bourgeoise.

Beau Masque souriait. Il avait des idées à l'italienne sur la manière dont un mari doit se conduire pour rester maître chez lui. Son regard narquois mit mal à l'aise Mignot, qui se leva et alla se placer le dos à la cuisinière, comme pour se réchauffer. Les yeux de Mignot tombèrent sur la plaquette de vers de Philippe Letourneau, que Pierrette avait posée sur la table en arrivant. Il l'entrouvrit et lut la dédicace.

— Toi aussi, dit-il, te voilà prête à tomber dans les bras du beau Philippe.

Pierrette ne releva pas l'impertinence. On était indulgent pour Mignot, dont on expliquait l'amertume agressive par le caractère difficile de sa femme. Elle raconta dans tous les détails son entrevue avec Philippe Letourneau.

— Attention, dit Mignot, c'est un provocateur.

— Tu crois ? demanda-t-elle.

— Il veut t'inspirer confiance pour te faire parler. C'est un mouchard de la F.E.T.A.

— Nous n'avons rien à cacher, dit Pierrette.

— A mon avis, dit Beau Masque, c'est un *gaga.*

On rit d'abord. *Qu'est-ce que tu veux dire ? Qu'est-ce qu'un gaga ?* Beau Masque expliqua qu'en Italie on appelle *gaga* les jeunes gens qui portent les cheveux longs dans le cou, les pantalons demi-courts en fuseau...

Ici, expliqua Pierrette, *nous disons zazous. Un fils à papa,* dit Cuvrot. En d'autres temps, Philippe eût été un *merveilleux,* un *muscadin.*

— A mon avis, dit Pierrette, c'est tout simplement un gosse malheureux.

— S'il a de la bonne volonté, dit l'ouvrier Cuvrot, il faudra lui demander de s'occuper des partisans de la paix. Il pourra toucher les docteurs, les notaires, le directeur d'école que nous n'avons jamais pu atteindre.

— J'ai pensé, dit Pierrette, que nous pourrions lui demander de signer la protestation contre l'arrestation de ***. Ce serait une manière de le mettre immédiatement à l'épreuve. Et puis le nom du petit-fils Letourneau ne ferait pas mal sur notre liste...

— Voilà qui me paraît excellent, dit Mignot.

— Qui va s'en occuper ? demanda Pierrette.

Après la détermination de la tâche, la désignation du responsable. Ensuite, il faudra « rendre compte ». C'était devenu chez elle une seconde nature.

— Toi, dit Mignot.

— Non, toi, dit-elle.

— Pourquoi pas toi ? Vous êtes tellement bien ensemble, insista Mignot.

— Précisément parce que si je retourne le voir, d'autres que toi penseront les imbécillités que tu as déjà commencé de dire.

— Elle a raison, dit Cuvrot. Et puis tu as passé des examens. Tu es mieux désigné que nous pour t'entendre avec un poète.

Pierrette sortit du tiroir de la table de cuisine un cahier d'écolier et un crayon. Elle mouilla le crayon avec sa langue et inscrivit :

*Tâche : signature P. Letourneau contre l'arrestation de****

Responsable : Mignot.

— Quand iras-tu ? demanda-t-elle à Mignot.

— Demain, dit-il.

Elle mouilla de nouveau son crayon et inscrivit sur le cahier :

Compte rendu : le 28 avril.

Puis elle servit la soupe pour Mignot et pour elle. Les deux autres avaient déjà mangé. Après la soupe, elle battit une omelette et ouvrit une boîte de thon. C'était un dîner très au-dessus du niveau de vie moyen des ouvriers du Clusot. Pierrette achetait des œufs et des conserves parce qu'elle détestait faire la cuisine; mais les fins de semaine, elle se nourrissait de café au lait et de pain; elle n'en souffrait absolument pas.

Avec les allocations familiales pour son fils, Pierrette Amable touchait dans les 25.000 francs par mois; mais l'enfant qui vivait chez son oncle ne lui coûtait rien. Elle se trouvait plus à l'aise que Mignot qui gagnait 50.000 francs par mois, mais dont la femme exigeait les dépenses qui lui donnaient l'illusion d'appartenir à la classe supérieure : un manteau de mouton doré, un frigidaire.

Pierrette, quoique relativement plus à l'aise que Mignot, était cependant infiniment plus pauvre que lui : elle n'avait jamais voyagé en seconde classe, n'avait jamais vu la mer ni Paris, n'avait jamais porté de linge de soie. Quand elle allait à Lyon, quatre fois par an, pour les réunions générales des délégués du personnel des diverses filiales, au siège de la F.E.T.A., elle regardait aux vitrines des parfumeurs les produits de beauté dont elle connaissait l'usage par les propos de Marguerite, mais elle avait toujours acheté son rouge à lèvres ou sa crème pour la peau à Uniprix ou chez le coiffeur du Clusot. Elle était allée deux fois au théâtre des Célestins, aux places de deuxièmes galeries. Il ne lui était jamais arrivé de ne pas « avoir à compter », terrible expression. Telle est la vraie pauvreté, la ligne qui sépare dramatiquement les classes, et des couches d'une immense diversité à l'intérieur des classes. A Mignot, des primes, des rappels, un petit héritage avaient permis à plusieurs reprises de « ne pas compter » trop, pour un voyage dans le Midi, pour l'achat d'un costume.

Les Jacquelard, tous deux instituteurs et parents de trois enfants, touchaient, avec leurs allocations familiales, plus de 120.000 francs par mois. Pierrette et eux représentaient deux genres de militants aussi fondamentalement différents que, du côté des cadres de l'entreprise, un Tallagrand et un Noblet. Les Jacquelard mettaient leur voiture à la disposition du parti, chaque fois qu'il était nécessaire; pour Pierrette il était inconcevable de songer à acheter une voiture tant que « la face du monde n'aurait pas été changée »; cela n'entrait pas davantage dans sa *ligne de compte* que le déplacement d'une étoile de quatorzième dimension dans le calcul de la résistance d'un pont en béton armé. Mais chaque fois qu'elle demandait la voiture pour un camarade, elle mettait un soin infini à remercier les Jacquelard, avec *naturel;* elle craignait de les offenser en leur *faisant sentir* qu'ils étaient d'une autre condition qu'elle; telle est l'une des formes du tact ouvrier.

Pierrette ne souffrait pas outre mesure de sa pauvreté absolue. C'est que peu à peu, dans cette période de sa vie, elle avait cessé d'avoir des problèmes personnels; elle ne connaissait plus que ceux de son action; elle était déjà presque une révolutionnaire professionnelle; on l'eût bien surprise en le lui disant; elle ne connaissait l'expression qu'à travers les romans russes; elle se jugeait à une distance infinie des héros ouvriers.

Après le souper qui ne dura qu'un instant, Beau Masque reçut sa leçon de français. Il n'avait pas encore fait grand progrès, les leçons étant irrégulières, à cause des multiples tâches de Pierrette. Elle prit sa place dans le fauteuil d'osier; il s'assit en face d'elle, sur une chaise de bois, une feuille de papier sur le calendrier posé sur ses genoux. Elle commença la dictée, qui résumait l'usage des diphtongues, délicate question, il n'y a pas de diphtongues en italien.

« Le chat Titi joue avec le chaton, qu'est-ce qu'un chaton ? Le chaton bondit, roule sur le dos... », dictait Pierrette.

— « Roule », ce n'est pas avec un u tout court ? demandait Beau Masque.

— Mais non, répondait Pierrette, ou en français s'écrit o u, c'est justement ce que tu viens d'apprendre.

— Madame Amable, disait Beau Masque, vous perdez votre temps avec moi...

« Titi gronde le polisson, continuait Pierrette. Le rat sort de son trou, titi ne le voit pas, le chaton non plus. »

— A ce régime-là, vous allez bientôt devenir tous les deux complètement idiots, grognait Mignot.

A onze heures, Pierrette alla se coucher. Elle ferma la porte du fond. Les autres restèrent encore un moment à discuter, puis partirent en laissant la clef dans la boîte aux lettres. Le Clusot était un nœud de correspondance du réseau ferré; il arrivait qu'un membre du bureau fédéral du parti ou de l'Union départementale des syndicats passât au milieu de la nuit; quelquefois Pierrette trouvait au matin un camarade couché sur le canapé de la deuxième pièce. Personne, ni dans la Cité, ni à la Filature, n'avait jamais jasé là-dessus. Mais on avait parlé d'elle toute la soirée dans maintes familles, parce que le matin elle était restée quarante minutes dans le bureau de Philippe Letourneau. C'est que dans les cités ouvrières l'expérience enseigne la plus grande vigilance à l'égard d'une des pires formes d'exploitation : l'achat des femmes et des filles des travailleurs.

Un jour au cours d'une réunion syndicale, Pierrette s'était emportée. Elle avait menacé d'une gifle un camarade qui proposait de transiger avec la direction à cause d'une ouvrière injustement licenciée. Après la réunion le vieux Cuvrot l'avait curieusement regardée :

— Tu es bien nerveuse depuis quelque temps...

— Pas plus que d'habitude, avait-elle répondu sèchement.

— Tu ne crois pas, avait-il poursuivi, que ce n'est pas sain pour une jeune femme de toujours dormir seule ?

— C'est si bon d'être seule ! s'était-elle écriée.

Il y avait déjà trois ans qu'elle avait chassé son mari, elle n'en finissait pas encore de se réjouir de ne plus être forcée de supporter sa présence.

— Ça ne te pèse jamais ? avait insisté Cuvrot.

Elle l'avait regardé franchement :

— Tout ce qui me rappelle Lucien me dégoûte.

Cuvrot avait parlé d'autre chose, mais elle avait senti qu'il n'était pas d'accord. Elle avait repoussé à plus tard de se poser le problème. Entre l'atelier, le syndicat et le parti, elle travaillait seize heures par jour et dormait bien.

V

Le lendemain, dès les facteurs revenus de leur tournée, Mignot quitta la poste et se présenta à la direction de la F.E.T.A.

— Je voudrais voir M. Letourneau, dit-il au vieux gardien, assis dans le couloir d'entrée, derrière une table de sapin, noire de crasse et d'encre.

— Vous avez rendez-vous ?

— Non.

— Remplissez une fiche.

Il inscrivit :

NOM : *Frédéric Mignot.*

OBJET DE LA VISITE : *de la part de la section du Clusot du parti communiste français.*

— Attendez, dit le gardien, qui s'en alla clopin-clopant vers l'escalier.

Mignot imagina que le vieux avait porté sur lui un regard bouleversé. En vérité, il était depuis longtemps trop myope pour lire, même avec des lunettes : c'est ce qui lui donnait l'air effaré.

— Faites entrer tout de suite, dit Letourneau, qui attendit le cœur battant.

« Voilà, pensa-t-il, l'initiative mystérieusement annoncée hier par la petite Amable. Elle a tenu sa promesse. » Il était persuadé de faire quelque chose de très important en « introduisant l'ennemi dans la maison ». « Voilà, se dit-il, mon premier acte de courage. »

Mignot avait préparé toute une argumentation pour persuader Letourneau de signer la pétition pour la libération de ***. Philippe voulut signer avant d'avoir entendu un seul mot.

« Ce n'est donc que cela », pensa-t-il. Il avait craint que Pierrette exigeât de lui une profession de foi publique, comme par exemple d'aller crier *L'Humanité*, le dimanche matin, à la sortie de la messe. Il aurait craint d'être ridicule. Ce n'était pas qu'il se souciât de l'opinion des bourgeois du Clusot, ces tout petits bourgeois, et il savait qu'au contraire ses amis de Lyon ou de Paris auraient trouvé tellement *amusant* de sa part qu'il criât *L'Humanité* dans les rues d'un chef-lieu de canton. Il craignait de paraître ridicule aux yeux des ouvriers : « Je ne saurai pas faire comme eux, je serai *déplacé.* » N'étant jamais sorti de chez lui un dimanche matin depuis qu'il habitait le Clusot, il ne savait pas qu'on n'y criait pas *L'Humanité* dans les rues; les rares militants que Mignot et Pierrette avaient réussi à mobiliser allaient porter le journal à domicile chez les acheteurs habituels. Les seuls ouvriers qu'on rencontrait dans les rues du Clusot, le dimanche matin, avant l'heure de l'apéritif, sortaient de la messe où ils étaient allés pour se faire bien voir de Noblet.

Philippe avait également réfléchi que de crier *L'Humanité* l'empêcherait, son stage terminé, d'obtenir un visa pour les Etats-Unis, où sa mère avait promis de l'envoyer. « Quelles que soient les opinions que l'on professe, on ne peut être aujourd'hui un homme complet, sans avoir vécu quelque temps aux U.S.A. La police française informe de tout leur consulat; ils me refouleront. » Il avait réfléchi toute la nuit en quels termes il refuserait de vendre *L'Humanité.* « Je pourrai vous rendre beaucoup plus de services en ne me compromettant pas aussi ouvertement avec vous. »

Mignot insista pour qu'il lût au moins les termes de la pétition pour la libération de ***.

— Non, non, dit Philippe, je vous fais confiance.

Ils ne savaient plus quoi se dire.

— Dans quel service travaillez-vous ? demanda Philippe.

— Si j'avais travaillé à la F.E.T.A., je ne me serais pas présenté à vous es qualité, répondit Mignot, en montrant la fiche OBJET DE LA VISITE.

(« Pourquoi pas ? », aurait demandé Pierrette. Mais à Mignot la F.E.T.A. paraissait plus redoutable et plus énigmatique qu'à Pierrette.)

— Je suis inspecteur des Postes, continua-t-il.

— Si vous voulez passer chez moi un de ces soirs, dit Philippe. J'ai amené ici une partie de ma bibliothèque; vous prendrez ce que vous voudrez... J'ai un Karl Marx complet.

— Vous l'avez lu ?

— Pas complètement. Je m'intéresse surtout à la poésie.

Il aurait aussi bien répondu autre chose. Il ne pensait qu'*à briser la glace.*

— Je sais, je sais, dit Mignot, j'ai aperçu votre petit livre chez Mme Amable.

Mais Philippe ne voulait surtout pas s'engager dans cet instant sur le terrain de ses essais poétiques.

— J'en sais assez de Karl Marx, coupa-t-il, pour être sûr qu'il avait raison...

Et avec un élan soudain :

— Je suis sûr que vous autres communistes vous surestimez l'adversaire... Vous ne pouvez pas savoir à quel point ma classe est déjà décomposée.

Mignot ne s'était attendu à rien de tout cela. Il s'accrocha à « ma classe », et répondit :

— Votre classe a encore assez de poigne pour serrer la vis aux travailleurs. La preuve...

Il désigna la pétition que Philippe venait de signer.

— C'est vrai, dit Philippe, je n'avais pas suffisamment réfléchi à cet aspect de la question...

Son grand front était lisse, avec une plage sans le moindre pli entre les sourcils très écartés. Il y porta la main. Il semblait poursuivre un vain effort pour froncer le sourcil. Il paraissait singulièrement désarmé. Mignot dut faire un effort pour ne pas dire des gentillesses.

— Beaucoup de choses m'échappent encore, dit Philippe. Venez me voir... Vous me ferez très, très plaisir.

Mignot le remercia chaleureusement pour la signature de la pétition. Le soir, il retrouva chez Pierrette l'ouvrier Cuvrot et Beau Masque. Il « rendit compte ».

— Va le voir, insista Cuvrot. Il faut savoir ce qu'il a dans le ventre. C'est peut-être un bon gars...

VI

Moins de deux semaines après le bal de la section communiste du Clusot, je reçus la visite de Frédéric Mignot. Il était venu à la Grange-aux-Vents par la route, à vélomoteur, pour m'apporter divers documents que lui avait confiés Philippe Letourneau et qu'il pensait que je pourrais utiliser pour des articles de journaux.

Après sa première entrevue avec Philippe Letourneau, dans les bureaux de la F.E.T.A., Mignot avait laissé passer plusieurs jours. *Je ne voulais pas,* me dit-il, *avoir l'air de me précipiter sur l'occasion d'aller chez lui.* Un soir enfin, vers neuf heures, il se rendit au château.

Les pièces qu'habitait Philippe, dans l'ancien pavillon des concierges, avaient chacune deux fenêtres, l'une ouvrant sur la route nationale, l'autre sur le parc. Les volets de fer, côté route, étaient toujours fermés, de jour comme de nuit.

— Si vous voyez de la lumière au travers des persiennes, frappez, avait dit Philippe.

Mignot frappa à la persienne. Philippe vint aussitôt ouvrir la porte piétonne accouplée à la grande grille du parc.

— Comme c'est gentil d'être venu ! s'écria-t-il.

Mignot vit une Alfa Romeo grand sport rangée dans le parc, tout contre le pavillon. Il entendit un éclat de rire, une voix de femme. Il battit en retraite :

— Je vous dérange, je reviendrai...

— Non, non, tout au contraire, dit Philippe qui le poussa dans le pavillon.

Mignot reconnut les deux jeunes femmes qui avaient accompagné Philippe au bal. Nathalie Empoli était étendue sur un lit de fer, une bouteille de whisky et trois verres, sur une chaise, près d'elle. Un pull-over blanc détaillait ses maigres épaules, ses jolis seins. Bernarde Lubas-Privas, en tailleur comme le soir du bal, regardait les titres d'une pile de disques posés sur un fauteuil.

Mignot examinait avec étonnement l'habitation du jeune directeur du personnel de la F.E.T.A., les murs peints à la chaux, les fauteuils avec leur housse. Pas de meubles, sauf une bibliothèque dont les portes avaient été enlevées; des livres, des papiers, un rasoir électrique étaient posés pêle-mêle sur les rayons. Par une porte ouverte, Mignot aperçut dans la pièce voisine un sommier, un matelas plié en deux, des couvertures en tas (c'était là qu'avaient dormi Nathalie et Bernarde le soir du bal) et des piles de livres posées sur le plancher. Une corde pendait du plafond, commandant la trappe qui menait au grenier.

Letourneau s'aperçut de l'étonnement de Mignot et désignant le lit-cage :

— Si je pouvais être heureux, dit-il, je le serais parfaitement sur ce lit de fer. Je n'ai fait transformer mon bureau à la Filature que pour protester contre l'avarice de la F.E.T.A... et pour que mes peintres abstraits jettent le trouble dans l'âme de Noblet...

Puis il fit les présentations...

— Whisky... proposa Nathalie.

— Je ne sais pas...

Mignot faillit dire « ... si j'aime ça », mais il se retint; la phrase resta en suspens.

— Comment vont les yeux noirs ? demanda Nathalie.

— Les yeux noirs ? s'étonna Mignot.

— Oui, insista Nathalie, cette jeune femme qui a refusé de danser avec Philippe.

— Ah ! oui, dit Mignot.

Elle est belle, dit Nathalie. Moi, je n'ai plus que la peau sur les os.

Elle tira bizarrement son pull-over et le lâcha doucement, gonflé de poches d'air, qui se vidèrent peu à peu; alors le jersey de laine colla de nouveau à ses épaules creuses.

— Voyez, dit-elle, en recommençant de tirer sur le tricot.

— M. Mignot s'en fout, cria Bernarde.

— C'est vrai ? demanda Nathalie en se soulevant sur le coude.

Mignot ne répondit pas.

— Alors, demanda-t-elle, c'est vous le Rouge dont Philippe nous a parlé ?

Philippe qui fouillait dans un tas de papiers posé sur un rayon de la bibliothèque, se retourna brusquement.

— Laisse-le tranquille, cria-t-il.

— Excusez-moi, dit Nathalie à Mignot, mais je crois que je suis saoule.

Philippe avait trouvé les papiers qu'il cherchait.

— J'ai là, dit-il à Mignot, des choses intéressantes pour vous. Passons dans l'autre pièce...

— Pourquoi dans l'autre pièce ? protesta Nathalie.

— Parce que nous avons à parler de choses sérieuses.

Nathalie changea soudain de voix.

— Philippe, je t'en prie, mon petit Philippe, je serais tellement heureuse si pour une fois tu parlais de choses sérieuses devant moi.

Philippe haussa les épaules, mais il fit asseoir Mignot sur un des fauteuils à housse, et s'assit en face de lui, sur le bord du lit de fer, aux pieds de Nathalie. Il tenait quatre liasses de papiers.

— J'ai cherché dans les archives de la Filature, dit-il, et j'ai trouvé quelques documents qui n'ont de valeur qu'historique, mais qui peuvent vous être utiles dans votre lutte...

Il prit un temps de silence.

— Ma famille, dit-il, est de longue date une famille de brigands...

***

A la fin du XVIIIe siècle, un Letourneau avait fondé dans la Cluse, une dizaine de kilomètres au-dessus du Clusot, une filature de soie, actionnée par les eaux de la Géline. Vers 1820, le prix des *filés* s'effondra sur le marché de Lyon, des industriels alsaciens ayant mis au point de nouveaux procédés de traitement. Les trois frères Letourneau, fils du fondateur de l'établissement, se trouvèrent acculés à la ruine; le cadet alla s'engager comme ouvrier, sous un faux nom, dans une filature alsacienne.

La première liasse remise par Letourneau à Mignot contenait les lettres échangées à cette époque entre les trois frères.

Le vol systématique des procédés de fabrication n'y était pas dissimulé : « *N'oubliez pas les mécaniques dont vous nous avez parlé,* écrivait l'aîné, *faites l'impossible pour tout découvrir... Ne revenez pas maintenant si en patientant vous pouvez découvrir quelque chose d'autre...* etc. »

Dans les années qui suivirent, la surface des ateliers de la Filature Letourneau Père et Fils décupla. Mais où trouver une main-d'œuvre aussi bon marché que celle des concurrents alsaciens qui utilisaient les prisonniers de droit commun et des concurrents suisses qui employaient les filles « repenties » enfermées par décision des autorités religieuses ? Les Letourneau inventèrent d'occuper les enfants des montagnes voisines.

La seconde liasse remise par Letourneau à Mignot contenait des « notes de service » concernant l'emploi de la main-d'œuvre enfantine. On y lisait par exemple : « *Chaque matin, le guide désigné parcourra son village avec une lanterne de couleur (chaque village aura sa couleur) et sonnera la diane... Le moment du départ venu, le guide sonnera de nouveau et les enfants se rassembleront, les garçons devant, le guide au milieu, les filles derrière... La journée de travail des enfants ne dépassera pas douze heures... Le soir, dès qu'on sonne l'arrêt du travail, les enfants doivent se préparer, se brosser... une autre sonnette les appelle à la prière... à la fin de la prière, tout le monde se rend dans son atelier, à la station de son village, qui est marquée sur la muraille, les guides arrivent...* » Etc.

Vers 1830, les établissements Letourneau s'étaient si bien développés que des tissages furent adjoints à la Filature. Au Clusot cependant un certain Pierre Amable avait installé un petit atelier de tissage. Douze ouvriers; il achetait ses filés aux Letourneau; c'était en quelque sorte un entrepreneur à façon. Mais son fils fit des études, revint au Clusot et inventa une machine encore en usage dans la plupart des tissages du monde, la rotatrice Amable.

« Est-ce un parent lointain de votre camarade ? » avait demandé Philippe. « Probablement, mais sans doute l'ignore-t-elle, il faudrait rechercher dans les archives de la mairie. »

Grâce à la rotatrice Amable, les *Tissages du Clusot* devinrent rapidement de dangereux concurrents pour les *Tissages Letourneau.* Les Letourneau coupèrent les fournitures de filés et conclurent des accords secrets avec les filateurs auxquels s'adressaient les Amable. Mais il fallut une épidémie de typhus qui décima la population du Clusot et dont Pierre Amable fut une des premières victimes, pour parfaire la victoire des Letourneau; le jeune Amable capitula et reçut en compensation la direction technique des établissements réunis; il mourut pauvre et couvert de décorations méritées par ses multiples inventions. Les Letourneau transportèrent au Clusot la direction de leurs entreprises qui commençaient à rayonner sur toute la région.

La troisième liasse de documents concernait l'épidémie de typhus qui avait ravagé le Clusot, en 1836. (On appelait à cette époque typhus, toutes les fièvres typhiques, y compris la typhoïde.) Elle contenait des lettres de protestation de la population, qui ne disposait pas de fontaine publique et se trouvait obligée de boire les eaux de la Géline polluées par les Etablissements Letourneau situés en amont, les protestations de la municipalité auprès de la préfecture, les certificats de complaisance établis par des médecins liés aux Letourneau, et finalement l'arrêté de Louis-Philippe « *autorisant le sieur Letourneau à conserver la filature de soie qu'il possède sur la rivière Géline* ». L'arrêté datait de 1834, l'épidémie de 1836.

A la fin du siècle dernier, Amédée Letourneau, arrière-grand-père de Philippe, contrôlait de fait tous les tissages et filatures de soie de la vallée de la Géline et des vallées voisines. Les Privas-Lubas avaient établi, par des procédés analogues, leur suzeraineté sur la plupart des tissages et filatures du département de l'Ardèche. Mais entre 1900 et 1920 les deux familles s'engagèrent sur des voies divergentes. François Letourneau poussa au plus haut degré de perfection l'équipement technique de ses usines, qui devinrent des modèles pour toute l'Europe. Cependant Joachim Privas-Lubas transformait ses établissements, sous le nom de Filatures et Tissages Anonymes (F.E.T.A.) et fondait une banque qui contrôlait la F.E.T.A. et étendait peu à peu ses activités à toutes sortes d'affaires annexes, en France et à l'étranger.

Le mariage de Georges Letourneau, fils unique de François, avec Emilie Lubas-Privas, fille unique de Joachim, parut présager à la réunion des deux maisons, à la fusion de l'industrie et de la finance, du capital catholique et de la banque protestante, à la fondation d'une dynastie européenne de la soie. La naissance de Philippe fut fêtée comme celle d'un dauphin.

Son père Georges, né chétif d'une Alsacienne qui n'avait jamais pu s'habituer à vivre au fond de la Cluse, mourut en 1927. Sa mère Emilie avait trente ans, une santé de fer, l'esprit uniquement tourné vers les affaires.

La quatrième liasse contenait les lettres échangées entre la mère de Philippe et son grand-père maternel Joachim Privas-Lubas, pendant la grande grève de 1924 et aussitôt après. Philippe ne les avait pas trouvées dans les archives de la F.E.T.A., mais il ne dit pas comment il les avait découvertes ou volées. Elles révélaient jour par jour la ténacité et la ruse mises en œuvre par Emilie pour durcir l'intransigeance de son beau-père envers les ouvriers en grève, et pour le convaincre d'accepter les avances proposées par la banque Privas-Lubas. Les Privas-Lubas ne tinrent aucune des promesses verbales qu'ils avaient faites et quelques mois après la fin de la grève la F.E.T.A. avait absorbé les établissements Letourneau.

Letourneau n'eut pas à chasser la bru traîtresse. Trois mois après la mort de Georges, elle se remaria avec Valerio Empoli, grand banquier lyonnais, issu d'une illustre famille de financiers juifs florentins. Les répercussions en France de la grande crise américaine permirent à Emilie de retourner contre son propre père les armes qu'elle venait d'utiliser contre son beau-père et, en 1932, la F.E.T.A. passait sous le contrôle de la Banque Empoli.

— Telle est ma famille, conclut Philippe Letourneau. Vous savez maintenant que notre fortune a été édifiée sur le vol, l'exploitation des enfants, l'utilisation du typhus, l'impitoyable anéantissement des concurrents et les trahisons familiales... Ma mère est sans doute la plus scélérate de toute la lignée...

***

Tout le temps qu'avait duré l'exposé de Philippe, Nathalie n'avait cessé de boire, mais à très petits verres et l'éclat de ses yeux perçants ne s'était pas accru. Bernarde avait bu plusieurs grandes rasades de whisky et des taches rouges étaient apparues sur son visage et sur ses mains. Il était plus de minuit.

— Ma mère est sans doute la plus scélérate... avait dit Philippe.

Nathalie intervint soudain avec passion :

— Ta mère est en train d'essayer d'avoir la peau de mon père.

Elle s'était assise d'un bond sur le lit et elle avait projeté le buste en avant, vers Philippe.

— Ta mère, continua-t-elle, et ma tante Esther ont monté un mauvais coup...

— Esther Durand de Chambord, précisa Bernarde à l'intention de Mignot.

Elle détailla ironiquement « Durand de Chambord ».

— Durand de Chambord, dit Mignot. Il me semble connaître...

Nathalie se retourna vers lui et dit sèchement :

— Mon père lit les discours de Staline. Vous pourriez au moins connaître le nom de vos principaux ennemis.

— Une famille française émigrée en Amérique au XVIIIᵉ siècle, dit rapidement Bernarde. Aujourd'hui, le trust américain des produits chimiques, de l'industrie atomique et, en ce qui nous concerne, la soie artificielle...

— Je sais, je sais, dit Mignot, qui se rappelait soudain avoir lu cela quelque part, voilà pourquoi il lui avait semblé connaître.

Mais Nathalie déjà réattaquait Philippe :

— Si tu continues à laisser faire ta mère, tu te retrouveras un matin dans la rue avec un petit frère américain pour hériter du produit...

Elle s'interrompit un instant :

— ... du produit des forfaits de nos familles, acheva-t-elle dans un éclat de rire.

— Ne t'inquiète pas, Philippe... laissa tomber lentement la voix froide de Bernarde.

Elle s'était dressée à son tour et parlait debout, appuyée au mur. Mignot fut étonné de la haine qui animait soudain ses yeux gris.

— Ne la crois pas, continua-t-elle. Les Empoli sont les plus malins, ils finissent toujours par gagner...

Elle prit un temps de pause. Philippe s'était tourné vers elle. Il était visiblement surpris de la soudaine intervention de la silencieuse Lubas-Privas.

— Le seul qui a déjà perdu sur tous les tableaux, c'est toi, mon pauvre Philippe. Battu comme Letourneau, battu comme Privas-Lubas, vaincu sur toute la ligne. Regarde-toi dans une glace, tu as déjà une tête de vaincu, une démarche de vaincu...

Sa voix s'échauffa soudain :

— Un vaincu, répéta-t-elle fortement. Voilà pourquoi tu flirtes aujourd'hui avec les Rouges. Tu bêles avec le troupeau.

— Toi aussi, tu es vaincue, dit Philippe.

Il se leva à son tour, se versa un grand verre de whisky et l'avala d'un trait. Puis il s'adossa au mur, face à Bernarde. Seul Mignot restait assis, un peu à l'écart. Au fait, aucun des trois jeunes gens ne faisait plus attention à lui.

— J'ai perdu pour l'instant, mais je me referai, dit fermement Bernarde.

Philippe la regardait.

— Moi, dit farouchement Bernarde, je me battrai jusqu'au bout. Je ne m'avilirai jamais à acheter l'indulgence des communistes en leur racontant mes histoires de famille...

— Chienne, cria Philippe, tu préfères lécher Nathalie pour lui gagner ses sous.

Nathalie éclata de rire. Elle avait le rire placé très haut.

— Philippe, Philippe, cria-t-elle, je t'aime... comme tu lui as bien dit cela.

Elle répéta la phrase de Philippe, et rit de nouveau. Puis :

— Pourquoi donc ne veux-tu pas m'aimer ? Tu es le seul être au monde qui m'amuse.

— Aussi dégénéré l'un que l'autre, dit Bernarde.

Philippe se souvint que Mignot était là et se tourna vers lui :

— Bernarde est fasciste, dit-il.

Nathalie se tourna elle aussi vers Mignot :

— Savez-vous, demanda-t-elle, pourquoi Bernarde se déchaîne toutes les nuits à cette heure-ci ?

— Ça ne m'intéresse pas, dit Mignot.

— Moi, je le sais, continua Nathalie, je le sais, parce que quand elle ne peut pas dormir elle me raconte tout. Elle se rappelle la mort...

— Tais-toi, cria Bernarde.

— Elle sait, continua Nathalie, qu'elle mourra comme son frère...

— Je te défends, cria Bernarde.

Elle passa dans la pièce voisine, en tirant la porte. Nathalie se précipita derrière elle. Mignot et Philippe entendirent un bruit confus de dispute, de sanglots, d'objets renversés.

— Elles recommencent ça toutes les nuits, dit Philippe.

Il remplit deux verres de whisky sec et en tendit un à Mignot, qui accepta.

— Comment est mort son frère ? demanda Mignot.

— C'était un milicien de Pétain, répondit Philippe. Les paysans de l'Ardèche l'ont tué à coups de fourche, sous les yeux de Bernarde. Il est mort sur un tas de fumier. Il avait guidé la Gestapo et fait surprendre plusieurs maquis. Tout le village est venu cracher sur son cadavre... Bernarde fait maintenant partie d'un réseau qui regroupe les anciens miliciens, les nazis condamnés comme criminels de guerre et remis en liberté, les agents de l'O.V.R.A. que les partisans italiens ont négligé de pendre... C'est pour son sale trafic qu'elle a entraîné Nathalie en Espagne l'an dernier...

Des injures leur parvinrent à travers la porte : « *Sale juive !* », « *Tu crèveras comme ton frère* », « *Toi avant moi, tu n'oses déjà plus retourner en Amérique !* »

— Elles en ont comme ça pour jusqu'à trois heures du matin... dit Philippe. Je ne sais jamais si je dois cacher le whisky pour qu'elles se calment, ou forcer la dose pour qu'elles s'endorment.

— Mais pourquoi, demanda Mignot, pourquoi Mlle Nathalie passe-t-elle toutes ses nuits avec cette fasciste ?

— C'est plus commode pour elle, dit Philippe. Bernarde l'empêche de coucher avec des hommes. Nathalie ne sait pas dire non aux hommes.

— Ah ! oui, dit Mignot.

— Quand elle couchait avec des hommes, dit Philippe, elle finissait toujours par avoir des ennuis. Elle a déjà fait je ne sais combien de fausses couches.

— Ah ! oui, dit Mignot.

Philippe remplit de nouveau les verres.

— Vous comprenez, dit-il, Bernarde est à la fois la secrétaire de Nathalie, son chauffeur, sa femme de chambre et son compagnon de lit. Cet arrangement lui simplifie la vie...

— Ah ! oui, dit Mignot.

— Son infirmière aussi, dit Philippe. Nathalie ne respire plus qu'avec un fragment de poumon.

*
**

A ce moment, on frappa à la persienne, côté parc. Bernarde rentra rapidement dans la pièce. Elle respira profondément pour reprendre souffle. On frappa de nouveau.

— J'y vais, cria-t-elle.

Elle sortit. On entendit ses pas sur le gravier du parc. Philippe éteignit les lumières et entrouvrit la persienne, côté parc.

— Je ne comprends pas, dit Mignot.

— Taisez-vous, taisez-vous, chuchota Philippe.

Mignot aperçut par l'entrebâillement de la persienne, dans le clair de lune, le vieux Letourneau debout devant le capot de l'Alfa Romeo, avec un volumineux paquet dans les bras.

— Qui est là-dedans ? demanda le vieux Letourneau, en montrant du pouce le pavillon des concierges.

— Nathalie, répondit la voix de Bernarde.

— J'ai entendu une voix d'homme.

— C'est moi, cria Philippe.

François Letourneau posa le volumineux paquet au milieu de l'allée, devant la voiture. Les phares s'allumèrent. L'ombre immense du vieillard se projeta jusque sous le grand tilleul au bout de l'allée.

— Eteins, cria-t-il. On va nous voir.

— Tout le monde dort, répondit la voix de Bernarde.

La portière claqua et elle apparut à son tour dans la lueur des phares. Elle ôta le linge qui enveloppait le paquet et s'agenouilla près d'un petit meuble à tiroirs.

— C'est une copie, dit-elle.

— Authentique, certifiée, expertisée, dit François Letourneau.

— Regardez avec moi...

— Non. Je ne suis pas un marchand. On m'a toujours cru sur parole.

— C'est une bonne copie, dit Bernarde, mais c'est une copie.

— Combien ? demanda le vieillard.

— Dix.

— Va-t'en, dit le vieillard.

Bernarde se releva et disparut de la lueur des phares.

— Combien ? cria le vieillard.

— Quinze, dit Bernarde.

— Va-t'en et ne remets jamais les pieds chez moi !

On entendit la portière de la voiture, puis les phares s'éteignirent.

Philippe s'approcha de la fenêtre.

— Combien voulais-tu de ton chiffonnier ? demanda-t-il à son grand-père.

— Trente-cinq mille.

— Quinze, dit dans l'obscurité la voix de Bernarde. Si vous avez besoin de plus, ajoutez le service de Sèvres.

— Tous les Privas-Lubas sont des voleurs, dit le vieillard.

Nathalie s'approcha à son tour de la fenêtre.

— Bernarde, cria-t-elle, donne trente-cinq.

— Jamais, dit Bernarde.

— J'achète trente-cinq, cria Nathalie. Paie pour moi.

Les phares s'allumèrent, puis on vit Bernarde s'approcher du vieillard, compter trois billets de dix, cinq de mille. François Letourneau vérifia, puis disparut dans la nuit sans rien dire.

Philippe referma les persiennes et rendit la lumière. Nathalie se reversa une rasade de whisky.

— Il n'y comprend rien, dit Philippe, en désignant Mignot d'un mouvement du menton.

— Mets-toi à sa place, dit Nathalie.

— La F.E.T.A., expliqua Philippe, n'a laissé à mon grand-père que de petites rentes et ses rosiers lui coûtent cher. Il faut chauffer la serre, l'éclairer avec des lampes spéciales... Il vend les meubles de famille pour pouvoir achever la rose bleue avant de mourir... en cachette de sa vieille bonne pour que le pays ne le sache pas... *Les Letourneau achètent toujours, ils ne vendent jamais*, c'était la tradition au Clusot...

— Ils vendaient les filés et tissus Letourneau, dit Nathalie.

— Ils vendaient le travail de leurs ouvriers, dit Mignot.

— Bien sûr... dit Philippe.

Il se tenait devant eux, debout, les bras ballants, les regardant tour à tour, balançant le buste. Mignot pensa qu'il devait être légèrement ivre.

— Mais, continua Philippe, j'ai l'impression que ce soir nous manquons tous d'humour.

C'était tellement inattendu que Nathalie et Mignot éclatèrent de rire.

— Tu vas voir si je manque d'humour, dit soudain Nathalie.

Ses petits yeux flambèrent. Elle alla vers la porte. Elle ne marchait pas tout à fait droit. Philippe et Mignot la suivirent dans le parc. Bernarde était assise au volant de l'Alfa Romeo; le chiffonnier était soigneusement calé sur les coussins arrière.

— Nous rentrons, dit Nathalie.

— Je t'attendais, dit Bernarde.

— Pousse-toi, dit Nathalie; je vais conduire.

— Non, dit Bernarde.

— Retire-toi de là, cria Nathalie.

Nathalie appuya de toutes ses forces sur la poignée de la portière que Bernarde retenait de l'intérieur.

— Philippe, cria Bernarde, Philippe, ne la laisse pas faire. Elle est complètement saoule. Elle va nous tuer.

Philippe riait. Il ne répondit pas. Mignot se tenait un peu à l'arrière, dans l'ombre du pavillon.

Soudain la portière s'ouvrit. Bernarde maintenant s'accrochait des deux mains au volant. Nathalie se jeta sur elle et tira violemment. Bernarde tomba de la voiture et roula sur le gravier. Nathalie grimpa sur le siège et referma la portière. Philippe riait toujours, silencieusement. Bernarde se releva et tapa de la main sur son tailleur pour enlever la poussière qui le maculait.

— Maintenant, dit Nathalie, monte à côté de moi.

Bernarde ne bougea pas.

— Si tu me laisses partir sans toi, dit Nathalie, je ne te reverrai pas de la vie. Et tu sais que je tiens toujours ma parole... même quand je suis complètement saoule comme à présent.

— Sadique, dit farouchement Bernarde.

— Veux-tu que je t'aide à monter dans la voiture ? demanda Philippe en s'approchant de Bernarde.

Bernarde se tourna vivement vers lui :

— Assassin, dit-elle.

— Tu manques tout à fait d'humour, dit Philippe.

Il fit le geste de lui prendre le bras.

— Ne me touche pas, dit farouchement Bernarde.

Elle fit toute seule le tour de la voiture et prit place à côté de Nathalie.

— Ouvre le portail, dit Nathalie à Philippe.

Philippe se dirigea vers le portail. Mignot le suivit.

— Vous croyez, demanda-t-il, que nous pouvons les laisser partir dans cet état ?

— Nathalie conduit très bien quand elle est ivre, répondit Philippe.

Il ouvrit le portail et revint vers la voiture. Nathalie avait mis le moteur en route et allumé les phares. Nathalie pencha la tête hors de la portière.

— Embrasse-moi, dit-elle à Philippe.

Philippe se pencha vers elle et l'embrassa. Puis il s'écarta de la voiture.

Nathalie démarra brusquement, mais au lieu de s'engager sur la route, elle fonça dans l'allée centrale du parc, droit sur le château. Elle fit le tour du château, au frein, en dérapant à chaque angle sur le gravier.

— Elle nous fait une démonstration préalable, dit doucement Philippe... Bernarde crève de peur quand Nathalie prend le volant après quelques verres de whisky. Ma sœur en profite pour se venger.

— De quoi ? demanda Mignot.

— Du dégoût que lui inspire Bernarde.

— Ça recommence toutes les nuits ? demanda Mignot.

— Très souvent, dit Philippe.

L'Alfa reprit à angle droit l'allée centrale, puis glissa en roue libre jusqu'aux deux hommes.

— Regardez-la, cria au passage Nathalie.

Bernarde était blanche, une main crispée sur la portière, l'autre sur le siège. Nathalie avait allumé la lampe intérieure, pour qu'ils pussent bien voir.

Elle rembraya si brusquement que Bernarde se mordit les lèvres. L'Alfa fut projetée sur la route. Une autre voiture arrivait à grande vitesse, le chauffeur freina à bloc. L'Alfa passa devant lui de justesse, escalada le trottoir opposé à la grille, se redressa et fonça vertigineusement dans la nuit.

— Elle va se tuer, dit Mignot.

— Pourquoi ? demanda Philippe... Je lui ai toujours connu beaucoup de chance.

Il referma les grilles. Mignot l'aida.

— Un dernier verre de whisky, proposa Philippe, non ?... Revenez me voir quand vous voudrez... vous me ferez toujours plaisir. Bonsoir.

Il avait voulu que son *au revoir* fût aussi cordial que possible. Il venait quand même de parler sur le ton d'un patron qui signifie à son employé que la conversation est terminée. Il avait sucé cela avec le lait de sa mère.

Il rentra par la porte piétonne, en s'accrochant au pilastre de briques rouges, parce qu'il avait lui aussi beaucoup bu de whisky.

*
**

Mignot avait achevé son récit.

— Des déments, conclut-il.

— Oui, dis-je, cette société finit dans la démence.

Dans le même instant, je pensais à la *douleur* de la femme de Mignot, aux angoisses de Mignot, au tracteur de Justin, cheval de parade, à la robe de chambre d'Ernestine, et aux jeunes gens du Clusot, qui vont au bal chaque dimanche et qui ne dansent jamais, parce qu'ils sont toujours trop ivres. Les contradictions de la classe dirigeante se reflètent nécessairement dans les autres couches sociales. Mais j'étais trop excité par le récit que venait de me faire Mignot pour m'engager ce soir là sur ce thème.

Au demeurant, Mignot m'aurait sans doute accusé de complaisance pour l'adversaire. Il était passé au maquis en 1943, comme il préparait la seconde partie de son baccalauréat. Après la Libération, fonctionnaire, il avait préparé les concours des P.T.T., militant, il avait fréquenté les écoles du parti. Somme toute, il terminait à peine ses études. Les écoliers se laissent aisément aller à appeler cyniques ceux qui leur décrivent la réalité sans fard.

— Les documents de Philippe Letourneau t'intéressent ? me demanda-t-il.

— Enormément.

— Tu vas écrire des articles sur l'histoire de la F.E.T.A. ?

— C'est un sujet de tragédie...

Je fis un rapide croquis de la généalogie des Letourneau et de leurs récentes alliances.

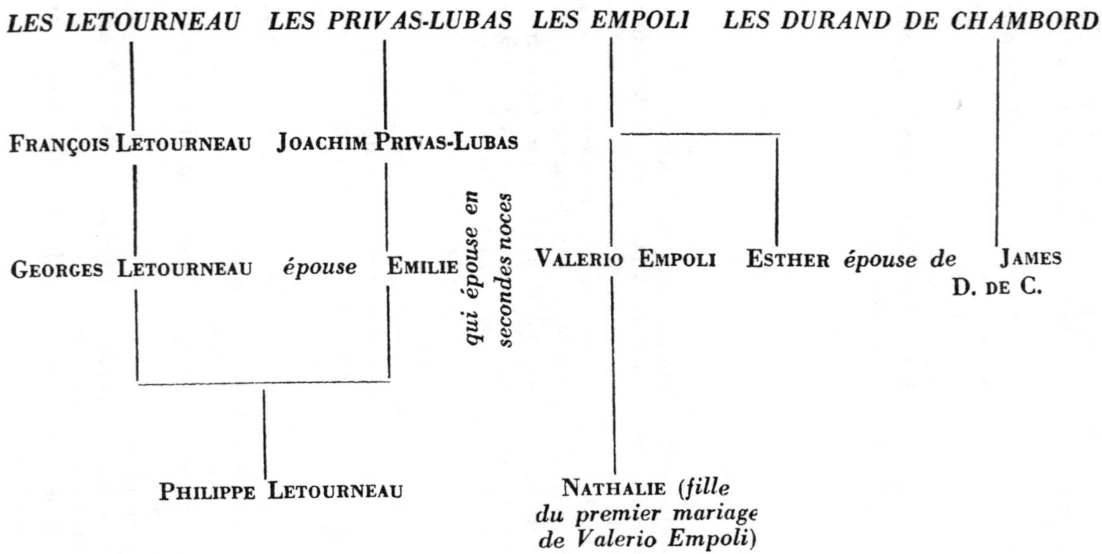

Emilie, née Privas-Lubas, semble intriguer pour épouser en troisièmes noces un Durand de Chambord, peut-être James.

Et soudain je pris feu.

— Regarde, dis-je, Emilie Lubas-Privas est au centre de tout... suppose qu'elle ait été la maîtresse de Valério Empoli avant 1927... suppose qu'elle ait contribué à abréger les jours de son mari... suppose qu'elle soit en train de se substituer à Esther Empoli... Voilà la protagoniste. Lady Macbeth n'était qu'un ange...

Mais c'est de tout autre manière que la tragédie allait se nouer au cours des semaines qui suivirent.

VII

Dans les premiers jours de mai, Philippe Letourneau, Noblet et l'ingénieur Tallagrand, directeur de la fabrication, furent convoqués au siège central de la F.E.T.A., à Lyon. M. Northemaire, directeur général de la société, les reçut.

Il leur exposa brutalement la situation. La production de tissus de soie naturelle aux usines du Clusot était désormais déficitaire. L'interruption du commerce avec la Chine, depuis le début de la guerre de Corée, avait fait monter considérablement le cours de la soie grège. Les machines installées entre 1910 et 1920 par François Letourneau, exemplaires pour l'époque, étaient maintenant démodées. Les concurrents suisses et allemands produisaient plus vite, avec moins de main-d'œuvre. La F.E.T.A. avait donc décidé de transformer radicalement ses établissements du Clusot (et ceux de ses autres établissements français qui se trouvaient dans la même situation).

La soie naturelle n'y sera plus traitée. Le tissage n'y sera plus pratiqué.

Tous les ateliers seront transformés et désormais uniquement utilisés pour le traitement et la filature de diverses soies artificielles. (Les filés seront tissés dans d'autres établissements spécialement outillés à cet effet.)

L'opération sera effectuée par étapes en trois ans. Elle commencera dès qu'une augmentation de capital actuellement en cours aura été souscrite.

Tallagrand devra se mettre en rapport avec les services techniques de la direction générale pour préparer rapidement un plan de transformation. Un contrat était en discussion avec une fabrique allemande de machines-outils, pour que le grand atelier de tissage, dit Atelier des Cent, soit équipé dès octobre pour la filature de la soie artificielle. L'affaire était donc urgente.

Letourneau et Noblet devaient prévoir en conséquence un plan de remaniement et de réduction de la main-d'œuvre.

Northemaire avait commencé son exposé en disant :

— Vous connaissez la conjoncture du marché international de la soie grège...

Aussitôt, Philippe avait cessé d'écouter. C'était sa morale que de se fermer dès qu'il entendait prononcer le mot soie, le mot marché, ou n'importe quel terme en rapport avec l'industrie ou la finance; l'historique des établissements Letourneau qu'il avait préparé pour Mignot lui avait coûté un effort considérable; il ne l'avait mené à bien qu'à cause de l'exaltant sentiment de trahir les siens. On lui avait dit un jour que Valério Empoli, son beau-père, était un homme d'esprit; il avait été extrêmement surpris; c'est que depuis dix ans et prenant en moyenne un repas par jour à la table de famille, il n'avait pas écouté une seule fois son beau-père; il se fermait en entrant dans la salle à manger; il se levait de table dès que sa mère l'y autorisait du regard. Il avait un pouvoir de « penser à autre chose » dont il était très fier, comme s'il l'apparentait aux yogis dont il avait essayé pendant quelques mois de pratiquer les exercices. Tout le temps que Northemaire avait parlé, il s'était efforcé de reconstituer le début du troisième chant de Maldoror. Il en avait retrouvé des fragments entiers :

« Il existe un insecte que les hommes nourrissent à leurs frais. Ils ne lui doivent rien; mais ils le craignent. Celui-ci, qui n'aime pas le vin, mais qui préfère le sang, si on ne satisfait pas à ses besoins légitimes serait capable, par un pouvoir occulte, de devenir aussi gras qu'un éléphant, d'écraser les hommes comme des épis... On lui donne la tête pour trône, et lui, accroche ses griffes à la racine des cheveux, avec dignité... O pou, à la prunelle recroquevillée... »

Tallagrand ramena Letourneau et Noblet dans sa voiture. Noblet s'assit à côté de lui, Philippe derrière. Tallagrand et Noblet se mirent à discuter avec animation. Philippe continua de penser à autre chose; pour ses rêves éveillés il avait inventé une silencieuse machine à voler, un peu plus légère que l'air, c'était bien commode pour s'évader. Il fut brusquement réveillé parce que le ton de ses compagnons de voyage s'était élevé.

— ... si cette transformation se fait, disait Noblet.

— Elle se fera, dit Tallagrand.

— Northemaire a dit, répliqua Noblet, et j'ai noté sa phrase : l'opération commencera dès qu'une augmentation de capital actuellement en cours aura été souscrite...

— S'il nous en a parlé, c'est que la décision est prise.

— Vous êtes jeune. Moi j'ai une vieille expérience de la F.E.T.A. Ce ne serait pas la première fois qu'on m'aurait convoqué pour un projet... finalement destiné à rester dans les dossiers.

— On dirait que vous souhaitez l'échec.

— Je le souhaite.

Philippe commença d'écouter attentivement, parce qu'il venait de s'apercevoir que les pommettes de Noblet s'étaient enflammées, exactement comme le soir du bal, quand il avait été vexé par Nathalie.

— La modernisation de l'usine dérange votre routine, dit Tallagrand.

— La moitié du personnel actuel suffira, dit Noblet... Que vont faire les autres ouvriers ?

— Avec votre raisonnement, on en serait encore au métier à main.

— On ne peut pas bouleverser d'un trait de plume la vie de plusieurs centaines de familles, dit Noblet... On réfléchit... On cherche des solutions... François Letourneau en 1913...

— Les temps ont changé, le personnel licencié se reclassera et profitera finalement de la productivité accrue. L'ouvrier d'aujourd'hui peut acheter davantage de chemises qu'au temps où l'on tissait la toile à la main. Son niveau de vie augmente d'année en année.

— C'est faux, dit Noblet. Les ouvriers du Clusot vivent moins bien aujourd'hui qu'au début du siècle.

— Ils travaillaient douze heures par jour.

— Mais tous les jardins étaient *faits* au 15 mai. Regardez tout à l'heure, quand nous longerons la Géline : la moitié des jardins ne sont pas encore bêchés..

— Qu'est-ce que cela prouve ?

— Que les cadences que nous imposons sont trop rapides. En huit heures l'ouvrier se fatigue davantage qu'il ne le faisait en douze heures; il ne trouve plus la force de *faire* son jardin.

— J'avais oublié, dit en riant Tallagrand, que vous présidez la Mutuelle des jardiniers !

— Leur jardin, dit Noblet, c'est la moitié de leur nourriture, l'équivalent d'un tiers de leur salaire. Croyez-vous que c'est pour l'amour des bégonias que le grand Letourneau a donné, pris sur ses propres terres, un jardin à chaque famille... et que la F.E.T.A. a maintenu ce privilège ?

— Quand ils produiront davantage, ils gagneront davantage d'argent et ils n'auront plus besoin de perdre leur temps à gratter le gravier des bords de la Géline.

— C'est grâce aux jardins, dit Noblet, que nous n'avons pas eu de grève sérieuse depuis quinze ans. De gratter la terre, comme vous dites, les nourrit et par-dessus le marché les occupe; pendant ce temps-là, ils ne vont pas se monter la tête au syndicat. Nous avons beaucoup plus de mal avec les femmes qu'avec les hommes, parce que les femmes ne jardinent pas.

— Aujourd'hui, dit Tallagrand, nous avons d'autres méthodes pour nous attacher la classe ouvrière. Si vous faisiez du sport, vous comprendriez mieux la mentalité des jeunes travailleurs...

— Des jeunes travailleuses, coupa agressivement Noblet.

Tallagrand rit de nouveau.

— Vous vous faites vieux, dit-il. Vous êtes jaloux.

Il avait aperçu dans le rétroviseur que Philippe les écoutait.

— Au fait, Letourneau, dit-il, pourquoi ne monteriez-vous pas une équipe de foot pour concurrencer le rugby du marchand de bois ? Parmi les jeunes, ce sont les plus dégourdis qui entrent dans les sociétés sportives. Une équipe de foot, c'est une pépinière de futurs agents de maîtrise.

— En fait de sport, répondit Philippe, je ne m'intéresse qu'à la chasse à la baleine...

Il déclama :

« Je m'appelle Ishmael. Mettons. Il y a quelques années, sans préciser davantage, n'ayant plus d'argent ou presque et rien de particulier à faire à terre, l'envie me prit de naviguer encore un peu et de revoir le monde de l'eau... »

— C'est vrai, dit Tallagrand. On m'avait déjà dit que vous étiez poète... Moi je préfère le basket.

— Les basketteuses, dit vivement Noblet.

— Pourquoi pas ? répondit Tallagrand. Je suis un homme et je m'en vante. Est-ce que ça fait du mal à une belle fille que je lui dise deux mots dans un coin ?

Il rit silencieusement.

— C'est ma manière, acheva-t-il, d'insuffler l'esprit de la F.E.T.A. à nos futures contremaîtresses.

Il rit de nouveau. Noblet resta muet, raide, le menton rentré. Philippe se demandait si Marguerite avait été la maîtresse de Tallagrand; cette idée l'agaça; il se demanda pourquoi; il revit Marguerite et Pierrette Amable enlacées et souriantes le soir du bal; Pierrette avait dit « nous sommes de bonnes amies » ou quelque chose de ce genre; l'idée lui était désagréable qu'une amie de l'intègre Pierrette eût cédé à Tallagrand. La vulgarité de l'ingénieur le dégoûtait.

— Je suis d'accord avec Noblet, dit-il soudain, je m'opposerai à toute réduction du personnel.

Il avait retenu de la discussion entre Noblet et Tallagrand, que le vieux chef du personnel s'inquiétait du licenciement éventuel de « la moitié du personnel »; il ne savait absolument pas pourquoi, n'ayant rien écouté auparavant. Noblet ne fut pas étonné de voir Philippe se ranger à son avis, non qu'il eût pris au sérieux les boutades communisantes qu'il lançait de temps en temps, — les fils de famille peuvent se permettre ce genre de fantaisie — mais parce que Philippe Letourneau était le petit-fils du grand Letourneau qui disait « mes ouvriers » et jugeait sa prospérité au nombre de travailleurs qu'il occupait.

Tallagrand haussa les épaules et ne répondit pas. Ingénieur sorti de Centrale, il mettait un point d'honneur à ne pas tenir compte de l'avis du *zazou* imposé par le conseil d'administration.

Ils approchaient du Clusot. Tallagrand continua de conduire en silence. Il conduisait vite mais prudemment, sans jamais doubler au sommet d'une côte, sans jamais aborder un tournant au milieu de la route, en homme raisonnable, maître de soi, mûr, tout le contraire du style de Nathalie.

Cela aussi agaça Philippe. Lui, il n'avait jamais possédé que de vieilles voitures qui consommaient énormément d'essence et ne dépassaient pas le 90; il savait qu'il se faisait voler par les camarades de bar qui les lui vendaient comme de superbes occasions; mais il estimait que c'était son *style* que de se faire voler de cette manière-là. Sa dernière voiture, une Ford américaine 1928, était restée en panne, à mi-côte du Lautaret, le moteur grillé; il l'avait poussée dans un pré et ne s'en était jamais plus occupé.

*
**

A la fin de l'entretien, Northemaire leur avait remis à tous les trois un résumé dactylographié : « Etude d'un projet de transformation... » Tallagrand et Noblet l'avaient rangé dans leurs serviettes vides. Philippe l'avait mis dans une poche, il ne savait plus laquelle. Aussitôt dans son bureau il se mit à le chercher et le découvrit finalement, plié en huit, parmi des fragments de poèmes, des catalogues de librairies et de ces dessins, qu'il griffonnait lorsqu'il s'ennuyait et qui ne représentaient rien.

Malgré sa totale ignorance des questions techniques, il comprit à peu près de quoi il s'agissait et sa première pensée fut d'alerter les ouvriers. Il avait pris très au sérieux les derniers mots qu'il avait échangés avec Pierrette Amable, la seule fois qu'elle était venue dans son bureau : *comptez sur moi*, avait-il dit, *nous verrons*, avait-elle répondu.

Mais comment les prévenir ? Il n'osait pas convoquer de nouveau Pierrette dans son bureau, crainte de passer aux yeux de Noblet, aux yeux du personnel, et surtout aux yeux d'elle-même, ne serait-ce qu'un instant, pour un Tallagrand. Aller voir Mignot à la poste ? Tout le Clusot saurait aussitôt qu'il était allé voir le « chef des communistes »; Noblet en serait informé dans les deux heures, Northemaire dès le lendemain; ses futures initiatives en deviendraient, pensait-il, suspectes.

Il resta toute une heure dans un profond abattement. Il se disait qu'il était plus isolé dans son bureau de directeur du personnel qu'un prisonnier dans sa cellule. Les prisonniers trouvent mille moyens de communiquer entre eux; il avait appris cela dans quantité de mémoires et romans; il leur arrive même d'entretenir des rapports humains avec certains geôliers. Au fait sa solitude est plutôt comparable à celle d'un geôlier : « Si un geôlier a du cœur, il ne doit pas davantage oser parler à ses prisonniers que moi à Pierrette Amable... Mais un geôlier peut-il avoir du cœur ? » Il se décida brusquement d'écrire à Pierrette.

Au travers d'une grande feuille, il traça à la main : *Ci-joint un projet de transformation des usines du Clusot, dont on m'a fait part ce matin. Il en résultera le licenciement de la moitié des travailleurs. A votre disposition pour lutter à vos côtés contre cette infamie.*

Il réfléchit un instant, puis déchira la feuille et récrivit le même texte, mais en terminant *pour lutter à vos côtés*, sans *contre cette infamie*, qu'il jugeait emphatique. Il signa Philippe Letourneau. Il adressa : Madame Pierrette Amable, Cité Amédée-Letourneau — car la Cité ouvrière du Clusot portait le nom de son arrière-grand-père. Il alla aussitôt mettre lui-même la lettre à la poste.

Au retour de la poste, il était au comble de l'enthousiasme. « J'ai écrit et j'ai signé, se répétait-il. Je me suis livré à eux sans réserve. Ils ne peuvent plus ne pas me faire confiance... Je suis le premier des Letourneau à me ranger aux côtés du prolétariat. » Il escalada deux à deux les marches du grand escalier de pierre et rentra en coup de vent dans son bureau.

Quelques instants plus tard, Noblet frappait à sa porte :

— Voilà, dit le vieux chef du personnel. Il me semble qu'il existe, pour combler le déficit de la Filature, des moyens moins coûteux pour la F.E.T.A., et moins pénibles pour notre personnel... Jadis nous travaillions dans le luxe, notre réputation venait de la haute qualité de nos velours de soie, etc.

Il commença d'exposer un projet de réforme, chiffres à l'appui, qu'il avait notés rapidement sur une demi-feuille de papier. Philippe n'écouta pas, mais sa figure rayonnait, car il pensait à l'héroïsme qu'il avait eu d'écrire à Pierrette. Noblet était enchanté que son projet produisît un effet aussi vif sur Philippe Letourneau. Quand il eut achevé son exposé :

— Bravo, dit Philippe. J'étais sûr que vous trouveriez la bonne solution. Je vous emmène demain à Lyon, afin que vous racontiez cela, à mon beau-père, Valério Empoli.

— Je pensais faire un rapport pour M. Northemaire.

— Northemaire n'est rien du tout, dit Philippe. La F.E.T.A. aujourd'hui, c'est Valério.

Toutes les objections qu'opposa successivement Noblet furent balayées et ils prirent rendez-vous pour le lendemain matin sept heures, sur le quai de la gare.

***

Noblet passa une nuit affreuse. Sa femme avait tout de suite remis les choses au point. Que savaient-ils au juste de Philippe ? Que c'est un protégé de la F.E.T.A., un point c'est tout. Or les hautes sphères de la F.E.T.A. sont un champ de bataille où s'affrontent des puissances dont les Noblet ignorent même le nom. Dans quelles mains ce jeune Letourneau est-il ? Il ne doit certainement pas ses protections à son grand-père, définitivement éliminé. Il est Privas-Lubas par sa mère, mais les Privas-Lubas semblent bien diminués depuis quelques années. Il affirme que le banquier Empoli est le maître de l'heure; les Noblet veulent bien le croire, mais si ce M. Valério est vraiment ce que dit le jeune Letourneau, il s'étonnera qu'un vieil employé comme Noblet, un homme pondéré, se soit laissé entraîner par un gamin, sur une idée en l'air, à faire auprès de lui une démarche inconsidérée. Si en revanche Empoli ne représente qu'une minorité en lutte contre la majorité que représente Northemaire, il est désavantageux de se donner l'apparence de faire partie de son camp. Tout ce que peut attendre Noblet de cette aventure, c'est de perdre pour une bêtise la réputation qu'il s'était faite d'être le seul employé supérieur des usines du Clusot, qui, après quarante ans de service, n'avait jamais eu un seul *pépin* sérieux.

— Comment vas-tu te sortir de ce *pétrin* ?

Il n'était pas non plus question de refuser maintenant d'aller à Lyon, au risque de blesser Philippe Letourneau, qui représentait peut-être une puissance réelle.

Vers l'aube, les Noblet convinrent d'un *pis-aller* : Noblet manifesterait par son attitude qu'il n'avait accompagné Letourneau que par déférence. Il laisserait exposer son projet par Letourneau. Quant à lui, il ne sortirait pas de ses positions de chef du personnel : il était normal qu'il s'inquiétât des répercussions sociales du projet Northemaire; des licenciements massifs obligeraient le syndicat F.O. à s'aligner sur les positions de la C.G.T.; ce serait ainsi la F.E.T.A. qui réaliserait au profit des communistes l'unité ouvrière, vainement recherchée par eux. On savait la part qu'il avait prise dans la scission syndicale; on ne pouvait lui reprocher de s'inquiéter que cinq ans d'efforts couronnés de succès fussent mis en cause par une maladresse. Voilà. Il devait refuser obstinément de se laisser entraîner sur tout autre terrain que celui-là.

VIII

Philippe Letourneau et Noblet arrivèrent à la gare de Lyon-Brotteaux à huit heures du matin. Philippe ayant payé les places de chemin de fer, Noblet avait décidé de payer le petit déjeuner qu'ils prendraient ensemble, dans un café voisin de la gare, en attendant l'ouverture de la Banque Empoli. Mais Philippe à la sortie de la gare :

— Mon beau-père ne vient jamais à la banque le matin. Au fait il n'y va presque jamais... Nous allons le saisir à la maison, au saut du lit...

— Je ne sais pas si je dois... je ne peux pas... protesta Noblet, qui avait l'angoissante conviction de s'engager beaucoup plus en « saisissant Empoli au saut du lit », qu'en allant le voir à la banque.

Mais déjà Philippe l'avait poussé dans un taxi et avait donné l'adresse de la villa familiale, dans la banlieue de Lyon, à Caluire.

Dès que le taxi eut franchi le pont Morand et se fut vraiment engagé sur la route de Caluire, Philippe se renfrogna. C'est qu'il se trouvait sur le chemin déjà mille fois fait, et comme déjà placé en face de son beau-père. L'air sombre du jeune homme augmenta l'angoisse de Noblet. Philippe se demandait si son beau-père allait le prendre au sérieux...

Après son baccalauréat et deux certificats de licence lettres-philosophie, Philippe s'était tour à tour intéressé à une troupe théâtrale qui avait pour progamme de réaliser le *Théâtre de la Cruauté* d'Antonin Artaud, à une école de Yoga, ouverte dans un chalet de Savoie, par une danseuse devenue trop vieille pour danser, à une petit maison d'édition. Chaque fois il avait exposé son projet avec enthousiasme à son beau-père et sollicité les capitaux nécessaires à sa réalisation. *Pourquoi pas ?* avait chaque fois répondu Empoli, qui faisait étudier l'affaire par les services de la banque et accordait une faible partie de la somme demandée. Quand Philippe cessait de s'intéresser à l'entreprise, la banque sauvait les restes. De la maison d'édition avait survécu une imprimerie, maintenant spécialisée dans les catalogues d'horticulture, et du *Théâtre de la Cruauté,* le bail avantageux d'un local désormais salle d'exposition des tissus d'une filiale de la F.E.T.A. C'était pour le Yoga qu'Empoli avait donné le moins, non qu'il estimât plus absurde qu'autre chose d'étudier ou d'enseigner le Yoga, mais la danseuse était trop effrontément de mauvaise foi; quand Philippe s'était brouillé avec elle, la banque avait récupéré le chalet savoyard comme colonie de vacances pour les enfants de ses employés.

Pourquoi mon beau-père me prendrait-il cette fois au sérieux ? s'inquiétait Philippe. Il réfléchit aussi qu'il ne connaissait rien de Valério Empoli, n'ayant jamais parlé avec lui à cœur ouvert. Quand le taxi s'arrêta devant le portail, il devint encore plus sombre. Cette maison le glaçait. Il s'y était toujours senti en faute.

— Madame votre mère est arrivée d'hier, dit le concierge.

— Ah ! oui... dit Philippe.

En traversant le jardin qui précède la villa :

— On ne sait jamais où est ma mère, expliqua Philippe à Noblet.

Comme ils atteignaient le perron, il ajouta :

— Maintenant, elle vit plus souvent en Amérique qu'ici.

La villa avait été construite en 1935, dans le style Côte d'Azur, plans de murailles blanches, plans de verdure, toits en terrasse, jardins suspendus. Valério Empoli entretenait deux jardiniers, dépensait trois millions par an pour les plans de verdure et le jardin à la française qui descendait, à l'opposé de l'entrée, jusqu'au bord de la Saône, terminé par une terrasse qui dominait la rivière d'une trentaine de mètres; il n'y mettait jamais les pieds. Ce faste avait d'abord été sévèrement jugé par la bourgeoisie lyonnaise, qui met tout son luxe dans ses voitures, ses chasses et ses parties fines, mais qui continue à vivre dans les villas sans confort de la fin du siècle dernier. Mais on redoutait Empoli qui, crise ou boom, prévoyait toujours la conjoncture et gagnait à tous les coups. Pas un industriel qui n'eût eu à un moment quelconque besoin de lui. C'était l'homme le plus haï de tous le Lyonnais. Il avait quitté la France en juin 39, après avoir conclu des accords avec des banques suisses, si bien que le commissariat de Vichy aux Affaires juives ne trouva à saisir que les locaux de la banque, qui furent rendus à leur propriétaire à la Libération. Maintenant qu'Empoli était allié par sa sœur aux Durand de Chambord, on trouvait son faste légitime.

— Madame votre mère est arrivée hier matin, dit à Philippe le valet de chambre.

Empoli avait commandé le petit déjeuner pour dix heures. Il passait chaque matin deux heures dans sa salle de bains, il usait de parfums anglais « pour homme » et rêvait dans sa baignoire; cela s'était su par le bavardage des domestiques. Il était « soigneux de sa personne »; cela suffisait encore à rendre suspect, à Lyon, en 195..

Philippe emmena Noblet avec lui dans sa chambre, attendre qu'il fût dix heures. Les sièges étaient encombrés de livres, d'haltères, d'extenseurs. Philippe écarta des toiles sans cadres, pour faire une place à Noblet sur le bord du lit. Il avait une fois pour toutes interdit aux domestiques de mettre de l'ordre en son absence.

Il fit semblant de lire. Le retour de sa mère le mettait mal à l'aise. Noblet s'inquiétait de plus en plus de s'être laissé entraîner dans l'aventure.

— Vous n'allez pas saluer madame votre mère ? demanda-t-il.

— Si ma mère a besoin de moi, elle me fera demander, répondit Philippe avec une froideur délibérée.

Vint une femme de chambre, jeune, bien coiffée, maquillée. Dans le centre de Lyon, rue de la République, on la prenait assurément pour une Parisienne de passage. Elle demanda si elle devrait faire le lit.

— Non, répondit Philippe, je ne suis là que pour quelques heures... Est-ce que ma sœur est réveillée ?

— Mlle Nathalie est rentrée très tard... Mais Madame est déjà allée la voir...

La femme de chambre regarda Noblet et se tut. Elle l'avait situé en un clin d'œil : cadre subalterne; on ne parle pas devant le personnel.

Philippe haussa les épaules :

— Nathalie n'est pas encore dessaoulée ?

— On a entendu crier. Madame est aussitôt ressortie. La porte a claqué.

— Qui a claqué la porte ? Nathalie ou ma mère ?

— Mlle Nathalie, répondit la femme de chambre.

Elle regarda de nouveau du côté de Noblet. Philippe lui fit signe de continuer.

— Il y avait déjà eu une discussion hier soir, reprit la femme de chambre...

— A propos de quoi ?

— Je ne sais pas... Il m'a semblé que Mlle Nathalie refusait de consentir à quelque chose que votre mère insistait beaucoup pour obtenir...

— Quoi encore ?

— Je crois qu'il s'agit d'une signature. Mais je ne sais vraiment pas quelle signature... Votre mère a dit qu'elle était venue exprès de New York.

— Pourquoi ma sœur refusait-elle ?

— On ne peut pas dire qu'elle refusait... Elle a crié qu'elle ne voulait pas qu'on la dérange pendant qu'elle s'amusait... qu'elle n'était pas d'humeur à parler affaires... Elle recevait des amis de Mlle Bernarde; ils avaient tous déjà beaucoup bu... ensuite ils sont sortis.

— S'il ne s'agit que d'affaires, dit Philippe.

On entendit une sonnerie.

— On me cherche, dit la jeune fille qui sortit aussitôt.

Vers dix heures, le valet de chambre vint annoncer qu'Empoli attendait Philippe dans la salle à manger d'été.

— Allez-y, dit Noblet. Vous me ferez appeler quand M. Empoli sera prêt à me recevoir.

— Non, non, dit Philippe en le prenant par le bras, vous allez prendre le petit déjeuner avec nous.

Noblet ne protesta pas davantage. Il savait qu'il serait contraint de céder. Il n'était plus maître de ses mouvements depuis qu'il était entré dans cette maison dont les règles lui échappaient. Il avait eu tort de se laisser entraîner par un gamin; maintenant il allait falloir payer.

La salle à manger, vitrée sur trois côtés, avançait en proue au-dessus du jardin, à la française avec la Saône en contrebas. La vue sur les monts d'Or était superbe.

Valério Empoli marchait de long en large en mangeant un toast. C'était évidemment un homme *fait*, mais il était difficile de lui attribuer un âge. Pas la moindre trace de couperose, au contraire des bourgeois lyonnais, grands buveurs de beaujolais. Peu de rides et le fond de teint blanc, sans aucune nuance de rouge ou de rose; cela ne permet pas de dater un visage. Costume de tweed, chemise de flanelle souple, cravate de lainage écossais, et svelte. Les cheveux soigneusement peignés en arrière, sans un poil blanc ou gris. Ce n'était pas du tout ainsi que Noblet avait imaginé le maître occulte de la F.E.T.A.

Il alla au-devant de son beau-fils et lui prit la main :

— Bonjour, Philippe...

Noblet reprit confiance en constatant la chaleur du ton et la bienveillance du regard. Philippe ne remarqua rien; depuis des années, il ne *voyait* pas son beau-père.

— Bonjour, monsieur, répondit-il.

Ce n'était pas par jalousie pour sa mère qu'il avait pris l'habitude de dire « monsieur » à son beau-père; cela faisait partie des distances qu'il avait dressées entre soi-même et son milieu. Noblet ne pouvait saisir cette nuance, et crut que la distance avait été imposée à Philippe; il reperdit confiance.

Philippe présenta Noblet : « chef du personnel de la Filature du Clusot depuis de nombreuses années... »

Dans le même temps, le maître d'hôtel leur servait le petit déjeuner. Noblet s'assit, comme il en avait été prié. Empoli continuait de marcher, en attrapant au passage un toast ou un fruit. Philippe s'assit sur le coin d'une table, et dit :

— Noblet et moi nous avons une communication importante à vous faire à propos de la Filature...

Noblet n'avait pas du tout prévu un tel dispositif. Il était habitué à parler de la Filature dans un bureau, ou, à la rigueur, comme cela était arrivé avec le prédécesseur de Northemaire, à une table de restaurant.

— Noblet va d'abord vous exposer les faits, continua Philippe.

Empoli se tourna vers Noblet.

— Je vous écoute...

Noblet perdit pied, oublia qu'il avait convenu avec sa femme de renvoyer la balle à Philippe, balbutia quelques mots sur l'importance des transformations envisagées et se rabattit tout de suite sur sa position de repli, son excuse : la situation difficile où la réforme allait placer la direction à l'égard du syndicat F.O. et le syndicat F.O. à l'égard des ouvriers...

Empoli demanda à Philippe :

— Tu t'intéresses spécialement au syndicat F.O. ?

— Absolument pas, répondit Philippe. La question n'est pas là...

— Je m'en doutais, dit Empoli...

Et aussitôt il posa une foule de questions à Noblet, sur la condition des travailleurs du Clusot, les salaires en fonction de l'âge et du sexe, l'âge des machines et les cadences obtenues, le prix des denrées, les loyers, etc. Noblet était surpris que celui que Philippe lui avait décrit comme le grand patron de la F.E.T.A. s'intéressât à ces questions, ou bien les ignorât, bref qu'il eût à l'interroger là-dessus. Il ne pouvait pas savoir qu'Empoli devait pour une part ses succès, dans les grandes comme dans les petites affaires, à ce qu'il posait toujours des questions, et quand on croyait l'avoir enfin acculé à répondre, il répondait encore par une nouvelle question. Au demeurant, dans le cas présent, il ne savait rien de la plupart des choses dont il s'enquérait, et les réponses de Noblet l'enchantaient par leur précision. Il s'intéressait toujours aux problèmes que les circonstances l'amenaient à étudier.

Les questions se succédaient si rapidement et paraissaient si naturellement enchaînées, sans le moindre piège, que Noblet ne réfléchissait pas à ce qu'il devait répondre. Philippe, tout averti qu'il fût de ce qu'il appelait « la dialectique à sens unique » de son beau-père, s'y laissa prendre comme d'habitude et intervint d'élan pour mettre l'accent là où il trouvait les réponses de Noblet insuffisantes. Au bout d'un quart d'heure, Empoli savait exactement à quoi s'en tenir; Philippe avait même déjà parlé de « l'étonnante dignité » de la jeune déléguée C.G.T. et de l'inspecteur des postes, « chef des communistes », « scrupuleux comme Hamlet ».

Là-dessus entra la mère de Philippe.

— Je te croyais au Clusot, dit-elle à Philippe.

— Votre fils est venu pour les affaires de la Filature, dit Empoli.

Elle eut un regard qui montra qu'elle n'en croyait pas un mot.

— Je suis contente que tu t'intéresses à ton travail, dit-elle a Philippe.

A Noblet qui s'était levé précipitamment :

— Il me semble vous connaître...

— J'ai eu l'honneur de vous rencontrer plusieurs fois quand vous étiez demoiselle Lubas-Privas, puis dame Letourneau...

Là-dessus Noblet pâlit, croyant avoir été grossier en évoquant feu Georges Letourneau devant le nouveau mari. En fait, décontenancé par le tour qu'avait pris la conversation, son interrogatoire, pensait-il, il avait cherché à se faire une alliée de la nouvelle venue en évoquant le temps, où, fiancée du fils du patron elle était venue pour la première fois visiter la Filature; c'était lui qui les avait guidés.

— Ah ! oui, répondit-elle distraitement, mon beau-père avait beaucoup d'estime pour vous...

Depuis qu'elle avait ravi les établissements du Clusot au vieux Letourneau, elle n'avait plus jamais parlé de lui qu'au passé.

Puis elle ne fit plus attention à Noblet.

Emilie Privas-Lubas, Letourneau en premières noces, Empoli en secondes noces, avait cinquante-trois ans, mais pas davantage d'âge apparent que Valério Empoli. On pouvait lui attribuer trente ans, ou son âge véritable ou n'importe quel âge intermédiaire, ou plus que son âge véritable; son visage parfaitement traité par les meilleurs spécialistes du monde entier n'était absolument pas datable. Elle n'avait jamais eu de poitrine. Elle était petite, mince et toujours parfaitement habillée. Philippe s'était souvent demandé quelle sorte de charme les hommes pouvaient trouver à sa mère. Lui l'estimait sèche.

— Philippe s'oppose, dit Empoli, à la transformation des usines du Clusot.

— Philippe, s'étonna-t-elle...

Elle se tourna brusquement vers lui.

— Qu'est-ce qu'il t'arrive ?

— Noblet et moi, dit Philippe, nous avons préparé un contreprojet plus avantageux.

— C'est très bien, dit-elle, quoique, pour cette fois, tu t'y prennes un peu tard. Mais je te conseille de montrer ton contreprojet à Northemaire... Je lui demanderai d'en discuter avec toi... Ce sera excellent pour ta formation...

— Je ne suis pas d'accord avec toi, dit Valério Empoli...

Poursuivant ses allées et venues, il venait d'atteindre la baie orientale de la salle à manger et de se retourner vers sa femme.

— Je ne suis pas d'accord avec toi, dit-il en marchant vers elle. Les raisons que Philippe avance contre le projet actuel ne me paraissent pas sans intérêts.

— Trop tard, dit-elle fermement.

— Le conseil d'administration ne s'est pas encore prononcé, dit-il en passant devant elle.

— La décision est virtuellement prise, dit-elle.

Empoli atteignit la baie occidentale et fit demi-tour. Elle l'avait suivi des yeux en pivotant sur elle-même.

— M. Noblet, dit-il en avançant de nouveau vers elle, M. Noblet, qui connaît bien la question, ne me paraît pas loin d'approuver la position de Philippe.

Noblet crut venu le moment de se justifier.

— Le syndicat F.O., commença-t-il...

Elle haussa les épaules, et il se tut. Empoli s'arrêta devant la table pour prendre une orange, puis marcha de nouveau vers l'est. Elle se tourna vers Philippe.

— Mon petit, dit-elle, je suis très contente que tu prennes à cœur les travaux auxquels t'oblige ton stage. Mais, de ton bureau du Clusot, tu ne peux pas comprendre les nécessités de la gestion d'une grande affaire comme la F.E.T.A...

— Et qu'est-ce que nous ferons de nos chômeurs ? s'écria Philippe.

Empoli revenait de nouveau vers Emilie. Il souriait. Elle s'en aperçut. et regarda tour à tour les deux hommes, son mari et son fils.

— Non, lui dit Empoli, nous ne sommes pas de connivence. Philippe vient d'arriver.

— Cessez de tourner autour de nous comme un lion en cage, dit Emilie. Vous m'exaspérez.

Empoli continua de marcher.

— Je ne comprends pas, dit Philippe, où voulez-vous en venir l'un et l'autre ?...

— Tu finiras par comprendre, dit Empoli.

— J'espère bien que non, dit violemment Philippe. Ce qui m'intéresse, moi, ce sont les futurs chômeurs du Clusot.

— Crois-tu que nous n'y avons pas pensé ? dit Emilie. Mais il n'y a pas de choix. Les actionnaires de la F.E.T.A. n'acceptent plus que les bénéfices servent uniquement à combler le déficit de nos établissements français... Ou bien nous transformons, et c'est 50 p. 100 de chômage... Ou bien nous fermons tout et c'est 100 p. 100 de chômage... Qu'est-ce que tu aurais choisi ?

Il chercha du regard le secours d'Empoli, qui poursuivait

sa promenade en pelant l'orange, un demi-sourire sur le visage. Empoli n'intervint pas.

— Mais, reprit Philippe, le projet de Noblet me semble justement permettre...

— Il n'y a plus de projet qui tienne, dit vivement sa mère. Les actionnaires américains sont absolument à bout de patience. Je n'ai sauvé nos intérêts qu'*in extremis*...

— Evidemment, dit Philippe.

Nathalie était entrée silencieusement dans la pièce. Elle avait entendu les dernières répliques, les explications de sa belle-mère, le « évidemment » de Philippe; elle sourit malicieusement à son père, puis aperçut le chef du personnel du Clusot, l'homme du bal.

— Bonjour, Noblet, lança-t-elle.

— Bonjour, mademoiselle, dit Noblet.

Emilie lança sur eux un regard soupçonneux.

— Vous vous connaissez donc ?

— Nous avons dansé ensemble au bal communiste du Clusot, dit Nathalie.

— Il faut vous expliquer, commença Noblet...

— Je vois qu'il était temps que je rentre en France... et que je remette un peu d'ordre dans cette maison, dit Emilie, en regardant son mari.

— Vous nous manquez toujours beaucoup, dit Empoli.

Nathalie était en peignoir, les cheveux sur le front, le maquillage de la veille mâchurant bizarrement son visage.

— Vous auriez pu vous coiffer avant de descendre, lui dit sa belle-mère.

— Les lendemains de cuite, répondit Nathalie, j'ai le cheveu trop sensible...

Elle s'affala dans un fauteuil de rotin devant la table.

Noblet se leva et alla rejoindre Empoli, près de la baie orientale.

— Je m'excuse, commença-t-il...

— Il ne faut pas, dit Empoli, qui sourit presque tendrement au vieil homme.

— Vous ne pouvez pas imaginer belle-maman, disait Nathalie, quelle formidable biture j'ai pris cette nuit...

— Nous avons tous nos ennuis de famille, dit Empoli à Noblet.

— Si je me suis permis..., dit Noblet.

— J'ai été extrêmement intéressé par tout ce que vous

m'avez expliqué, dit Empoli. Je vous remercie très sincèrement. Vous m'avez appris beaucoup de choses que j'ignorais totalement... En ce qui concerne plus particulièrement l'affaire qui vous a amené, je crois qu'il y aurait avantage à ce que vous la régliez direcement avec M. Northemaire...

— Je suppose, dit Noblet, que je peux partir... comment dirais-je... à l'anglaise...

— C'est cela, dit Empoli en souriant... à l'anglaise.

Noblet sortit sans que les autres s'en aperçussent.

— Je n'ai pas bien compris, disait Nathalie à sa belle-mère, je n'ai pas bien compris quel était l'objet du débat, mais j'ai eu l'impression que vous étiez en train d'*avoir* Philippe...

Elle repoussa la tasse où elle venait de mettre les lèvres.

— Le thé est froid, cria-t-elle au maître d'hôtel.

Son père s'approcha d'Emilie.

— Philippe, dit-il, avec ce demi-sourire que personne, sauf peut-être Nathalie, ne savait jamais exactement comment interpréter, Philippe prend son rôle de directeur du personnel au sérieux. Il est venu ici défendre ses ouvriers.

Nathalie eut un rire aigu.

— Alors, dit-elle à Philippe, ça marche avec les yeux noirs ?

— Je ne l'ai jamais revue, protesta violemment Philippe.

— Vous ne saviez donc pas, dit Nathalie à son père, que Philippe est amoureux de la chefesse communiste du Clousot ?

— Je commence à comprendre, dit Emilie.

Philippe alla jusqu'à la baie occidentale et leur tourna le dos.

— Elle est jeune ? demanda Empoli.

— Vingt-cinq ans, dit Nathalie.

— Agréable ?

— D'immenses yeux noirs... et pour le reste beaucoup mieux faite que ta femme ou que moi.

— Intelligente ?

— Elle nous a improvisé un petit discours pas sot du tout.

— Je suis très content pour Philippe, dit Empoli.

— Si cette fille est bien, dit Emilie, il faut la sortir du Clusot... ou en tout cas de l'usine... Si Philippe a de nouveaux besoins je ne verrai aucun inconvénient à augmenter le petit appoint que j'ajoute à son traitement... Puis élevant la voix :

— Je suis heureuse de lui savoir enfin une maîtresse.

Philippe se retourna brusquement vers eux.

— Je n'ai rien de commun avec aucun de vous, cria-t-il. Je vous méprise. Vous me dégoûtez.

Il leur tourna de nouveau le dos, souleva une des vitres de la baie et toutes les odeurs du jardin à la française fraîchement arrosé lui montèrent au visage.

Le maître d'hôtel poursuivait silencieusement son service. Nathalie venait d'allumer une cigarette et une longue quinte de toux la secouait. Empoli se penchait avec inquiétude vers sa fille. Emilie beurrait un toast.

Quand Nathalie eut fini de tousser, elle s'adressa doucement à sa belle-mère :

— Vous savez, dit-elle, que j'aime Philippe...

Emilie la regardait avec méfiance. Les yeux de Nathalie brillaient, mais pas du tout comme quand elle était ivre, dans leur vraie nuance marron; son regard était extraordinairement agressif. Chacune des deux femmes avait les yeux dans les yeux de l'autre.

— ... mais Philippe ne veut pas de moi, continua Nathalie. Il aime cette petite communiste... enfin, j'espère pour lui qu'il l'aime réellement... Alors j'ai décidé de faire son bonheur... Cette jeune femme m'a paru avoir du caractère; elle exigera de votre fils qu'il fasse la preuve « qu'il n'a rien de commun avec nous », comme il vient de nous le crier... Je vais lui permettre de faire cette preuve : je m'oppose à la transformation des usines du Clusot.

— Et alors ? demanda Emilie.

— Alors, dit Nathalie, je ne vous accorderai la délégation de pouvoirs que vous me réclamez depuis hier soir que si la F.E.T.A. renonce à transformer les usines du Clusot.

— C'est de l'enfantillage.

— C'est un caprice.

— Vous cherchez un prétexte pour vous dérober à vos promesses.

— Donnez satisfaction à Philippe et je signerai aussitôt les pouvoirs.

— Vous savez bien qu'il n'est plus possible de revenir sur la décision prise.

— Arrangez-vous.

— Jamais votre tante Esther ne vous pardonnera cette trahison.

— Je suis maîtresse de ma fortune et elle me suffit.

— Petite garce, dit Emilie.

Nathalie rit longuement. Elle releva les cheveux en broussailles sur son front et se cala dans le fauteuil.

— C'est formidable, dit-elle, ce que je peux me sentir l'esprit clair à cette heure-ci. Il y avait longtemps que je ne m'étais pas autant amusée... Je prépare le bonheur de Philippe... et par-dessus le marché je rends service à la laborieuse population du Clusot... La vertu est toujours récompensée...

— Vous êtes complètement folle. dit Emilie.

— J'ai prévu cela aussi, dit Nathalie. Je suis comme vous, je prévois toujours tout... Mais quoi que vous fassiez, mon père ne me laissera pas enfermer.

Emilie leva la tête vers Empoli.

— Faites-lui entendre raison, demanda-t-elle.

— Vous savez bien, répondit Empoli, que lorsque Nathalie a un caprice, il est impossible de l'y faire renoncer.

Emilie grignota lentement son toast. Elle se demandait si sa belle-fille agissait par pure malignité comme il lui arrivait souvent, ou bien si Empoli, désireux de torpiller l'accord financier auquel il avait paru consentir, était de connivence. Tirer parti, à lointaine échéance, d'un apparent caprice, eût bien été sa manière.

Philippe ne s'était jamais intéressé aux affaires de la famille. Il savait que Nathalie était personnellement riche et qu'il pouvait lui emprunter de l'argent, mais il ne s'était jamais demandé en quoi consistait sa fortune. Il ne comprenait rien au débat dont il sentait confusément qu'il n'était que le prétexte. De sa baie ouverte sur le jardin à la française et sur les monts d'Or, il n'écoutait que distraitement. Il se demandait pourquoi il détestait sa mère.

— Je vais faire mon courrier, dit Emilie.

Et, toisant Nathalie :

— ... Nous nous reverrons quand vous serez habillée.

— Sûrement pas, dit Nathalie. Bernarde vient me chercher tout à l'heure. Nous partons sur la Côte basque. Je ne reviendrai que quand Philippe m'aura fait savoir qu'il a obtenu satisfaction...

Puis elle cria vers Philippe :

— Tu as entendu ? Tu es d'accord ?

— Je me moque de toutes vos sales combinaisons. dit Philippe. Mais je ne veux pas que ce soient les travailleurs du Clusot qui en paient le prix. Je suis donc prêt à n'importe quoi pour empêcher la transformation de la Filature.

— Vous voyez, dit Nathalie à sa belle-mère... Votre fils marche avec moi...

Emilie calculait rapidement que sa cousine Bernarde Lubas-Privas, de la branche ruinée des Privas-Lubas, ne pouvait rien lui refuser. Elle allait donc lui demander de retenir Nathalie et de la faire changer d'idée; à elle deux et avec la dose convenable de whisky, elles obtiendraient la signature. Elle n'était pas du tout préoccupée par les velléités de Philippe.

Elle sortit sans ajouter un mot.

Comme elle était dépourvue d'humour, elle ne sourit même pas en pensant qu'en prenant pour maîtresse (ce qu'elle croyait) une ouvrière, son fils ne faisait que suivre la tradition familiale contre laquelle il croyait se révolter. François Letourneau avait installé à Aix-les-Bains, dans une villa en bordure du lac du Bourget, une tisseuse du Clusot; c'était pour aller la voir plus commodément qu'il avait acheté en 1912 sa première voiture, une Chenard et Walker.

— Ce que je peux être perspicace avant le premier whisky, dit Nathalie en s'étirant... Je parierais n'importe quoi que belle-maman est en train de téléphoner à Bernarde...

Elle se leva d'un bond.

— Je vais faire mes bagages, dit-elle. Adieu.

Elle franchit rapidement la porte, mais dans le couloir elle fut clouée par une nouvelle quinte de toux.

Les deux hommes l'écoutèrent longuement. Ils se taisaient. Nathalie n'en finissait plus de tousser. Philippe, se tournant brusquement vers Empoli, surprit son beau-père, attentif, l'oreille tendue, l'œil humide. Il en fut bouleversé. Il pensa qu'après avoir vécu si longtemps près de lui, il ne savait rien de Valério Empoli. A lui aussi, Philippe, la toux de Nathalie crevait le cœur.

— Pourquoi, demanda-t-il soudain, n'empêchez-vous pas Nathalie de boire ?

— Qu'est-ce que nous pourrions lui donner à la place ? répondit Empoli.

— L'alcool précipite l'évolution de sa maladie, dit Philippe.

— C'est peut-être sa manière de se soigner, dit Empoli.

— Cette fois, dit sévèrement Philippe, j'ai l'impression que c'est vous qui parlez comme un enfant.

— Dans notre monde, dit Empoli, il n'y a plus que des enfants. Mais Nathalie est une brave gosse, voilà la différence.

Ils se turent de nouveau. Nathalie avait quitté le couloir. Elle devait être dans sa chambre, en train de se préparer au départ; toutes les sonnettes de l'office sonnaient en même temps.

Qu'on pût dire de Nathalie qu'elle était « une brave gosse », ouvrit soudain à Philippe des perspectives nouvelles.

— Qu'est-ce qui t'attache à cette ouvrière du Clusot ? lui demanda brusquement Empoli.

— Rien, répondit vivement Philippe. Ce roman n'existe que dans l'imagination de Nathalie.

— Elle n'est pas ta maîtresse ?

— Non, dit Philippe.

— C'est bien ce que je pensais... Qu'est-ce qui t'a poussé à prendre parti si violemment contre la transformation de la Filature ?

— Il y a au Clusot, répondit fermement Philippe, un certain nombre d'hommes et de femmes propres. Des gens tout à fait différents de nous, insista-t-il. J'essaie de mériter leur estime.

— Des communistes ? demanda Empoli.

— Oui, répondit Philippe.

— Nous en sommes tous là, dit Empoli. Nous ne jugeons plus les événements qu'en fonction d'eux... même quand nous les faisons tuer ou emprisonner... Lis-tu les journaux ?

— Jamais.

— Tu verrais que pour prêcher la croisade contre eux, on emploie maintenant leur vocabulaire. Ils ont déjà gagné la partie.

Le ton de Valério Empoli était singulièrement détaché, comme s'il avait décrit de très loin un spectacle piquant et qui ne le concernait absolument pas. Cette attitude aussi ouvrait de nouvelles perspectives à Philippe. Brusquement :

— Qu'est-ce qui peut bien vous attacher à ma mère ? demanda-t-il.

— Sa santé, répondit aussitôt Empoli.

Il s'était sûrement souvent posé la question à soi-même, car il poursuivit :

— ... Elle n'a ni cœur, ni sens. C'est une petite bourgeoise française, qui *fait sa situation*, obstinément, sans jamais regarder autre chose que le but immédiat qu'elle s'est fixé. Elle ne comprend rien à ce qui se passe dans le monde et ne s'y intéresse absolument pas. Elle s'est élevée méthodiquement dans ce qu'elle appelle l'échelle sociale, sans jamais s'apercevoir que les barreaux en sont désormais pourris...

— Son père était banquier, dit Philippe.

— Un petit banquier ardêchois, dit Empoli.

Philippe demanda soudain :

— Etait-elle votre maîtresse quand mon père vivait encore ?

Empoli poursuivit sans répondre :

— As-tu remarqué que quand ta mère entre dans un salon, c'est toujours l'homme le plus riche qui lui fait la cour ?

— Je ne fréquente pas la bonne société, dit Philippe.

— Les hommes qui peuvent tout acheter, poursuivit Empoli, sont attirés par les femmes froides. La froideur, quand elle est si grande qu'elle ne permet pas la feinte, est la seule fierté qui ne plie pas devant eux. Ils ne cessent jamais de chercher la femme dont ils pourront dire : « Elle est le seul échec de ma vie... »

— Nathalie vous ressemble bien plus que je ne croyais, dit Philippe.

Empoli ne releva pas l'interruption.

— Ta mère, poursuivit-il, s'est servie de moi, comme elle s'était servie de ton père et de ton grand-père. Maintenant elle utilise ma sœur. Si elle parvient à entrer dans la famille Durand de Chambord, elle aura fait la plus étonnante carrière du siècle.

Il entraîna Philippe dans la pièce voisine et se posta près d'une fenêtre, côté jardin à l'anglaise et portail sur la route de Lyon.

— Dans dix ans, dit-il soudain, l'Union Soviétique et la Chine produiront davantage d'acier que tout le reste de l'univers. Plus personne n'osera les attaquer. Alors l'Amérique elle-même commencera à se désintégrer... Et Emilie sera trop vieille pour refaire sa vie avec un commissaire du peuple...

Il se tenait près de la fenêtre, surveillant le jardin. Il se tourna vers Philippe.

— Ta mère essaiera pourtant de refaire carrière jusqu'à son dernier souffle...

Il sourit et déclama légèrement :

— *On nous apprend à vivre quand la vie est passée. Cent écoliers ont pris la vérole avant que d'être arrivés à leur leçon d'Aristote sur la tempérance...*

— Quoi donc ? s'étonna Philippe.
— C'est Montaigne... Tu ne lis jamais Montaigne ?
— Non, dit Philippe.
— *Comment*, continua Empoli, *assouvirait-il des envies qui croissent à mesure qu'elles se remplissent ? Qui a sa pensée à prendre, ne l'a plus à ce qu'il a pris.*
Philippe l'interrompit :
— Pensez-vous qu'elle ait aidé à la mort de mon père ?
— Il y a tellement de manières d'aider à la mort de quelqu'un, dit Empoli...
Philippe ne fut pas du tout bouleversé. Il y avait déjà longtemps qu'il s'était habitué à cette idée, sans jamais se l'être énoncée aussi clairement. Au fait il ne gardait aucun souvenir de son père.
Empoli s'était retourné vers la fenêtre et soulevait le rideau. Philippe suivit son regard. Nathalie sortait de la villa, un imperméable sur les épaules, un petit sac à la main, les cheveux enveloppés dans un foulard.
— Elle n'a même pas pris le temps de se coiffer, dit Empoli.
Nathalie se dirigea vers les garages. Un instant plus tard l'Alfa Romeo vira dans les allées du jardin anglais, puis se présenta à la grille que le concierge ouvrit. Nathalie alla se ranger sur l'autre bord de la route. Presque aussitôt arriva un taxi d'où descendit Bernarde.
— Ta mère, dit Empoli, est certainement en train de guetter de la fenêtre de sa chambre.
Bernarde s'approcha de l'Alfa Romeo. Nathalie se pencha par-dessus la portière et pendant un moment elles parurent discuter. Puis Bernarde monta dans la voiture, qui démarra « en arrachant la route », dans le style de Nathalie.
Emilie entra brusquement dans le salon.
— La Lubas-Privas m'a trahie, dit-elle à Empoli. Elle venait de me promettre au téléphone de retenir Nathalie à la maison.
— Tu n'as pas su y mettre le prix, dit doucement Empoli. Ma fille est plus généreuse que toi.
Emilie s'approcha de son mari. Elle le regarda haineusement.
— Tu n'es jamais si content, dit-elle, que quand tu me vois dans une situation ridicule.

— C'est le seul plaisir que tu aies jamais su me donner, répondit Empoli.

Elle repartit, sans avoir regardé son fils.

C'est à ce moment seulement que Philippe prit conscience que Noblet n'était plus avec eux. Tout occupé des réactions que l'intervention de sa mère et de Nathalie avaient provoquées en lui, puis d'écouter son beau-père, il n'avait plus du tout pensé au vieil homme.

— Où est Noblet ? demanda-t-il brusquement.

— Je l'ai envoyé parler de votre affaire avec Northemaire, répondit Empoli.

— Le lâche ! s'écria Philippe.

— Croyais-tu vraiment nécessaire qu'il assiste à nos explications de famille ?

— N'empêche que c'est un lâche, insista Philippe. Il me plaque en pleine bataille.

— Je ne crois pas qu'il soit lâche, dit Empoli. Je connais peu de nos jeunes ingénieurs qui auraient eu le courage de me parler aussi franchement des conditions de vie de nos ouvriers du Clusot.

— Il craint seulement que sa combine F.O. soit foutue en l'air.

— C'est l'excuse qu'il nous donne et qu'il se donne peut-être à lui-même. Mais je le crois dans le fond de son cœur beaucoup plus citoyen du Clusot qu'employé de la F.E.T.A....

— Vous croyez, dit Philippe, vous croyez...

Il était très étonné d'entendre Valério Empoli employer des expressions comme « dans le fond de son cœur ». Il avait la certitude que ce n'était pas tartuferie.

— Maintenant, dit Empoli, je dois aller travailler.

Philippe prit la main qui lui était tendue.

— Au revoir, monsieur, dit-il.

— Pourquoi ne m'appelles-tu pas Valério ? lui demanda son beau-père, en gardant la main de Philippe dans la sienne.

— Au revoir, Valério, dit Philippe, en répondant fortement à la poignée de main.

***

Le lendemain matin, Emilie reçut une lettre de Nathalie : *Ma chère mère, Bernarde et moi nous sommes installées au*

Clusot, chez Philippe. Si vous avez vraiment besoin de ma signature, c'est là que vous viendrez la chercher, la corde au cou, c'est-à-dire avec un engagement (dont je vous laisse imaginer la forme) que Philippe aura satisfaction pour son histoire à dormir debout de métiers à tisser. Dépêchez-vous, parce que nous sommes terriblement encombrantes pour votre fils, et mon ivrognerie fait le plus mauvais effet auprès de la population de la petite ville où vous avez passé les années les plus heureuses de votre vie. Votre fille,

NATHALIE.

DEUXIÈME PARTIE

I

Pierrette Amable allait une fois par mois voir son fils, à la Grange-aux-Vents, chez son oncle, mon voisin. Elle prenait le car jusqu'au carrefour d'où se détache le « vicinal », et achevait la route à pied.

Mais pour ce dernier dimanche d'un mois de mai particulièrement ensoleillé, elle avait décidé de monter tout droit depuis le Clusot, par les chemins de montagne qu'elle connaissait depuis son enfance, en compagnie de Raymonde et de Frédéric Mignot. L'excursion avait été projetée quinze jours à l'avance, et l'oncle et la tante Amable prévenus de la venue des Mignot qu'ils connaissaient déjà. Au dernier moment, Beau Masque avait été invité à se joindre à eux (le dimanche, c'était un autre chauffeur de la Fruitière qui faisait sa tournée).

Ils étaient partis tôt, longeant d'abord les murs du parc Letourneau. Comme ils passaient devant les persiennes closes de Philippe :

— Ce garçon a tout de même été courageux de t'envoyer le projet F.E.T.A. de transformation de la Filature, avait dit au passage Mignot.

— Tu ne fais pas assez confiance aux gens, avait répondu Pierrette.

Et puis ils avaient parlé d'autre chose. Ils ne savaient encore rien de la démarche tentée par Philippe à Lyon, de l'arrivée de Nathalie et de Bernarde au Clusot, ni du singulier chantage dont la mise en chômage de la moitié des ouvriers de la Filature constituait l'enjeu apparent.

Aussitôt dépassé le parc, ils s'étaient engagés sur une route empierrée qui monte en lacet à travers les vignes. Raymonde

Mignot avait chanté des refrains d'opérettes, appris en écoutant la radio, chez ses parents, entre l'époque où elle était sortie de chez les sœurs et son mariage; Beau Masque lui avait répondu par des chansons italiennes; elle avait été ravie; voilà qui correspondait à l'idée qu'elle se faisait d'une excursion.

Au premier hameau, ils avaient laissé la route pour s'engager par un chemin creux, à pente rapide, dans une vallée adjacente. Raymonde Mignot avait commencé à se plaindre des pierres du chemin; elle avait eu un mot malheureux : « Un chemin de vachères. »

— Tu ne crânais pas tant quand tu allais garder les vaches de ton père, avait répondu Mignot.

Les incidents s'étaient si vite multipliés qu'un quart d'heure plus tard, ils avaient décidé d'un commun accord, que Pierrette et Beau Masque poursuivraient seuls la montée, qui devenait de plus en plus rugueuse. Les Mignot redescendraient au Clusot, puis gagneraient la Grange-aux-Vents par la route, à vélomoteur. Le tansad, à défaut de quatre-chevaux, faisait partie des choses que la femme de Mignot s'était résignée à accepter; c'est que dans le village de ses parents le vélomoteur était encore un luxe.

*
**

Le chemin creux montait tout droit dans un taillis de hêtres. Les cimes des jeunes arbres formaient voûte, et l'ombre était noire et froide.

Beau Masque marchait le premier. De temps en temps, pour éviter à Pierrette d'être griffée, il écartait une ronce de l'année, fraîchement jaillie des buissons du talus, vert tendre, qui se balançait délicatement au travers du chemin.

Pierrette suivait à deux pas, bras nus, jambes nues, robe de cotonnade, sandales à semelles de corde. Tous deux montaient rapidement et sans s'essouffler. Elle regardait marcher Beau Masque; il avait posé sa veste sur ses épaules; tout l'effort de l'ascension portait sur les hanches qui roulaient un peu; le buste ne bougeait pas. Une chanson apprise à l'école lui revint à la mémoire : *Avec tes sabots, dondon...* Beau Masque n'avait sûrement jamais porté de sabots. Pas un seul garçon de la Grange-aux-Vents n'avait la démarche aussi souple, « Voilà, pensa-t-elle, l'une des raisons pour quoi les ouvriers plaisent davantage aux filles. »

Elle haussa les yeux jusqu'à la tête couverte de boucles noires, très serrées, presque crépues, brillantes. « C'est un Italien », pensa-t-elle. Elle se souvint d'avoir lu quelque chose sur les nuits de Capri. « C'est un homme du sud », pensa-t-elle. Son sang battit plus chaud dans son ventre. Elle fut furieuse contre elle-même. « Me voilà aussi sotte que les lectrices de *Nous Deux.* » Il y avait des mois et des mois qu'elle n'avait pas éprouvé cela. Pour couper court, elle parla :

— Ils arriveront avant nous, dit-elle.

— Ils n'arriveront pas, dit Beau Masque, ils passeront la journée à se disputer à la maison... Mignot n'est pas un homme.

— Ne dis pas de bêtises, riposta Pierrette.

— Mignot est un bon camarade, dit Beau Masque, mais il ne se conduit pas comme un homme avec sa femme.

— Tu voudrais peut-être qu'il la batte ? demanda Pierrette.

— Il devrait la battre, dit Beau Masque, sans hausser le ton, sans ralentir le pas.

— Tu parles comme un petit bourgeois, dit vivement Pierrette.

Beau Masque s'arrêta, se retourna et se mit à rire. Il n'en finissait plus de rire.

— Qu'est-ce que tu as ? demanda Pierrette décontenancée.

— Je te respecte trop, dit Beau Masque, pour te parler de certaines choses.

Il se retourna et se remit à gravir le chemin creux, passant souplement d'une pierre plate à l'autre.

Quand ils eurent encore grimpé pendant une demi-heure, le chemin tourna court à l'orée du bois de hêtres. Beau Masque s'arrêta, le corps penché au-dessus du dernier buisson. Quand Pierrette arriva à sa hauteur, il mit le doigt sur les lèvres.

— Regarde, murmura-t-il.

Un renard détala.

— Comme il est blond, dit-elle.

— Roux, rectifia-t-il. Les renards de ce pays sont roux.

— Moi, je le vois blond, dit-elle.

— C'est comme tu veux, dit-il.

Le renard trottait sans hâte dans une sorte de savane qui grimpait en pente raide vers un bois de sapins. L'herbe de l'année croissait difficilement parmi les touffes sèches de l'année précédente. Cela avait été un pré, puis une pâture d'été et enfin plus personne n'était venu nettoyer les genévriers et les églantiers, avant-garde de la forêt : maintenant nul bétail ne paissait jamais plus les herbes rudes qui poussaient entre les buissons épineux; ainsi d'année en année s'ensauvage toute cette montagne, abandonnée par les hommes.

— Ton renard ne se retourne même pas, dit Pierrette.

— Tu ne l'intéresses pas, dit Beau Masque.

Le renard disparut derrière des genévriers de trois ans, puis il réapparut tout près des sapins. Il s'arrêta un instant, tourna la tête vers Pierrette et Beau Masque puis disparut dans les buissons qui bordaient le bois de sapins.

— Il m'a regardée, dit Pierrette.

— Les renards sont hardis en cette saison, dit Beau Masque. Tout le reste de l'année, ils ne chassent que la nuit. Mais en ce moment, ils nourrissent leurs petits et s'aventurent en plein jour jusqu'aux abords de poulaillers.

— Comment sais-tu cela ? demanda Pierrette.

— J'ai travaillé aussi dans les *fondi*, dit-il.

Ils s'assirent un moment pour fumer une cigarette. Beau Masque se mit à décrire les *fondi*, les grands domaines de son pays, les bourgades d'ouvriers agricoles, au milieu des immenses domaines des princes romains, les grèves, les bagarres avec les carabiniers. Pierrette écoutait distraitement. Elle pensait au renard qui l'avait si effrontément regardée et qui chassait pour ses petits.

— Quand j'étais gosse et que je montais avec ma mère, dit Pierrette, nous laissions le chemin ici, et nous montions droit à la crête, par les sentiers. La Grange-aux-Vents est juste en face de nous, de l'autre côté de la crête. Mais d'année en année la broussaille a envahi les sentiers.

— Montons tout droit, proposa Beau Masque, nous trouverons peut-être des morilles sous les sapins.

— Ce n'est plus la saison.

— Tu as peur des ronces ?

— Allons, dit-elle. Dans la trace du renard blond.

Elle passa la première. Elle avançait hardiment dans les hautes herbes rudes, contournant les genévriers, écartant, du bout des doigts, entre deux épines, les branches d'églantiers, le pied léger sur la pente abrupte.

Il marchait dix pas derrière elle pour n'être pas giflé par les branches d'églantiers. Il admirait comme elle avait la taille fine, le buste élancé, les jambes bien faites. Qu'elle fût mince, sèche et nerveuse, lui faisait plaisir. Il pensa que Pierrette était une fière fille, une fille fière, c'était tout un. Il pressa le pas pour la rattraper.

Dans le bois de sapins, ils trouvèrent un sentier qui montait doucement en contournant un des contreforts de la montage. Le sentier, mousse et aiguilles de pins, était élastique sous les semelles de corde.

— C'est bon d'avoir retrouvé l'ombre, dit-elle.

— C'est bon de marcher là-dessus, dit-il.

Le sentier tourna, grimpa, puis s'arrêta net à la limite d'un taillis de hêtres.

— Et maintenant ? demanda Beau Masque.

— Droit dans les hêtres, dit-elle, jusqu'à la crête qui ne doit plus être loin.

Il passa le premier. Le taillis était jeune et extrêmement touffu. Ils avancèrent très lentement. Beau Masque soulevait une branche, se baissait pour passer dessous et du même geste la passait à Pierrette qui se baissait à son tour et laissait retomber la branche derrière elle. Ainsi montèrent-ils dans le taillis en exécutant une sorte de danse à quatre temps.

Ils obliquaient tantôt à droite, tantôt à gauche, à la recherche d'une éclaircie. A droite, ils tombèrent sur une coupe de l'année précédente, mais les ronces avaient poussé si dru que la coupe était encore plus impraticable que le taillis. A gauche, ils trouvèrent un éboulis de rochers, avec les arbres moins serrés et une mousse très vieille et très profonde qui rendait l'escalade aisée. Mais ce ne fut qu'un court répit et au delà du roc faîtier ils durent ramper sur une dizaine de mètres pour passer sous de jeunes troncs, poussés trop grêles et furieusement emmêlés. Peu d'ombre sous le feuillage gracile et pas un souffle d'air dans ce bois qui, à peine entrouvert, se refermait sur eux.

Au delà des jeunes troncs, Pierrette se releva, trébucha dans une racine, se raccrocha à l'épaule de Beau Masque. Elle sentit sous les doigts la chemise de toile bleue mouillée de sueur, qui collait à la peau.

Il sourit à travers les grosses gouttes qui coulaient du front sur les yeux. Elle eut envie de lui essuyer le visage.

— Repos ? proposa-t-il.

— Non, non, dit-elle, tout à l'heure. Nous sommes presque à la crête, regarde...

Elle lui montra en direction du sommet la ligne bleue du ciel, à mi-hauteur des arbres.

— Allons, dit-il.

La pente devenait de plus en plus raide. Il continuait à lui passer à mesure les branches qu'il soulevait. Elle dut coller à lui. A chaque pas, elle entendait son souffle.

Ils furent soudain hors du bois, dans les fougères plus hautes qu'eux-mêmes. Pierrette pressa le pas et prit les devants.

— Attention aux vipères, cria Beau Masque.

— Pas de vipères dans les fougères, cria-t-elle.

La pente s'adoucissait aux approches de la crête. Un grand creux se laissait pressentir au delà de la crête; rien ne l'indiquait, mais cela se sentait aussi distinctement que l'on sait dans un rêve que l'espace plan sur lequel on est en train de courir n'est pas une plaine mais un plateau.

Un milan dans le ciel qu'ils voyaient planait au-dessus du grand creux qu'ils ne voyaient pas.

C'était un milan de la plus grande envergure et sous ses ailes brunes les taches d'un brun plus clair viraient à l'or. Il décrivit des cercles de plus en plus étroits, puis il poussa une sorte de miaulement :

— C'est pour effrayer sa proie, cria Pierrette.

Le creux au delà de la crête devait être plein de choses vivantes. Ils se mirent à courir, elle devant.

Les fougères les giflaient au passage. C'étaient de bonnes gifles, bien fraîches et d'une forte odeur, qui les excitaient à courir plus vite. Pierrette conservait son avance. Quand les fougères devenaient trop touffues, elle prenait de l'élan et se laissait tomber de tout son poids sur la mouvante muraille, elle trébuchait dans la forte odeur, les fougères s'écartaient, elle se relevait en riant et puis courait plus vite encore.

Trois corbeaux surgirent, montés du grand creux, au delà de la crête toute proche maintenant. Le milan fit face en miaulant. Puis le milan et les corbeaux disparurent dans le creux.

— Les corbeaux gagnent toujours, cria Pierrette.
— C'est parce qu'ils vont par bandes, cria Beau Masque.
— Les lâches, cria Pierrette.

La pente s'adoucissait de plus en plus à mesure qu'ils s'approchaient de la crête. Ils coururent encore quelques longues foulées. Elle tenait toujours la tête. Elle atteignit la crête et se laissa tomber sur l'herbe rase des sommets. Il la rejoignit et se laissa tomber près d'elle.

Ils étaient étendus sur le ventre, dans l'herbe courte, tout près l'un de l'autre, mais sans se toucher. Chacun écoutait le souffle de l'autre lentement s'apaiser. La sueur et le sang échauffés par la course les cuisaient comme s'ils avaient été mordus par un million de fourmis rouges.

Beau Masque avait enfoui son visage dans l'herbe pour en chercher la fraîcheur.

Il tourna brusquement la tête vers Pierrette et la surprit qui, légèrement soulevée sur les coudes, le regardait. Il chercha ses yeux, le regard ne se déroba pas, mais il vit s'y former comme une immense panique. Il se souleva vers elle, avec une expression très humble. Alors elle se blottit contre lui, le visage dans le creux qu'il a entre l'épaule et le cou, contre sa chemise mouillée de sueur ; elle sentit sur les lèvres un goût salé.

Le milan se défendait maintenant contre dix corbeaux. Leurs cris furieux faisaient résonner le ciel d'une clameur guerrière. Les plumes brunes mêlées de plumes noires floconnèrent doucement sur les corps emmêlés de Pierrette et de Beau Masque.

⁂

Beau Masque avait l'habitude que les femmes s'attardent dans ses bras, le retiennent quand il esquissait de se dégager. Il les cajolait volontiers, parce qu'il les aimait bien et par reconnaissance du plaisir reçu. Mais lui, dès qu'il était apaisé, pensait à autre chose, à la préparation d'un coup de main quand il était au maquis, au rivetage des coques de navires quand il était à l'Ansaldo, et, dans les bras d'une mauresque, à l'époque où marin il transportait le marbre de Carrare en Afrique du Nord, à l'ingéniosité de la navigation à voile qui permet au marin de se servir du vent pour aller contre le vent. Il trouvait aussitôt des idées, des arguments, des images, exactement comme après avoir bu un café *doppio espresso.* Il cajolait quand même, il répondait aux tendresses par des gentillesses, dans sa langue, avec des diminutifs, mais c'était à d'autres choses qu'il pensait, très vivement.

Mais Pierrette se releva tout de suite.

— Le soleil est déjà bien haut, dit-elle. J'avais promis que nous arriverions vers les dix heures...

Elle retirait les brins d'herbes piqués dans sa robe. Encore étendu, les mains croisées sous la nuque, il la regardait avec étonnement.

— Mon fils doit s'impatienter, dit-elle.

Beau Masque se releva.

— Allons, dit-il.

Une combe s'arrondissait à leurs pieds, couverte d'herbe tendre mêlée de mousse, avec au centre un bosquet de chênes d'où s'amorçait un sentier. Il suivit Pierrette. Elle descendait à grandes enjambées, mais très légèrement, comme un vol. Dans le bosquet, il y avait une source, auprès de laquelle ils s'agenouillèrent côte à côte. Elle plongea le visage dans l'eau et se redressa en secouant la tête, ce qui fit pleuvoir l'eau autour d'elle.

Il la regardait. Il se sentait gauche, ce qui ne lui arrivait jamais. Il l'attira vers lui et essaya de l'embrasser ; elle le repoussa doucement :

— Tu n'es pas fâchée ? demanda-t-il.

Elle lui sourit à travers les gouttes d'eau qui ruisselaient sur son visage.

— Pourquoi serais-je fâchée ? demanda-t-elle.

Il se pencha vers la source pour boire.

— Non, protesta-t-elle.

Elle prit de l'eau dans le creux des mains repliées et lui en fit l'offrande. Il but dans le creux des mains de la jeune femme. Dans le même instant, elle posa un rapide baiser sur son front, et aussitôt se releva.

— Nous sommes en retard, dit-elle... Suis-moi, nous allons descendre tout droit à travers les pâtures.

A l'issue de la combe, ils découvrirent à leurs pieds les toits de tuile et le clocher d'ardoise du quartier d'En Bas de la Grange-aux-Vents, une trentaine de maisons, dans une sorte de brèche, au delà de laquelle la montagne tombait tout droit, comme une falaise, jusqu'à la plaine mal distincte dans la brume.

Ils descendirent dans l'herbe haute qui leur montait jusqu'au ventre. Elle allait très vite dans les pentes les plus raides, bras et jambes détendus, la tête un peu rejetée en arrière. Elle avait beaucoup couru dans tout cela, quand elle était enfant. Lui aussi était d'un pays de montagne. Ils descendirent tout d'un trait, et sans parler, pour ne pas perdre leur souffle.

II

Je n'étais pas à la Grange-aux-Vents ce dimanche-là, et ce ne fut que peu à peu, par les confidences de Beau Masque, de Pierrette et de Mignot, que j'appris comment s'était déroulée la journée chez mes voisins, les Amable.

Les Mignot, sur le vélomoteur, étaient arrivés bien avant Pierrette et Beau Masque. Aimé Amable avait aussitôt emmené Frédéric Mignot au cellier boire un verre de vin. Le vieux but après son hôte.

— Pas fameux, dit-il avec une moue de dégoût.

— Il se défend, répondit poliment Mignot.

— Du vinaigre, dit le vieux.

— Il est peut-être un peu jeune, dit Mignot.

— De l'acide, dit le vieux.

— Il gagnerait peut-être à être traité, dit Mignot.

— La vigne fait comme le reste, dit le vieux. Tout fout le camp... Va un peu regarder les noyers ; il ne leur restera bientôt pas plus de feuilles que de cheveux sur ta tête ; sais-tu ce qu'il leur arrive ? J'en ai scié deux cet hiver : ils étaient pourris par le cœur... As-tu fait attention aux chênes, le long de la route ? Ils sont couverts de petits papillons bleus : les chenilles ont mangé toutes les jeunes pousses... Les chênes ne savent plus se défendre.

— Il faudrait peut-être les traiter, dit Mignot.

— Tu es comme les instituteurs, dit le vieux. Tu crois que tout s'arrange avec des produits chimiques... Mais il y a cinquante ans, il n'était besoin ni de sulfater la vigne, ni d'arroser les arbres fruitiers avec du poison, et l'on venait depuis Lyon acheter le vin et les fruits de la Grange-aux-Vents. As-tu goûté nos pommes de ces dernières années ? Jadis on les aurait données aux cochons ; la reinette était de la reinette et la calville de la calville ; aujourd'hui, la pomme n'est plus bonne qu'à distiller...

Mignot laissait le vieil Amable poursuivre son récit d'Apocalypse. Il avait déjà entendu cela souvent dans la région. Il s'était fait son opinion là-dessus ; le fait brut était exact. Quand la population humaine devient moins dense, quand les pâtures gagnent sur les cultures et la forêt sur les pâtures, la nature tout entière commence à retourner à la sauvagerie.

— Encore cinquante ans, continuait Aimé Amable, et il n'y aura plus de noyers, plus de pommiers, plus de chênes, rien que de la broussaille.

— Au fait, coupa Mignot, Pierrette m'a demandé de vous prévenir qu'elle amenait un invité de plus.

Le vieux le regarda :

— Elle se serait donc décidée à prendre un bon ami ?

— Non, non, protesta Mignot, c'est un de nos camarades... rien de plus pour elle.

— Toujours dans la politique ? dit le vieux.

— Tant que nous n'aurons pas changé le monde, dit Mignot.

— Le monde aura fini avant que vous ne l'ayez changé, dit le vieux.

Raymonde Mignot se sentait à l'aise chez les Amable, où elle avait déjà passé plusieurs dimanches. Ils étaient propriétaires, comme ses parents : on se comprend entre propriétaires. Mais qu'est-ce que les ouvriers que fréquente habituellement Frédéric peuvent bien comprendre aux sentiments de la fille d'un propriétaire ? Ses parents à elle habitaient sur le bord de la route nationale : les Amable étaient bien perdus au bout de leur chemin vicinal ; Raymonde en tirait un sentiment de supériorité, dans la relative égalité conférée par la propriété. Bref, elle se représentait elle-même en visite chez des pairs un peu moins bien placés. Le pli des anciennes habitudes fit le reste. Une demi-heure après son arrivée, Raymonde Mignot avait mis un tablier par-dessus la robe de plage de l'été précédent, choisie pour l'excursion, et aidait la tante de Pierrette à plumer le poulet qu'on allait mettre au four. La vieille femme ne l'en regardait pas moins d'un œil critique ; elle lui trouvait les chevilles et les poignets épais : « Ces femmes de la plaine, ces bressanes, pensait-elle, ont été nourries au maïs comme leurs chapons ; elles engraissent, là où il ne faut pas. »

— Il y a déjà longtemps que le car est passé par en bas, dit la vieille. Pierrette devrait être arrivée.

— Au fait, dit Raymonde Mignot qui ménageait ses effets, j'oubliais de vous dire que Pierrette venait à pied par la montagne.

— Ah ! oui, dit la vieille.

— Au fait, reprit Raymond, j'oubliais de vous dire... Pierrette m'avait demandé de vous prévenir qu'elle amenait à dîner l'ami qui l'accompagne...

— Qui c'est donc ? demanda la vieille.

— Vous le connaissez, dit Raymonde... Cet Italien qui vient ramasser le lait chez vous.

— Ça m'étonne, dit la vieille, que Pierrette fréquente un maca.

*
**

Pierrette n'avait pas emporté de glace. Elle se maquillait toujours pour aller à l'usine, c'est la politesse ouvrière. Mais ce dimanche de printemps, et pour aller à la montagne, elle avait seulement lavé son visage à l'eau fraîche. Des brins d'herbe étaient demeurés dans ses cheveux. Beau Masque surpris par son mutisme, décontenancé par son attitude, ne l'en avait pas prévenue. Quand ils arrivèrent :

— Vous avez mis bien longtemps, dit la vieille Amable.

Pierrette ne remarqua pas l'ironie. Elle était en train de cajoler son fils.

— Vous avez fait un somme dans l'herbe ? demanda Raymonde Mignot.

Pierrette rougit violemment.

Mignot qui ne saisissait jamais un certain genre d'allusion, chantonna, pour couper le silence soudain qui s'était fait : *Couchés dans le foin, avec le soleil pour témoin...*

Raymonde eut un rire aigu.

— Pourquoi ris-tu ? demanda Mignot.

Pierrette tournoya sur elle-même.

— Allons voir tes agneaux, dit-elle à son fils.

Elle le prit par la main et ils sortirent. A peine dans la cour, elle s'empourpra de nouveau : elle venait de penser que Beau Masque devait s'imaginer qu'elle avait honte de lui parce qu'il était maca.

A la bergerie, Roger lui expliqua : « la Blanche n'a fait qu'un agneau qui était noir, la Noire a fait trois agneaux qui étaient blancs ; il a fallu donner le biberon au plus petit qui est devenu le plus gros... » Mais Pierrette n'écoutait guère le gamin ; elle lui caressait distraitement la tête. Elle était furieuse contre elle-même, non qu'elle attachât une importance démesurée à ce qui venait de se passer dans la montagne, elle avait mené les bêtes en champs, chaque été qu'elle avait passé à la Grange-aux-Vents, de treize à dix-huit ans, et comme les autres bergères elle avait eu des « bons amis » parmi les bergers de son âge. Mais sa propre expérience et celle de ses camarades de la Filature lui avaient enseigné le prix de l'amour : se « mettre en ménage », « refaire sa vie » signifierait la cuisine, le ménage et la lessive pour deux, après les huit heures d'atelier, plus jamais de lectures et renoncer à beaucoup des tâches qui donnent aujourd'hui une signification à la vie ; quant aux aventures, elles finissent habituellement dans les mains de la sage-femme ou de la commère, parmi toutes les souffrances que le ventre procure aux femmes. Elle savait qu'il en serait un jour autrement ; elle y travaillait ; mais pour l'instant, c'était ainsi. Elle avait espéré avoir échappé définitivement aux pièges de l'amour. Depuis qu'elle avait chassé son mari, elle avait toujours dominé aisément son sang ; elle en voulait à Beau Masque de l'avoir réveillée et elle s'en voulait de lui en vouloir.

*
**

Roger fit faire à sa mère le tour des dépendances. Les ruches étaient réparées et fraîchement repeintes. Les poteaux de la clôture croulante du potager venaient d'être remplacés. Les pommiers avaient été débarrassés du gui que le vieil Amable, depuis des années, n'avait jamais eu le temps d'arracher. Pierrette avait vécu trop longtemps, dans son enfance, à la Grange-aux-Vents, pour ne pas remarquer tout cela. L'enfant expliqua :

— C'est le cousin Jean qui a refait les ruches... Le cousin Jean a réparé la cheminée du four à pain... Jean s'est acheté une moto, il m'a emmené sur sa moto...

Pierrette se rappela qu'il avait existé un « cousin Jean »,

mais elle ne se souvenait pas de son visage. Quel était cet inconnu dont son fils ne cessait de parler et dont elle retrouvait la marque à chaque pas ? Pierrette généralement ne se préoccupait pas outre mesure de son fils; le savoir à la Grange-aux-Vents, où elle avait elle-même trouvé refuge dans chaque période difficile de son enfance et son adolescence et où rien n'avait changé, aussi loin que remontaient ses souvenirs, suffisait le plus souvent à apaiser ses inquiétudes. La promenade à moto l'irrita; elle rentra brusquement dans la maison :

— Qui est ce cousin qui emmène Roger en moto ?

— Comment donc, dit la vieille Amable, tu ne te souviens pas ? C'est le fils de... le petit-fils de...

— Il s'est fait cheminot, dit Aimé Amable. Il travaille au dépôt de Sainte-Marie-des-Anges... (Sainte-Marie-des-Anges, gros bourg de la plaine, à une quinzaine de kilomètres de la Grange-aux-Vents, une des plus importantes gares de triage des Chemins de fer du Sud-Est.)

— Il s'entend très bien avec ton fils. Quand il vient là, le petit ne veut pas le quitter.

— Il vient de temps en temps nous aider. Sur sa moto, il monte à la Grange-aux-Vents en un quart d'heure.

— Comment peux-tu ne pas te souvenir ?... Tu n'as même dansé avec lui...

Dans le même moment, un grondement de moteur grossit sur le vicinal, et le cheminot entra dans la cour sur une grosse moto, rouge et verte, avec toutes sortes de nickels que le soleil faisait étinceler. En habitué de la maison, il alla ranger la moto sous le fenil. Puis il se dirigea vers la maison. C'était un grand garçon blond, lourd, les joues roses.

— Tu ne me reconnais pas, Pierrette ?...

— Mais si... mais si..., répondit Pierrette... Au fait, pourquoi viens-tu tout seul ? Il me semblait que tu t'étais marié avec une jeune fille d'Annonay...

— Il a perdu sa femme l'an dernier, dit la vieille Amable.

Après trente secondes de silence en hommage à la morte, Jean s'assit sur le coin du banc de bois et prit le fils de Pierrette sur ses genoux.

— Alors, mon gros, toujours décidé à devenir coureur sur moto ?

Pierrette avait tout de suite compris où son oncle et sa tante voulaient en venir. Toutes les filles de la Grange rêvaient d'épouser des cheminots, non qu'ils gagnent gros, mais leurs mensualités régulières apportaient l'argent liquide, l'aisance de trésorerie, ce qui manquait le plus aux petites exploitations agricoles.

Jean continuait à jouer avec le petit Roger. *Il se considère déjà comme son père,* pensa Pierrette ; ses yeux étincelèrent de colère. Beau Masque admirait Pierrette d'avoir les yeux si brillants, le teint si vif ; mais il comprenait mal les sentiments qui agitaient toutes les personnes présentes et qui paraissaient les dresser les unes contre les autres ; il pensa y être pour quelque chose et il en fut malheureux. Le dîner fut morne. Il n'y eut que Mignot et le vieil Amable pour soutenir la conversation.

*
**

Après dîner, le vieil Amable emmena sa nièce faire quelques pas avec lui sur le vicinal.

— Tu tiens beaucoup à ce garçon ? demanda-t-il soudain.

— Quel garçon ?

— Ton bon ami.

Elle regarda son oncle dans les yeux :

— Beau Masque n'est pas mon bon ami.

— Ce n'est pas bon pour une jeune femme de vivre seule trop longtemps, reprit le vieux.

— On m'a déjà dit cela, répondit-elle agressivement.

Elle pensait à la remarque de l'ouvrier Cuvrot. Mais elle avait été émue de la sollicitude de son vieux camarade, tandis que la remarque de son oncle l'irrita. « De quoi se mêle-t-il ? » Les rares fois que son oncle avait essayé de peser sur ses décisions, elle avait réagi avec une extrême violence. Aimé Aimable avait jadis poussé son frère cadet, le père de Pierrette, à descendre au Clusot travailler en usine, afin de pouvoir racheter à vil prix la part de domaine que l'ouvrier ne pouvait pas cultiver. « De quoi se mêle-t-il maintenant ? » Ouvrière d'ailleurs, elle s'estimait, sans se l'énoncer clairement, plus experte des choses du monde contemporain que le vieux paysan, plus adulte que lui, mieux apte à prendre des décisions raisonnables.

— Naturellement, poursuivait le vieux, qu'on a dû déjà te parler de cela. Te voilà presque aussi fringante qu'au moment de ton mariage. On te sait bonne travailleuse. Ils ne doivent pas manquer ceux qui voudraient bien de toi pour tenir leur ménage.

— Le mien me suffit, répondit sèchement Pierrette.

Ils marchèrent un moment en silence. Cela devint lourd. Ils longeaient un pré dont Aimé Amable avait mis trente ans à réunir les parcelles, par échanges, héritages, achats longuement marchandés. Vers 1900, quand il y avait eu plus de cent foyers à la Grange, on avait cultivé le chanvre dans ce bas-fond, qu'on continuait à appeler : Les Chanvres. Pierrette savait tout cela qui lui avait été cent fois raconté.

— Les Chanvres, dit-elle, sont bien verts malgré la sécheresse.

— C'est le plus beau pré de la commune, mais je manquerai quand même de foin cette année. Il n'y a que de la paille au Mollard, que je n'ai pas eu le temps de faucher l'an dernier, et où je n'ai pas pu mettre le feu ce printemps. La luzerne des Terres Pourries dépérit faute d'engrais...

Il s'arrêta soudain.

— Qu'est-ce que tu perdrais à laisser la Filature ?

— C'est mon travail, dit-elle.

— Ce n'est pas comme au chemin de fer, dit-il, tu n'as pas de retraite à perdre.

Elle pensa à l'ouvrier Cuvrot :

— Si, dit-elle, la F.E.T.A. fait à ses vieux travailleurs une pension de 1.350 francs par mois.

— Une misère, dit-il.

— C'est bien ce que je pense, dit-elle.

— La vieille et moi, poursuivit-il, nous ne pouvons plus faire tout seuls.

Elle estima qu'il mentait. Depuis dix ans, il ne cultivait plus de terres que pour ce qui était nécessaire à la consommation familiale. Tout le reste en prés ou en pâtures. Il vendait les veaux et le lait, pour les petits achats au marché du vendredi.

— Nous nous faisons vieux, continua-t-il.

— Je ne vous ai jamais vu si vert, dit-elle.

Il coupa court :

— Il y a assez de travail pour deux ménages. Et je laisserai le domaine à ton fils.

— Vous voudriez que je me remette avec Lucien ? (C'était le nom de son ancien mari.)

— Non, dit-il, c'est un feignant. Mais tu peux te remarier.

— Si cela arrive, on le verra bien, répondit Pierrette.

Elle pensa qu'elle avait en quelques minutes retrouvé le *ton* de la Grange. « Si cela arrive, on le verra bien », voulait dire : « Je sais bien où tu veux en venir, mais parle toujours. »

— Jean serait content de se remarier.

— Un veuf ! dit-elle.

Elle venait de se rappeler qu'à la Grange on faisait toutes sortes de plaisanteries sur les jeunes femmes qui épousent des veufs.

— Tu n'es plus une jeune fille, dit-il.

— Mais Jean est mon cousin, dit-elle.

Cela aussi était bien dans le *ton* de la Grange. Dans cette clairière qui, jusqu'à la construction du vicinal, était restée plus séparée du reste du monde qu'une île au milieu de l'océan, la crainte des méfaits de la consanguinité continuait de l'emporter sur les espoirs d'héritage et les affinités de l'amour. La fille d'un de leurs voisins, à trente ans, se desséchait parce que, dix ans plus tôt, sa famille l'avait empêchée d'épouser un cousin germain qu'elle aimait d'amour.

Pierrette, dans le même moment qu'elle parlait se reprochait cette série de réponses dans le *ton* de la Grange ; pourquoi *laissait-elle venir* le vieux ? C'était indigne d'elle ; elle aurait dû couper net. Pourquoi se prêtait-elle au jeu ? Parce qu'il faisait très chaud à trois heures de l'après-midi sur le vicinal ? Parce qu'elle était lasse ? mécontente et déçue d'elle-même ? Soudain, devenue lâche, pour avoir cédé le matin à ce qu'elle croyait avoir pour toujours dominé ? Peut-être craignait-elle tout simplement de faire de la peine au vieillard en brisant brusquement une combinaison à laquelle il avait sûrement, longuement rêvé.

— Vous êtes seulement issus de germains, poursuivait le vieil Amable...

Et de citer tous les beaux enfants, nés d'issus de germains, qu'ils connaissaient l'un et l'autre.

— C'est donc pour cela, dit Pierrette, que Jean vient tout le temps ici... Roger m'a montré le rucher, les clôtures... Tu n'as jamais beaucoup aimé t'occuper des clôtures...

— Depuis quelque temps, dit le vieux, Jean me rend toutes sortes de petits services.

— Engage un commis, dit Pierrette.

— Les commis sont devenus trop exigeants. Ils veulent le

même salaire qu'en Beauce ou en Brie. Dans les usines à blé de là-bas (usines fut prononcé avec beaucoup de mépris), avec leurs machines et leur chimie, ils font quarante quintaux à l'hectare. Ici, nous n'avons jamais dépassé quinze, les belles années. Nous ne pouvons pas payer les commis au même tarif.

— Pourquoi viendraient-ils gagner moins chez toi ?

— Je ne leur reproche pas, mais...

Il expliqua pourquoi le commis finalement lui coûterait plus qu'il ne lui rapporterait. Ils étaient arrivés à l'extrémité du vicinal, là où il bute à la montagne et se change en sentier. Ils dominaient tout le domaine du vieil Amable.

— Alors, dit-il, j'aurai passé trente années de ma vie à rassembler cette terre pour la donner à la broussaille ?

Elle pensa que, par le simple jeu de la concurrence, les gros propriétaires de Beauce et de Brie étaient en train de dépouiller son oncle de sa terre, exactement de la même manière qu'il avait dépouillé de leurs terres les tout petits propriétaires du Quartier d'En Bas. Eux, parce qu'ils avaient des tracteurs et de l'argent pour acheter des engrais, lui parce que, trente années durant, il avait prêté ses bœufs contre le travail des autres. Elle n'en parla pas, parce qu'elle avait pitié du malheur du vieil homme. Quelque chose cependant lui échappait encore : son oncle n'avait jamais engagé de commis ; avait-il soudain tellement vieilli, pour ne plus pouvoir faire face ?

— Jean, poursuivait-il, est entré aux Chemins de fer tout de suite après le régiment. Il pourra prendre sa retraite dans vingt ans. Il sera encore jeune. Moi, je serai mort, ou je ne vaudrai guère mieux et vous vous trouverez propriétaires, sans avoir rien fait pour cela.

Au « dans vingt ans », elle avait sursauté. Elle était persuadée que dans vingt ans, il y aurait un kolkhoze à la Grange-aux-Vents. Un agronome lui avait dit que les terrains et l'exposition convenaient pour les vergers ; elle y pensait souvent, car elle aimait la Grange où s'étaient déroulées les seules périodes heureuses de son enfance, avant qu'elle entre à la Filature. Elle imaginait souvent les flancs du vallon couverts d'espaliers (cela monterait jusqu'à la source où elle avait bu avec Beau Masque), la broussaille anéantie, le bois de sapins devenu parc et une colonie de vacances au milieu ; et, au mois de juin, la file des camions emmenant vers les villes la récolte des cerises. Quand elle rêvait à tout cela, elle se demandait comment il faudrait faire pour convaincre son oncle d'adhérer au kolkhoze, travail de géant en perspective : il avait mis trente ans à rassembler sa terre. Les soviétiques avaient connu les mêmes difficultés ; elle pensait que leur exemple aiderait à les résoudre ; qu'il faudrait absolument ne pas répéter les fautes qu'ils avaient commises. Elle avait pleuré en lisant *Terres défrichées*. Mais ce n'était pas le moment d'expliquer tout cela au vieillard. Elle ne releva pas « dans vingt ans ». Elle coupa :

— Je ne veux pas de Jean pour mari.

Ils revinrent silencieusement vers la maison. Quand ils furent arrivés dans l'ombre du vieux tilleul qui ombrage la fontaine, Aimé Amable s'arrêta et acheva de s'ouvrir à sa nièce.

— Sais-tu, dit-il, que la femme de Jean tenait un petit commerce ?

— Non, dit-elle. Voilà plus de cinq ans que je n'avais plus entendu parler de mon cousin.

— ...Une quincaillerie à Sainte-Marie.

— Je comprends pourquoi il a pu acheter une si belle moto. Les cheminots qui n'ont que leur traitement pour vivre...

— En décembre, poursuivait le vieillard, j'ai dû vendre mes bœufs pour payer l'opération de ta tante. Au printemps, Jean a vendu le fonds de sa femme et il m'a prêté 200.000 francs pour acheter une nouvelle paire de bœufs. Il a pris une hypothèque sur nos terres...

— Jean se fait payer le travail qu'il fait chez vous ?

— Non, dit le vieillard. Il entretient sa propriété. S'il ne pleut pas d'ici quinze jours, je ne pourrai pas vendre du foin, comme j'escomptais ; je ne pourrai même pas payer les intérêts de l'hypothèque. Il sait bien qu'à la longue il nous aura.

Ils se remirent en route. Juste comme ils arrivaient devant la maison :

— Réfléchis, dit-il. Il dépend de toi que tout cela aille à ton fils... ou à ton cousin.

Elle secoua la tête.

— Tu as peut-être peur, dit-il...

Elle le regarda interrogativement.

— ...S'il t'arrivait quelque chose... évidemment Jean pourrait se remarier une troisième fois, cela arrive, et avoir des enfants... J'y ai pensé, je ferai un testament en faveur de ton fils, ne vous laissant que l'usufruit.

Elle secoua la tête de nouveau.

— Non, dit-elle, je n'épouserai pas le gros Jean.

Son oncle la regarda dans les yeux :

— Tu ne vas tout de même pas te marier avec un sans-le-sou de maca !

Les yeux de Pierrette flambèrent.

— C'est un ouvrier comme moi, dit-elle.

⁂

Jean, qui était Jurassien, fabriquait avec son couteau toutes sortes d'objets en bois. Roger ne le quittait pas. Quand Pierrette rentra dans la cuisine, elle les trouva en train de fabriquer une roue à aube, destinée à être posée sur le ruisseau pour actionner une scierie miniature.

— Maintenant, dit Jean, nous allons essayer notre machine dans le courant.

— Allons, allons, s'écria l'enfant.

— Tu ne nous accompagnes pas ? demanda Jean à Pierrette.

Tout cela était sans doute prémédité.

— Non, répondit-elle.

— Dépêche-toi, dit à Jean le gamin.

— Tu ne restes pas un peu avec moi ? demanda Pierrette à son fils.

— Si tu veux, répondit tristement Roger, qui s'amusait évidemment bien plus avec Jean qu'avec sa mère.

— Allez, allez, dit Pierrette.

Jean et l'enfant sortirent. Presque aussitôt Roger rentra.

— Viens avec nous, maman, dit-il hypocritement. Ça me ferait tellement plaisir...

C'était évidemment Jean qui l'envoyait. Pierrette attira son fils à elle et l'embrassa violemment. Puis elle le repoussa :

— Va t'amuser, dit-elle.

Beau Masque n'était plus là. Le vieille Amable emmena Raymonde Mignot cueillir des roses dans le jardin abandonné du presbytère. Pierrette fit signe à Mignot de rester ; elle ne voulait plus demeurer en tête-à-tête avec son oncle. Mignot se mit à lire de vieux numéros du *Chasseur français*. Aimé Amable réfléchissait silencieusement. Dans l'heure qui suivit, Pierrette passa par les sentiments les plus divers et les plus violents. Pour garder contenance, elle avait pris en main une broderie de jeune fille à laquelle elle n'avait plus travaillé depuis des années.

***

Beau Masque cependant était descendu jusque sur la place de l'église. Deux bistros s'y faisaient face : l'un était vide ; dans l'autre, quatre jeunes gens jouaient à la belote. Ils lui dirent bonjour ; tout le monde connaissait le laitier ; mais ils ne l'invitèrent pas à leur table. Il s'assit près de la fenêtre, derrière une plante grimpante qui végétait pour n'avoir pas été changée de pot, depuis des années.

La patronne vint prendre la commande.

— Alors comme ça, dit-elle, vous êtes monté du Clusot avec la Pierrette...

— Mme Amable la jeune m'a montré le chemin par la montagne.

— C'est plus fatigant qu'avec votre camionnette, dit la femme...

— Sans doute, dit-il.

— ...mais quand on est en bonne compagnie, continua-t-elle, le temps paraît court.

Elle eut un regard complice.

— Nous étions toute une bande au départ, dit-il, mais les autres ont cané à la montée.

— La Pierrette n'a pas la vie facile, dit la femme.

— La F.E.T.A. n'attache pas ses ouvrières avec des saucisses, dit Beau Masque.

— Ah ! ah ! dit la femme, vous avez toujours le mot pour rire, vous !... Mais la Pierrette ne sera pas toujours malheureuse... M. Amable n'a plus qu'elle pour famille. Il lui laissera sûrement son bien.

— Je ne verrai pas cela, dit Beau Masque. Il va falloir qu'un de ces jours je retourne dans mon pays...

— Vous avez peut-être de la famille là-bas ? demanda la femme.

— Comme tout un chacun, dit Beau Masque. (Il avait

appris ce gallicisme dans la dernière dictée que lui avait faite Pierrette.)

— Une femme peut-être ?

— Ça ne manque pas dans ma famille...

— Ah ! ah ! vous ne serez jamais sérieux, vous... Des enfants aussi peut-être ?

— Vous aimez bien ça, vous...

— Quoi donc ? demanda-t-elle.

— Qu'on vous les fasse, dit-il.

— Quoi ? demanda-t-elle.

— Les enfants, dit-il.

Elle n'en finit plus de rire.

— Je ne suis plus une jeunesse, dit-elle.

Il la regardait avec un sourire dans le coin de l'œil.

— Il ne faudrait peut-être pas fouiller bien loin pour la retrouver cette jeunesse, dit-il.

Elle rit de plus belle. Il lui dit encore quelques plaisanteries, puis il paya et sortit.

Il remonta lentement vers le Quartier d'En Haut. Dans les jardins, la mauvaise herbe montait plus haut que les légumes ; les troncs des arbres fruitiers étaient couverts de mousse et de lichen ; les cerises pas cueillies pourrissaient sur les branches. Il savait bien que la clairière mourait faute de bras, et qu'elle manquait de bras, parce que le travail n'y rapportait plus de quoi vivre ; mais il était d'un pays où ce sont les bras qui manquent de terre et où il faut garder les vergers, tant sont nombreuses les bouches affamées, et tout ce laisser-aller le gênait. Il croisa un groupe de jeunes gens qui passèrent sans rire, sans chanter, sans blaguer. Il ne s'était encore jamais senti aussi étranger en France. Même à Pierrette, pensa-t-il, il ne comprenait rien. Il regretta passionnément sa patrie.

Comme il arrivait au Quartier d'En Haut, une fenêtre s'ouvrit au-dessus de lui.

— Bonjour, Beau Masque.

Il leva la tête et vit Ernestine, ses boucles blondes bien en ordre, et sur une blouse de soie blanche le rouge boléro des dimanches.

— Bonjour, dit-il.

— J'étais justement en train de faire le café, dit-elle. Tu n'entres pas ?

Il franchit le portail, sous lequel il passait chaque matin, dans sa camionnette de laitier. Ernestine vint au-devant de lui sur le perron.

La cuisine était vide.

— Ton mari n'est pas là ?

— C'est son tour de dimanche aux services de sécurité de la Filature.

Il s'assit. Tout près de lui, debout devant le Butagaz, Ernestine versa l'eau bouillante, goutte à goutte, dans la cafetière. Rien n'est aussi gracieux qu'une femme occupée aux menues besognes de la cuisine ; elle va, elle vient, ses gestes sont aisés parmi les objets familiers, sa robe danse et bruit en frôlant les meubles ; les robes de laine surtout ont un bruissement émouvant ; l'homme est assis, il regarde ; il pense qu'il n'aurait qu'un mot à dire pour que vienne s'inscrire dans son bras la tendre créature qui est en train de s'affairer pour lui; mais il se tait, il prolonge l'attente. Beau Masque était d'ordinaire très sensible à ces plaisirs simples. Mais ce jour-là, sa pensée était ailleurs.

— Alors, dit Ernestine, maintenant tu vas avec la Pierrette ?

— Pourquoi dis-tu des bêtises ?

— Je vous ai vus descendre ensemble de la montagne.

— Qu'est-ce que cela prouve ? Pierrette Amable est une bonne camarade.

Ernestine servit le café et vint s'asseoir sur le banc près de lui. Il but silencieusement le café, puis il alla s'accouder à la fenêtre, face aux sapins et à la croix de la Congrégation. Deux coqs se battaient sauvagement ; ils s'élevaient en même temps dans les airs, se frappant du bec et de l'ergot, et les plumes du cou volaient dans la poussière ; puis ils se retrouvaient face à face au sol, se guettant, feintant, cherchant l'ouverture de l'adversaire. Ernestine s'était levée à son tour et était venue s'accouder à la fenêtre près de Beau Masque. Soudain, l'un des coqs s'écarta, et partit la tête basse, mais à petits pas ; c'était sa manière de sauver sa dignité.

— Il se dérobe, dit Beau Masque.

— Les voilà bien les mâles, dit Ernestine.

Ernestine nourrissait mal ses volailles, Justin, médiocre cultivateur, ne produisant jamais assez de grain. Mais elle les laissait courir à leur gré, chercher pitance dans les pâtures et jusque dans les bois. Les poules pondaient peu, et les coqs étaient maigres et secs. Mais il arrivait qu'une poule qu'on n'avait pas vue pendant longtemps et qu'on croyait mangée par le milan, revenait, suivie de toute une nichée de poussins, qu'elle avait couvée dans la forêt. De saison en saison, les coqs devenaient plus batailleurs et volaient plus haut et plus vite ; à la Grange-aux-Vents, les volailles aussi retournaient à la sauvagerie.

Un vol de poulets, traqués par quelque bête de proie, surgit de derrière la croix de la Congrégation et vint s'abattre dans la cour. Leur plumage était étrangement moucheté.

— On croirait des faisans, dit Beau Masque.

— N'est-ce pas qu'ils sont jolis, dit Ernestine.

Elle procédait à l'inverse des sélectionneurs, et n'était jamais si ravie que quand une nuance nouvelle apparaissait dans le plumage d'une couvée.

— On raconte, continua-t-elle, que les faisans couvrent les poules qui s'égarent dans la forêt.

Elle se tenait tout contre lui et appuyait le sein sur son épaule. Il s'écarta.

— Tu ne veux plus ? dit-elle.

Il haussa les épaules.

— Je savais bien que c'était seulement pour t'amuser, dit-elle.

— Je ne t'ai jamais promis autre chose, dit-il.

— Ne te défends pas, dit-elle.

Il se tourna vers elle et lui sourit, en plissant légèrement la paupière inférieure, ce qui donnait à son regard une expression malicieuse et tendre.

— Je ne t'en veux pas, dit-elle.

Elle alla s'asseoir. Il vint s'asseoir en face d'elle, les mains posées à plat sur la table. Elle posa les mains sur les siennes.

— Je t'aime bien quand même, dit-elle.

Elle retira les mains et se leva. Elle le regarda. Il détourna les yeux et gratta une fente de la table avec la pointe d'un couteau qui traînait. Elle alla vers le buffet.

— Tu boiras bien une goutte de marc ? dit-elle.

— Ce n'est pas de refus, dit-il.

Elle lui servit un petit verre de marc. Il alluma une « Sultane ».

— Tu ne m'offres pas de cigarette ? demanda-t-elle.

— Chez moi, dit-il, les femmes ne fument pas.

— La Pierrette fume.

— Ce n'est pas la même chose, dit-il.

— Tu l'aimes, dit-elle.

Il releva brusquement les yeux.

— Tu crois ? demanda-t-il.

— Tu dois bien le savoir, dit-elle.

— Je ne sais pas, dit-il.

— Tu verras que tu l'aimes, dit-elle.

Il se leva.

— Allons, adieu, dit-il.

Il lui prit le visage entre les mains, et lui embrassa fortement les lèvres. Puis il sortit et regagna la maison des Amable.

La vieille Amable et Raymonde Mignot, le gros Jean et le petit Roger, tout le monde était rentré. On but une tasse de café, en mangeant de la brioche, et puis les hommes versèrent du marc, chacun à sa volonté, dans la tasse à café encore chaude. On parla peu. L'entrain manquait.

A cinq heures, Jean proposa de ramener Pierrette au Clusot sur sa moto.

— Monsieur Beau Masque saura bien retrouver tout seul son chemin dans la montagne, dit la vieille Amable.

— Avec ses grandes jambes, dit Raymonde, il aura plus vite fait d'aller tout seul, que d'être obligé d'attendre une femme.

— Comme ça, dit le vieil Amable à sa nièce, tu pourras rester un peu plus longtemps avec ton fils.

Pierrette posa la main sur l'épaule de Beau Masque.

— Non, dit-elle, je rentre à pied, avec mon ami.

Ils partirent presque aussitôt.

Dès qu'ils furent hors de vue, Beau Masque prit le bras de Pierrette.

— Laisse-moi, dit-elle.

Il passa devant, et comme le chemin devint vite trop étroit pour marcher de front, le problème ne se posa plus.

III

Ils prirent pour revenir un chemin de terre qui contourne la montagne par les pâturages, jusqu'à un bosquet de sapins, puis descend en lacet vers la forêt qu'il rejoint à l'endroit où, le matin, ils avaient surpris le renard.

Ils montèrent lentement vers le bosquet de sapins, qu'on voit dès le départ, coupant parfois par les prairies. Beau Masque devant, portant sur les épaules le sac où l'oncle et la tante de Pierrette avaient placé des provisions pour le mois, des œufs, du beurre, du fromage. Pierrette marchait silencieusement derrière lui. Chacun suivait ses pensées.

⁂

Beau Masque n'essayait pas d'interpréter les mouvements variés de l'humeur de Pierrette. Il se morigénait.

Il se morigénait à cause d'Ernestine, et encore bien davantage à cause de Pierrette. En un autre temps, avec une autre éducation, il se serait battu la poitrine, en s'accusant de retomber toujours dans le même péché.

Le penchant réciproque qui le portait vers les femmes et elles vers lui, l'avait déjà jeté dans maintes péripéties, les unes plaisantes, et beaucoup d'autres fâcheuses. Tôt averti des inconvénients de la légèreté en cette matière, il se tenait généralement sur ses gardes. A Gênes, où il avait travaillé longtemps, et célibataire habitant en garni, il s'efforçait à la froideur avec la logeuse, ou la cousine de la logeuse. Il y a toujours quantité de jeunes femmes dans les maisons surpeuplées des grandes villes d'Italie. Mais un jour il se laissait aller à quelques câlineries dans son salut matinal ; on lui répondait sur le même ton ; et aussitôt se formait une délicieuse entente (que les jaloux appelaient complicité). Comme il ne se présentait pas en conquérant, les femmes ne songeaient pas à se défendre. Il se conduisait à leur égard avec tant de *naturel* qu'elles étaient d'emblée certaines que, quoi qu'il arrivât entre eux par la suite, ou n'arrivât pas, il n'y aurait jamais à livrer bataille. L'aisance qui s'établissait entre eux était le fruit de la paix implicitement jurée. Ils se prenaient quand l'occasion les y provoquait, ou tout simplement le permettait.

Il n'avait pas eu non plus à conquérir Ernestine. Elle s'était abandonnée, le plus simplement du monde, la première fois qu'il était entré dans la maison en l'absence de Justin, pour vérifier les comptes du lait. Ensuite était venu le temps des confidences.

Justin et Ernestine s'étaient fréquentés deux ans avant leur mariage, mais six mois après les noces Justin avait cessé d'approcher sa femme. Il ne se disputait jamais avec elle ; il lui arrivait même d'être tendre, surtout en public, et les voisins enviaient leur bonheur ; mais pour lui, elle n'était plus une femme. Elle en souffrait.

Beau Masque avait aidé la jeune femme à chercher une explication. Justin n'aimait pas le travail de la terre, par quoi il doublait sa journée à la Filature ; il avait souvent proposé à Ernestine de planter là la Grange-aux-Vents et descendre vivre au Clusot ; elle travaillerait à la Filature et, avec leurs deux salaires, ils pourraient vivre en ville. Ernestine avait toujours refusé ; l'usine lui faisait peur ; elle trouvait la Cité Letourneau horrible à habiter ; elle aimait régner sur son petit troupeau et ses sauvages volailles. Peut-être Justin avait-il reporté sur sa jeune femme le dégoût que lui inspirait la Grange-aux-Vents ? « Si tu aimes ton mari, disait Beau Masque, il faut aller vivre avec lui, là où il se plaît. » Mais l'aimait-elle ? « Bien sûr que je l'aime », disait-elle. Beau Masque n'était pas tellement sûr qu'Ernestine aimât Justin, mais il ne protestait pas, n'ayant pas d'opinion bien précise sur la question ; il aimait tellement les femmes qu'il était persuadé de ne rien comprendre à l'amour.

« Mon mari a sûrement trouvé quelqu'une par là, en bas, une ouvrière », disait Ernestine. Elle s'était consolée en soignant ses bêtes, en lisant *Confidences*, en se faisant des robes, et par la suite avec Beau Masque.

Mais même les femmes les plus scrupuleuses sur l'honneur de leur mari, ou son point d'honneur, les plus soucieuses de « ne pas lui faire de peine » le trompaient aisément avec Beau Masque. Elles lui cédaient, comme à ces occasions qui se proposent en cours de voyage, dans les chemins de fer ou sur les bateaux, et auxquelles les plus vertueuses ne résistent guère, parce qu'elles sont persuadées que la rencontre ne se transformera pas en liaison. Elles continuaient à rêver à lui après son départ. Beau Masque était leur roman. Elles estimaient, plus ou moins confusément selon leur degré de lucidité, qu'elles avaient droit au moins à ce roman-là. Elles pensaient à lui pendant des années avec tendresse ; son souvenir était ce qui leur appartenait le plus intimement.

Beau Masque mettait à la séparation autant de gentillesse qu'à l'involontaire séduction. On ne lui en voulait jamais. Ses anciennes amies le revoyaient toujours avec joie. Les drames venaient toujours des autres, les maris, les frères, les parents, les camarades. Faire de la peine aux jaloux le gênait, et il trouvait insupportable les vies en partie double. Il s'était ainsi maintes fois trouvé obligé de partir, d'un logement à l'autre, d'une ville à l'autre, voire comme il lui était arrivé, d'une rive à l'autre de la Méditerranée. Il se jurait chaque fois de ne pas céder de nouveau aux mêmes facilités. En vain.

En 1943, quand il travaillait dans un groupe clandestin du Latium, on l'avait envoyé avec la femme d'un camarade, compter les camions allemands sur la route de Naples. Ils devaient feindre d'être un couple d'amants en promenade. D'accord tacite, ils s'imposèrent la plus grande froideur. Ils tinrent pendant huit longues journées et cédèrent la neuvième. Le soir même de ce neuvième jour, la femme, qui était une intellectuelle, tint à honneur d'avertir son mari et tout le groupe de camarades. On convoqua Beau Masque pour une loyale explication. « Nous ne l'avons pas fait exprès », voilà tout ce qu'il aurait pu légitimement répondre. On le semonça. Le mari somma sa femme de choisir ; le problème ne se posait pas : elle n'avait jamais songé à changer de compagnon de vie ; mais elle n'osa pas non plus dire : « Nous ne l'avons pas fait exprès » ; elle n'osa même pas le penser : c'était une intellectuelle. Elle fit quelques manières puis se jeta dans les bras de l'époux retrouvé. Celui-ci, fier de dominer son ressentiment et les réflexes féodaux encore si vivants en Italie, tendit la main à Beau Masque.

Avec Pierrette, il avait pris garde à lui-même davantage qu'il ne l'avait encore fait avec nulle autre. Il ne s'était jamais permis la moindre cajolerie, ni dans la voix, ni dans le regard. C'est pourquoi il avait toujours refusé de l'appeler Pierrette ; il disait : Madame Amable, ou bien : camarade. Il admirait l'intrépidité et l'intégrité de Pierrette dans les combats ouvriers, et sa connaissance des livres, qu'elle lui communiquait. Il admirait aussi sa chasteté, non qu'il jugeât la chasteté bonne en soi, mais la chasteté constituait l'un des traits les plus exceptionnels, à son idée, de son héroïne. Que Pierrette eût cessé d'être chaste ne la diminuait pas à ses yeux, car il savait mieux que tout autre combien la chasteté est vulnérable aux circonstances. Il s'attribuait toute la faute à lui-même ; plus expérimenté en la matière, il aurait dû refuser l'occasion de se trouver seul avec elle dans la montagne, par un matin d'été ; ou au moins refuser de quitter le chemin creux. Il craignait que maintenant elle ne lui en veuille.

Voilà à quoi il pensait, en montant vers le bouquet de sapins, le sac au dos. Il se demandait comment s'y prendre pour faire oublier à Pierrette ce qui s'était passé entre eux, le matin, dans la montagne.

Elle lui faisait une dictée, deux fois par semaine, le jeudi et le dimanche. Ces dictées, qui s'enchaînaient en discussions, étaient devenues le plaisir le plus vif de sa vie. Allait-elle, tout à l'heure, refuser de lui donner sa leçon du dimanche soir, par crainte qu'il lui demandât ensuite de rester avec elle ? Il comprenait très bien qu'elle entendît préserver sa solitude ; mais comment lui faire comprendre qu'il n'entendait pas abuser d'un moment d'abandon pour s'imposer à elle d'une autre manière qu'auparavant ? Avec les autres femmes, il ne se posait jamais ce genre de problème ; c'est qu'il les savait faites comme lui. Mais Pierrette était son héroïne, c'était la première fois de sa vie qu'il rencontrait une héroïne : il ne savait pas du tout comment se comporter après l'amour avec une héroïne. Dès le moment où, sur le sommet de la crête, elle s'était détachée la première, il s'était senti mal à l'aise : c'était la première fois qu'une femme lui faisait perdre son aisance.

Quant au départ de la Grange-aux-Vents, il avait essayé de prendre son bras, son mouvement n'avait pas été naturel, il avait hésité ; il avait quand même esquissé le geste par savoir-vivre, parce que c'est ainsi qu'on procède d'ordinaire quand on se retrouve seul avec une femme dont on a été l'amant pour la première fois, quelques heures plus tôt ; il avait été bien soulagé qu'elle refusât. Mais, lorsque le chemin était devenu étroit, il était passé en tête, parce qu'il savait que s'il la voyait marcher devant lui, il aurait de nouveau envie d'elle, et que s'il était forcé de parler, par exemple pour répondre à une question, elle devinerait son désir au son de sa voix. Rien que de penser à cela, même en montant la pente à grands pas et avec le sac sur le dos, il la désirait de nouveau, et beaucoup plus violemment que la première fois. Alors il se morigénait de plus belle.

***

Le cheminement de la pensée de Pierrette était tout différent. Elle pensait très vite. Elle pensait toujours vite, mangeant peu et ne buvant pas de vin ; son sang était léger. Elle pensait particulièrement vite ce soir-là, parce qu'elle avait été bouleversée par l'aveu que son oncle lui avait fait de sa défaite.

Le territoire de la Grange-aux-Vents avait été propriété d'une abbaye, vendue et partagée comme bien national en 1793. Depuis lors, pendant tout le XIXe siècle et jusqu'à la guerre de 1914, les propriétés de la Grange-aux-Vents n'avaient cessé de se morceler, par le simple jeu des successions. C'est pourquoi les chefs de famille n'avaient cessé de réclamer le retour au droit d'aînesse et avaient toujours voté réactionnaire.

En 1914, aucune propriété ne dépassait dix hectares, mais deux classes de paysans s'étaient formées : ceux qui, malgré les partages successifs possédaient encore de cinq à dix hectares, qui leur permettaient de vivoter « chez soi » ; ceux qui possédaient moins de cinq hectares et étaient obligés de louer des terres, et de se louer eux-mêmes une partie de l'année.

A vingt ans, Aimé Amable, pour ne pas avoir un jour à

partager la dizaine d'hectares dont il hériterait, avait encouragé son jeune frère, le père de Pierrette, à descendre travailler en usine au Clusot : il est plus facile de s'arranger avec un ouvrier, qui loue sa part d'héritage, qu'on lui rachète peu à peu, en le trompant sur les récoltes, en lui prêtant de l'argent à taux usuraires dans les périodes de chômage.

Marié, Aimé Amable, pour être sûr que son domaine ne serait pas partagé après sa mort, s'était imposé de n'avoir qu'un seul enfant. Il dut s'imposer une terrible discipline, le curé interdisant à sa femme les précautions élémentaires. Le jour de foire, il allait se soulager à la maison publique du chef-lieu.

Après 1914, la situation s'était radicalement modifiée. La concurrence des régions de grande culture ruina les tout petits producteurs de chanvre, de vin, de blé. A la Grange-aux-Vents, les propriétaires de plus de cinq hectares en profitèrent d'abord, rachetant les terres que les propriétaires de moins de cinq hectares, obligés d'émigrer, abandonnaient à vil prix. C'est ainsi qu'Aimé Amable avait peu à peu rassemblé ses vingt hectares.

Mais son fils et son frère avaient été tués pendant la guerre et le domaine hypothéqué ne pouvait plus qu'être vendu aux enchères ou tomber dans les mains du gros Jean.

Pierrette savait que son oncle avait été impitoyable avec les tout petits propriétaires du Quartier d'En Bas. Elle avait pourtant pitié de lui : il avait consacré toute sa vie à constituer son domaine, sans jamais penser à rien d'autre. Elle avait pitié des millions de petits propriétaires qui se trouvaient ou allaient se trouver acculés à la même ruine ; la grande culture tuait aussi sûrement la petite exploitation que la machine à vapeur avait tué le tissage à domicile.

Le gros Jean avait trouvé sa *combine*. Beaucoup de cheminots de Sainte-Marie-des-Anges avaient leur *combine* par mariage, par jardins, journées ou demi-journées de travail chez les cultivateurs, travaux de bûcherons, petites tâches mécaniques. Pour ceux qui avaient trouvé une bonne *combine*, le principal revenu venait du second métier ; ils ne continuaient à aller au dépôt qu'à cause de la retraite. Finalement ils faisaient double journée, et leur salaire calculé sur la base des seize heures quotidiennes de travail effectif était plus bas que celui du plus mal payé des manœuvres. Mais l'ouvrier français est astucieux et apte à pratiquer simultanément toutes sortes de techniques ; il est naturellement *polytechnique;* il trouve facilement des *combines,* et il en est si fier qu'il lui arrive d'en oublier de travailler à changer réellement son sort. La *combine* est son plus grand danger. Voilà à quoi pensait maintenant Pierrette.

Pierrette détestait les *combinards* et dans le moment présent elle haïssait tout particulièrement le gros Jean. Elle avait même pour lui un dégoût physique. La *combine* transpirait sur son visage. Elle détestait son adresse à travailler le bois pour amuser son enfant. Les gros doigts de Jean, roses et potelés, se jouant de monter les délicates roues à aubes du barrage enfantin, lui soulevaient le cœur. Sa haine des *combinards,* aspect de sa propre intégrité, ne compliquait pas peu son travail syndical ; elle ne parvenait pas toujours à la dominer. L'ouvrier Cuvrot le lui reprochait justement : « Ils se défendent comme ils peuvent, lui expliquait-il. Tu ne dois pas les engueuler. Tu dois leur expliquer que leur combine ne tiendra pas et qu'ils sont solidaires malgré eux de la classe ouvrière tout entière. »

Pierrette ne remarquait pas que petite-fille et nièce de paysan, elle était beaucoup plus encline à l'indulgence pour le vieil Amable, vieux rapace, que pour le cheminot Jean qui, en dépouillant le vieil Amable, ne se montrait pas plus rapace que lui. Telle était cette France de 195., avec une imbrication très compliquée des couches sociales, et des réflexes qu'elles provoquent, même chez les militants communistes. Sous un autre aspect, le plus astucieux *combinard* de tous les ouvriers de la région se trouvait cependant si extraordinairement pauvre, qu'il n'était même pas capable d'imaginer ce que représentait la fortune des Empoli, ou d'Emilie Privas-Lubas, ou des Durand de Chambord.

Un jour, elle avait injurié deux manœuvres de la Filature qui avaient quitté le syndicat C.G.T. par crainte de perdre un petit travail supplémentaire, l'entretien des plates-bandes de la F.E.T.A., géraniums et bégonias, le long des ateliers, en bordure de la route. Ils y gagnaient 90 francs de l'heure, moins qu'une femme de ménage. C'était leur petite *combine,* une toute petite *combine :* « Tu comprends, avaient-ils expliqué à Pierrette, il faut croûter, la gosse est malade, la femme est enceinte, etc. Mais aux élections secrètes, nous continuerons à voter pour les délégués C.G.T. » Elle les avait appelés lâches et traîtres. Rentrée chez elle, elle avait pleuré de rage, contre elle-même, se reprochant de s'être laissée emporter, et contre eux.

Trois ans plus tôt, à un membre du Comité central de passage au Clusot, elle avait demandé : « C'est pour quand cette révolution ? » Il avait souri, puis il lui avait conseillé de lire *La Mère*, de Gorki : « Tu comprendras ce que c'est que la patience ! » Maintenant qu'elle avait davantage d'expérience politique, elle n'aurait plus posé la question aussi naïvement. Elle savait aussi que, le pouvoir conquis, il faudrait encore de longues années et un travail de géant pour édifier le monde nouveau. Mais la question restait aussi brûlante en elle.

***

Beau Masque et Pierrette approchent du bouquet de sapins. Au prochain détour du chemin, ils vont voir à leurs pieds, dans une fente de la montagne, les toits en dents de scie de la Filature, avec les initiales F.E.T.A. inscrites en lettres énormes, comme le nom des capitales sur le sol des aérodromes.

Ils ralentissent le pas, parce que la pente du chemin devient raide aux abords du bouquet de sapins.

Lorsqu'elle était enfant et qu'à la fin des vacances ou après les grèves, on la ramenait au Clusot, elle avait toujours le cœur serré, aux approches des sapins, au moment de voir les toits de la filature. Elle éprouvait le même genre d'angoisse qu'en sentant l'odeur du grésil, le jour de la rentrée des classes ou dans le hall de l'Hôtel de la direction de l'usine ; l'école et la F.E.T.A. utilisaient le même désinfectant.

A six ans, elle avait eu une institutrice qui cinglait les doigts de ses élèves. Toute la journée, la maîtresse d'école tenait la comptabilité des cinglées méritées en vertu d'un règlement très compliqué, qu'elle avait inventé et qu'elle perfectionnait sans cesse, et qui mettait toujours les élèves en faute. Une demi-heure avant la fin de la classe, les punies devaient s'aligner devant la chaire et tendre à tour de rôle les doigts réunis, pour la cinglée, qui était administrée avec une règle en bois dur, à coins renforcés de cuivre. Les élèves se plaignaient rarement à leurs parents ; c'est que le cérémonial de la punition rendait l'humiliation plus grande que la douleur, et l'on ne raconte pas les humiliations. C'est pour la même raison que les anciens déportés évitent de parler de ce qui se passait dans les camps.

A six ans, donc, Pierrette associait confusément les rapports des ouvriers avec leur patron et ses propres rapports avec la maîtresse sadique. C'est qu'elle avait remarqué chez ses parents et ses voisins, lorsqu'ils étaient convoqués à l'Hôtel de la direction, le même mouvement de peur et de honte qu'elle éprouvait elle-même quand elle entendait prononcer son nom à l'heure de la cinglée. Seuls les militants ouvriers réagissaient différemment, chacun selon son tempérament, les uns en se ramassant sur eux-mêmes, comme pour bondir sur le ring, les autres en serrant la mâchoire, et d'autres encore, comme Cuvrot qui savait bien ce qu'il allait dire, en plissant malicieusement les yeux, mais les uns et les autres sans jamais aucun mouvement de honte ; ils allaient au combat. C'est pour cette raison que Pierrette avait adhéré aux Jeunesse Communistes, dès qu'elle en avait eu l'âge ; ensuite les circonstances et les camarades l'avait éduquée.

Le plus humiliant était d'aller tirer la sonnette de Mlle Letourneau, sœur du grand Letourneau, vieille fille, aujourd'hui défunte. Elle avait fait ouvrir une petite porte, dans le mur du parc, à l'écart de la grande route, dans un passage à demi envahi par les orties ; ainsi les entrevues se déroulaient-elles dans un secret relatif. Une chaîne pendait près de la porte : une sonnette tintait au château, quand on tirait la chaîne ; au bout d'un moment, Mlle Letourneau entrouvrait la porte : « Que désirez-vous mon enfant ? » On n'allait la voir que dans les cas très graves, lorsqu'on était menacé de renvoi, ou lorsqu'il fallait pour quelqu'un de la famille un lit à la clinique subventionnée par la F.E.T.A. (l'hôpital du Clusot ne fut construit qu'après 1934, par une municipalité socialo-communiste). Elle promettait toujours l'intervention demandée, qui était généralement efficace; mais elle suggérait en même temps, dans l'intérêt des familles ou des âmes, qu'on allât à la messe, ou qu'on envoyât les enfants au catéchisme, ou, si c'était la saison, qu'on fît ses Pâques ; ceci évidemment conditionnait cela ; mais pour que le marché ne parût pas trop effronté, elle donnait tout de suite des bons de pain, voire un bon de chaussures si le pécheur avait paru de bonne volonté.

Beau Masque et Pierrette atteignirent le bouquet de sapins. Tout en bas, dans la fente de la montagne, les arbres et les pelouses du parc des Letourneau se distinguaient nettement, tache verte entre les toits des ateliers et ceux de la Cité ouvrière. Dans le mur de la clôture qui, d'ici, n'était qu'un trait blanc, Pierrette imagina la petite porte de Mlle Letourneau et la chaîne de la sonnette.

Dans le même instant elle revit le visage de son père, un soir qu'il revenait de confesse, l'année qu'il avait dû se résigner à aller demander l'intervention de Mlle Letourneau pour ne pas être mis en chômage. L'homme avait détourné les yeux devant la fillette. Elle venait d'avoir sept ans.

Beau Masque n'entendit plus derrière lui le pas de Pierrette. Il se retourna et la vit arrêtée au bord du chemin, près du plus gros sapin, le visage blême, — l'angoisse lui avait remonté à la gorge, — et les yeux pleins de larmes. Il revint rapidement en arrière vers elle. C'est dans sa langue maternelle qu'il retrouva tout naturellement de lui parler :

— *Che cos'ai piccolina ?* Qu'est-ce qu'il t'arrive, toute petite ?

Elle eut envie de se serrer contre lui et de sangloter tout à son aise dans le creux de son bras. Dès le premier jour qu'elle l'avait connu, elle avait été sûre que c'était un homme franc auquel on pouvait se fier, se confier, s'abandonner. Mais la défiance des femmes des pays catholiques, à l'égard des hommes qui se croient devenus propriétaires parce qu'elles se sont données, comme on dit, l'emporta.

Il était près d'elle. Il détourna les yeux ; c'était délicatesse, parce qu'il avait vu qu'elle avait les yeux gonflés de larmes. Mais les larmes ne jaillirent pas.

— Ne fais pas attention, dit-elle, je suis idiote.

***

Pendant la descente, Beau Masque fut triste. Il savait être triste sans en chercher l'explication. Il se dit à mi-voix : « *Il cuore mi pesa.* »

— Qu'est-ce que tu dis ? demanda Pierrette.

— Rien, répondit-il.

Un moment plus tard :

— Il y a des choses, dit-il, qu'il n'est pas possible d'expliquer en français.

— On peut tout expliquer en français, dit-elle, il suffit de savoir.

Elle s'efforça de sourire.

— Le cœur me pèse, dit-il.

— Nous avons tous deux le cœur gros, corrigea-t-elle.

Ils coupèrent par les prés. Pierrette pensait que dès le lendemain elle allait devoir mobiliser ses camarades contre les licenciements annoncés par la lettre de Philippe Letourneau et confirmés par Noblet, qu'elle avait vu la veille à son retour de Lyon. (Mais il ne lui avait pas parlé de la démarche faite chez Empoli par Philippe Letourneau et par lui.)

Noblet savait que le père de Pierrette était allé à confesse. Il n'en avait fallu que plus d'héroïsme à Pierrette, la première fois qu'elle avait affronté Noblet. Maintenant elle avait si souvent eu l'occasion de faire la preuve de la fierté de son cœur, qu'elle n'avait plus jamais peur de la triste malice qui allumait parfois les yeux globuleux du vieil homme.

Avant de convoquer une réunion, elle devra parler ici et là, éprouver les réactions des travailleurs. Elle commencera par Marguerite. « Pourquoi te donnes-tu tant de mal pour les autres ? » répondra Marguerite, qui ne pensait qu'à s'en aller à Paris, où elle avait des parents qui tenaient une crèmerie et qui avaient promis de la prendre chez eux, dès que leur commis aurait trouvé une place ailleurs ; à Paris, Marguerite était sûre de rencontrer l'homme qui lui offrirait un foyer, un frigidaire, un manteau de mouton doré et peut-être même une quatre-chevaux. Ne travaillaient plus à la Filature que ceux qui ne pouvaient pas quitter le Clusot, une majorité de femmes et de jeunes filles.

Les plus hardis parmi les hommes s'étaient engagés sur les chantiers hydro-électriques des départements voisins, où les salaires étaient cinq ou six fois plus élevés qu'à la Filature. Ou bien dans les usines métallurgiques de la région lyonnaise. Les moins aventureux avaient réussi à force de patience à entrer dans une administration : postes, gendarmerie, chemin de fer. Ne restaient au Clusot que ceux qui avaient épousé une paysanne des environs, tel Justin, le mari d'Ernestine, et ils n'étaient guère combatifs, se trouvant logés et nourris au village ; ou bien ceux que retenait la mollesse du caractère, la décision toujours remise au lendemain à cause du vin rouge de la veille. C'étaient comme d'habitude les hommes qui se laisseraient convaincre le plus facilement par la direction qu'il était de leur intérêt d'accepter le licenciement d'une partie d'entre eux; « sinon, expliquerait Noblet, la F.E.T.A. qui travaillait à perte devrait licencier tout le monde ». Les femmes étaient plus combatives. Mais combien de Marguerite allait-il falloir convaincre qu'il n'y a pas d'évasion possible ? Voilà à quoi pensait Pierrette, et son cœur se serrait de plus en plus à mesure qu'ils approchaient du Clusot.

*
**

Ils descendirent très vite, sans se parler. Ils atteignirent les vignes, qui donnent le même vin aigrelet qu'à la Grange-aux-Vents. Il était six heures. Il faisait encore très chaud. Des ouvriers, qui iraient le lendemain à la Filature, sarclaient leur petit morceau de vigne. Par héritage ou par mariage, presque chaque ouvrier possédait un lopin de vigne ; le vin ne leur coûtait que le prix des soufrages, sulfatages, etc. Dans les bistros non plus, le vin du pays n'était pas cher, vingt ou vingt-cinq francs le litre, les commerçants l'achetant en fraude aux petits propriétaires. L'ivresse quotidienne était à la portée de toutes les bourses.

Devant la porte des grangeons, où demeure en fûts le vin de l'année, des ivrognes gesticulaient.

— Vin de malheur, gronda Pierrette.

— Le vin est bon quand on a le cœur léger, dit Beau Masque.

Ils étaient presque arrivés.

— Je suis fatiguée, dit Pierrette. Nous remettrons ta leçon à jeudi.

IV

Dans le même instant que Pierrette et Beau Masque descendaient à travers les vignes vers le Clusot, Emilie Privas-Lubas Empoli y arrivait par la route. Elle avait reçu le samedi matin l'insolente mise en demeure de Nathalie. Elle avait attendu jusqu'au dimanche après-midi, espérant que Bernarde Lubas-Privas imaginerait quelque astuce pour ramener sa belle-fille à Lyon. A cinq heures, ne voyant rien venir, elle décida brusquement d'aller voir ce qui se passait au Clusot. Elle avait absolument besoin de la délégation de pouvoir de Nathalie pour obtenir du conseil d'administration de la F.E.T.A. l'augmentation de capital qui donnerait la majorité à Esther Durand de Chambord et à elle-même.

Esther s'impatientait. Son mari, réticent à mettre de l'argent dans une affaire française, parce que les capitaux ne sont pas en sécurité dans un pays où il y a tant de Rouges, pouvait changer d'idée. Elle harcelait Emilie de télégrammes et de coups de téléphone par-dessus l'Atlantique.

Toute la petite ville sut immédiatement qu'elle était là, à cause de sa voiture, qui ne ressemblait à nulle autre. En France comme en Amérique, elle circulait dans une limousine Rolls Royce, d'un modèle déjà ancien, haute sur roues. Dix ans plus tôt, elle avait lu dans un magazine américain que l'aristocratie britannique se reconnaissait au très beau manteau de voyage, quand il était sale, et à la Rolls, quand elle était démodée. Cela faisait partie des choses qu'elle comprenait immédiatement, et dont elle imaginait tout de suite l'utilisation. En Amérique surtout, il était capital pour elle de ne pas passer pour une parvenue :

1° Parce que tous ses projets prenaient appui sur sa parenté par alliance avec les Durand de Chambord, émigrés français du temps de la guerre d'indépendance, qui surveillaient son style. Les femmes surtout guettaient d'un œil impitoyable le moindre impair ;

2° Parce qu'elle entrait dans la famille par le biais de sa belle-sœur juive, ce qui la rendait suspecte à priori ;

3° Pour avoir d'emblée le standing Durand de Chambord à l'égard des autres Américains qu'elle fréquentait, et qui étaient pour la plupart des parvenus.

En Amérique, elle avait ainsi été amenée, pour qu'on la prît pour une aristocrate française, à imiter ce qu'on croyait être les manières anglaises. Cela réussissait. Le double nom Privas-Lubas, résultat de l'association de deux petits mouliniers ardéchois, ses grands-parents, consacrée par un mariage, aidait confusément à l'illusion. Dans les chroniques mondaines elle se faisait nommer Privas-Lubas-Empoli ; elle espérait bien se débarrasser un jour de l'Empoli, quoique seuls, les initiés sussent que ce nom d'une petite ville de Toscane, employé comme patronyme, était typiquement juif.

Elle se fit conduire tout droit chez Noblet. Elle n'engageait jamais d'opérations, sans se renseigner au préalable des positions et des forces de l'adversaire. Fille de patrons, elle trouvait tout naturel que le chef du personnel lui servît de *deuxième bureau.*

Le rapport de Noblet confirma ses hypothèses. Philippe s'était entiché de la classe ouvrière, comme naguère du théâtre, de l'édition, du Yoga; cela ne durerait que l'espace d'une saison. Elle se fit raconter en détail la soirée du bal. La communiste avait refusé de danser avec son fils, il s'était entêté, elle lui avait tenu la dragée haute, il lui avait couru après ; comme tout cela était clair et sans gravité. Il y avait eu une amitié féminine à l'origine de chacun des engouements de Philippe : une étudiante qui rêvait de faire du théâtre, une poètesse lyonnaise qui n'avait jamais été éditée, la danseuse retraitée, maîtresse de Yoga. La Rouge ne le retiendrait pas plus longtemps que les précédentes. Emilie Privas-Lubas soupçonnait les amours de son fils de rester platoniques. Elle pensait avec fierté : il est aussi froid que moi.

Le seul ennui était d'avoir besoin tout de suite de la signature de Nathalie, et que Nathalie s'obstinât de la refuser, tant qu'elle n'aurait pas obtenu satisfaction pour Philippe, « parce que Nathalie était *malicieuse* » Un médecin avait expliqué à Emilie Privas-Lubas que la malice était une psychose. A un certain stade on enferme les malicieux. Il lui avait raconté l'histoire de M. Dupin, inspecteur de l'enseignement secondaire, qui avait terrorisé par ses malices, douze ans durant, les professeurs de physique et chimie de douze départements. Un jour, à un banquet, au moment des toasts, il pissa sous la table dans la coupe du recteur ; l'éclat fut tel qu'on put enfin l'enfermer. Emilie méprisait sa belle-fille qui s'enivrait, qui traînait à midi en robe de chambre, qui avait des amours féminines et qui était atteinte de la psychose de la malice. Elle la trouvait trop américaine. Elle attendait avec impatience le moment où la psychose de Nathalie aurait passé ce *seuil*, dont lui avait parlé le psychiatre, au delà duquel on interne les malicieux.

Valério Empoli n'était pas toujours dépourvu de malice à l'égard d'Emilie. Elle supposait que la malice était une maladie héréditaire chez les Empoli, un vice juif. Elle jubilait que le psychiatre lui eût donné cette arme contre la famille de son second mari, riche depuis la Renaissance, et qui manquait rarement de relever ses travers de petite bourgeoise, son manque de culture et son inaptitude à l'humour.

Elle haïssait Nathalie, mais elle tolérait tout de Philippe, quoique le jugeant sans caractère ; elle s'estimait assez de caractère pour deux. Sa nature n'étant pas tendre, elle lui manifestait la même froideur qu'à n'importe qui, mais elle pensait énormément à lui ; elle bâtissait son avenir ; elle en ferait un roi du monde. Les rois d'aujourd'hui n'étaient pas à ses yeux les fantoches détrônés qu'elle avait rencontrés dans les palaces, ni même cette malheureuse Elisabeth d'Angleterre, obligée de se déguiser pour le couronnement de carnaval dont toute la presse commençait à parler.

Les vrais rois, elle les connaissait depuis qu'elle était admise dans l'intimité des Durand de Chambord. Tel sera son fils, qu'elle couronnera elle-même. Il était bon qu'en attendant il s'instruisît en toutes matières, et s'amusât, autant qu'il en était capable.

Emilie était persuadée que si elle pouvait tenir son fils en tête à tête, elle lui ferait aisément renoncer à s'opposer à la transformation des usines du Clusot.

C'est pourquoi Nathalie, qui avait la même opinion que sa belle-mère sur le manque de caractère de Philippe, était venue s'installer au Clusot. Noblet renseigna Emilie sur l'emploi du temps des jeunes gens, dont ses *indicateurs* le tenaient informé presque heure par heure.

Le vendredi, Philippe n'était rentré de Lyon que tard dans l'après-midi et il avait trouvé Nathalie et Bernarde déjà campées chez lui. Ils étaient aussitôt partis dîner dans une auberge du voisinage, puis ils avaient passé la soirée à Aix ; le lendemain, Nathalie s'était vantée à la femme de ménage d'avoir gagné plusieurs centaines de mille francs au baccara; « encore un effet de sa malice », pensa Emilie qui perdait toujours au jeu. Ils n'étaient rentrés qu'à l'aube et avaient dormi jusqu'à une heure avancée de l'après-midi ; Philippe n'était pas apparu dans son bureau. Vers sept heures du soir, on avait vu l'Alfa Romeo s'engager sur la route de Grenoble; on ne savait pas où ils étaient allés ; ils étaient rentrés tôt, mais on avait vu de la lumière tard dans la nuit à travers les persiennes de la chambre de Philippe. « Elle est allée à Grenoble refaire provision de whisky », pensa Emilie. Aujourd'hui, depuis le début de l'après-midi, ils traînaient dans les bistros du Clusot ; Nathalie buvait du Ricard. « Le whisky a été bu dans la nuit... Elle ne le lâche pas d'une minute », constata Emilie.

Elle décida aussitôt de s'attaquer à « la petite Rouge » ; c'était là que se trouvait à son idée le point faible de l'adversaire. Il fallait acheter la déléguée syndicale, puis mettre sous les yeux de Philippe la preuve de sa vénalité. Son Egérie dépouillée de son prestige, Philippe ne s'intéresserait plus à l'affaire.

Noblet en parlant de Pierrette à la Privas-Lubas disait Mme Amable. Quand il en parlait dans le bureau, avec ses secrétaires, il disait la Pierrette, non par mépris, mais parce qu'elle était comme lui, du pays.

La Privas-Lubas s'enquit du *curriculum vitœ* de Madame Amable. Elle s'attendait à ce que Noblet lui indiquât le moyen de faire pression sur la déléguée syndicale; c'était le métier de Noblet.

Mais cela ne vint pas. Alors elle s'enquit de l'enfant de Pierrette. C'est par le biais de l'enfant qu'il est classique de faire pression sur une mère qui n'a plus de mari. Vingt ans plus tard, Emilie, ex-Letourneau, retrouvait aisément, et non sans plaisir, les tours de main de la cuisine des petits patrons. Mais l'enfant n'avait que cinq ans, et vivait chez son oncle, un propriétaire.

— Bonne ouvrière ?

— Excellente.

— Vous n'avez pas pensé à en faire une contremaîtresse ? Cela aussi était classique de la toute petite cuisine patronale.

— Mme Amable est une personne assez exceptionnelle, dit Noblet.

Il ajouta :

— Je crois que ce sera un second ouvrier Cuvrot.

Emilie pensa aussitôt que l'ouvrier Cuvrot, qui avait été pendant vingt ans le croquemitaine des Letourneau, et qui avait fini par les ruiner, l'avait servie, elle, sans le savoir bien sûr. Cuvrot avait dirigé la grande grève de 1924, victoire ouvrière après treize semaines de lutte. La Privas-Lubas, dans le même temps, avait encouragé François Letourneau à l'intransigeance et l'y avait aidé en lui faisant prêter par son père, l'argent nécessaire pour faire face à ses échéances. C'était par le biais de ce prêt, jamais remboursé, que les Privas-Lubas avaient finalement acquis le contrôle de la Filature.

Honnêteté ou malhonnêteté, courage ou lâcheté, Emilie avait toujours tout fait tourner à son profit. C'était ce qu'elle appelait être *réaliste*. Elle poussait si loin le mépris des hommes, et avec tant de naturel, qu'il arrivait à Valério Empoli lui-même d'en être étonné. Lui aussi méprisait les hommes, mais il en était triste.

La première idée d'Emilie fut, si intègre que Noblet lui eût dépeint Pierrette Amable, d'essayer quand même de l'acheter ; elle avait toujours pensé que François Letourneau n'avait pas su s'y prendre avec l'ouvrier Cuvrot. Si elle ne parvenait pas à corrompre la « petite Rouge de Philippe », elle trouverait bien moyen de tirer parti de son intégrité. Mais il fallait d'abord la voir. Elle ne se fiait qu'à son propre jugement, et elle avait besoin de voir les êtres qu'elle devait affronter.

— Je veux parler à cette femme, dit-elle à Noblet. Envoyez-la chercher.

— Je peux la convoquer pour demain matin à la direction du personnel, répondit Noblet. Mais elle n'acceptera certainement pas de venir chez moi...

Après un court silence, il ajouta :

— ...En aucun cas.

« En aucun cas » signifiait : « Même si c'est Mme Privas-Lubas Empoli, veuve Letourneau, qui lui demande de venir.

— Alors, dit la Privas-Lubas, c'est moi qui vais aller chez elle.

— Toute la ville le saura, vous ne pouvez pas aller solliciter chez elle une ouvrière.

— Ma visite est bien plus compromettante pour elle que pour moi, répondit Emilie.

— C'est juste, admit Noblet, après un instant de réflexion.

Il fut saisi d'admiration pour la vivacité et la justesse du jugement de sa patronne. Il était évident que, quoi que pût dire Pierrette, on interpréterait à son détriment la visite de la mère de Philippe. On supposerait qu'elle était enceinte et que la mère était venue négocier un arrangement à l'amiable.

Emilie se fit indiquer par Noblet le numéro du logement de Pierrette à la Cité, et s'y rendit toute seule, à pied.

En route : « Si cette petite Amable est vraiment bien, se dit-elle, je l'emmène en Amérique. »

Pierrette bénéficiait à ses yeux de la crainte et de la haine que l'ouvrier Cuvrot avait inspirées aux Letourneau: Emilie ne respectait que la force de caractère. Sa seule idée politique était qu'il fallait trouver le biais pour faire des communistes des gérants d'entreprise; les socialistes avaient échoué dans ce rôle parce que, estimait-elle, ils étaient des *chiffes.* La petite Amable paraissait avoir du caractère. Emilie lui ferait faire un stage dans une des entreprises américaines de la F.E.T.A.; pendant ce temps, Philippe changerait de lubie. Si la petite donnait satisfaction, Emilie verrait à la prendre comme secrétaire particulière; elle avait toujours rêvé d'être secondée par une Française, intelligente, pondérée, bornée et dure, comme elle-même. C'était un des rares rêves qu'elle se permît, collée qu'elle était toujours à la tâche immédiate. De se retrouver au Clusot, où elle avait fait ses premières armes, l'encourageait à ce genre de rêverie.

Elle ne faisait pas du tout grief à Pierrette d'utiliser Philippe, comme elle était persuadée que la jeune femme le faisait. Cela créait au contraire un préjugé favorable pour Pierrette, qui semblait résolue à *arriver,* et qui ne s'y prenait pas si mal pour ses débuts.

Tout le long du chemin, la Privas-Lubas s'enthousiasma pour son projet. Voilà des années qu'elle n'avait pas rêvé aussi intensément. Elle trouva la clef sur la serrure de Pierrette, frappa et entra aussitôt. Elle se présenta :

— Emilie Privas-Lubas.

Pierrette venait de rentrer de la Grange-aux-Vents. Elle s'était laissée tomber sur une chaise, dans la seconde pièce, près de la table couverte des dossiers du syndicat. Elle était en train de se remémorer les événements de la journée et d'essayer de mettre de l'ordre dans ses sentiments. Elle entendit le nom, sans en saisir tout de suite la signification. Elle haussa les sourcils, d'un air interrogatif que la Privas-Lubas estima suprêmement insolent, ce qui l'enchanta : dans une circonstance analogue, imagina-t-elle, j'aurais eu le même regard.

— M. Noblet, dit-elle, vient de me parler de vous, dans les termes les plus élogieux.

— Oui ?... répondit distraitement Pierrette.

Elle essayait de comprendre qui était cette femme. N'oublions pas qu'elle n'avait pas revu Philippe depuis le voyage que celui-ci avait fait à Lyon, qu'au demeurant elle ne lui avait parlé qu'une fois, dans les bureaux de la F.E.T.A., et qu'elle ignorait absolument tout de l'étrange marché que Nathalie avait proposé à sa belle-mère.

La Privas-Lubas examinait la pièce, qui lui plut. Le buffet transformé en classeur, les dossiers sur la table, les murs nus (sauf le calendrier de l'Almanach Ouvrier et Paysan), l'absence de tout élément féminin, lui rappelaient les bureaux des établissements lyonnais les plus sérieux.

« Privas-Lubas ? » s'interrogeait Pierrette. Elle comprit soudain que cette femme était la veuve de Georges Letourneau, remariée à un financier de Lyon, et dont Mignot lui avait parlé, à la suite de la soirée qu'il avait passée chez Philippe.

— De quoi s'agit-il ? demanda-t-elle froidement.

« Elle feint d'ignorer les combinaisons de Philippe et de Nathalie », pensa avec admiration la Privas-Lubas.

C'est à ce moment seulement que Pierrette conclut des confidences rapportées par Mignot que la femme qui était devant elle devait être la mère de Philippe. « Bien sûr, puisqu'elle est la veuve de Georges Letourneau; ce que je peux être fatiguée. »

La Privas-Lubas cependant examinait Pierrette. La robe de cotonnade était pauvre, mais sans faute de goût. Les cheveux tirés en arrière et noués en chignon sur le cou ne manquaient pas de style. Cela acheva de la décider. Elle aimait prendre rapidement ses décisions, « comme un général », disait-elle. Chose curieuse, cette petite bourgeoise ardéchoise, qui n'avait fréquenté que l'école des sœurs et ignorait tout de la littérature ancienne ou moderne, avait lu tous les mémoires parus des généraux de la guerre 14-18. Si elle avait eu un *violon d'Ingres*, c'eût été le *kriegspiel*.

Sans davantage de préambule :

— Accepteriez-vous de venir avec moi en Amérique ? demanda-t-elle à Pierrette.

***

Beau Masque n'était pas rentré chez lui. Il marchait à petits pas sur le quai de la Géline. Il aurait voulu se trouver chez Pierrette, avec Pierrette. Il ne pouvait pas penser à autre chose. C'était la première fois de sa vie qu'il éprouvait un sentiment de cette sorte, et qu'il croyait être sans aucune mesure avec le désir qu'il avait eu de tellement d'autres femmes. Le cœur lui pesait; il était tout étonné que cela durât si longtemps, et de n'en pas comprendre la cause, sinon que Pierrette y était pour quelque chose.

Il buta contre une Alfa Romeo, rangée le long du quai et en fut distrait pour un moment, de son chagrin. Il aimait la belle mécanique et il était fier que les plus belles voitures du monde, à son idée, fussent construites par des Italiens.

Les voitures de luxe s'arrêtent rarement au Clusot. Il ignorait à qui appartenait celle-ci. Il tourna autour; s'il avait osé, il aurait soulevé le capot pour revoir le moteur, qu'il avait longuement examiné au Salon de l'Automobile à Milan.

Une jeune femme sortit du café en face duquel était rangé l'Alfa Romeo. Elle traversa le quai et posa la main sur la portière de la voiture en souriant à Beau Masque.

Elle avait les yeux brillants, le regard légèrement égaré. Il supposa tout de suite qu'elle était ivre. Il ne pensa pas à lui en faire grief. Il n'avait encore jamais été sévère avec les femmes, sauf pendant la Résistance, avec des traîtresses.

— C'est dangereux de conduire cela, dit-il, en caressant d'une main légère le capot vert tendre.

— Bonjour, Beau Masque, dit-elle.

Il la regarda avec étonnement.

— Vous ne me reconnaissez pas ? demanda-t-elle... Je vous ai applaudi, un soir de bal, quand vous avez esquinté le capitaine de l'équipe de rugby... « A moi rugby Clusot !... A moi ! »

Elle rit longuement, et recommença d'imiter l'appel au secours du fils du marchand de bois.

Beau Masque pensa qu'elle était certainement beaucoup plus ivre encore qu'elle ne le paraissait.

— Vous êtes mécanicien ? demanda-t-elle.

— Un peu, dit-il.

— J'ai besoin d'un conseil...

— Bien volontiers, dit-il.

Il attendit. Elle avança d'un pas vers lui, ouvrit la bouche, ne dit rien. En avançant, elle avait vacillé. Elle fit encore un pas et s'appuya au capot.

Il pensa qu'elle était tellement ivre qu'il devrait vraisemblablement la conduire, là où elle devait aller, au château sans doute. Il venait de se rappeler que, le soir du bal, elle était accompagnée par le fils Letourneau. Il fut heureux d'avoir à conduire l'Alfa Romeo, même pour un si court trajet.

— C'est là-dedans, dit-elle, en tapotant le capot.

Elle s'écarta un peu. Il ouvrit le capot et caressa les nickels du moteur. La machinerie du bolide était propre et scintillante comme une devanture de bijouterie. Elle le regardait, qui regardait le merveilleux moteur.

— Qu'est-ce qui ne va pas ? demanda-t-il.

— Tout va très bien, dit-elle.

Elle lui sourit des yeux.

Il ne fut pas du tout surpris. De telles aventures lui étaient déjà arrivées dans son pays. Il est relativement fréquent en Italie que les étrangères fassent sans honte la cour à de beaux garçons. A Capri, à la Piccola Marina, le quai aux barques pour les promenades autour de l'île est un marché aux mâles; l'affaire s'achève dans les criques rocheuses des environs. A dix-huit ans, Beau Masque avait été flatté de l'attention des riches étrangères. Mais depuis longtemps il coupait court à leurs avances, blessé que les femmes des pays à change élevé vinssent s'offrir dans son pays des saillies à bon compte.

Il détourna la tête et ferma posément le capot. Dans le même instant, Bernarde et Philippe sortaient du café et s'approchaient à leur tour. Voici qui allait lui permettre de ne pas avoir à vexer cette petite. Beau Masque détestait humilier une femme, même si elle était *senza vergogna,* sans pudeur.

Il avait encore la main sur la poignée du capot, quand une horrible pensée lui vint : Pierrette aussi s'était servie de lui comme d'un étalon. Les étrangères qu'il avait fréquentées à seize ans feignaient, comme elle, immédiatement après, d'avoir déjà oublié. Il se retourna vers Nathalie :

— *Non me lo insudicierci per lei,* dit-il rageusement.

C'est la pire insulte qu'un Italien puisse lancer à une prostituée. Nathalie Empoli comprenait parfaitement l'italien. Ses traits se froncèrent, comme si elle avait reçu une pierre au visage.

Beau Masque, dans l'instant même, eut honte. Il s'éloigna à grands pas, plein de colère contre lui-même, contre Nathalie et contre Pierrette.

Philippe et Bernarde poussèrent Nathalie, rigide et froide, dans la voiture. Bernarde mit en route. A chaque cahot, le visage de Nathalie, bouche ouverte, tombait sur la poitrine.

Beau Masque cependant marchait furieusement, droit devant lui. Il récapitulait ses griefs. Au Clusot, les Italiens n'étaient employés que pour les besognes subalternes, que les Français ne consentaient pas à faire; travaux de terrassiers, de bûcherons, de commis de culture. Il n'admettait pas, tout maca qu'il fût, que Pierrette n'eût voulu voir en lui qu'un manœuvre d'amour.

***

A la proposition d'Emilie Privas-Lubas, Pierrette répondit au hasard :

— Les conditions de travail ne sont pas les mêmes en Amérique qu'ici.

Comme l'eût fait son oncle, le vieil Amable, elle voulait seulement gagner du temps, voir venir l'adversaire. Les motifs de l'offre extravagante de la Privas-Lubas lui échappaient complètement. Mais Emilie demeurait persuadée que Pierrette utilisait à son fond son avantage stratégique. Elle ne l'en avait d'abord estimée que davantage. Mais qu'elle répondît aussi froidement à l'exorbitante proposition d'être emmenée en Amérique, lui parut excessif. « Les villageoises, pensa-t-elle, n'ont pas le sens de la mesure. Combien de temps me faudra-t-il perdre pour éduquer celle-ci ? » Emilie ne pouvait pas imaginer que l'offre d'un stage aux U.S.A. ne comblât la jeune femme; elle méprisait les Américains, sauf les Durand de Chambord, mais elle était convaincue de leur suprêmatie définitive; les vues de Valério Empoli sur l'effondrement inéluctable du bloc occidental lui paraissaient relever de sa malice juive. Elle passa à l'offensive.

— Vous êtes coriace, dit-elle. Mais ou pensez-vous que tout cela vous mènera ?

Pierrette fixait sur elle un regard attentif.

— Vous voulez faire une carrière politique ? poursuivit la Privas-Lubas. Vous savez aussi bien que moi que, depuis la fin de la guerre, personne parmi les jeunes de votre parti n'est *sorti.* On avance à l'ancienneté chez les vôtres.

« Vous espérez devenir député ? Ce sont toujours les mêmes qui parlent à l'Assemblée, la vieille garde. Vous n'ignorez pas que votre parti confisquera les trois quarts de votre indemnité parlementaire; ils ne vous laisseront pas 35.000 francs par mois. Et combien de temps vous faudra-t-il attendre pour en arriver à cette misère ?

« Finissons-en.

« Je ne vous menace pas de vous renvoyer de la Filature, vous me paraissez au-dessus de cela. Vous pourriez même en tirer avantage.

« Vous me gênez ici, *pour l'instant.* Profitez-en. Qu'est-ce que vous voulez ?

— Je ne comprends pas, répondit Pierrette qui ne mentait pas.

— Le chantage de mes enfants ne durera qu'un temps, poursuivit la Privas-Lubas. N'abusez pas de la situation. A trop souvent tirer à cinq, on finit toujours par perdre au baccara.

Pierrette ignorait tout des règles du baccara et ne comprit pas immédiatement que « mes enfants » concernait Philippe et Nathalie. Elle saisit seulement que la visite de Privas-Lubas et les étranges propos qu'elle tenait ne pouvaient provenir que d'un malentendu. Comme elle était honnête, et par ailleurs persuadée que les problèmes ouvriers ne peuvent être résolus par des combinaisons personnelles, elle dit, sur le ton le plus simple.

— Je suis persuadée, madame, qu'il y a un malentendu.

La Privas-Lubas ne sut plus si elle devait admirer la fermeté dans la négociation, ou mépriser la lenteur à profiter de la situation. Elle alluma une cigarette, pour se donner le temps de réfléchir. Elle se cala dans le fauteuil pour souffler. Elle s'installa, « elle installe », pensa Pierrette qui en fut exaspérée.

— Au fait, s'écria-t-elle, par qui donc êtes-vous mandatée ? Personnellement je ne vous connais pas et n'ai pas envie de vous connaître. Et comme déléguée du personnel, je ne veux avoir affaire qu'avec la direction de la société.

« Ce n'est qu'une sotte, pensa la Privas-Lubas. Noblet vieillit; il surestime l'adversaire. »

— Vous avez tort, dit-elle, de faire fond sur Philippe plutôt que sur moi. Il ne s'intéresse jamais longtemps à la même personne...

Pierrette comprit soudain l'origine du malentendu. Elle éclata de rire.

Dans le même instant, elles entendirent un bruit de pas rapides. La porte s'ouvrit brutalement. Beau Masque entra.

— Il faut que je te parle *all'istante stesso,* dit-il en saisissant Pierrette par le bras.

Il aperçut l'autre sans la regarder, et supposa que c'était une camarade de Pierrette.

— *Mi scusi,* lui dit-il, il faut que j'aie une explication avec Pierrette.

Il avait la cravate dénouée, le cheveu défait, le visage rouge et inondé de sueur. Il serrait violemment le bras de Pierrette.

Pierrette se dégagea doucement. Sa blancheur et sa lenteur immobilisèrent Beau Masque. Elle fixait la femme. Elle lui montra Beau Masque :

— Mon amant, dit-elle.

La Privas-Lubas s'était levée.

— Je vois, dit-elle, que pour le plaisir vous préférez les Siciliens.

Elle sortit rapidement. Pierrette retint Beau Masque qui avait esquissé le mouvement de se jeter à sa poursuite.

Du seuil, la Privas-Lubas cria :

— J'aurais dû me douter que je m'aventurais dans un coupe-gorge...

Elle claqua la porte et ils entendirent ses pas s'éloigner rapidement.

Pierrette se retourna vers Beau Masque. Elle riait.

— Tu ne peux pas savoir, dit-elle...

Elle continuait de rire.

— Tu ne peux pas savoir, répéta-t-elle, tu ne peux pas savoir ce que cette femme...

Elle se serra contre lui, comme elle avait eu envie de le faire près du bosquet de sapins, et comme elle ne l'avait pas fait. Ses yeux se gonflèrent de larmes, et cette fois les larmes jaillirent. Elle pleurait silencieusement. Beau Masque referma le bras sur elle.

Ils dormirent ensemble dans le grand lit bateau à édredon rouge, cadeau de l'oncle Amable.

TROISIÈME PARTIE

Après sa visite à Pierrette Amable, Emilie Privas-Lubas rentra à Lyon dans sa Rolls Royce haute sur roues sans revoir Noblet, sans s'arrêter chez son fils. C'était on se le rappelle, le dernier dimanche de mai.

Le lendemain après-midi, Philippe Letourneau, dans son bureau de directeur du personnel de la F.E.T.A., était en train de lire une histoire de la Révolution russe, rédigée par un trostkyste, ouvrage qu'il avait d'abord cru favorable à l'Union Soviétique, étant, comme beaucoup de jeunes gens de son milieu, très ignorant de l'histoire contemporaine, et il commençait à se demander où l'auteur voulait en venir, quand le téléphone sonna. Il n'avait pas d'amis, non seulement au Clusot comme nous le savons, mais non plus à Lyon où à Paris, où il avait vécu auparavant, rien que des camarades de bar, connus pour la plupart à travers Nathalie, et qui l'avaient oublié dès qu'il avait commencé son stage.

La voix entendue au téléphone était celle de son beau-père, le banquier Valério Empoli, qui lui demandait de venir s'entretenir avec lui, « immédiatement si possible », au siège de la banque, à Lyon. Une voiture était déjà partie pour le prendre. Il accepta sans réfléchir, et, la voiture étant arrivée presque aussitôt, partit pour Lyon sans revoir Nathalie qui l'attendait chez lui. Il pressentait que sa demi-sœur s'opposerait à une entrevue particulière, vraisemblablement destinée à une méditation. Il osait rarement affronter Nathalie, lui reconnaissant implicitement plus de caractère qu'à lui-même.

A son retour dans la soirée, il ne trouva chez lui ni Nathalie, ni Bernarde, mais un bref message posé sur le lit :

« Mon pauvre Philippe, j'apprends (car moi, je suis toujours renseignée de tout), que tu as répondu présent au premier coup de sonnette. Je suis persuadée que tu as cédé sur tout. Tant pis pour toi. Ta mollesse me dégoûte autant que l'âpreté de ta mère. Tant pis pour vous. J'ai réfléchi que le climat de votre cluse ne convenait pas à ma santé. Je pars immédiatement avec Bernarde, pour le Midi. Si tu as quelque chose à me faire savoir, écris-moi, poste restante à Cannes. — NATHALIE. »

Nathalie ne revint au Clusot qu'au mois d'octobre. Elle m'aida par la suite à retrouver et à classer les lettres que Philippe et elle échangèrent pendant cette période.

La première fut écrite par Philippe, aussitôt qu'il eut lu le message laissé sur son lit.

LETTRE I

PHILIPPE LETOURNEAU à NATHALIE EMPOLI

Le Clusot, juin 195...

J'accourais t'annoncer notre victoire et je ne trouve, au lieu de toi, que ta prophétie de défaite. Je te croyais plus perspicace.

Le combat fut rude.

Ma mère était installée dans le bureau de ton père, bien décidée à me faire plier, et toi à travers moi.

Son argumentation était le même que l'autre jour. Si je ne consens pas à la transformation des usines du Clusot, si tu ne lui accordes pas délégation de pouvoir pour l'augmentation du capital de la F.E.T.A., les actionnaires américains se lasseront de sacrifier leurs dividendes pour combler notre déficit, et nous serons obligés de fermer tous nos établissements français.

L'argumentation de ton père était plus nuancée. Il admettait que le projet que j'ai mis sur pied avec Noblet permettrait à la longue de résorber notre déficit. Mais il comprenait l'impatience des actionnaires américains. « Et comme, continua-t-il, je ne sais rien refuser à ta mère... »

Mais je restais inébranlable, me bornant à répéter que ni toi, ni moi, n'accepterons de solution dont les ouvriers du Clusot soient les victimes.

Finalement ton père fit une proposition qui, sous couleur de compromis (afin de ménager la susceptibilité de ma mère), nous donne entièrement satisfaction.

— Je propose, dit-il, qu'au lieu de transformer tous les établissements du Clusot, nous n'équipions pour l'instant qu'un seul atelier. Mais nous donnerons à cette petite, toute petite transformation, une apparence si théâtrale, nous la dramatiserons (me dit-il) à si haut point, qu'elle enchantera tout le monde, tes amis américains (dit-il à ma mère), et même tes amis communistes (me dit-il).

Nous l'avons regardé avec étonnement. Mais déjà il poursuivait, sur ce ton léger qui agace tellement ma mère, mais contre lequel elle n'ose pas protester, parce qu'il est de pratique courante dans un monde où elle vient tout juste d'avoir accès.

— Les Américains, dit-il, sont restés beaucoup plus proches qu'ils ne le croient et que nous le croyons généralement des tribus indiennes qui peuplaient le Nouveau Monde, avant le débarquement des colons du *Mayflower*. Les Américains sont restés fétichistes. Un de leurs fétiches actuels, c'est la « productivité ». Pourquoi ne pas faire un sacrifice au fétiche « productivité », si nous pouvons ainsi apaiser nos actionnaires américains sans qu'il nous en coûte rien ?

— Ni à nos ouvriers, dis-je fermement.

— C'est ce que je veux dire, me répondit ton père. Je ne dissocie pas nos ouvriers de nous-mêmes. ..

Il eut dans le regard un pétillement dont je ne sais trop si la malice s'adressait à ma mère ou à moi — à tous les deux sans doute, et à titres divers.

Bref, il proposa de procéder à une « opération productivité » qui ne portera que sur un seul atelier, mais à laquelle il sera donné la plus grande publicité. Nous nous arrangerons pour que la presse française et internationale suive l'affaire pas à pas, comme une opération militaire. Le jour venu, nous ferons inaugurer l'atelier par un ministre. Nous paierons le voyage à une délégation des actionnaires américains, que nous amènerons de Paris en autocar, avec arrêt dans les caves de Bourgogne. Ton père a déjà lancé là-dessus le directeur de publicité de la F.E.T.A. « un grand auteur dramatique méconnu », nous a-t-il dit.

— Le fétiche américain, a-t-il conclu, sera beaucoup plus aisément satisfait par un spectacle bien monté, que par une lente et coûteuse transformation des installations et des machines.

« La F.E.T.A. (dit-il à ma mère) y gagnera de ne pas engager immédiatement de gros capitaux dans une entreprise dont la rentabilité, à mon avis, n'est pas encore prouvée.

« Les ouvriers de nos établissements français (me dit-il) y gagneront de ne pas voir leur condition de vie aggravée, ce qui autrement eût été inévitable. Ceux de l'atelier où se déroulera l'opération bénéficieront d'une augmentation de salaire... laquelle (dit-il à ma mère), s'inscrit sur le budget publicité de toute opération de productivité...

Moi, dans le même temps que j'écoutais ton père, je pensais à toi. J'étais sûr que tu me blâmerais si je « cédais », comme tu l'écris. Mais céder à quoi ? J'avais beau chercher, je ne trouvais pas de faille dans le raisonnement de ton père et je n'en trouve pas encore, même après avoir lu ta lettre.

— Si nous donnons assez de retentissement à l'opération, dit encore ton père (à ma mère), nous pourrons en faire payer les frais par le gouvernement. Il reste au budget pour « l'encouragement à la productivité » quelques dizaines de millions dont les bénéficiaires n'ont pas encore été désignés. Une part nous en revient légitimement...

Puis il se tourna vers moi :

— C'est à toi, dit-il, que nous devons cette heureuse solution du problème. Si tu n'avais pas attiré notre attention sur le mauvais accueil que les ouvriers réservaient à la transformation de nos établissements français, nous aurions mécontenté inutilement tout le monde, y compris les Américains qui auraient prétendu comme d'habitude que le patronat français, rétrograde par nature, ne sait pas convaincre les ouvriers de la communauté d'intérêts du capital et du travail...

Moi, dans le même temps que je l'écoutais, je pensais à Pierrette Amable et à Frédéric Mignot. Je me voyais leur racontant la féroce ironie de mon beau-père à l'égard des fétiches américains, la bonne blague jouée aux « impérialistes yankee » (comme dit la presse communiste). J'imaginais les éloges froids mais convaincus de Mignot, et le sourire indulgent, presque tendre cette fois, de Pierrette Amable. Je ne voyais pas, je ne vois toujours pas pourquoi j'aurais repoussé la proposition de Valério...

— Je propose, poursuivait-il, que tu patronnes l'entreprise. Tes amis ouvriers te seront reconnaissants d'avoir empêché les licenciements massifs. Et ta position à l'égard de tes futurs associés américains se trouvera renforcée.

Tel est bien le dernier de mes soucis. Ton père me surprend de ne pas avoir compris depuis longtemps que je ne nourrissais pas l'ambition de devenir industriel ou banquier *pour de bon*. Mais peut-être ne parlait-il ainsi que pour apaiser ma mère.

— Nous appellerons cela, dit-il, « l'opération productivité F.E.T.A.-Philippe Letourneau... » Vous pouvez déjà imaginer le ton de notre campagne de presse : « Le petit-fils d'un patron de combat entreprend de transformer radicalement l'entreprise familiale... »

Il rit silencieusement. Ma mère avait mis les lunettes teintées qu'elle porte pour jouer au poker, je me demande pourquoi, son visage étant toujours dénué de toute espèce d'expression. Mais elle ne fit pas d'objection. Je n'en fis pas non plus, n'étant pas parvenu à découvrir de piège dans la proposition de Valério, n'y parvenant toujours pas...

— Ne te prends pas trop au sérieux, me dit ton père.

— Je ne crois pas aux fétiches, lui répondis-je.

— Si tu ne te laisses pas griser, dit-il, par les éloges que tu vas recevoir pour « l'Opération Productivité F.E.T.A.-Philippe Letourneau », tu auras fait un grand pas en avant. Ton grand-père n'était somme toute qu'un artisan. Tu te seras initié à la dramaturgie, à quoi se résument aujourd'hui les grandes affaires. Au revoir, Philippe.

— Au revoir, Valério, répondis-je, sans réticence cette fois.

Décidément, sa tournure d'esprit me plaît. Il faudra que j'explique à mes amis communistes que les grands bourgeois ne sont pas tous du même modèle, et qu'il peut arriver qu'un financier soit aussi un humaniste.

A toi maintenant de tenir ta parole, notre parole. Que vais-je répondre demain à ma mère, quand elle va réclamer ta signature pour la fameuse délégation de pouvoir ? J'ai peur que ta disparition remette tout en question. Je t'en prie, téléphone-lui dès que tu auras reçu cette lettre.

Mais à plus tard les soucis que me donnent tes extravagances. Demain matin, dès l'ouverture des bureaux, je convoquerai officiellement Pierrette Amable pour lui faire part de notre victoire.

A toi ma farouche Nathalie.

PHILIPPE.

LETTRE II

NATHALIE EMPOLI à PHILIPPE LETOURNEAU

Saint-Tropez, juin 195...

Tu as été *possédé*, mon pauvre Philippe.

Tu n'étais pas sorti de la banque que ta mère appelait déjà le château (comme disent les gens du Clusot), afin de matérialiser sa victoire.

Ton grand-père est venu frapper à la fenêtre de ta chambre: « Ma bandite de bru te demande au téléphone », m'a-t-il dit. Bien aimable à lui de se déranger pour une « bandite » qui l'a dépouillé de tous ses biens. Moi, j'aurais tout de suite raccroché. Les Letourneau n'ont rien dans le ventre.

J'ai fait répondre que je n'y étais pas. Et je suis aussitôt partie, pour n'avoir pas à t'injurier à ton retour. Car chacun le sait, tu es ma faiblesse.

J'imagine que ta petite communiste t'a chaleureusement remercié de lui éviter d'avoir à livrer combat. L'innocente n'aura pas compris qu'elle n'en sera finalement que mieux dévorée. Tu te rappelles la cantine de notre enfance : « Et le pauvre petit riquiqui qui n'a rien du tout, lèche le plat, lèche le plat. » Léchez le plat tous les deux. Moi je me brunis au soleil.

NATHALIE.

(Cette lettre se croisa avec la suivante. Philippe Letourneau n'avait donc pas reçu la lettre II quand il écrivit la lettre III.)

LETTRE III

PHILIPPE LETOURNEAU à NATHALIE EMPOLI

Le Clusot, juin 195...

Ma mère est arrivée au Clusot encore plus vite que je ne pensais, moins de deux heures après moi.

— Où est Nathalie ?

Je lui ai montré l'aimable billet que tu as laissé sur mon lit. Pas de commentaire. A mes demandes d'explication, un haussement d'épaules. Elle est comme toi certaine d'avance qu'il est inutile d'essayer de me faire comprendre quelque chose.

Mais un interrogatoire serré : qu'a dit Nathalie ? Qu'a-t-elle fait ? A-t-elle revu son père ? Va demander à la bonne dans quelle direction elle est partie ? Tout cela sur un ton de flic de roman noir. A chaque nouvelle question mon bras sursautait; le ton était tel que mon bras se portait vers mon visage, comme si j'allais recevoir des baffes. J'ai répondu n'importe quoi. Elle est entrée sans me dire bonjour; elle est repartie sans me dire au revoir, apparue et disparue comme la statue du Commandeur.

Ce matin, dès neuf heures, j'appelai ton père au téléphone, et je lui dis que tu étais parti. Il le savait déjà (évidemment). Je demandai :

— Est-ce que l'opération tient toujours ?

— Bien sûr, répondit-il, pourquoi ne tiendrait-elle pas ?

— Nathalie n'a pas donné sa signature à ma mère...

— Quelle signature ?

— La délégation de pouvoir.

— Cette délégation de pouvoir est sans aucun rapport avec (nuance d'ironie dans la voix)... avec l'Opération Productivité F.E.T.A.-Philippe-Letourneau.

— Je peux donc annoncer...

— Tu peux annoncer ton succès à tes amis.

J'envoyai aussitôt chercher Pierrette Amable. Dès qu'elle fut entrée dans mon bureau, j'allai à elle et lui mis les mains sur les épaules. Je n'aurais pas osé ce geste la veille.

— Nous avons gagné ! m'écriai-je.

Elle écarta mes mains.

— Qu'est-ce que vous avez gagné ? demanda-t-elle.

— L'usine ne sera pas transformée. J'ai arrangé cela avec mon beau-père.

Elle posa sur moi un regard presque aussi froid que celui de ma mère.

— Qu'est-ce que vous êtes en train de manigancer ? me demanda-t-elle.

— ... Je manigance ?

— Vous et votre famille...

— Ma demi-sœur, dis-je, Nathalie Empoli, m'a considérablement aidé...

Elle ne me laissa pas achever :

— Qu'est-ce que vous avez raconté à votre mère ?

Elle me parlait sur un ton presque aussi flic que celui de ma mère. Les questions se succédèrent sur le même rythme.

— De quel droit avez-vous parlé de moi à votre mère ? Combien de fois m'avez-vous vue ? Qu'est-ce que vous avez imaginé ?

Bref, je finis par comprendre que ma mère était allée dimanche après-midi au Clusot, pendant que Bernarde, toi et moi, nous cuvions la cuite de la veille. Ma surprise dut se peindre si intensément sur mon visage que la « petite Rouge » (comme tu disais) suspendit brusquement son interrogatoire. Elle me regarda un moment en silence, sans se préoccuper le moins du monde de ce que je pouvais en penser, comme si j'avais été une bête du zoo. Puis elle rit doucement.

— Décidément, je ne comprends rien à vos façons de faire.

— Il y a sûrement, dis-je, un malentendu.

— Allons, dit-elle, racontez-moi tout par le commencement.

Et elle s'assit tranquillement dans le fauteuil club que j'ai eu tant de mal à arracher à l'administration de la F.E.T.A.

Je lui racontai, non sans confusion, car elle m'écoutait silencieusement et j'en étais comme intimidé, ma première démarche à Lyon en compagnie de Noblet, l'intérêt que Valério avait pris à notre exposé et à nos propositions, l'opposition de ma mère, ton intervention, l'alternative que tu avais imposée à ma mère. Je passai à la convocation que j'avais reçue la veille; j'insistai sur ma fermeté, j'en vins au compromis proposé par Valério...

— Qu'est-ce que vous en pensez ? demandai-je enfin.

— Je comprends mal, dit-elle.

— Qu'est-ce que vous comprenez mal ?

— Tout d'abord les mobiles qui ont poussé votre demi-sœur à imaginer ce chantage...

— Mais, m'écriai-je, que pensez-vous du résultat que j'ai finalement obtenu ?

— Je dois consulter mes camarades, dit-elle. Mais il est très probable que le syndicat prendra position contre...

Elle sourit.

— ... contre l'Opération Productivité F.E.T.A.-Philippe Letourneau. Personnellement, ajouta-t-elle, je demanderai à mes camarades de prendre position contre.

— Moi, m'écriai-je, moi qui croyais tellement vous faire plaisir.

— Mais pourquoi donc, s'écria-t-elle, pourquoi donc votre famille s'entête-t-elle à vouloir me faire plaisir ?

— Mais, dis-je, mais...

— Dans quel atelier, demanda-t-elle brusquement, la F.E.T.A. a-t-elle décidé ce que vous appelez une « Opération Productivité » ?

— Dans l'Atelier des Cent (c'est ce qu'avait proposé Valério, j'avais oublié de te l'écrire).

— C'est l'atelier le plus important de l'usine.

— C'est ce que j'ai objecté à mon beau-père. Il m'a répondu que l'établissement du Clusot occupant plus de mille ouvriers, un dixième seulement sera obligé de « modifier ses habitudes ». Et qu'au surplus, ils bénéficieront d'un salaire de faveur.

— Il y aura des licenciements.

— Mon beau-père s'est engagé formellement à ce que les ouvrières devenues inutiles dans l'Atelier des Cent soient réparties dans les autres ateliers. Aucun licenciement ne sera effectué.

— Nous savons par expérience, répondit-elle ce que vaut ce genre de promesses. Il est presque certain que le syndicat prendra position contre votre « Opération Productivité ».

— Moi qui avais cru si bien faire...

Je devais avoir l'air aussi benêt que je le suis. Elle me regarda de nouveau comme un objet de curiosité.

Puis elle commença de m'expliquer (je crois) pourquoi en régime capitaliste ce sont toujours les ouvriers qui font les frais de l'augmentation de la productivité. En vérité, je ne l'écoutais pas. Tout ce que je retenais (et tout ce que je retiens de cette affaire), c'est que la politique ouvrière est un jeu très compliqué dont j'ignore les règles. Comme au bridge, où je joue si mal (tu es bien placée pour le savoir), j'avais fait une faute énorme en croyant réaliser un coup génial.

Pendant que la jeune militante me faisait son cours, je me persuadais que ma mère et Valério m'avaient intentionnellement poussé à mal faire ma « demande » pour me « mettre dedans » et que tout le monde m'avait trompé, même toi. Et que Pierrette Amable me méprisait à juste titre : je ne saurai jamais me *conduire*.

Ma mère, après son remariage, avait découvert dans l'entourage de ton père une société française de style anglicisant (Valério a pour les Anglais la même admiration sans réserve, quoique moins effrontément exprimée, que celle de ma mère pour les Américains). Ma mère s'adapta tout de suite à certains tics de langage. J'avais treize ans. « Vous vous êtes encore mal *conduit*, me répétait-elle chaque soir; vous m'obligerez encore à vous *reprendre.* » C'étaient des expressions de gens de cheval; un jour je le compris et j'en fus profondément mortifié. Je décidai de ne pas me laisser dresser. Et de toujours mal me *conduire*, quelle que soit la manière dont on me *reprendrait.*

— Somme toute, me disait Pierrette Amable, si vous étiez un vrai patron, vous auriez tout de suite compris la signification de l'opération. Vous vous êtes laissé aller, quoi que vous en pensiez, à votre instinct de classe et vous êtes arrivé au même résultat... (Je ne sais si je rapporte exactement son langage; ce jargon de bridge politique m'échappe; mais tel me semble avoir été *grosso modo* le sens de ses paroles.)

Pierrette Amable me *reprenait.* Elle aussi, elle a des manières de cavalier. Mais pour la première fois, il m'était plutôt agréable d'être *repris.* Peut-être ne suis-je pas une bête congénitalement *tarée ?* Au demeurant, les manières des gens de cheval sont bien plus naturelles à Pierrette qu'à ma mère, qui n'est qu'une parvenue.

— Staline, dis-je soudain (pour sauver la face) a écrit qu'il fallait savoir conclure des compromis. (Je me rappelais vaguement avoir lu cela quelque part.)

— Ce n'est pas un compromis que vous avez conclu, me *reprit* doucement Pierrette. Vous avez pris l'initiative d'un marchandage, d'un maquignonnage, dans la manière des plus louches politiciens bourgeois. Le résultat tout normal, continua-t-elle, est que votre mère a cru que j'étais votre maîtresse.

Ce fut à ce moment seulement de notre entretien que je compris pourquoi ma mère était allée dimanche après-midi au Clusot : pour négocier la rupture de la « liaison », qu'elle avait imaginée entre Pierrette et moi.

Je fus tellement indigné, furieux, honteux, je m'exprimai en termes si véhéments que Pierrette Amable eut finalement pitié. Elle prit doucement congé et, en me quittant, elle me regarda dans les yeux, avec un sourire *presque tendre.*

Conclusion : au diable l'Opération Productivité F.E.T.A.-Philippe Letourneau ! Jouez au bridge sans moi : je suis *mort.* Je vais « reprendre mes chères études », sur mon lit de camp, et, pour les quelques heures par jour que je passe au bureau, dans le beau fauteuil de veau mort-né que tu m'as offert, protégé des intrus par le brave Noblet. Le malheur est que je ne m'intéresse plus à aucun livre...

Je te souhaite de faire *grand chelèm.* PHILIPPE.

LETTRE IV

PHILIPPE LETOURNEAU à NATHALIE EMPOLI

(Cette lettre constitue une réponse à la lettre II, de Nathalie Empoli à Philippe Letourneau, lettre qui s'est croisée avec la précédente.)

Le Clusot, juin 195...

J'ai en effet été *possédé,* ma chère Nathalie, bien que je ne comprenne pas encore par qui et pourquoi, et qu'au surplus je m'en moque. Mais ma lettre d'avant-hier t'aura déjà appris que « ma petite communiste », comme tu dis, ne se laissera pas croquer toute crue.

L'ingénieur Tallagrand, chargé de l'opération P. (c'est ainsi qu'on appelle désormais, dans le jargon de l'usine, l'Opération Productivité F.E.T.A.-Philippe Letourneau, et c'est bien mieux comme cela), est venu me trouver dans mon bureau. C'est la première fois, depuis que je « travaille » à la Filature, qu'il daigne me rendre visite. Il m'avait manifesté jusqu'ici un solide mépris de technicien pour le fils de famille qui s'occupe en amateur, etc. Il m'a demandé mon avis sur son « premier projet d'exécution de mon plan si remarquablement hardi... » Sans avoir lu son projet, je l'ai aussitôt félicité pour « son remarquable esprit d'exécution », etc. Il est tout petit garçon depuis qu'il a cru comprendre, à travers le récit de Noblet sans doute et à cause de mon nom accolé à l'opération P., que je dispose d'un certain pouvoir dans les sphères inaccessibles pour lui où se décide le destin de la F.E.T.A. Voilà qui est farce !

Pierrette Amable est d'une autre trempe. L'autre jour, pendant qu'elle me morigénait, je la regardais. Elle me faisait penser à une épée, elle est comme une lame d'acier, je ne peux la comparer à rien d'autre. Il y a des êtres qui sont d'une contexture toute différente de tout le reste des humains : ils raient, mais on ne peut pas les rayer. Je n'écoutais pas ses remontrances, je pensais seulement qu'elle était fière. C'est la première femme fière que je rencontre. A treize ans, j'avais noté sur mon journal intime cette phrase de Shelley : « De toutes les qualités de cœur, la fierté est celle qui me touche le plus. »

Je me demande encore pourquoi, en me quittant l'autre matin, elle a eu pour moi un sourire *presque tendre*. Au fait, et faute d'avoir encore retrouvé assez de concentration pour lire, c'est aujourd'hui ma seule occupation.

C'était joli, quand on terminait ses lettres : je t'aime de tout mon cœur, ma chère sœur. Eh bien, je me sens tendre ce soir, et je termine :

Je t'aime de tout mon cœur, ma chère sœur.

PHILIPPE.

P.-S. — ... et je te souhaite la paix du cœur...

LETTRE V

NATHALIE EMPOLI à PHILIPPE LETOURNEAU

Saint-Tropez, juin 195...

Heureux frère, qui est en train de découvrir les plaisirs du cœur !

Moi je m'ennuie à mourir et ça ne tardera pas (la mort). Je hais Saint-Tropez. La seule vue de la peau huilée des premières estivantes (comme ils disent ici) me soulève le cœur. Et aussi l'odeur du pastis. Toute la ville sent le pastis, comme Paris, le dimanche matin, sent le Ricard. La France, un de ces jours, mourra d'une indigestion d'anis. Moi je serai déjà enterrée, pour avoir bu trop de whisky. Ainsi finira cette vieille civilisation qui a donné au monde le château de Versailles, la F.E.T.A. et Pierrette Amable.

J'espère que tes affaires avec elle sont avancées. Pourquoi ne viendriez-vous pas passer tes vacances auprès de moi ? Je louerais une villa à l'écart des odeurs d'huile et de pastis, et Bernarde serait notre gouvernante. Elle ne dérage pas de ne pas s'acquérir l'éternelle reconnaissance de ta mère en m'arrachant la signature qu'il m'amuse de ne pas donner.

Je pose un discret baiser sur ton cœur retrouvé.

NATHALIE.

LETTRE VI

Philippe Letourneau à Nathalie Empoli

Le Clusot, juin 195...

J'irai peut-être te voir à Saint-Tropez, mais seul.

Je t'ai raconté l'autre soir, en manière d'anecdote, l'admiration que j'avais éprouvée, quarante-huit heures durant, pour la fierté de Pierrette Amable. Tu as ramené cela, comme tu le fais pour toutes choses, à une histoire de couchage. Il n'en est absolument rien, et il n'en a jamais été question.

Aussi bien cette jeune femme a un amant. C'est un terrassier italien, renvoyé du chemin de fer et devenu garçon laitier. Tu le connais et je crois même que tu lui as fait la cour : c'est ce grand garçon très brun qui s'est battu au bal du Clusot et qu'on appelle Beau Masque. Ils viennent de se « mettre en ménage » (m'a raconté Noblet) : tout le Clusot ouvrier ne parle plus que de cela, car il paraît qu'elle était farouche. Notre secrétaire de direction (un tantinet boutonneuse) a dit : « Ce n'était pas la peine que la Pierrette fasse la sainte-nitouche pendant des années pour finir par se mettre avec un macaroni. »

Moi je crois comprendre les raisons de Pierrette Amable, qui ne sont pas les « raisons du cœur ». Ce Beau Masque a la réputation d'un communiste de choc, il a révolutionné l'an dernier son chantier, en formant avec des Arabes et des Italiens une sorte de milice dont il aurait gardé le contrôle. La petite Amable est fanatique, comme tous les communistes. Elle n'aurait jamais accepté de se *déclasser* avec un homme comme moi, si même j'y avais pensé. Elle a sans doute cru bon de faire alliance, *via* le Beau Masque, avec les représentants des peuples coloniaux et semi-coloniaux, comme on dit dans son monde.

Je les ai croisés, dimanche matin, dans la grande rue. Il portait son sac à provisions. Il avait mis son plus beau costume, et avec sa chemise rose à l'italienne, il paraissait étonnamment *endimanché*. Elle n'en était pas moins fière qu'à l'habitude, et, avec une petite robe noire reprisée, allurée comme ne le sont plus les femmes que toi et moi fréquentons. Sans doute Eléonore d'Aquitaine était-elle aussi à l'aise au bras de Henri d'Angleterre, brute saxonne qu'elle avait épousé, parce que l'intérêt de son royaume l'avait exigé. Il n'y a plus que les communistes pour faire passer les intérêts de la politique avant les goûts du cœur et même ceux de la peau.

Toi et moi, petite-sœur-sans-père-ni-mère-en-commun, nous sommes deux pauvres enfants, si détachés de toute espèce d'intérêts, qu'ils soient de cœur, de peau, d'argent ou de politique, qu'il ne nous reste qu'à échanger des saluts tendrement ennuyés.

Je t'embrasse quand même.

PHILIPPE.

P.-S. — Quelquefois, je pense qu'il n'y a que toi que j'aurais pu aimer d'amour. Mais au fait cela ne s'est-il pas passé ?

LETTRE VII

NATHALIE EMPOLI à PHILIPPE LETOURNEAU

Saint-Tropez, juin 195...

Beau Masque est beau, mon pauvre frère, et la politique n'a rien à voir là-dedans. Ta Pierrette me plaît, elle a les mêmes goûts que moi. Nous serions devenues amies, si tu me l'avais amenée, au lieu de te la faire enlever sous le nez.

Mais puisque cette fille couche avec des hommes beaux, tout espoir n'est pas perdu pour toi. Les femmes te trouvent beau. Il n'y a que moi qui te connaisse assez pour distinguer tout ce qu'il y a de *mou* dans ton cou de Jupiter olympien, de fade dans ta voix que mes camarades de lycée me décrivaient chaude (elle n'est que tiède), de creux derrière ton grand front solennel comme le Sacré-Cœur. Tout cela peut quand même donner l'illusion de la virilité.

Débrouille-toi. Je ne te recevrai que si tu m'amènes cette petite, que tu te défends si maladroitement d'aimer. Alors c'est peut-être contre moi que tu devras défendre ta conquête (si par hasard tu entendais la garder pour toi seul, ce que tu es bien capable d'imaginer).

NATHALIE.

P.-S. — Nous ne saurons jamais si *cela* s'est passé. Nous étions trop ivres le soir ou *cela* s'est peut-être passé.

LETTRE VIII

Philippe Letourneau à Nathalie Empoli

Le Clusot, juin 195...

C'est vrai, j'aime Pierrette Amable.

Mon amour est sans doute né dans l'instant même où je l'ai entrevue pour la première fois, à ce bal du Clusot, droite, nette, et ce sourire si simple et si noble pour refuser de danser avec moi. Mais je ne savais encore rien de l'amour, et je n'ai pas deviné que c'était cela.

Tes plaisanteries (à Lyon, chez ton père) ont failli m'éclairer, et j'ai commencé d'admettre envers moi-même que j'éprouvais un vif intérêt pour la fière déléguée de « mes » ouvriers. Mais j'en analysais mal les motifs, et je confondais mon sentiment grandissant avec le besoin que j'ai toujours éprouvé de conquérir l'estime de nos « ennemis de classe ».

Même au cours de notre dernière entrevue, dans mon bureau, quand elle m'a doucement *repris*, j'ignorais encore que je l'aimais. Mais le sourire *presque tendre* qu'au moment de nous séparer elle m'a adressé, m'a plongé dans une foule de rêveries. Je me suis imaginé avec elle, je l'ai imaginée avec moi, sur toutes les routes de la terre et dans toutes les circonstances de la vie.

D'apprendre qu'elle vivait avec cet ouvrier italien m'a convaincu qu'elle m'était définitivement inaccessible. A la barrière des classes, s'ajoutait celle du sentiment qu'elle éprouve pour un autre. Mais il était trop tard. Depuis le moment où j'avais entrevu faussement, dans un sourire que j'avais imaginé tendre, la possibilité d'être aimé, mon amour à moi s'était noué. Je n'en suis plus maître. Voilà.

Pierrette Amable ignore tout de mon amour. Je ne l'ai plus jamais convoquée dans mon bureau. Mon amour ne peut que lui paraître injurieux : je suis doublement son patron, comme directeur du personnel de la Filature et, bien plus encore, comme fils de ma mère et allié par elle aux quelques familles qui contrôlent presque toutes les filatures du monde. Je paraîtrais vouloir l'acheter. Même le peu que j'ai essayé de faire pour elle et pour les siens, cette intervention auprès de ton père et de ma mère, et qui a si malencontreusement tourné, je n'ai pas encore compris pourquoi, mais Pierrette

Amable a tout de même été convaincue de ma bonne volonté, même cela, elle devrait, si je me déclare, le considérer désormais comme le verre offert à une prostituée avant de discuter avec elle le prix de la nuit.

Deux fois depuis notre dernière entrevue, les nécessités de son travail l'ont amenée à la direction du personnel. J'ai laissé Noblet la recevoir. Je n'aurais pu lui cacher mon émotion et j'aurais ainsi perdu tout espoir qu'elle pût jamais me regarder autrement qu'avec mépris. Je fermai la porte à clef pour éviter toute surprise. Et je collai mon oreille au bois pour entendre sa voix. Elle discutait avec fermeté. De temps en temps elle s'interrompait au milieu d'une phrase, et je reconnaissais là les brefs silences qui lui sont habituels et que j'avais interprétés, au cours de nos entretiens, non comme l'indice d'un esprit indécis, mais comme un temps donné à la recherche du mot juste, comme la preuve de sa volonté de ne s'exprimer qu'avec intégrité, reflet intellectuel de sa fierté. Je retrouvais avec transport les brefs silences qui m'avaient enchanté. Pendant un quart d'heure, à entendre cette voix, à épier ces silences, je fus plus heureux que je ne l'avais été depuis longtemps.

Je fus plus heureux que je ne l'avais jamais été, car si j'avais jusqu'à présent tout ignoré des souffrances de l'amour, j'avais également tout ignoré des jouissances extravagantes que procurent ses plus dérisoires satisfactions.

Chaque jour, très ponctuellement, aux heures d'entrée et de sortie de son atelier, je me rends dans la roseraie de mon grand-père. Il ne comprend rien à l'intérêt soudain que m'inspirent ses greffes et ses hybrides. C'est parce que le chemin qui va de la Filature à la Cité passe au pied de la roseraie, et ainsi puis-je voir Pierrette Amable aller au travail et en revenir. Le matin, elle file rapidement, tenant à la main le petit pot de fer-blanc qui contient la collation de midi; je *chéris* cette gamelle. Voilà un bon exemple des platitudes que m'inspire l'amour.

Le soir, son Italien va quelquefois la chercher. Ils reviennent bras sous bras. Il n'oublie jamais de lui porter une fleur, qu'elle épingle à sa robe. Eh bien, j'accepterais avec délices de me lever avant l'aube pour aller ramasser des bidons de lait chez d'horribles péquenots, comme fait ce garçon, j'accepterais avec transport sa vie sans autre perspective que la pioche de terrassier ou la camionnette du laitier, rien que pour avoir le droit, même pas de passer comme lui la nuit avec Pierrette, je n'ose pas entrevoir ce bonheur, mais seulement pour avoir le droit d'aller comme lui l'attendre avec une fleur à la porte de « ma » filature.

Comme elle s'appuie sur son bras ! Hier soir, ils passaient au pied de la roseraie, elle a renversé la tête et elle a ri en le regardant dans les yeux. Il a souri gentiment, sans plus; il paraissait trouver cela tout naturel. Moi, je guettais comme un tigre. Jamais la mort d'un homme ne fut aussi vivement souhaitée.

C'est l'heure. J'y cours, « ô délice, ô tourment... »

Ton malheureux frère t'embrasse.

PHILIPPE.

LETTRE IX

NATHALIE EMPOLI à PHILIPPE LETOURNEAU

Saint-Tropez, juillet 5...

Tigre piteux embusqué dans un buisson de roses !

Au lieu de te réciter le Courrier du Cœur, prends donc cette fille. Quand un homme veut une femme, crois-en mon expérience de femme, il l'a. Nous sommes tellement habituées à recevoir les hommages d'hommes qui sont incapables de s'exécuter, quand nous les mettons au pied du mur, que nous ne savons pas dire « non » quand on nous veut pour de bon. L'impuissance des hommes engendre la facilité des femmes. En Italie, où les hommes ont conservé quelque virilité, les femmes se défendent encore.

La question est précisément de savoir si tu veux réellement cette femme. Et si tu la veux autant que son Italien (mais celui-ci ne me paraît pas l'obstacle; il doit être gâté par la facilité). Ton passé me semble un mauvais garant de tes possibilités. Il avait fallu mon intervention pour que tu remplaces le psychanalyste auquel ta mère t'avait confié, par la plus célèbre entremetteuse de la région lyonnaise. Tu t'étais déclaré satisfait. Mais peut-être n'avais-tu substitué qu'une impuissance à une autre ? Je ne t'ai encore connu pour maîtresse que cette danseuse quinquagénaire, qui donnait à son maquereau l'argent que tu lui procurais pour l'école de Yoga; le maquereau savait sans doute mieux que toi la satisfaire;

« si tu es un homme, prouve-le », comme disent ces messieurs. Te voilà donc « en proie aux égarements de la passion ». Moi, je ne connaîtrai jamais cela, je suis bien trop maîtresse de moi-même, et puis j'ai toujours ce que je veux, êtres ou choses. Qu'est-ce que je pourrais bien vouloir aujourd'hui ? Voilà le problème. Pour un peu, j'irais t'aider à conquérir Pierrette Amable, mais ce ne serait pas gentil pour toi, car finalement c'est moi qui l'aurais.

Je ne peux décidément pas supporter Saint-Tropez. Pour achever de m'en dégoûter, Bernarde a trouvé le moyen d'y faire des affaires d'antiquités; elle vend de faux meubles provençaux à des fausses bourgeoises qui jouent les faux bohèmes dans ce faux port de pêche. Nous partons tout à l'heure pour Capri, qui est d'une fausseté plus franche, car, comme dit le poète : bordel pour bordel... Tu peux m'y écrire, poste restante.

NATHALIE.

LETTRE X

PHILIPPE LETOURNEAU à NATHALIE EMPOLI

Le Clusot, juin 195...

Il est vrai, Nathalie, que je ne savais pas encore ce que signifie vouloir une femme. Il y a un mois, j'aurai à peine compris ta lettre. Les « relations » de Mme Thérèse voulaient pour moi, et, à force de tact, elles finissaient par m'obliger à vouloir; elles sont patientes comme des mères (les vraies, pas la mienne). C'étaient les seules femmes qui ne me faisaient pas peur.

Je veux Pierrette Amable. Il me suffit de penser à elle pour la vouloir, le plus concrètement du monde. Et comme je pense à elle toute la journée et toute la nuit, je ne sais plus que faire de mon corps, « ton grand corps » comme tu me disais quand nous étions enfants.

Je la veux comme on veut une femme et aussi comme on veut une chose. Vouloir un être : singulière expression. Je veux qu'elle soit à moi, ma propriété, pouvoir user et abuser d'elle, la meurtrir, la faire crier, la faire souffrir, m'épuiser en elle, et ensuite pleurer dans ses bras. Je veux [1]....

1. Le souci de la décence nous empêche de publier la suite de cette lettre, fort longue au demeurant. (Note de l'éditeur.)

LETTRE XI

Nathalie Empoli à Philippe Letourneau

Capri, juillet 195...

Alors, merveilleux frère, fais comme César : *veni, vidi, vici*. Ne te contente pas de voir.

Si l'Italien t'embarrasse, élimine-le. Trouve quelque chose. Aie un peu d'imagination. Il paraît que l'amour donne de l'esprit aux garçons. Je ne m'en aperçois guère.

Moi aussi, je provoque des passions. Une Anglaise veut m'enlever à Bernarde. Les combats qui en résultent ne m'amusent même pas. Je les laisse toutes deux plantées sur un rocher, et je chasse sous la mer, — ce qui m'est bien entendu strictement défendu par le médecin. Elles tremblent sous un soleil de soixante degrés, l'une de perdre son unique amour, l'autre son gagne-pain.

Moi, bien parée d'oxygène en bouteille, je m'avance jusqu'à l'entrée d'une grotte sous-marine, une bouche noire, dans l'ombre de laquelle d'immobiles dorades palpitent doucement, comme un poumon dans le radioscope. J'ai envie jusqu'au vertige d'aller au-devant du courant froid qui suinte de là-dedans, mais je mourrais d'épouvante si j'étais touchée par un de ces gros poissons mous.

Hier, une grande raie est sortie lentement de la bouche d'ombre. Elle s'est avancée vers moi, en agitant doucement ses ailes de chauve-souris géante et sa queue fichée d'un dard, recourbée au-dessus d'elle, brandie comme un harpon. J'ai fui de toute la force de mon pauvre souffle, frappant convulsivement l'eau de mes palmes (de caoutchouc), dans l'espoir de faire peur au vampire. Quand je me suis retournée pour faire face avec mon arbalète, dont je n'avais pas pensé à me servir, le monstre avait disparu. Enfin, une fois dans ma vie, quelque chose m'aura fait peur ! Tu vois que, moi aussi, je découvre les sentiments élémentaires. Je retournerai demain dans la bouche d'ombre. Je ne pense plus qu'à cela.

J'envie Pierrette Amable d'avoir su réveiller ta virilité.

Je t'embrasse comme je t'aime, — ainsi que disaient nos ancêtres.

Nathalie.

LETTRE XII

Philippe Letourneau à Nathalie Empoli

Le Clusot, juin 195...

Cet Italien, qui est aimé de Pierrette Amable, et qui l'aime, s'ennuie. Voilà ce que je viens de découvrir.

D'accord avec tes conseils, j'avais décidé d'éliminer Beau Masque. Il fallait d'abord l'approcher. J'ai imaginé le stratagème le plus simple : puisqu'il est chauffeur, j'ai fait du *stop*. Je me suis donc renseigné sur sa tournée et sur son horaire et, l'autre matin, sous prétexte de pêcher à la truite, je me suis placé sur le pont d'un torrent que sa route coupe. Quand sa camionnette est apparue, j'ai surgi, j'ai fait des signaux, il s'est arrêté et je lui ai demandé de me laisser prendre place auprès de lui pour rentrer au Clusot. Il s'y est prêté sans réticence, bien qu'il m'ait immédiatement reconnu.

Ce jour-là, nous avons parlé truites. Ce garçon a déjà beaucoup roulé sa bosse, et il connaît une foule de torrents, depuis les Abruzzes jusqu'aux montagnes africaines de l'Atlas et à la Forêt Noire, où il est allé faire je ne sais quoi pendant la guerre. De truite en gruyère, je me suis laissé mener jusqu'à la Fruitière où il porte son lait, et dont le directeur m'a reçu comme doit l'être le petit-fils du grand Letourneau. Après avoir subi la visite des « chambres froides », j'ai emmené Beau Masque boire un verre; il ne pouvait pas davantage refuser que moi lui proposer de l'argent; telle est la loi du *stop* dans la région. Il n'a d'ailleurs pas fait de manières; il est bon gars; il rit facilement, il a la bonne humeur des amants repus.

Bref, j'ai gagné sa bienveillance, et il m'a signalé que les plus belles truites de la région, à son idée, fréquentent un ruisseau qui naît près d'un village au nom romantique, la Grange-aux-Vents, à l'extrême pointe de sa tournée. J'ai laissé passer un jour, pour ne pas me rendre suspect par mon empressement, et le surlendemain à l'aube je me suis trouvé sur sa route avec la canne à pêche de mon grand-père sous le bras. De toute ma vie je ne suis jamais parvenu à attraper un poisson, et c'était bien ce qui m'inquiétait : j'avais peur qu'à me voir revenir bredouille, il ne me prenne plus au sérieux.

Or mon plan est de le conquérir et de me servir de lui pour approcher Pierrette. Par ce biais, elle s'habituera à ne plus me considérer comme son patron, mais comme l'ami de son amant, et donc, comme un amant possible... Dans le même instant que je t'en décris le mécanisme, mon machiavelisme me paraît enfantin. Eh bien, enfantillage ou pas, par cette voie ou par une autre, j'aurai cette femme !

Beau Masque ramasse le lait dans une douzaine de villages et hameaux, égrenés le long de trois affluents de la Géline, et, de vallée en vallée, de col en col, la route nous fit voir sous toutes les perspectives le Clusot et ses illustres filatures.

Pour engager le dialogue :

— Ces toits en dents de scie, dis-je, gâchent le paysage.

— Bah ! répondit-il, quelques petits ateliers...

Je crus un instant qu'il voulait m'offenser. Ne suis-je pas, en principe, l'un des patrons de ces misérables ateliers ? Mais tel n'est pas son caractère. Il continua en effet :

— J'ai longtemps travaillé à l'Ansaldo de Gênes...

— L'Ansaldo ?

Il parut surpris que je ne connusse pas l'Ansaldo. Ce serait un ensemble de chantiers navals, l'un des plus grands du monde. On y lance des transatlantiques et des cuirassés. Voilà le Beau Masque également lancé, tandis que sa camionnette dévale à toute allure les lacets d'une pente extravagante. Il n'existe d'ateliers dignes de ce nom qu'à l'Ansaldo. Bref, il paraît que le travail à l'Ansaldo est si fascinant que lorsque les ouvriers font grève, ils travaillent quand même; c'est ce qu'on appelle une grève à l'italienne.

Au premier village où nous nous sommes arrêtés, les bidons de lait étaient groupés sous une espèce de hangar ouvert de trois côtés, qui ressemble à un quai de gare. Une douzaine d'hommes et de femmes l'attendaient là, des femmes surtout. Il décrivit une courbe majestueuse et vint s'arrêter au ras du quai. Les visages de ces paysans, toujours fermés et durs, s'éclairent dès qu'il arrive. Lui, du haut de son siège, leur distribue les commissions dont il s'est chargé, comme si c'étaient des dons qu'il leur faisait.

— Tiens, Georgette, voilà de l'hémoglobine pour ta vache... Maurice, prends l'huile pour ta faucheuse... Duchosal, ta graine de betteraves, je l'ai achetée chez Favre, celle de Garnier ne vaut rien...

On lui répond : « Merci, monsieur Beau Masque. »

Il est descendu pour charger les bidons. Un gars est venu lui demander conseil pour le moteur de son tracteur qui était en panne. Beau Masque a regardé sa montre de nickel chromé : « Bon, a-t-il dit, ça va, j'ai une minute d'avance. » Il a fait un saut jusqu'au tracteur, a dévissé quelque chose, soufflé dans un tube, changé des fils de place, et, une minute plus tard, le moteur tournait avec un bruit presque aussi joli que celui de ton Alfa Romeo.

A la sortie du village, une jeune fille l'attendait, qui l'a chargé, à voix basse, d'une commission. Je suppose qu'il fait aussi le Courrier du Cœur. Il a la manière avec les femmes. Il les regarde en rigolant et voilà qu'elles se mettent à minauder. Il n'aurait certainement qu'un mot à dire pour qu'elles aillent l'attendre dans le foin.

Il a la manière — voilà le mot — avec les paysans, avec les moteurs, avec les femmes. Cela me paraît aussi mystérieux et inimitable que le tour de main du bon ouvrier, dont mon grand-père nous cassait les oreilles, avant que ma mère ne l'eût mis à la retraite. Moi, je n'ai jamais rien su faire, ni de mes doigts, ni de ma voix, ni du reste. C'est un rival bien plus dangereux que je ne le pensais.

Beau Masque a la manière, toutes les manières, mais il s'ennuie au Clusot. Telle est ma seule chance.

En effet, comme nous quittions la jeune fille, dont il venait d'accepter de se faire le messager :

— Vous savez y faire... dis-je.

Il crut que je parlais du moteur qu'il venait de réparer.

— Du bricolage, dit-il avec mépris. Chez Ansaldo, j'étais riveteur...

Je saute un long couplet sur les joies inégalables que procure le rivetage quand il est pratiqué sur les chantiers de l'Ansaldo. Suivit un long silence. La camionnette montait péniblement vers le col. Il eut un geste en direction du moteur :

— Ce n'est pas de la mécanique, soupira-t-il.

Encore un silence, puis avec une infinie tristesse dans la voix :

— Je ne vais tout de même pas passer le reste de ma vie à bricoler...

Nous montions lentement, dans un merveilleux paysage, prairies fraîchement coupées, herbe tendre comme du gazon de parc anglais, bosquets de sapins et un torrent bondissant.

— Peut-on vivre dans un pareil pays ? s'écria-t-il. Rien que de l'herbe et des cailloux !

— Gênes n'est pas si loin, dis-je sur le ton de la plaisanterie.

— Ma femme, répondit-il, ne voudra jamais venir vivre à Gênes.

Il appelle Pierrette sa femme.

— Pourquoi pas ? demandai-je.

— Sa place est ici, dit-il.

— Je ne comprends pas, insistai-je.

Il me regarda en riant. Il avait retrouvé son rire.

— Bien sûr que vous ne me comprenez pas. Mais c'est ainsi... dans la mesure où chaque travailleur doit combattre à sa place, dans son pays.

Voilà que je me retrouvais devant leur fanatisme. Mais, cette fois, il servait mes espoirs. Que Pierrette doive rester, très bien.

— Et vous ? demandai-je. Votre place de combat n'est-elle pas à l'Ansaldo ?

— J'y retournerai, dit-il.

Un silence.

— Mais pas pour l'instant, ajouta-t-il.

Je ne pus rien obtenir de plus sur ce sujet. Mais je sens que nous avons abordé un terrain plein de promesses.

Je retourne après-demain à la pêche.

Mes amitiés à ta raie ténébreuse.

Je t'embrasse. PHILIPPE.

LETTRE XIII

NATHALIE EMPOLI à PHILIPPE LETOURNEAU

Capri, août 195...

Absurde, ton idylle avec le Beau Masque. Va trouver ta Pierrette et prouve-lui que tu l'aimes aussi concrètement que tu me le racontes. Nous savons rarement résister à ces évidences-là.

Bernarde s'est acoquinée avec une bande de néo-fascistes. Elle se console de mes cruautés en rêvant avec eux de la future terreur noire.

L'Anglaise ne me laisse pas un instant de repos. Je trouve

des fleurs, le matin, devant la porte de ma chambre et, le soir, dans ma baignoire.

J'ai revu la raie. Cette fois nous avons eu moins peur l'une de l'autre. Nous nous sommes longuement regardées, à moins de dix mètres. Puis elle a lentement fait demi-tour et s'est doucement enfoncée dans la bouche d'ombre. J'y retourne chaque jour, dans l'espoir de la revoir. Voilà une amie digne de moi.

Salut !

NATHALIE.

LETTRE XIV

PHILIPPE LETOURNEAU à NATHALIE EMPOLI

Le Clusot, août 195...

Pourquoi me priverais-je de la compagnie de Beau Masque ? C'est mon seul lien avec Pierrette Amable. Nous sommes en train de devenir inséparables.

C'est par lui que je sais qu'elle s'est couchée tard, à cause d'une réunion de cellule, consacrée bien entendu à organiser la lutte contre « mon » plan. Que son fils a les oreillons et qu'elle s'est fait conduire chez son oncle, où vit l'enfant, par un instituteur communiste et motorisé. Que son amant lui a offert une robe de cotonnade imprimée, parce qu'il ne trouve pas juste qu'une femme de son âge aille toujours vêtue de noir, et que cette robe la fait tout ensoleillée (*dixit* Beau Masque) ; mais cela, je le savais déjà, car j'avais vu cette robe *presque* en même temps que lui, de mon buisson de roses, le premier matin qu'elle la porta pour aller à la Filature.

Ma liaison avec Beau Masque s'est enchaînée tout naturellement sur cette partie de pêche à la Grange-aux-Vents, où bien sûr je n'ai pas attrapé le plus petit poisson; je n'ai même pas essayé; je suis parti le long du ruisseau qui court à fleur de prairie avant de s'enfoncer dans une gorge où il devient torrent, en rêvant aux moyens de renvoyer mon rival en Italie (pourquoi, si j'ai bien compris, ne *peut*-il pas rentrer dans son pays ?). Je récidivai le surlendemain. Enfin, Beau Masque me prit en pitié et décida de m'apprendre à pêcher.

Il en a terminé avec la Fruitière dès deux heures de l'après-midi. Pierrette ne sort de la Filature qu'à cinq heures. Le plus souvent il ne sait que faire dans l'entre-temps; tout le reste du Clusot travaille ; ce n'est pas l'heure « d'agiter les masses » et il n'aime pas la politique de bureau. (Il me paraît d'ailleurs un militant beaucoup moins actif qu'on ne me l'avait dit.)

Nous allons donc, presque tous les jours, le long des rives de la Géline, et je n'ai pu faire autrement que d'attraper quelques truitillons. Lui, il prend autant de poissons qu'il veut. Avec les truites aussi, il a la manière.

Il est solidement convaincu que je suis incapable de faire quoi que ce soit tout seul : lier un hameçon, sortir d'un trou où j'ai glissé, débrouiller le fil de ma ligne ou celui d'un problème politique. Il m'a pris sous sa protection. Il est certainement convaincu que j'aurais besoin de lui, si je m'avisais de vouloir conquérir une femme. Quant à gagner ma vie pour de bon, il m'en juge (je l'ai compris à diverses allusions) aussi congénitalement incapable que de réparer un moteur, et je le devine tout prêt, si la F.E.T.A. faisait faillite, à m'offrir de partager ses repas. Voilà enfin un moyen de pénétrer chez Pierrette Amable ; elle n'aurait pas le cœur de me refuser le morceau de pain proposé par son compagnon ; arrive vite le krach des krachs !

S'il n'était pas l'amant de Pierrette Amable, s'il ne disait pas « ma femme » en parlant d'elle, je crois que j'éprouverais pour lui une réelle amitié. Au fait, pourquoi dire « si » : j'éprouve pour lui ce sentiment qui m'était aussi inconnu que l'amour et que les bons auteurs nomment amitié (Valério, ton père, si cette lettre lui tombait entre les mains, nous réciterait des pages de Montaigne). N'empêche que je souhaite cent fois par jour la disparition de mon rival et que, si cela était possible, je le livrerais volontiers au bourreau. Mais je préférerais en être délivré par des circonstances étrangères à mon intervention — et il ne serait pas impossible que je le regrette finalement !

Tu te rappelles qu'au cours des voyages où nous entraîna ma mère quand nous étions enfants, nous nous enfuyions du wagon-lit pour aller rôder dans les wagons ou dans les salles d'attente de troisième classe. Les hommes que nous voyions dormir contre l'épaule d'un inconnu, dans un wagon surchargé, ou bien par terre, nous fascinaient. Ils nous semblaient plus *réels* que les gens que fréquentaient nos familles. Un soir, en gare de Toulon, nous revenions de Cannes sur Paris, nous avons regardé des voyageurs de troisième boire à la petite fontaine du quai ; un ouvrier t'offrit de l'eau dans un *quart* de soldat ; tu avalas d'un trait, et puis tu me lançàs le regard victorieux de la fillette qui vient d'accomplir le premier exploit de sa vie. Tu ne fus aussi glorieuse qu'au lendemain de ton premier amant. Nous sommes nés passagers de première classe ; mais, contrairement aux règlements des paquebots, cela semblait nous interdire les troisièmes classes. Mon ami est certainement à l'aise partout, même en première classe.

Mon grand-père aussi est à l'aise partout ; je l'imagine fort bien voyageant en troisième. C'est qu'il est encore tout près des générations de Letourneau qui ont conquis à force de travail le droit aux secondes puis aux troisièmes. Moi, je suis reconnaissant à Beau Masque de m'admettre dans son intimité.

Depuis que les délégués ouvriers discutent à égalité avec les patrons, depuis que les communistes ont persuadé la classe ouvrière (la classe montante, comme ils disent) qu'elle sera demain au pouvoir, depuis que les ouvriers sont au pouvoir dans un immense pays dont chaque geste fait trembler toutes les chancelleries du monde, nous plaidons vaincus. Puisque le mécano est mon égal, pourquoi réparerait-il mon moteur, si cela ne lui plaît pas ? Nous sollicitons des grâces.

Rimbaud : « Encore tout enfant, j'admirais le forçat intraitable sur qui se referme toujours le bagne. » Mais l'ouvrier d'aujourd'hui n'est plus le forçat, c'est le dauphin. Nous ne nous contentons plus d'admirer, nous tremblons et nous rendons hommage.

Entre le guet sous les rosiers, les parties de pêche avec mon rival, et les rêves éveillés qui me prouvent jusqu'à l'épuisement à quel point je *veux* Pierrette Amable, je n'ai plus le temps de mettre les pieds au bureau. Tallagrand, quand je le rencontre par hasard, ne m'en manifeste que davantage de respect ; mon oisiveté fait partie des droits légitimes des familles souveraines (il voyage en seconde classe). Noblet, plus près de la réalité, déplore que les traditions patronales se perdent ; il manifeste sa réaction par un silence désapprobateur. Tallagrand n'imagine pas que mon oisiveté soit une vraie oisiveté ; c'est le loisir nécessaire à la classe supérieure des organisateurs ; c'est lui le véritable *respectueux*. Mon grand-père m'observe avec des yeux *rigolards* ; quand sa servante l'eut informée du calicot « OPÉRATION PRODUCTI-

VITÉ *F.E.T.A.*-PHILIPPE LETOURNEAU » qui vient d'être tendu sur le fronton de l'Atelier des Cent, il m'a demandé :

— Opération ? Opération ?... Qu'est-ce que c'est que ce langage ? Serais-tu devenu chirurgien ou boursier ? Et il ne m'a plus adressé la parole d'une semaine. Maintenant, il semble satisfait de ce qu'apparemment je ne *marche* pas. Il commence à croire que je suis plus intelligent que je ne parais.

Tu me manques. J'ai terriblement besoin d'un directeur de conscience. Je t'embrasse comme une vraie sœur, celle qui but dans le *quart* de l'ouvrier de Toulon.

PHILIPPE.

LETTRE XV

NATHALIE EMPOLI à PHILIPPE LETOURNEAU

Août 195...

Pourquoi ai-je tiré tant de gloire d'avoir bu dans le *quart* d'un inconnu, alors que déjà j'embrassais sur la bouche n'importe quel garçon (ou n'importe quelle fille) ?

Les amis italiens de Bernarde passent leurs nuits à chanter *Horst Vessel Lied* et autres chants nazis dans un cabaret de style bavarois orné d'affreuses assiettes de bois, pyrogravées de motifs à la gloire de Berchstesgaden et autres hauts lieux. Ils boivent presque autant que moi, mais ils ont l'ivresse triste. Ils reprochent à Mussolini d'avoir été mou, et portent des croix gammées sous le revers de leur veston. Si elles parviennent à mettre la main sur un Allemand, toutes les filles de la bande se frottent à lui. Ce matin, à quatre heures, un ancien aviateur de chasse (italien) délirait doucement : « Lancer une bombe atomique... qu'on me laisse une seule fois lancer une bombe A, même s'il fallait la lancer sur moi-même ! » Ce *dur* a une maîtresse de vingt ans de plus que lui, qui lui flanque des trempes chaque fois qu'il regarde une autre femme.

Je dis leurs quatre vérités à ces héros en chômage. Qu'ils sont des lâches de ne montrer leurs croix gammées que dans un cabaret trop coûteux pour qu'y viennent des ouvriers qui leur casseraient la gueule. Ou encore que la France a bien de la chance d'être débarrassée de leurs semblables par les

Viets. Ils supportent tout, et même que je sois juive, parce que c'est moi qui paie les tournées.

Je passe les nuits avec eux, parce que je n'aime pas boire seule... je me dégoûte autant qu'ils me dégoûtent et que je les dégoûte.

Même la raie ne peut plus me supporter et n'est pas revenue à nos rendez-vous sous-marins.

Toi aussi tu me soulèves le cœur avec tes flagorneries à la « classe montante ». J'ai envie de faire un saut au Clusot et de te montrer comment on prend une fille, ouvrière ou pas, en t'offrant ta Pierrette, toute chaude, dans *mon* lit.

Je t'embrasse tout de même, avec toute la tendresse dont je suis capable, et qui ne pèse pas lourd.

NATHALIE.

LETTRE XVI

NATHALIE EMPOLI à PHILIPPE LETOURNEAU

Capri, septembre 195...

Sans nouvelles de toi depuis cinq semaines. Serais-tu « heureux » ?

Où est ta mère ? Je suis un peu surprise qu'elle n'ait pas fait de nouvelle tentative pour obtenir ma délégation de pouvoir.

Bernarde et moi, nous avons loué une villa, à l'extrême pointe de Capri, face au continent, au-dessus du bras de mer où, selon les spécialistes, nageaient les sirènes dont le chant obligea Ulysse à se boucher les oreilles.

Ce sont aussi les parages que fréquente ma raie. Je l'ai revue plusieurs fois. Les pêcheurs affirment que la blessure du dard de raie peut être mortelle pour l'homme.

Hier, doublant un petit promontoire, à deux mètres sous l'eau, je me suis brusquement trouvée nez à nez avec elle. J'ai appuyé sur la gâchette de l'arbalète. La flèche a pénétré entre les deux nageoires. Mon amie s'est retournée et a foncé vers les profondeurs, entraînant avec la flèche, la corde, l'arbalète et moi-même. A travers la buée bleuâtre de l'eau agitée, je vis monter vers moi le fond de sable blond. Puis mes oreilles bourdonnèrent. Je me sentis devenir très lourde. Je me réveillai flottant à la surface du rivage. Des pêcheurs me recueillirent.

Ce matin, je suis allée à Naples où j'ai acheté une arbalète plus puissante. Demain matin, je serai au rendez-vous.

Ecris-moi.

NATHALIE.

LETTRE XVII

PHILIPPE LETOURNEAU à NATHALIE EMPOLI

Le Clusot, octobre 195...

J'ai fait à Pierrette Amable l'aveu de mon amour. Elle n'en a même pas été offensée.

Hier, Beau Masque m'avait emmené chez lui (comme il dit) pour me montrer des photographies des chantiers de l'Ansaldo. Pierrette venait de rentrer du travail. Elle était assise à une grande table couverte de dossiers, en train d'écrire.

— J'ai amené Letourneau, dit Beau Masque, pour lui faire voir les photos du chantier...

Pierrette me salua d'une inclination et continua d'écrire. Ce qu'elle peut avoir le genre patronal !

Là-dessus, le quincaillier d'en face appela Beau Masque parce qu'il n'arrivait pas à mettre sa camionnette en route.

— Attends-moi, dit Beau Masque (nous nous tutoyons maintenant), je vais voir ce que c'est.

Il me fit asseoir dans un grand fauteuil d'osier, *derrière* Pierrette, m'offrit une des affreuses cigarettes blondes à bouts dorés qu'il a l'habitude de fumer. Il sortit.

Me voilà seul avec Pierrette, chez elle.

— Pierrette, vous allez penser que je suis le dernier des salauds...

— Qu'est-ce que vous avez encore fait ? demande-t-elle sans se retourner.

Moi, je suis toujours assis dans le fauteuil d'osier.

— Je suis d'autant plus ignoble que Beau Masque est mon ami...

Elle a un sursaut, s'arrête d'écrire, mais ne se retourne pas.

— Racontez, dit-elle sèchement.

— Je vous aime, je vous ai aimée dès l'instant que je vous ai vue, à ce bal de votre parti...

— Ce n'est que cela, s'écrie-t-elle...

Elle se retourne. Elle me regarde en souriant.

Pas d'indignation. Pas d'hostilité. Un sourire amusé. Même pas d'ironie : un sourire gentiment amusé.

Mais dans le même instant qu'elle me regarde, qu'elle m'examine plutôt, son sourire s'efface. C'est que je viens de me lever, j'essaie de m'avancer vers elle, mais mes jambes se dérobent. Je suis certainement très pâle.

— Pardon, dis-je.

Je chancelle.

Elle se lève à son tour, me reconduit doucement vers le fauteuil. Je me laisse conduire. Me voilà de nouveau assis. Elle se tient debout devant moi. Elle m'examine de nouveau. Cette fois son regard n'est plus amusé. Etonné plutôt. Et un rien d'émotion. Non pas d'émotion, de la gentillesse, rien que de la gentillesse.

Moi, je la regarde de tous mes yeux. Je tends mes mains vers elle. Elle les prend et les pose sur les accoudoirs du fauteil. Peut-être ses mains s'attardent-elles une seconde sur les miennes ? Ou bien est-ce moi qui l'imagine ? Je suis couvert de sueur, j'ai froid.

— Ne bougez pas, dit-elle. (Je crois que c'est à ce moment que ses mains se sont attardées sur les miennes.)

Elle s'éloigne et se dirige vers un placard dans le fond de la pièce.

Je ne bouge pas. Je la regarde faire.

Elle prend dans le placard une bouteille de rhum. Je distingue comme un gros plan de cinéma, l'étiquette des Planteurs de la Martinique. Elle remplit de rhum un petit verre à liqueur et revient vers moi.

— Buvez, dit-elle.

Dans le même instant, un souvenir... J'avais entre douze et treize ans ; Pâques approchait ; mes précédentes communions avaient été sacrilèges : je n'avais pas osé avouer à mon confesseur mes plaisirs solitaires. Le samedi saint, j'étais allé chez l'aumônier du lycée. « Vous voulez vous confesser mon enfant ? » « Oui mon Père. » La tête cachée entre les mains, j'avais fait l'aveu de mon péché habituel. Sitôt la chose dite, l'aumônier m'avait vu si défait qu'il m'avait fait asseoir dans son fauteuil. J'étais inondé de sueur et je tremblais de froid. Il m'avait fait boire un verre de rhum.

La même honte, tout à l'heure, m'a rebroussé le poil. J'ai arraché le verre des mains de Pierrette et je l'ai lancé à toute volée contre le mur. J'étais si bouleversé, mes membres étaient devenus si mous, que le verre ne se cassa même pas.

Pierrette haussa le sourcil, comme une maîtresse d'école qu'un garnement dérange.

Dans le même instant, Beau Masque entra.

— Ton ami n'est pas bien, dit Pierrette.

— Il est beaucoup moins costaud qu'il n'en a l'air, dit Beau Masque, en me donnant une grande tape dans le dos.

— Tu devrais aider ton ami à rentrer chez lui, dit Pierrette.

— Ça ne va vraiment pas bien ? demanda Beau Masque.

— Ça va mieux, dis-je.

Je me levai. Beau Masque voulut me prendre le bras.

— Non, non, dis-je, je peux très bien marcher tout seul.

Je fis plusieurs pas dans la pièce.

— Beaucoup mieux, dis-je.

— Il vaut mieux que je t'accompagne, dit Beau Masque.

— Non, non, dis-je, cela va beaucoup mieux.

Je m'inclinai du côté de Pierrette.

— Au revoir, Pierrette Amable. Pardonnez-moi tout ce dérangement. Je m'excuse vraiment...

— Il n'y a pas de quoi, dit-elle en riant.

— Tu crois vraiment que tu peux partir tout seul ? demanda encore Beau Masque.

— Ça va tout à fait bien, dis-je. Salut, Beau Masque !

Je me dirigeai vers la porte. Pierrette leva la tête vers moi.

— Au revoir, Philippe Letourneau, dit-elle.

Je suis rentré, je me suis couché. Et puis, comme un enfant qui vient de recevoir une correction, à peine avais-je commencé à sangloter que je me suis endormi.

J'ai dormi dix heures. J'ai commencé cette lettre dès le réveil. Il est midi. J'ai rendez-vous avec Beau Masque à trois heures pour aller à la pêche. Je n'irai pas.

PHILIPPE.

P.-S. — Moi non plus je n'ai pas de nouvelles récentes de ma mère. Il y a trois semaines, elle était à New-York, chez « ma » tante Esther.

Deuxième P.-S. — Supposons qu'immédiatement après mon départ Pierrette ait fait à Beau Masque le récit de mon aveu... Je ne le crois pas. Son silence à l'arrivée de celui-ci, la manière même dont elle a dit : « Ton ami n'est pas bien », pour *dissimuler* mon trouble a créé entre elle et moi une *complicité,* dont Beau Masque serait fondé de lui faire grief.

J'irai donc au rendez-vous de pêche. Trois hypothèses en effet :

1° et c'est la plus probable, elle n'a rien dit. Rien n'est donc changé entre Beau Masque et moi. Je peux garder avec lui les mêmes rapports qu'auparavant, ne serait-ce que pour me ménager la possibilité de retourner chez Pierrette.

Il serait même *malhonnête vis-à-vis de Pierrette* de ne plus fréquenter Beau Masque. Ce serait lui faire supposer qu'il s'était hier passé quelque chose, ce qu'elle a précisément voulu lui cacher. Et peut-être provoquer une scène de jalousie, qu'elle a mis un soin extrême à éviter.

(Pierrette Amable, la plus intègre des femmes, avec quel naturel elle a su dissimuler à son amant rentré à l'improviste, que je venais de lui faire l'aveu de mon amour. Le plus maître des hommes se serait tout de même trahi.)

2° Elle a tout raconté, mais il me considère comme un enfant et ils ont tous les deux bien ri de moi. Il vient ou ne vient pas au rendez-vous. Que j'y aille ne change rien à l'affaire.

Conclusion : Je *dois* aller tout à l'heure rejoindre Beau Masque, comme il avait été convenu.

A bien réfléchir, la première hypothèse, le silence de Pierrette me paraît le plus probable. Quand je suis parti, elle m'a dit : « Au revoir Philippe Letourneau. »

« Au revoir »... donc elle ne me chasse pas. Voilà qui confirme sa *complicité.*

J'eus préféré : « Au revoir, Philippe ». Mais sans doute n'a-t-elle ajouté Letourneau, « au revoir, Philippe Letourneau », que pour détourner l'attention de Beau Masque, pour qu'il ne remarque pas qu'elle ne disait pas « monsieur Letourneau », comme elle avait toujours fait. Mais moi je l'ai bien remarqué. C'est sûrement ce qu'elle voulait. Je crois que je pourrai bientôt t'annoncer la victoire.

Troisième P.-S. — Si j'ai bientôt cette femme, comme tout le laisse supposer, nous partirons immédiatement te rejoindre à Capri.

PHILIPPE.

LETTRE XVIII

NATHALIE EMPOLI à PHILIPPE LETOURNEAU

Capri, octobre 195...

Moi aussi, Philippe, je suis couverte de sueur et je tremble de froid. Mais c'est d'être restée trop longtemps sous l'eau, à l'affût de ma seule amie.

Même le soleil de Capri n'a pas pu me réchauffer. Le médecin m'interdit formellement de rester au bord de la mer. Nous partons tout à l'heure pour Sestrière (Piémont). Ecris-moi, poste restante.

Ton Beau Masque a raison. Nous sommes tous deux beaucoup moins costauds que nous ne l'imaginons.

Je t'embrasse.

NATHALIE.

LETTRE XIX

(*Cette lettre s'est croisée avec la précédente.*)

PHILIPPE LETOURNEAU à NATHALIE EMPOLI

Clusot. octobre 195...

Je suis un misérable.

Beau Masque, lorsque je l'ai retrouvé tout à l'heure, n'avait pas tout à fait le même *air* que d'habitude.

— Alors, m'a-t-il demandé, ça va mieux ?

Non, il n'était pas ironique. Il semblait penser à autre chose. Aussi bien n'a-t-il pas écouté ma réponse.

Il ne riait pas à tout propos, comme d'habitude, de ce demi-rire narquois, un rire du coin de l'œil, qui m'avait mis si mal à l'aise, dans les premiers temps que je l'avais fréquenté.

Il ne me semblait pas non plus en proie à un de ces accès de tristesse, provoqués par l'exil, et qui me donnent chaque fois l'espoir qu'il va prendre le premier train pour Gênes, ne laissant à Pierrette d'autre ressource que de me recevoir, pour entendre parler de l'amant qui l'a délaissée par leur meilleur ami à tous les deux. Ces jours-là, il reste longtemps silencieux, et puis, soudain, il se met à raconter un épisode de sa guerre de partisans, une grève à Gênes ou un braconnage dans les Abruzzes, et au cours même du récit, il retrouve son *entrain*. Il a de l'*entrain*, tout comme il a la *manière* ; personne ne m'a jamais si bien fait comprendre les expressions populaires ; et, certains jours, il m'*entraîne* si bien, que j'en oublie presque Pierrette Amable.

Mais aujourd'hui, c'est différent. Beau Masque semblait en proie à un souci, à un chagrin comme disent les cartomanciennes ; il y avait un valet de pique dans son jeu.

Nous pêchions au ver plombé : un seul gros plomb, à vingt centimètres d'un ver rouge enfilé à mi-corps sur l'hameçon et bien gigotant des deux bouts. Botté, debout au milieu du torrent, de l'eau jusqu'à mi-jambes, je laissais couler cela dans l'eau écumeuse qui le roulait de rocher en rocher, l'entraînant de creux en creux. S'il y avait une truite à l'affût sur le passage de mon ver, elle bondissait dessus ou ne bondissait pas, s'accrochait à l'hameçon ou ne s'accrochait pas, cassait le fil ou ne le cassait pas ; enfin, j'en avais déjà pris une, longue comme la main ; sous la direction de mon ami Beau Masque, je deviens un vrai pêcheur. Peut-être bien que la raie, ton amie, ne me ferait pas peur.

Un peu plus haut que moi, Beau Masque explorait méthodiquement un gros trou. Il laissait le courant entraîner sa ligne dans le trou, puis errer au gré des remous qui l'éloignaient et la rapprochaient tour à tour de la rive. Il était persuadé qu'il y avait une grosse truite à l'affût, sous une racine du bord. Il ne se trompe jamais. Mais sans doute la truite était repue. Ou bien, elle avait envie d'autre chose que d'un ver rouge. Finalement, la ligne se prit dans une souche et cassa. « *Porca miséria !* » J'étais habitué aux jurons, qui ne changeaient généralement rien à l'humeur de Beau Masque. Il vint s'asseoir sur la rive, à deux pas de moi, pour remonter sa ligne.

Un lancer maladroit me rapprocha de lui.

— Est-ce que tu as déjà été jaloux ? me demanda-t-il brusquement.

— Cela m'est arrivé, répondis-je à tout hasard.

Mon cœur battait à grands coups. Pierrette avait-elle parlé ?

— Moi, dit-il, je n'ai jamais été jaloux.

Il acheva de monter l'hameçon. Il tira sur le fil pour fermer la boucle ; le fil cassa ; cela ne lui arrivait jamais. « *Porca madona !* » gronda-t-il.

Je me demandais : Serait-il jaloux de moi ? Qu'il fût jaloux de moi prouvait qu'il m'estimait un rival dangereux, que Pierrette ne s'était pas moquée de moi, laissait même supposer qu'elle avait trahi son inclination par un mot, un geste, un regard. La journée était chaude, mais il faisait délicieusement frais dans l'ombre des grands arbres qui bordent la Géline et se referment presque au-dessus d'elle. Une soudaine jubilation m'envahit.

La ligne se tendit brusquement. Etait-ce une truite ? Etait-ce une souche ? Je ferrai doucement. La ligne tira sec, mais ne cassa pas ; je sentis que j'avais accroché quelque chose de gros. La ligne fila vers le trou où pêchait auparavant Beau Masque. Je lâchai du fil.

— Ne la laisse pas aller, cria Beau Masque, elle va s'enfiler dans ces putains de souches... Mais doucement, bon Dieu, doucement, tu vas tout casser !...

Ce qui tirait au bout de ma ligne et que j'essayais de retenir aussi doucement que Beau Masque m'en donnait l'ordre, s'enfonça dans le creux et devint aussi inébranlable qu'un roc.

— Doucement, doucement, continuait de crier Beau Masque.

Il sauta dans le courant et se dirigea en trébuchant sur les pierres mouillées.

— Ne bouge plus, commanda-t-il ; ne tire plus, maintiens seulement...

Il s'allongea sur un rocher, plongea le bras jusqu'à l'épaule dans le creux et en retira, au bout de ma ligne, une grosse truite. Elle pèse plus d'une livre. C'est la plus belle que j'aie jamais prise. Tu te rappelles que, lorsque j'avais encore cette petite Salmson que ma mère m'avait offerte pour mes dix-huit ans, j'étais persuadé que si, dans l'instant que je sortais du garage, le feu vert du carrefour indiquait la voie libre, la journée serait heureuse. Ma truite me donna la même certitude que le feu vert.

Je cassai la monture de l'hameçon, en le retirant de la gueule de la truite. Je m'assis près de Beau Masque. Nous restâmes un long moment silencieux. Puis soudainement :

— Je sais bien, dit-il, qu'il n'y a rien entre Pierrette et

Mignot. Mais Mignot... *mi secca.* Comment dites-vous cela en français ?

— M'agace, murmurai-je.

— C'est cela, dit-il, Mignot m'agace.

Moi aussi je suis persuadé que « il n'y a rien » entre Pierrette Amable et Mignot. Je ne sais pas pourquoi, mais j'en ai la certitude. Mais je fus tellement mortifié de ne pas être l'objet de la jalousie de Beau Masque, que je m'abstins de le rassurer. Je hochai la tête et restai muet.

Si j'avais répondu, il ne m'aurait sans doute pas entendu, car déjà il continuait. C'était une sorte de monologue. Voilà à peu près ce qu'il dit : « Pierrette est une bonne femme. C'est ma femme. Ça, bon Dieu, je le sais bien. C'est ma vraie femme à moi.

« Mais c'est avec Mignot qu'elle parle. Lorsque le soir arrive, j'ai sommeil, moi qui me suis levé à quatre heures du matin. Mais c'est le soir que commence sa vraie journée à elle, le travail selon son cœur, les réunions, les lectures, les rédactions de tracts, les discussions. Et ce travail-là, c'est avec Mignot qu'elle le fait.

« Même quand, par hasard, je suis encore assez éveillé pour comprendre de quoi il s'agit, je n'ai pas droit à la parole, On me dit que je ne suis pas au courant de la situation locale, on me reproche de ne faire aucun effort pour élever mon niveau idéologique, c'est leur expression. Mignot ne manque jamais l'occasion de me reprocher de ne pas étudier les œuvres de Maurice. Moi, je m'en fous de leur Maurice. Le secrétaire du parti italien, c'est Palmiro, et il vaut bien le leur. Il m'arrive de préparer le souper, parce que Pierrette a été retardée par une réunion syndicale. Ou bien d'aller me coucher, juste au moment où Mignot arrive pour rédiger avec elle le compte rendu du bureau fédéral, ou étudier le discours de Jacques, d'Etienne ou de François.

« Je ne suis bon que pour le lit. C'est moi la femme dans la maison. »

Tel fut à peu près le monologue de Beau Masque. J'ai sauté beaucoup de passages. Il ajouta :

— En Italie, les copains m'écoutent. Bien sûr que je ne suis pas un théoricien. Mais on sait que je *sens* les gars. Quand on discute d'une action, si je dis « c'est possible », ou au contraire « ce n'est pas possible », on sait qu'il y a bien des chances pour que j'aie raison... Mais ici je ne serai jamais qu'un maca.

Il se tourna brusquement vers moi :

— Ne te mets jamais en situation d'être obligé de vivre en exil !

(Pourquoi est-il obligé de vivre en exil ?)

Après un court silence :

— Dis-moi, Philippe, toi qui connais bien les Françaises, dans ton idée, pourquoi Pierrette s'est-elle mise avec moi ?

Je lui répondis un peu au hasard :

— Sans doute parce que tu es beau gosse, Beau Masque !

— C'est cela, gronda-t-il. Mignot pour les choses sérieuses et le maca pour la remonte !

Je lui offris une Lucky.

— Merci, dit-il, je préfère mes Sultanes.

Il ajouta :

— Goût de maca !...

Le bout doré de sa Sultane coincé entre les lèvres, il se remit au montage du hameçon, abandonné pendant son monologue. Deux fois de suite, quand il tira le fil, la boucle força la saillie. D'une pichenette, il envoya l'hameçon dans la rivière. Puis les deux mains à plat dans l'herbe, un peu penché vers moi, guettant mon regard :

— Crois-tu que Pierrette soit une femme comme ta sœur ?

Je lui avais plusieurs fois parlé de ton étonnante liberté. Il devait d'ailleurs en soupçonner quelque chose, si j'ai bien compris ce qui s'est passé un jour entre vous deux, autour du moteur de ton Alfa Romeo. Je ne lui avais pas parlé de ton goût, si c'en est un, pour Bernarde. Mais je lui avais rapporté ce que tu m'as souvent dit de la surprise de tes amants quand ils te voient te lever et te mettre à lire, à écrire, ou partir te promener, dès que tu as fini de te servir d'eux. Il m'avait demandé toutes sortes de détails... que j'avais inventés pour les besoins de la cause. Bref, j'avais fait de toi l'allégorie du libertinage.

— Je ne sais pas, répondis-je. Je manque d'éléments pour me faire une opinion... voyons... comment cela a-t-il commencé entre vous deux ?

— Ne t'en occupe pas, répondit-il brusquement.

Je compris que, presque par hasard mais pas tout à fait, j'avais mis le doigt sur le point sensible.

— Moi, continuais-je, quand je me sens jaloux, je me

demande comment les choses ont commencé entre ma maîtresse et moi. Si elle s'est bien défendue, j'estime qu'il y a des chances pour qu'elle se défende avec un autre. Mais si je l'ai eue facilement, je suppose qu'un autre aussi l'aura facilement. Il faut être raisonnable. Rien de si ridicule que de faire cocus les autres et de ne pas admettre qu'on puisse le devenir à son tour.

Beau Masque se leva. Je restai assis. Je levai candidement les yeux vers lui. Je devais avoir une parfaite tête de faux jeton.

Une moue de mépris plissa sa bouche :

— T'es un dégueulasse, dit-il, mais tu as sans doute raison.

Il attrapa sa ligne, enroula posément le fil, rangea dans sa musette la boîte à plombs, la boîte à hameçons, la boîte à vers, puis, sans ajouter un mot, s'éloigna à grands pas.

Je n'oserai jamais les revoir, ni lui, ni Pierrette.

C'est faux. J'espère avec transport que mon venin fera son chemin et que Beau Masque se rendra tellement odieux, qu'il deviendra si « dégueulasse », qu'elle le chassera. Alors viendra mon heure. Ne m'a-t-elle pas dit hier : « Au revoir, Philippe ? »

Mais je n'oserai plus jamais plonger les yeux dans son loyal regard.

Ton ignoble frère, PHILIPPE.

LETTRE XX

NATHALIE EMPOLI à PHILIPPE LETOURNEAU

Sestrière (Piémont), octobre 195...

Une chambre toute blanche, une grande baie vitrée et les neiges éternelles de l'autre côté de la vallée.

La première semaine, une infirmière restait toute la nuit à mon chevet, une jeune fille très brune, mince, les yeux allongés, demi-arabe. Attentive et distante, — qu'avais-je pu dire dans mon délire ? — précautionneuse, patiente, mais elle ne m'a pas souri une seule fois. Chaque fois que je me réveillais, je trouvais son regard *professionnel* posé sur moi. L'ange de la mort.

Mais je survis. La fièvre baisse un peu tous les jours. Les Empoli doivent être tués mille fois.

Ta dernière lettre m'a suivie ici. Laisse tomber. Pierrette Amable me ressemble par plus d'un trait. Je me comporterais comme elle à sa place ; mais comme les amis de Bernarde, je suis une héroïne en chômage, l'époque ne m'a laissé que de retourner mes forces contre moi-même. Crois-en mon expérience : elle ne t'aimera jamais, parce que tu te conduis avec elle comme un écolier vicieux. Il te faudrait une femme mère qui t'amène tout doucement à l'état d'adulte. Pierrette, c'est Diane chasseresse.

J'ai congédié Bernarde. Je lis, en italien, des contes érotiques du XVe siècle. Voilà qui est sain. Je guérirais vite si j'avais quelque chose à faire.

NATHALIE.

LETTRE XXI

PHILIPPE LETOURNEAU à NATHALIE EMPOLI

Clusot, octobre 195...

Tu t'es décidée trop tard de faire le directeur de conscience. Je ne me contrôle plus davantage qu'à l'époque des plaisirs solitaires (de fait, elle n'a jamais complètement fini pour moi). La crainte de l'enfer ne parvenait pas à me retenir. Et pourtant, Dieu sait si j'ai *cru* à l'enfer, entre onze et dix-sept ans !

J'entraîne Beau Masque avec moi dans le Maelstrom. Notre barque est emportée toujours plus vite sur les flancs du gouffre. Nous fermons les yeux.

C'est lui qui est venu me retrouver dès le lendemain de cette partie de pêche, *où j'ai pris la belle truite de ma vie.* Il avait déjà oublié que je suis un « dégueulasse ». Il m'a demandé tout bêtement « si j'avais des raisons pour penser que Pierrette est une femme comme les autres... » Imbécile d'Italien ! Pauvre frère de misère !

Nous passons nos après-midi et nos soirées ensemble à enquêter sur le passé amoureux de Pierrette. Nous n'avons encore rien découvert. Mais j'ai insinué que, tout comme toi, elle ne s'était vraisemblablement donnée qu'en passant, par occasion, à des hommes qu'elle méprisait. Cela ne laisse pas de traces ; les hommes ne se vantent pas d'avoir été renvoyés aussitôt après usage. Il maigrit de dépit. Il n'arrive pas à se résigner à son rôle d'étalon.

C'est dans les bistros du Clusot que nous menons notre enquête. Il y en a presque autant que de maisons. Nous buvons énormément. Nous nous sommes faits quantité de copains, avec qui nous jouons aux machines à billes, excellente méthode pour distraire des tourments de l'amour et de la jalousie. Il n'arrive plus jamais que le soleil se couche sans que je sois déjà parfaitement ivre.

L'Opération Productivité F.E.T.A.-Philippe Letourneau sera inaugurée dans quelques jours. Sans doute serai-je pour « ma » cérémonie aussi complètement saoul que d'habitude. Ton père a misé sur un toquard.

J'envie ta petite chambre blanche. Si je croyais encore en Dieu, j'essaierais d'entrer au couvent. Mais il ne nous reste comme refuge que le sanatorium, et ma fièvre ne se mesure pas au thermomètre...

Je ne t'embrasse pas : je pue le vin rouge.

PHILIPPE.

LETTRE XXII

NATHALIE EMPOLI à PHILIPPE LETOURNEAU

Sestrières, octobre 195...

Laisse tomber !

La direction du sana me permet de t'inviter dans une chambre identique à la mienne et immédiatement voisine. Nous nous rencontrerons sur le balcon. Nous lirons ensemble. Nous serons heureux comme quand nous avions quinze ans, et que je t'initiais à la poésie surréaliste.

Viens vite !

Je t'aime comme une vraie sœur.

NATHALIE.

LETTRE XXIII

NATHALIE EMPOLI à VALÉRIO EMPOLI

Sestrière, octobre 195...

Mon cher Père,

Philippe est en train de faire des sottises.

Ne pourrais-tu pas le persuader de venir me rejoindre ?

La direction du sana me permet de l'inviter dans la chambre voisine. Il a besoin d'être guéri de tous les maux de l'époque. Il n'y a que moi qui puisse le faire.

Ta fille qui t'aime. NATHALIE.

LETTRE XXIV

VALÉRIO EMPOLI à NATHALIE EMPOLI

Lyon, octobre 195...

Ma très chère fille,

On ne peut jamais rien faire pour les autres. Seuls les plus aptes survivent. Tu guériras parce que tu es une Empoli et ma fille. Il faut laisser Philippe faire sa crise jusqu'au bout.

Je t'embrasse très tendrement.

VALÉRIO.

LETTRE XXV

PHILIPPE LETOURNEAU à NATHALIE EMPOLI

Le Clusot, octobre 195...

Beau Masque vient de me confier qu'il ne peut pas rentrer en Italie parce que la police le recherche pour une vieille histoire de Résistance, et qu'en France sa situation de travailleur étranger n'est pas en règle. Si je le faisais expulser ? Je ne suis plus à une « dégueulasserie » près. Beau Masque lui-même n'en serait pas surpris. C'est peut-être même ce qu'il cherche pour échapper à notre commun enfer.

Mais Pierrette Amable finirait par le savoir. Noblet m'a naguère expliqué que les communistes ont des yeux et des oreilles partout. Beau Masque rentre tous les soirs complètement saoul ; il est préférable que je le laisse s'avilir complètement aux yeux de celle que nous aimons tous les deux. (Moi, elle ne me voit pas quand je suis ivre.)

Mignot et Pierrette, que nous guettions de derrière les rideaux du bistro, sont sortis hier bras dessus, bras dessous, d'une réunion. Il est bien possible que les soupçons de Beau Masque, que j'ai encouragés par perfidie, soient justifiés !

Tes conseils me manquent terriblement.

PHILIPPE.

LETTRE XXVI

NATHALIE EMPOLI à PHILIPPE LETOURNEAU

Sestrière, octobre 195...

Mon père Valério Empoli dit quelquefois : « Quand on ne se suicide pas, on se doit de vivre avec tenue. »

NATHALIE.

LETTRE XXVII

PHILIPPE LETOURNEAU à NATHALIE EMPOLI

Le Clusot, octobre 195...

Je n'ai pas de tenue.

PHILIPPE.

QUATRIÈME PARTIE

I

Le premier dimanche de juin, c'est-à-dire le dimanche qui avait suivi l'excursion à la Grange-aux-Vents, Pierrette Amable était sortie de chez elle vers dix heures du matin, en compagnie de Beau Masque. Ils étaient allés ensemble au marché. Beau Masque avait porté le sac aux provisions. Ainsi avaient-ils fait savoir au Clusot tout entier qu'ils s'étaient mis ensemble.

Le lendemain, à cinq heures, à la sortie de l'atelier :

— Je t'accompagne, dit Marguerite à Pierrette, en lui passant le bras sous le bras.

Pierrette pressa contre elle le bras de sa camarade. Elle était émue jusqu'aux larmes. Cela mérite une explication.

Pierrette et Marguerite, toutes deux filles d'ouvriers, habitaient depuis leur naissance le même pavillon de la Cité. Elles étaient allées et revenues ensemble de l'école. Le père de Marguerite comme celui de Pierrette, avait été obligé de se rendre à confesse pour gagner l'intercession de Mlle Letourneau. Mais la honte de son père n'avait fait que chagriner Marguerite, tandis qu'elle avait infligé à Pierrette une blessure qui n'avait jamais guéri. Marguerite avait évité d'y penser et y était facilement parvenue. Mais Pierrette, pendant plus d'un an, ne s'était jamais endormie sans avoir longuement imaginé qu'elle tuait Mlle Letourneau.

Sensiblement du même âge, elles avaient fait leurs débuts à la Filature, la même année et dans le même atelier, et n'avaient plus jamais cessé de travailler sur deux métiers voisins. Mais elles étaient rentrées moins souvent ensemble à la Cité, car il était arrivé de plus en plus fréquemment que l'une ou l'autre fût attendue à la sortie par un garçon. Elles s'étaient raconté leurs romans pendant la pause de midi. Marguerite changeait souvent d'ami : elle était *béguineuse*. Pierrette, dès seize ans, s'était attachée à Lucien qu'elle avait épousé à dix-huit ans. Pierrette désapprouvait la légèreté de Marguerite ; les plaintes des jaloux qui se confiaient à elle et sollicitaient son intervention, lui crevaient le cœur. Marguerite n'était pas d'accord que Pierrette fréquentât Lucien, s'étant aperçue qu'il lui empruntait l'argent avec lequel il l'invitait au bal ou au cinéma. Chacune cependant avait craint de faire de la peine à l'autre et s'était abstenue de manifester ouvertement sa désapprobation. Mais les confidences s'étaient peu à peu espacées et avaient complètement cessé, après le mariage de Pierrette.

La semaine qui avait suivi la fuite de Lucien (dénoncé par Pierrette, comme mouchard, à la section syndicale), Marguerite avait fait chemin presque chaque soir avec Pierrette. Elle n'avait parlé que de ses affaires à elle-même ; elle commençait à rêver de partir du Clusot ; elle mettait tous ses espoirs dans l'ingénieur Tallagrand, supporter de l'équipe de baskett, qui l'emmenait en voiture dans les auberges du voisinage. Mais les demi-aveux de Marguerite n'avaient été qu'un prétexte pour se retrouver avec Pierrette et lui manifester silencieusement qu'elle l'approuvait d'avoir chassé Lucien.

Elles ne s'étaient pourtant que rarement retrouvées par la suite. Pierrette s'était consacrée de plus en plus totalement à son action syndicale et politique. Marguerite avait approuvé *en gros* l'action de Pierrette, mais elle n'avait plus eu envie de se raconter à une amie qui avait renoncé à toute vie privée.

Pierrette s'était entêtée dans sa solitude ; on ne lui avait pas connu d'amant ; elle avait échappé au sort commun, et pour ses camarades d'atelier et ses voisins de la Cité, tout comme pour Marguerite, elle était devenue, en une certaine mesure, une étrangère. On n'avait pas eu un mot de blâme pour elle ; on avait admis, sans même avoir besoin d'en parler, qu'elle défendait les intérêts de tous, mais qu'elle y consacrât toute sa vie avait paru inexplicable. Si, en rentrant du cinéma, on avait vu la lumière encore allumée chez elle. les jeunes avaient dit : « C'est encore la Pierrette qui est après son syndicat. » Et si un travailleur plus mûr avait rectifié : « notre syndicat », on n'avait pas protesté, parce qu'on était d'accord, mais on avait haussé les épaules, parce qu'on le trouvait pédant.

Aux élections pour le comité d'entreprise ou pour le syndicat, on avait continué de voter massivement pour Pierrette. Mais on n'avait plus pensé à la prévenir quand une voisine était sur le point d'accoucher ou un voisin de mourir. On avait cessé de venir lui raconter les coups donnés par le compagnon ivre, le désespoir provoqué par l'abandon de l'homme aimé. Quand la femme et les enfants avaient été malades, on n'avait plus osé lui demander de venir donner un coup de main pour la cuisine ou pour la lessive. C'était elle qui avait quelquefois pris l'initiative de venir, quand elle avait appris les choses par hasard et pensé qu'on avait besoin d'une aide.

Mais ce lundi-là, après que tout le Clusot eut vu Beau Masque accompagner pour la première fois Pierrette au marché, en portant son sac à provisions, Marguerite prit son amie sous le bras à la sortie de l'atelier. Elle lui conta d'abord quelques potins puis :

— Tu sais, dit Marguerite, quand ma tante est partie pour Paris, elle nous a laissé tout le fourbi de son ménage... pour quand je me marierai. Ce ne sera pas demain... Maman te fait dire que si tu as besoin de quelque chose, demande-le...

Ce fut ainsi que Pierrette apprit que Marguerite et la Cité approuvaient qu'elle se *mette en ménage* avec Beau Masque.

D'autres signes suivirent.

— Bonjour, Pierrette, dit un gosse comme elle sortait au bras de Beau Masque.

— Bonjour, monsieur-dame, rectifia la mère, avec un joli sourire.

Une autre fois que Marguerite avait fait route avec elle jusqu'à la Cité, juste au moment de se séparer :

— Tu l'aimes ? demanda Marguerite.

— Oui répondit gravement Pierrette.

— Il a l'air gentil, dit Marguerite.

Elle embrassa tendrement Pierrette. Puis en s'éloignant, elle ajouta, c'était dans sa manière :

— ...Et puis il est bel homme...

Quelques femmes avaient dit : « Dommage qu'il soit maca. » Mais personne ne le rapporta à Pierrette. Et on l'oublia vite, à cause de ce sourire du coin de l'œil, mi-tendre, mi-ironique, et de tous les petits services qu'il rendait.

II

J'avais quitté la Grange-aux-Vents fin avril et je n'y revins qu'en septembre. Mais entre temps, je fis un saut au Clusot pour préparer une série d'articles sur la filature.

J'allai tout naturellement frapper chez Pierrette Amable. Ce fut Beau Masque qui vint m'ouvrir. Pierrette, Mignot et Cuvrot étaient en train de travailler dans la pièce voisine. Nous nous assîmes tous ensemble et presque aussitôt :

— Apporte une bouteille pour boire avec notre ami, dit Beau Masque à Pierrette.

Malgré la gentillesse du ton, c'était un ordre, — manière de me faire sentir : « Pierrette est ma femme. C'est moi le maître de la maison. » Et ce fut bien ainsi que je l'entendis.

Pierrette se leva presque aussitôt. Elle mit un napperon sur la table et disposa les verres sur le napperon. Puis elle alla chercher une bouteille. Beau Masque déboucha la bouteille et servit. Tout était dans les règles d'un ménage. Le napperon était quelque chose de tout à fait nouveau dans la vie de Pierrette.

Il y avait des géraniums sur la fenêtre et deux chromos au mur, des paysages de la côte ligurienne. Cela aussi était nouveau.

Il ne fut question, ce jour-là, ni de Philippe Letourneau, ni d'Emilie Privas-Lubas, ni de Nathalie Empoli. Je n'appris que beaucoup plus tard les événements de la fin du mois de mai et du début de juin. Mais on me mit au courant de la lutte entreprise par le syndicat C.G.T. et par le parti contre « l'Opération Productivité » préparée par la F.E.T.A. dans l'Atelier des Cent.

La bataille s'engageait dans de mauvaises conditions. Aucun travailleur n'avait encore été licencié. En revanche, les ouvriers déjà désignés pour l'Opération P. (ainsi disait-on), jouissaient dès à présent de certains avantages. La F.E.T.A. faisait évidemment l'expérience à perte. Comment, dans ces conditions, faire la démonstration qu'il s'agissait d'un piège ?

Mignot étudiait et résumait toutes sortes de textes sur l'accroissement de la productivité en régime capitaliste. L'ouvrier Cuvrot racontait les expériences passées. Pierrette Amable avait écrit à l'Union Confédérale des Syndicats pour demander des renseignements sur l'exposition volante des syndicats américains, dont l'arrivée au Clusot était annoncée pour l'inauguration de l'atelier P, et comment d'autres travailleurs du textile y avaient répondu. Tout cela n'était que travail préparatoire, mené, me sembla-t-il, assez mollement.

— Nous ne serons pas suivis, dit Pierrette.

Il faisait très chaud. Son corsage était entrouvert. Une goutte de sueur coulait tout doucement de la joue vers la gorge. Elle semblait lasse.

— Le terrain n'est pas favorable pour une action, dit Cuvrot. Il faut laisser mûrir...

— Vous ne faites pas assez confiance aux masses, dit Mignot.

Beau Masque, dans le fauteil d'osier, les jambes croisées, fumait l'une après l'autre ses Sultanes.

— Il ne faut pas forcer la main aux copains, dit-il. Ils ne marcheront que quand ils auront bien compris de quoi il s'agit. En 46, à l'Ansaldo...

— S'ils n'ont pas encore compris, interrompit Mignot, c'est que vous leur avez mal expliqué.

— Tu parles comme un journal, dit Beau Masque.

Pierrette se leva et bougea quelque chose sur le réchaud à gaz.

— Allons, dit le vieux Cuvrot, il faut les laisser souper...

Beau Masque insista pour me garder. Les autres s'en allèrent.

Dès qu'ils furent partis, Pierrette retrouva son entrain. Elle nous raconta la dernière aventure de Marguerite ; elle fut drôle et même un peu méchante : c'était la première fois que je l'entendais potiner.

— Marguerite n'est pas une fréquentation pour toi, dit Beau Masque.

Mais Pierrette ne se fâcha pas, comme je l'aurais attendu. Elle rit :

— Ce qu'il peut déjà parler comme un mari, me dit-elle.

Nous fîmes presque un vrai repas, sans conserves ni œufs sur le plat, avec une soupe et des pommes de terre savoyardes, qui gratinaient, dès avant mon arrivée, dans le four du réchaud à gaz.

Pierrette lava la vaisselle tandis que Beau Masque et moi buvions une nouvelle bouteille de vin. Il me raconta leurs projets. Ils se marieraient dès que le divorce de Pierrette serait prononcé. Ils prendraient le petit Roger à la maison ; c'était Beau Masque qui semblait le désirer.

Ils m'accompagnèrent jusqu'à la sortie de la Cité, lui sans veston, chemise à manches courtes, à l'italienne.

— Bonsoir, Pierrette, bonsoir, Beau Masque, disaient au passage les gens de la Cité.

Engagé sur la route, je me retournai. Ils me firent un dernier signe d'adieu, elle appuyée contre sa hanche, un bras passé autour de la taille.

III

Fin juillet, Pierrette se trouva enceinte. Ils décidèrent de garder l'enfant. Beau Masque n'envisagea pas un seul instant qu'il pût en être autrement. Pierrette gardait un souvenir sale et douloureux de la matrone à laquelle elle s'était adressée, du temps de Lucien, un an après la naissance de Roger.

Début d'août, la Filature ferma pour une quinzaine de jours. Pierrette passa sa première semaine de vacances à la Grange-aux-Vents. Elle vomissait. Elle regardait dans la glace de l'armoire des vieux Amable ses paupières inférieures se gonfler et bleuir. La plus petite côte à monter lui brisait les jambes. Elle dut renoncer à mener les vaches en champs, comme elle l'avait promis pour soulager sa tante.

Elle fit une courte promenade avec son fils. Roger, visiblement, aurait préféré rejoindre ses camarades. Cette mère lui était étrangère, qui paraissait toujours préoccupée d'autre chose que de ce qui intéressait les gens de la Grange. Elle ne savait pas de quoi parler avec l'enfant. Elle se reprochait de se sentir avec lui comme une invitée qui ne sait pas danser dans une salle de bal.

Il y eut deux gros orages. Les lendemains, les prairies se gonflèrent de gros champignons blancs, comme si la terre chaude et mouillée s'était couverte de cloques. Pour la première fois de sa vie, Pierrette éprouva de la répulsion pour la Grange-aux-Vents.

Avec le nouvel enfant dans son ventre, elle se sentait sans défense, comme une sentinelle qui s'est laissé arracher son arme par surprise. Elle s'étonnait : je devrais être heureuse. Puis elle se rappelait que pour presque toutes les femmes qu'elle connaissait, la maternité avait été un malheur, le commencement de la résignation, un point final à la lutte. « Il en sera un jour autrement, et il en est déjà autrement sur un tiers du globe » ; mais elle était trop lasse pour replacer, comme elle le faisait d'habitude, l'événement qui la concernait si intimement dans la perspective du socialisme. Elle se demandait : Ne suis-je pas un monstre ?

Beau Masque, une fois le lait livré à la Fruitière, remontait à la Grange avec sa camionnette. Mais il repartait dans la soirée, sa tournée commençant dès l'aube. Pierrette était heureuse de passer de nouveau les nuits seule. Il faisait très chaud et elle ôtait même le drap de dessus. Elle ne parvenait pas à s'endormir, ni à lire ; elle tombait dans des somnolences, et rêvait des gros champignons en train d'exploser silencieusement sur toute l'étendue de la clairière ; elle se réveillait couverte de sueur froide, ramenait sur elle le couvre-pied molletoné, et pourtant continuait longtemps à grelotter dans la lueur blanche des éclairs de chaleur. Elle fit un cauchemar : elle était la montagne, la montagne était elle-même et les mêmes liquides, les mêmes humeurs les travaillaient toutes les deux ; elle voulait crier, mais le poids de sa terre et de ses roches l'étouffait.

Quand ils avaient su que Pierrette allait avoir un second enfant, les vieux Amable s'étaient résignés à recevoir Beau Masque comme un futur gendre. Ils ne désespéraient pas de le ramener à la terre ; les macas sont travailleurs ; il n'y aurait que demi-mal. Le samedi soir, Beau Masque, qui avait un remplaçant pour la tournée du dimanche matin, resta à la Grande-aux-Vents. Il parvint à animer le dîner en racontant comment, en Campanie, on fait grimper la vigne aux arbres et comment sur la côte amalfitaine les pêcheurs prennent les pieuvres en faisant danser une pelote d'épingle sur les fonds de sable.

Pierrette traîna avant d'aller au lit. C'est une femme de tête et de cœur plus que de ventre. Elle n'éprouve de plaisir que si le désir se gonfle en elle à l'improviste, comme il était arrivé sur la crête de la montagne, le matin où Beau Masque était devenu son amant. Elle avait cependant été heureuse qu'il vécût avec elle : il était fort, calme et d'humeur égale ; c'était un homme ingénieux, expert en toutes sortes de métiers et qu'aucune situation ne prenait de court; elle aimait s'inscrire dans son bras, s'appuyer contre sa hanche, surtout en dehors de la maison, face au Clusot tout entier ; il l'avait rendue à l'amitié de Marguerite, à la familiarité des voisins ; elle lui avait été reconnaissante d'avoir enfin fait d'elle une femme comme toutes les autres.

Beau Masque, jusqu'à ce qu'il connût Pierrette, avait tellement aimé les femmes, toutes les femmes, et s'était si facilement fait aimer d'elles, qu'il avait attaché peu d'importance à leur possession. Le plus souvent, le lit n'avait été pour lui qu'une confirmation, la signature qu'on met au bas d'un acte notarié, la preuve faite qu'on n'a plus rien à se refuser. Il s'y comportait aussi bien qu'un autre, mais ce qu'il préférait c'étaient les abandons, les confidences, le bruit autour de lui d'une jupe qu'il savait avoir le droit de froisser, et aussi de toucher une peau délicate, de faire couler une chevelure sur son visage. Mais maintenant que Pierrette vivait avec lui comme sa femme, l'éducation italienne reprenait le dessus, et il mettait un point d'honneur à faire son devoir, lequel consistait, croyait-il, à la prendre quotidiennement.

Ce soir-là, l'orage rôdait de nouveau. « Je ne me sens pas bien », dit Pierrette. Quand Beau Masque se réveilla, il la trouva enroulée dans une couverture, sur la descente de lit. Il attribua cette extravagance à la grossesse.

Le lundi, le gros Jean monta pour aider à la moisson qui commençait. Il avait pris une semaine de congé aux Chemins de fer. La chambre de Pierrette ne fermait pas ; elle s'était assoupie; elle fut réveillée par une main posée sur elle. Elle bondit, échappa à l'étreinte et se trouva à genoux sur le lit, dans sa chemise de nuit et tout en désordre ; dans le clair de lune elle distingua la silhouette de Jean.

— Va-t'en, siffla-t-elle.

— Je vaux bien ton maca, dit-il.

Il avait la voix pâteuse, ayant beaucoup bu avec les autres moissonneurs.

— Je le dirai à mon maca, lança Pierrette, et il te corrigera.

Pierrette entendit des éclats de rire derrière la porte. Jean avait parié aux autres moissonneurs qu'il aurait la Pierrette.

— Ça va, ça va, dit-il, je ne te voulais pas de mal... Mais pourquoi ne veux-tu pas ? Après tout, tu es ma cousine.

Il sortit en titubant. Elle poussa la commode devant la porte. Elle se demanda si son oncle, qui couchait à l'autre extrémité de la maison, était au courant du pari. Le lendemain elle rentra au Clusot.

L'été s'acheva mollement, fortes chaleurs coupées d'orages, buées lourdes traînant dans le fond de la Cluse. Le soir, Beau Masque et Pierrette montaient enlacés la petite route qui escalade les vignes, au-dessus du Clusot ; ils croisaient d'autres couples, c'était la meilleure heure de la journée.

En septembre, les troubles du début de la grossesse s'espacèrent. Beau Masque et Pierrette continuèrent leurs promenades nocturnes dans les vignes ; au-dessous d'eux, dans le clair de lune, les murs des ateliers de la Filature se reflétaient dans les eaux de la Géline, élargie comme un canal entre les deux quais édifiés par la F.E.T.A. Au retour, il fallait donner satisfaction à l'honneur de l'homme. Mais elle avait retrouvé le sommeil, et elle était heureuse de s'endormir contre le corps musculeux, femme parmi les autres femmes. Elle commença à prendre plaisir à faire la cuisine.

***

Frédéric Mignot, inspecteur des Postes et secrétaire de la section du Clusot du parti communiste, prit ses vacances dans la deuxième quinzaine du mois d'août. Il les passa, avec sa femme Raymonde, chez un camarade du temps des maquis, vigneron et conseiller municipal d'une petite ville du département de l'Hérault.

La bataille, là-bas, lui parut beaucoup plus ardente. Les communistes avaient pris la tête du combat engagé par les ouvriers agricoles et les petits propriétaires contre la politique viticole du gouvernement. En deux semaines, il participa à une demi-douzaine de manifestations. On s'organisait pour barrer les routes. L'U. J. R. F. couvrait les murs d'inscriptions géantes. Il assista à une réunion où un rapport sur le discours de Malenkov au XIXe Congrès du parti communiste russe provoqua une discussion qui se prolongea jusqu'à une heure du matin ; le « niveau idéologique » était incontestablement plus élevé qu'entre le Rhône et l'Ain.

Scrupuleux comme nous le connaissons, Mignot s'attribua à lui-même et au Secrétariat de section du Clusot, c'est-à-dire à Pierrette Amable, à l'ouvrier Cuvrot et à l'instituteur Jacquelard (qui ne venait que rarement aux réunions), la responsabilité de l'engourdissement de la petite ville ouvrière.

— En rentrant, dit-il à Raymonde, je secouerai les puces aux copains (et à moi-même). Le moment est venu de procéder à une sévère critique et autocritique.

Raymonde approuva. Il y avait déjà longtemps qu'elle estimait que la population du Clusot méritait toutes les « critiques ». C'était dans l'Hérault qu'elle eût aimé vivre. Un préparateur en pharmacie l'emmenait au casino de Palavas, pendant que son mari assistait aux réunions publiques. Le garçon la ramenait dans sa deux-chevaux et s'arrêtait en route pour la peloter ; elle n'y prenait aucun plaisir, mais se laissait faire, persuadée que tout doit se payer. Un soir, elle lui fit perdre à la boule deux mois de traitement ; elle pensa aux exclamations qu'aurait poussées sa mère devant tant d'argent gaspillé pour si peu de chose : les petites privautés qu'une fille accorde à n'importe quel galant à la sortie d'un bal. Elle se sentit très fière. Elle n'avait jamais espéré autant obtenir de la vie.

Mignot attribuait des vertus magiques à la critique et à l'autocritique. En 195., c'était une superstition fort répandue. Au début d'une réunion de cellule, un militant se levait et disait : « Camarades, je dois faire mon autocritique. Hier, j'ai maltraité ma femme. C'est le fait d'un résidu petit-bourgeois... » Les directions fédérales durent intervenir, expliquer que la critique et l'autocritique sont à la base de toute méthode scientifique : un savant fait la critique d'une hypothèse, d'une expérience, corrige les résultats en tenant compte de son *équation personnelle* ; or l'action politique est une pratique liée à la connaissance des lois des phénomènes sociaux, etc., etc... Dans certaines régions, cependant, les confessions publiques se prolongèrent pendant plusieurs mois, voire davantage. Dans les pays catholiques, même les athées font plus facilement confiance à la magie qu'à la rigueur scientifique.

Début septembre, à peine de retour au Clusot, Mignot fut convoqué au chef-lieu par le secrétaire fédéral.

*
**

Chardonnet, le secrétaire fédéral, était le seul *permanent* du parti qui comptait dans le département 2.775 membres inscrits et pour qui votaient plusieurs dizaines de milliers d'électeurs. Les autres membres du secrétariat, du bureau, de la commission politique, ne pouvaient consacrer à leur activité de militant que le temps qui leur restait après leurs heures de travail.

Chardonnet se trouvait ainsi dans la situation d'un général de division qui n'aurait que des réservistes dans ses effectifs, état-major compris. Il recevait 18.000 francs par mois pour ses besoins personnels, se déplaçait en chemin de fer en troisième classe, et, au cours de ses tournées, mangeait et dormait chez les camarades, au hasard des circonstances; c'était un général de division sans service des transports ni service des subsistances.

Le département comme la plupart des départements français, comportait plusieurs régions de structures économiques et sociales très différentes, et autant de situations politiques que de régions, voire de communes. Aux approches de Lyon, on y trouvait de gros centres ouvriers : métallurgie, tissage, ateliers ferroviaires. La polyculture dominait dans la plaine, l'élevage dans la montagne. Des cités artisanales s'étaient développées dans les hautes vallées. Le Clusot se trouvait à l'écart, au milieu d'une région d'élevage. Les problèmes que les sections proposaient au secrétariat fédéral étaient tous et toujours différents. La chambre meublée que Chardonnet habitait au chef-lieu était devenue « un bureau des cartes », avec des ronds rouges proportionnels aux effectifs, des croix bleues aux sièges des sections et toutes sortes de commentaires économiques, sociaux et politiques dans les marges.

Chardonnet, fils d'un architecte franc-maçon, avait quitté la Faculté de Droit, en 1943, pour un maquis F.T.P. Un cheminot, chef du maquis communiste depuis 1923, avait fait son éducation politique, au cours de la lutte armée et pendant les longues pauses qu'elle exigeait. Le cheminot avait été tué en février 44, Chardonnet lui avait succédé et s'était montré un chef aussi avisé politiquement que militairement. La guerre achevée, il avait fréquenté les écoles du parti, s'y était montré brillant élève et, à la sortie de l'école nationale, avait été désigné comme permanent à l'organisation. A moins de trente ans, il se trouvait secrétaire fédéral, responsable d'un département, mais il n'avait encore jamais travaillé dans une entreprise. Ce jeune général de division n'avait jamais servi dans le rang. L'initiation aux questions paysannes avait occupé sa première année. Puis il y avait eu plusieurs élections coup sur coup; il s'était épuisé à parcourir le département. Il était surmené.

Sauf au moment des élections, le secrétariat fédéral laissait à elle-même la section du Clusot. Elle n'allait pas trop mal. Les journaux étaient vendus régulièrement, la reprise des timbres se faisait dans le temps prescrit. De temps en temps, en consultant ses cartes murales, Chardonnet s'étonnait de la disproportion entre le nombre des ouvriers qu'occupait la F.E.T.A. et les faibles effectifs du parti. « Quelque chose ne tourne pas rond au Clusot. » Mais il était aussitôt distrait par un souci plus pressant. Et puis le textile constitue un terrain difficile, on le sait, et il n'avait aucune expérience de la lutte ouvrière dans l'industrie textile.

C'était la presse réactionnaire qui avait attiré son attention sur l'Opération Productivité F.E.T.A.-Philippe Letourneau en la présentant comme un test de ce que pourrait être, sur le plan national la coopération franco-américaine. Puis on avait annoncé qu'un ministre inaugurerait simultanément l'Atelier Productivité et l'exposition volante des syndicats américains. Une note du comité central avait demandé à Chardonnet quelles dispositions prenait la fédération pour faire échec à une manœuvre qui prenait une portée politique sur le plan national et international. Il avait convoqué en hâte Frédéric Mignot.

Ils firent ensemble un plan de bataille : tracts, affiches, meetings, débrayages, manifestations. Pour conclure, Chardonnet dit à Mignot :

— Ton honneur de communiste est engagé.

***

De la gare du Clusot, Mignot alla directement chez Pierrette Amable. Il n'y trouva que Beau Masque.

Pierrette s'était attardée avec Marguerite, l'avait accompagnée jusque chez elle, avait bavardé avec sa mère et revenait avec un faitout. Pierrette n'avait encore jamais possédé de faitout, et commençait seulement à deviner son utilité universelle.

En montant l'escalier, elle entendit des coups de marteau.

Beau Masque occupait les loisirs que lui laissaient le ramassage du lait et la pêche à la truite, à mettre des rayons pour les dossiers du syndicat. Il avait peint les planches en vert et les montants en rouge. Depuis une semaine il dessinait des roses sur la tranche des rayons.

Pierrette poussa la porte entrouverte. Elle surprit Mignot, tapotant du doigt sur la table de la cuisine. Elle avait déjà remarqué que les bricolages de Beau Masque l'impatientaient. Elle pensait que cela lui passerait, quand il se serait habitué à l'entendre dire « chez nous », comme elle disait maintenant, et non plus « à la maison », comme elle avait dit avant de vivre avec Beau Masque. Elle avait plaisir à dire « chez nous »; elle était un peu irritée que cela agaçât Mignot.

— Où en es-tu ? demanda-t-il dès qu'il la vit. Qu'est-ce que tu as prévu ? Qu'est-ce que tu as fait depuis trois mois ?

Elle releva vivement la tête.

— Explique d'abord de quoi tu parles, demanda-t-elle.

Beau Masque venait de surgir de la pièce voisine.

— J'ai l'impression, dit-il que mon *capriolino* a envie de donner des coups de cornes...

Il rit silencieusement, en flattant la nuque de Pierrette.

— De quoi puis-je bien te parler, demanda Mignot, de quoi peux-tu bien avoir à t'occuper, à moins d'un mois de l'inauguration de l'atelier P. ?

— Tu fumes, chevreau ? demanda Beau Masque en offrant à Pierrette une cigarette à bout doré.

Pierrette renversa la tête dans la main de Beau Masque.

— Les chevreaux mangent l'herbe, dit-elle, ils ne la fument pas.

Elle renversa encore un peu plus la tête, cherchant ses yeux. Ils se mirent à rire.

« Elle est en train de devenir complètement idiote », pensa Mignot.

— On peut te parler ? demanda-t-il à Pierrette.

— Mais bien sûr, répondit Pierrette.

Ils passèrent dans la seconde pièce et s'assirent de part et d'autre de la grande table chargée de dossiers.

Beau Masque retourna à ses rayons. Dès les premiers coups de marteau :

— Je t'en prie, dit Pierrette.

Beau Masque s'assit dans le fauteuil d'osier et commença de lire un roman.

Mignot rendit compte de l'entretien qu'il venait d'avoir avec le secrétaire fédéral.

— En ce qui te concerne, dit Mignot, il faut que tu obtiennes au moins une grève de vingt-quatre heures... une grève dans l'unité bien sûr.

— Impossible, répondit fermement Pierrette.

Et elle exposa les raisons que nous connaissons déjà.

Mignot répondit que si la section du Clusot ne parvenait pas à mobiliser la population ouvrière contre l'opération P., c'était qu'elle avait mal travaillé pendant ces derniers mois, voire ces dernières années.

Pierrette répliqua qu'il fallait tenir compte des faits. Que les travailleurs du Clusot étaient dupes de la propagande de la F.E.T.A., de la complicité du syndicat chrétien avec la société, de la surenchère du syndicat Force Ouvrière. Que même si les communistes obtenaient, ce qui n'était pas acquis, que la C.G.T. lançât l'ordre de grève, la majorité des travailleurs et même les syndiqués C.G.T. ne le suivraient pas. Que les communistes se couperaient ainsi des masses, au lieu de les entraîner; qu'ils ne pourront passer efficacement à l'action que lorsque la très grande majorité des ouvriers auront été convaincus par leur propre expérience de la justesse des mots d'ordre C.G.T. contre l'opération P.

Mignot développa que l'affaire dépassait le cadre du Clusot, qu'elle avait pris une signification nationale, qu'ils devaient faire l'impossible pour entraîner les travailleurs dans une action...

— Tel est, dit-il, le point de vue de Chardonnet et du secrétariat fédéral.

— Que Chardonnet vienne voir à la Filature, répondit Pierrette. On ne change pas les conditions de lutte par décret.

Leur discussion sur ces divers arguments, repris sous des formes variées, se prolongea jusqu'à une heure du matin. Chacun resta sur sa position.

— Je viendrai aux prochaines réunions des cellules d'entreprise, je parlerai aux camarades, dit Mignot, je te prouverai...

Beau Masque avait lu, s'était endormi sur son livre, s'était préparé une tasse de café pour se réveiller. Il écouta la fin de la discussion, sans y participer. Quand Mignot fut parti :

— Des copains comme cela, dit Beau Masque, font plus de mal au parti que nos ennemis...

Pierrette protesta vivement. Mignot était totalement dévoué, il donnait tout son temps au parti, sa formation était « solide ». Ses critiques, même quand elles étaient injustes comme aujourd'hui servaient à secouer l'inertie, empêchaient le laisser-aller, il obligeait à trouver des solutions, il était utile à sa manière...

— Comme la mouche du coche, dit Beau Masque...

La « mouche du coche », c'était la dernière dictée que Pierrette lui avait faite. Les leçons de français continuaient en effet, quoique moins fréquentes qu'auparavant. Ils passaient des soirées entières, sans presque parler, à regarder les éclairs de chaleur ou à compter les secondes entre l'éclair et le coup de tonnerre : « l'orage approche... il est au-dessus de la Grange-aux-Vents... il s'éloigne... il se dirige vers Sainte-Marie-des-Anges. » Il leur était même arrivé d'aller faire une belote chez les voisins.

Pierrette n'accepta pas la « mouche du coche ».

A vingt-cinq ans, elle avait déjà appris comme les bons généraux et les grands patrons que tout homme dévoué est utilisable, précieux, peut devenir indispensable, quand on sait lui trouver la place qui lui convient. Ce fut ce qu'elle essaya d'expliquer à Beau Masque. Mais elle s'aperçut soudain qu'il s'était endormi.

Au fait, elle ne pensait pas que Mignot fût à la place qui lui convenait.

IV

A la fin septembre, j'étais rentré à la Grange-aux-Vents. Un matin, Beau Masque m'annonça que trente-trois ouvriers de la F.E.T.A. venaient d'être licenciés et qu'une réunion pour organiser leur défense se tiendrait le même jour, à la sortie des ateliers, à cinq heures, dans la salle des fêtes du Clusot.

— ... cette même salle où tu es venu danser, le jour de la fête du parti.

Je pensais que cette réunion pourrait me fournir des éléments intéressants, pour achever mon historique de la F.E.T.A., par un aperçu des luttes ouvrières d'aujourd'hui, et dès le début de l'après-midi, je partis à pied pour le Clusot par la montagne.

Les orages de l'été avaient fait reverdir les prés. Les rayons déjà obliques du soleil doraient une légère brume qui flottait au-dessus de la forêt. J'atteignis allégrement la source où naguère Pierrette avait puisé pour donner à boire à Beau Masque entre ses mains rapprochées. La combe était maintenant parsemée d'un grand champignon haut chapeauté, avec sur sa robe des gris à la Goya, des ocres à la Braque, la *lépiote élevée.*

La lépiote est un champignon élégant. Je montais doucement vers la crête, en me demandant, — ce n'était pas la première fois —, comment on peut définir l'élégance. L'usage, la mode ne le permettent pas davantage que la règle d'or de Pythagore. L'élégance exprime des rapports intrinsèques à l'être vivant dans son unité et dans son individualité. Sur l'élégance, sur la race, les éleveurs peuvent bien en dire davantage que les sociologues ou les esthéticiens. Ce domaine de l'expérience et de la pensée me fascine. Un cul bas, un nez retroussé rapproché de la lèvre, des jambes courtes, des bras longs, m'en apprennent davantage sur un humain que trente pages de biographie. J'ai dû la vie sauve à m'être méfié d'une peau huileuse, d'une lèvre inférieure qui s'efface.

J'approchai de la crête. Pierrette Amable, pensais-je, dans sa petite robe noire reprisée, est sans doute la femme la plus élégante que je connaisse. Ce n'est pas tout à fait le mot : elle a de la race, au sens où le disent les amateurs de chevaux. Elle a le bas du visage un peu lourd, le maxillaire carré, sous un nez étroit, légèrement aquilin : elle a la main forte, un peu garçonnière, à l'extrémité d'un avant-bras extraordinairement délié, dont la courbe s'apparente à celle du nez et du front; mais c'est cette lourdeur du bas du visage, cette main de garçon qui font qu'elle n'est pas seulement élégante, mais aussi racée. Pourquoi ? Tout en marchant j'enrageais contre les peintres d'aujourd'hui qui jouent avec les couleurs et les formes, au lieu d'essayer de rendre ces rapports, ce qui est déjà les expliquer un peu, comme le firent Goya, Vélasquez ou Rembrandt.

J'atteignis la crête. C'était la limite de la commune de la Grange-aux-Vents, le rivage de l'île. Au delà, le sol appartenait à la F.E.T.A. dont je distinguais déjà les toits en dents de scie, à mes pieds, au fond de la cluse de la Géline, au bas d'une énorme entaille de la montagne, hérissée de rocs nus.

Pour éviter le taillis où s'étaient égarés Pierrette et Beau Masque, je suivis un moment la crête. Puis je descendis tout droit une pente rocheuse, parsemée de buissons épineux. Le creux où je m'enfonçais était déjà plongé dans l'ombre. J'arrivais sur la Grande Place du Clusot, à la fin de la sortie des ateliers. La grande grille qui donnait accès au hall de pointage était entrouverte; le concierge se tenait devant, un bossu, qui avait la réputation de proposer de menus avantages aux filles, en échange du droit de les toucher un moment, dans un apentis derrière sa loge. Derrière lui une grande affiche, pour une séance récréative organisée par le syndicat chrétien.

Je restais un moment à regarder sortir les derniers ouvriers. Telle était donc la « boîte » dont on parlait tant dans la région, et même dans *l'île* où j'avais cru me trouver si bien à l'écart des luttes de l'époque. Le hall d'entrée me rappelait tout à la fois la prison, le collège et le patronage.

Il n'y avait qu'une douzaine de personnes dans la salle des fêtes, qui aurait pu en contenir cinq cents. Des rangées de chaises avaient été placées sur la piste de danse, pour la séance récréative du syndicat chrétien.

Pierrette Amable et un ouvrier que je ne connaissais pas, comme elle délégué du personnel, étaient assis devant une table, tout près de la première rangée de chaises. La table était vide, sauf un cahier d'écolier, ouvert devant Pierrette, avec sur plusieurs colonnes, de son écriture bien nette, les noms des licenciés, leur emploi, leur âge, leur ancienneté dans l'usine et leur appartenance syndicale.

Je connaissais déjà la plupart des ouvriers et des ouvrières qui étaient assis au premier rang, ou qui bavardaient avec Pierrette et l'autre délégué, debout près de la table : c'étaient tous des militants.

Je demandai à Pierrette Amable, si c'étaient eux qui venaient d'être licenciés.

— Non, dit Pierrette, les licenciés ne sont pas encore arrivés.

— Ils attendent sur la place, dit l'ouvrier Cuvrot qui entrait.

— Ils n'osent sans doute pas entrer, dit quelqu'un.

— Tu devrais aller les chercher, dit Pierrette au délégué, ils seront moins gênés que si c'est une femme qui s'adresse à eux.

— Attendons encore un peu, dit le délégué.

En d'autres villes qu'au Clusot, il m'était déjà arrivé, quoique rarement, d'assister à des réunions syndicales convoquées à la suite de licenciements. Je savais que le travailleur licencié se sent gêné, même devant les camarades réunis pour prendre sa défense. Pourquoi la direction a-t-elle choisi de le frapper plutôt qu'un autre ? Il sait que certains pensent que c'est parce qu'il est moins bon ouvrier, que d'autres se réjouissent secrètement qu'il ait été touché à leur place, et même si les noms avaient été tirés au sort, la concurrence est si impitoyable sur le marché du travail, qu'il se sentirait honteux d'avoir été malchanceux.

Dès la feuille de congédiement reçue, l'ouvrier se sent exclu de la communauté; il ne fait plus partie de la « boîte »; ceux mêmes qui se réunissent pour le défendre et qui sont encore ses camarades, ne sont déjà plus ses camarades de travail; il appartient déjà à l'univers des chômeurs, des quémandeurs, de ceux auxquels les commerçants ne font plus crédit. Quand on lui demande : où travailles-tu ? il ne peut plus répondre :

chez Renault, à la Tréfilerie, à la F.E.T.A... Seuls les militants éprouvés, congédiés pour des raisons politiques, avouées ou non, échappent à ce sentiment de honte, consécutive à toute excommunication.

Je savais cela, mais je n'avais encore jamais imaginé que des ouvriers licenciés pussent être humiliés de leur défaite, au point de ne pas oser entrer à la réunion organisée pour leur défense.

Un quart d'heure encore passa. Le délégué homme alla sur la place. Un moment après la porte s'entrouvrit et trois homme entrèrent. Le premier boitait et avait une épaule plus haute que l'autre. Le second était un très jeune Algérien, qui courbait la tête entre les épaules et jetait autour de lui des regards craintifs, comme s'il s'attendait à être passé à tabac, une fois de plus, par la police de la métropole. Le troisième avait les cheveux blancs; il marchait à tout petits pas, comme un vieillard d'hospice; il retira ses lunettes pour les essuyer : les mains amaigries, dont la peau s'était froncée de mille petits plis, tremblaient.

Ils s'assirent tous les trois dans le fond de la salle, sous les guirlandes déjà posées pour la séance récréative.

Puis entrèrent deux femmes, apparemment d'une cinquantaine d'années, la taille lourde. Elles avaient des joues enflammées, le cheveu en désordre. L'une d'elles titubait légèrement, et s'accrocha au bras de l'autre. Elle cria :

— Bonjour la compagnie !

Elles s'assirent dans le fond, près des trois autres.

Puis entrèrent deux Italiens, manifestement des hommes du sud, Calabre ou Pouilles, qui roulaient leur casquette entre leurs doigts. Ils restèrent également dans le fond, mais à l'écart des autres.

Puis une sorte de géant, bedonnant, hilare, une toute petite casquette posée de travers sur le sommet d'un crâne bouclé. Il vint tout droit au premier rang, s'assit en écartant d'énormes cuisses, se donna une vigoureuse tape sur le genou :

— Eh bien, voilà ! dit-il. Cette fois, c'est encore moi qu'ils ont eu.

Puis un jeune homme très mince, très pâle, veston, faux col, cravate à petit nœud, chapeau de feutre, qui s'assit tout seul, au milieu de la salle.

Puis en deux groupes, quelques gamines et quelques vieilles

femmes qui s'assirent dans les derniers rangs au fond de la salle.

Arrivèrent enfin un groupe d'ouvrières de l'atelier de Pierrette, et parmi elles Marguerite. Elles vinrent au premier rang et firent des signes d'amitié à Pierrette. Aucune licenciée parmi elles.

Pierrette ne leur répondit pas. Elle se tenait debout, derrière la table, elle regardait le fond de la salle. Il y avait une immense tristesse dans ses yeux.

— Je vous en prie, camarades, dit Pierrette, voulez-vous approcher... il faut que nous puissions parler.

Personne ne bougea.

Le délégué homme entra.

— Il n'y a plus personne dehors ? demanda Pierrette.

— Plus personne, cria du fond de la salle le délégué.

— Je demande aux camarades de s'approcher, dit Pierrette. Nous ne sommes déjà pas tellement nombreux !

— Avancez camarades, dit le délégué.

Personne ne bougea.

— Je vous en prie, camarades, insista le délégué, quand on est si peu nombreux... c'est inutile que nous nous éreintions à crier...

— Pourquoi n'irait-on pas au premier rang ? dit l'ivrognesse, en se soulevant lourdement. Sa compagne l'aida. Elles s'avancèrent dans l'allée centrale.

Personne ne rit.

Les autres suivirent peu à peu, sauf le jeune homme à la cravate, qui ne bougea pas de sa place, et ne dit pas un mot pendant toute la réunion.

— Voilà ! dit Pierrette.

« La F.E.T.A. avait formellement promis que la transformation de l'Atelier des Cent n'entraînerait aucun licenciement. Beaucoup de travailleurs ont cru à cette promesse. Certains se sont laissés convaincre que l'Opération P. serait avantageuse pour les travailleurs du Clusot.

« Or, trente-trois ouvriers viennent de recevoir leur feuille de licenciement. Et ce n'est qu'une première tranche. »

Alors elle lut la liste des congédiés, qui comportait : quelques manœuvres; deux femmes de ménage; un gardien de nuit; un vieillard dont la principale tâche consistait à entretenir l'hiver les poêles des bureaux, à arroser l'été les plates-bandes du jardin de la direction; quelques ouvriers du service d'entretien; un vitrier, qui parcourait jour après jour les établissements à la recherche de carreaux cassés; c'était le vieux qui était entré en essuyant ses lunettes; un contremaître qui n'était pas venu à la réunion pour ne pas se compromettre avec les ouvriers; il espérait se tirer d'affaire en demandant à Noblet, camarade d'école, d'intervenir en sa faveur; et enfin quelques jeunes filles qui avaient à peine terminé leur apprentissage, quelques vieilles femmes prêtes à atteindre la limite d'âge.

La direction de la F.E.T.A., cette fois, avait frappé les plus faibles, les plus usés, les plus gauches, les moins armés, ceux dont elle pouvait à la rigueur prétendre qu'elle ne leur avait si longtemps conservé leur emploi que par charité ou par indulgence. Elle avait balayé la petite cour des miracles qui se cache toujours dans quelque recoin des grandes entreprises. La grande majorité des licenciés était des « inorganisés ». Un seul était syndiqué à la C.G.T. La direction de la F.E.T.A. cette fois ne pourrait être accusée de partialité politique.

— La F.E.T.A., poursuivait Pierrette, prétend être fidèle à sa parole, et qu'aucune ouvrière employée aux métiers n'a été licenciée.

« C'est vrai en apparence, mais c'est complètement faux, car un certain nombre d'ouvrières des ateliers de tissage viennent d'être mutées au service d'entretien, pour remplacer les camarades qui viennent d'être licenciés...

Pierrette dénonça la manœuvre, en s'arrêtant de temps en temps pour chercher ses mots, comme elle faisait toujours, et avec des retours en arrière pour bien préciser les faits. Comme beaucoup de militants ouvriers, elle ne craignait pas les phrases longues; la *période* commençait par une proposition courte et nette : « La F.E.T.A. a frappé de préférence des inorganisés », puis suivaient toute une série de *circonstancielles*, car... parce que... vous savez bien que... étant donné..., qui se déroulaient très lentement et semblaient épouser étroitement les réactions de l'auditoire dont la jeune femme percevait les plus fines nuances, toujours prête à préciser, à compléter, à répéter en termes presque identiques, quand elle supposait n'avoir pas été parfaitement comprise. Elle n'avait cependant pas un seul instant oublié son idée directrice, et la *période* après tous ses déroulements, rebondissait par la reprise de la proposition initiale et sa conclusion : « La F.E.T.A. a frappé de préférence les inorganisés, mais nous les défendrons au même titre que nos autres camarades. »

Art oratoire très intime, qui pourra difficilement être étudié, car il est particulier à des « réunions de base » rarement sténographiées ou enregistrées, et qui traduit avec une extrême sensibilité, dans la construction des phrases et la syntaxe, les éveils des consciences et les singulières pudeurs des cœurs trop souvent humiliés.

Après l'exposé de Pierrette Amable, divers modes d'action furent envisagés. Certains sont classiques : délégations à la mairie, à la préfecture, au conseil général; le principe en fut facilement acquis; mais il fut difficile de trouver des délégués parmi les licenciés. Même encadrés par des camarades qu'ils savaient habitués au combat, les vaincus de toujours se dérobaient à l'idée de faire face aux représentants de la classe des vainqueurs.

Puis le délégué homme fit une proposition : les licenciés iraient quand même au travail. Si la direction entreprenait de les faire expulser, les ateliers débraieront, les autres ouvriers manifesteront, se porteront à leur secours, empêcheront qu'ils soient chassés des ateliers.

Le vieux vitrier demanda la parole.

— Pour nous autres, dit-il, aucun ouvrier ne bougera.

— C'est vrai, dit une voix de femme.

— C'est vrai, répétèrent d'autres voix.

— Ils sont trop contents de ne pas être à notre place, cria une femme.

Et puis tout retomba dans le silence, les regards une seconde avivés s'éteignirent.

Les ouvriers du premier rang, qui ne comptaient pas parmi les licenciés, des militants pour la plupart, protestèrent, mais mollement.

Pierrette ne dit rien. Au fait, elle ne paraissait pas croire non plus à la solidarité ouvrière dans les circonstances proposées par le délégué homme.

Celui-ci cita le cas d'une usine d'une vallée voisine, où des licenciés, rentrés de force à l'usine avaient finalement été réintégrés. La discussion se prolongea.

La délégation désignée pour la mairie traversa la place et revint; le maire n'était pas là; on décida d'attendre. Dans la salle voisine de la salle des fêtes, un clairon qui répétait, beuglait des notes discordantes. Le concierge achevait de poser les guirlandes tricolores pour la séance récréative du soir.

Je m'en allai avant que la séance fût levée. Je me fis ramener à la Grange-aux-Vents par un taxi. J'aperçus, dans la lueur du couchant, sur le tertre qui domine son domaine, le vieil Amable, debout, contemplant une fois de plus les vingt hectares qu'il avait mis trente ans à rassembler. J'étais certain qu'il aurait approuvé la F.E.T.A. de se débarrasser de ses invalides. Il n'avait pas encore compris, que par un procédé identique les betteraviers de l'Oise, les fermiers à blé de la Beauce, et les vignerons d'Algérie étaient en train de se débarrasser de lui.

V

Le secrétaire de l'Union départementale des Syndicats C.G.T. arriva à la réunion, après mon départ, juste au moment où elle allait être levée. Il était fort jeune, mais il avait déjà fait ses preuves sur les chantiers hydro-électriques, où il avait eu la responsabilité d'organisations groupant plusieurs milliers d'ouvriers de toutes races et nationalités, campés dans des baraquements, et fort combatifs. Il prit feu pour la proposition du délégué homme; c'était lui qui avait mené à la victoire les licenciés de l'usine de la vallée voisine, une fabrique d'outillage électrique. Il raconta la bataille avec tant de feu, que les licenciés s'engagèrent à rentrer à la Filature, par douceur ou par force, le 15 octobre, jour où expirait le *préavis,* et Pierrette Amable à gagner le concours des syndicats F.O. et C.F.T.C. et même des inorganisés, pour leur prêter main-forte.

L'enthousiasme tomba dès qu'il fut parti. L'ouvrier Cuvrot, Pierrette, Marguerite et quelques camarades prirent l'apéritif ensemble. « Les conditions de lutte ne sont pas les mêmes dans le textile, répétait l'ouvrier Cuvrot, il faut laisser mûrir. » Pierrette rentra chez elle, fermement persuadée que les autres syndicats refuseraient sa proposition, que si les licenciés se présentaient au travail le 15 octobre, le concierge bossu n'aurait qu'à froncer le sourcil pour qu'ils s'en retournent la tête basse, et que, même dans son travail, elle n'obtiendrait pour leur défense pas davantage qu'un débrayage d'un quart d'heure, manifestation toute platonique.

Beau Masque dormait déjà. Elle aurait aimé lui faire part de son inquiétude : à l'écart des grandes agglomérations où se forge le monde futur, composé essentiellement de jeunes filles, de femmes et de vieillards trop désarmés pour aller chercher aventure ailleurs, le prolétariat du Clusot n'était-il pas condamné à rester à la traîne de la classe ouvrière ? Telle était la question qu'elle se posait. Mais elle n'osa pas réveiller son ami, qui devait se lever avant l'aube. Elle ne fit pas à souper. Elle resta longtemps assise, devant le cahier où elle n'écrivit rien, à rêver d'un départ vers les villes où les grands militants se trempent dans le bruit des forges, des laminoirs et des marteaux-pilons.

*
**

Le mouchard de service à la réunion se rendit dès le lendemain matin à la direction du personnel. Noblet était en vacances; la seule faveur que la F.E.T.A. lui accordait, après trente ans de service, était de prendre ses vacances, non pas comme tout le monde dans la première quinzaine d'août, mais après l'ouverture de la chasse; il avait gardé de ses grands-parents paysans un goût passionné pour la chasse. Le mouchard rendit compte de la réunion à la secrétaire de Noblet, qui détestait Pierrette.

La secrétaire courut chez l'ingénieur Tallagrand qui assurait le remplacement de Noblet. Elle grossit considérablement l'événement. La Pierrette mobilisait toute la ville pour imposer la rentrée en force des licenciés. La Filature devait être occupée. Beau Masque prêterait main-forte, avec les ouvriers italiens et nord-africains du chemin de fer, ses hommes de main.

Noblet eût haussé les épaules. Il prévoyait avec autant de justesse qu'un vieux syndicaliste les réactions du personnel. Tallagrand, jeune technicien, crut à demi les révélations de la secrétaire. Il ne fut pas mécontent que l'événement se produisît en l'absence de Noblet et de pouvoir ainsi montrer à la F.E.T.A. qu'il avait plus de poigne que le vieux chef du personnel. Il transmit le rapport de la secrétaire à peu près intégralement à la direction de Lyon.

A Lyon, la direction générale du personnel s'inquiéta dans des proportions que personne au Clusot ne pouvait imaginer. On y était persuadé :

Primo : que l'Opération Productivité F.E.T.A.-Philippe Letourneau était une opération publicitaire destinée à préparer une augmentation de capital, ce qui était vrai.

Secundo : que Valério Empoli, qui paraissait contrôler la majorité des actions de la F.E.T.A., attachait la plus grande importance à la réussite de cette opération. Ce n'était pas vrai. Mais il était logique que les employés supérieurs de la F.E.T.A. le crussent vrai.

« Les ouvriers sont les premiers bénéficiaires de l'augmentation de la productivité. » Il était essentiel d'éviter tout incident qui fît douter de cet axiome. Or voici qu'on parlait de grève avec occupation et d'intervention d'ouvriers étrangers qui auraient nécessité de faire appel à la police. On convoqua en toute hâte Pierrette Amable, déléguée du personnel.

A l'entrée de l'hôtel de la F.E.T.A. à Lyon, le concierge auquel elle tendit sa convocation lui dit :

— Premier étage. M. Northemaire vous attend.

M. Northemaire, directeur général de toutes les entreprises françaises de la F.E.T.A., ne recevait jamais personnellement les délégués du personnel. Pierrette ne connaissait son existence que parce que Noblet s'y référait dans les grandes occasions : « C'est une décision de M. Northemaire. »

— Etes-vous sûr de ne pas faire erreur ? demanda Pierrette au concierge.

— Vous êtes Mme Amable ? demanda le concierge.

— Oui, dit Pierrette.

— C'est bien vous que M. Northemaire attend.

Le concierge appela sur le téléphone intérieur et une secrétaire vint chercher Pierrette.

Tapis, fauteuils, et au mur des photographies encadrées des usines. Le bureau de Northemaire était moins délabré que les autres bureaux de la direction générale, qui avaient gardé le vieux style lyonnais. Mais il restait fidèle aux couleurs sombres. Aucun rapport avec le frivole bureau de Philippe Letourneau.

Northemaire se leva de derrière sa table à tapis vert, et fit asseoir Pierrette près de lui, devant un guéridon ovale sur lequel était posé un unique dossier.

C'était un homme grand et svelte, vêtu d'un complet bleu parfaitement coupé. Pierrette ne connaissait rien à la coupe, mais remarqua l'aisance de la démarche. Northemaire paraissait une quarantaine d'années. Il avait l'œil vif et souriant. Désignant le guéridon :

— Je me suis fait communiquer votre dossier et je l'ai étudié avec le plus grand intérêt. Vous êtes communiste. Vous avez une foi que je ne partage absolument pas, mais je vous respecte, parce que tout prouve que vous êtes sincère... Je vais donc mettre cartes sur table.

Pierrette resta muette, sans expression, sauf celle de l'attention qui contractait très légèrement le bas du front entre les deux sourcils.

— Je dois, poursuivit Northemaire, licencier soixante ouvriers des établissements du Clusot. Trente-trois ont déjà reçu leur préavis. Le second train suivra très prochainement.

« Il me serait très désagréable que leur licenciement provoquât des incidents... »

Pierrette fit un mouvement de la tête en avant. C'était ainsi qu'elle se lançait à l'attaque. Northemaire l'arrêta d'un geste.

— Je sais, dit-il, vous allez me répondre : « Si des incidents vous sont désagréables, ne renvoyez pas les ouvriers. »

— Exactement, dit Pierrette.

— Vous allez me dire : « Si une grève vous gêne en ce moment, raison de plus pour que nous fassions grève. »

— Exactement, dit Pierrette.

— Vous allez ajouter que plus la grève nous gênera, plus de chances vous aurez que cette grève soit victorieuse.

— Exactement, dit Pierrette.

Northemaire croisa les mains.

— Votre raisonnement est robuste, dit-il, mais dans le cas présent, il est faux.

« En ce qui concerne la F.E.T.A., il est encore plus important de renvoyer ces soixante ouvriers que d'éviter une grève. Je vais vous expliquer pourquoi... »

Il expliqua, chiffres à l'appui, que le bilan de la F.E.T.A. était déficitaire depuis plusieurs années. Une augmentation de capital était nécessaire pour transformer un mode périmé d'exploitation.

Le but de l'Opération P. était de prouver aux nouveaux actionnaires que les transformations envisagées permettraient une notable diminution des frais d'exploitation au chapitre main-d'œuvre...

— Je vous parle comme je le ferais à un membre du conseil d'administration...

Pierrette avança de nouveau la tête, ouvrit la bouche.

— Je sais, dit vivement Northemaire. Vous allez me répondre que les ouvriers ne veulent pas faire les frais de notre augmentation de capital...

— Exactement, dit Pierrette.

— Que vous ne vous souciez pas de l'opinion de nos futurs actionnaires... Et que les intérêts des travailleurs que vous représentez et ceux de la F.E.T.A. sont par essence contradictoires.

Northemaire sourit.

— C'est bien cela ? demanda-t-il.

— Exactement, dit Pierrette.

Et elle sourit également.

— Vous voyez que nous nous comprenons très bien, dit-il.

Il sourit de nouveau. Elle répondit de nouveau à son sourire.

Sur ce double échange de sourires, qui commanda le ton de la suite de leur entretien, Pierrette devait réfléchir longuement, à maintes reprises, au cours des semaines qui suivirent.

On la trouvera bien scrupuleuse de se reprocher un sourire. Mais c'était la première fois qu'elle souriait à un représentant du patronat, au cours d'une discussion professionnelle. Pourquoi se demanda-t-elle souvent par la suite, pourquoi avait-elle répondu par des sourires aux sourires de Northemaire ? Que son adversaire eût formulé à sa place les arguments mêmes qu'elle s'apprêtait à lui opposer donnait à leur débat un tour *comique* qui justifiait à la rigueur le sourire. Mais elle savait bien que ce n'était pas le comique de la situation qui avait commandé son sourire. Pour être rigoureusement sincère avec elle-même, elle devait admettre que son sourire avait été un acquiescement à la confiance que Northemaire faisait à son intelligence. C'était comme si elle lui avait dit : « Vous me parlez comme à un adversaire d'égale finesse et vous avez raison, bien que je sois une ouvrière... » Noblet et les autres cadres de la F.E.T.A. auxquels elle avait eu à livrer combat, tantôt menaçaient et tantôt finassaient; Northemaire la jugeait à sa juste valeur: en répondant à son sourire, c'était comme si elle lui avait dit : « Je suis flattée que vous me jugiez une adversaire digne de vous ! » Elle s'était prêtée à son jeu. Elle avait voulu lui prouver qu'elle aussi, elle était capable de jouer élégamment. Elle avait voulu légitimer son estime. C'est le danger qui menace perpétuellement les meilleurs militants de la classe ouvrière. C'est la perpétuelle tentation social-démocrate. Dès qu'ils cessent de mener avec intransigeance la lutte « classe contre classe » ils sont déjà passés dans le camp de l'adversaire.

Tant de choses dans un sourire, s'étonnera-t-on. Au jeu de la corde, quand deux adversaires, les pieds rivés au sol, sont depuis longtemps face à face, il suffit d'une reprise de souffle ou d'une très légère décontraction d'un muscle, pour décider du vainqueur; il suffit de beaucoup moins que d'un sourire. C'est à ce point d'extrême tension que se déroule généralement la lutte entre représentants ouvriers et patronaux.

Northemaire exploita aussitôt son avantage.

— Votre action, dit-il, est mal engagée.

« On gagne une grève engagée pour une augmentation de salaires.

« On gagne une grève engagée pour la défense de ses délégués. Si je vous licenciais, la grève pour votre réintégration pourrait à la rigueur être victorieuse.

« Il arrive qu'on gagne une grève politique.

« Mais il n'y a pas d'exemple qu'une grève engagée pour la défense de femmes de ménage, de gardiens de nuit, d'apprenties et de vieillards à l'âge de la retraite, ait été menée assez vigoureusement pour aboutir au succès. Avouez que vous êtes d'accord avec moi...

Pierrette ne répondit pas.

— Cette grève, reprit Northemaire, ou toute autre action que vous avez envisagée, vous savez déjà qu'elle est vouée à l'échec. N'est-ce pas vrai ?

Pierrette ne répondit pas.

— Cette grève, reprit Northemaire, me gêne, parce que je veux que l'Opération P. soit sans bavure.

« Elle vous gêne parce qu'une grève qui ne se termine pas par une victoire est toujours une mauvaise opération pour les ouvriers.

« Alors, cherchons ensemble autre chose que la grève... »

Pierrette ne répondait toujours pas.

— Pour une fois que nos intérêts convergent, reprit Northemaire, profitons-en... C'est tellement exceptionnel...

Il lui sourit pour la troisième fois. Et son sourire voulait si clairement dire : « Vous êtes trop avertie pour que je vous joue la comédie de la collaboration des classes. Entre nous, inutile de tricher... » que pour la troisième fois, elle répondit à son sourire.

— Je vous donne l'assurance, enchaîna aussitôt Northemaire, que le cas de chaque ouvrier licencié sera examiné individuellement, et que nous nous efforcerons de lui trouver des compensations qui le dédommageront très largement du tout petit emploi qu'il vient de perdre... Noblet, qui rentre la semaine prochaine, vous fera des propositions...

Il se leva et s'inclina légèrement. Pierrette se leva aussi.

— Je mettrai mes camarades, dit-elle, au courant de notre conversation.

— Bien sûr, dit Northemaire. Au revoir, madame Amable.

VI

Le lendemain à la sortie de l'atelier :

— Louise, il faut que je te parle, dit Pierrette à la déléguée du syndicat Force Ouvrière.

— Toujours aussi maigriote, dit Louise, tu te crèveras avec ta politique...

Louise Hugonnet, quarante-cinq ans, un mètre quatre-vingts, était contremaîtresse à l'Atelier des Cent. Son bras se gonflait en un bourrelet rouge sous l'élastique de la manche courte du corsage. Eté comme hiver, elle faisait trois kilomètres à vélo pour aller et autant pour revenir de l'usine : « Cela m'empêche de grossir », disait-elle.

— Alors, demanda-t-elle à Pierrette, tu continues de te nourrir de café et de cigarettes ?

— Il faut que je te parle, répéta Pierrette.

— Allons, dit Louise, je te paie un pot...

— Si tu veux, dit Pierrette.

C'était sans doute à cause des pots que Louise Hugonnet avait les joues rouges. Mais on ne l'avait jamais vue ivre. Elle buvait comme un homme raisonnable. Au café de l'Hôtel des Voyageurs où elle alla s'asseoir avec Pierrette, on lui servait toujours le même beaujolais.

— Pourquoi, demanda-t-elle, ne viendrais-tu pas dimanche à la maison... avec ton maca chéri, bien sûr... je mettrais un coq dans la marmite... du saucisson chaud pour commencer, tu aimes ça, hein ? Le Jean-Pierre aura bien attrapé quelques truites... Tu as besoin de te remplumer... Mais dis donc... tu as de drôles d'yeux... les paupières bouffies... tu n'attendrais pas un héritier ?..

— Oui, dit Pierrette.

— Je suis contente pour toi, dit Louise, ah ! je suis contente pour toi !

— Nous ne l'avons pas fait exprès, dit Pierrette.

— Tais-toi. C'est justement ce qu'il te fallait. Tu vas devenir une autre femme. Il est bien temps que tu commences à penser un peu à toi... toi, ton homme, ton môme... Alors, c'est dit ?... Vous venez dimanche... on va arroser ça.

— Dimanche, dit Pierrette, je vais à l'U.D. Au sujet de l'opération P... C'est de cela aussi que je voulais te parler.

— Allons bon, tu attends un môme. Je suis sûre que tu ne sais même pas où tu le coucheras. Et à quoi penses-tu ? à te battre pour la Germaine, une soularde, qui fait des ragots sur toi, parce que tu t'es mise avec un maca ; pour Gustave, qui y voit si peu qu'il casse plus de carreaux qu'il n'en remet, sa place est à l'hospice des vieux, pour des gamines qui viennent à la boîte pour s'acheter du rouge à lèvres et qui font de l'œil à ton ami quand il vient te chercher, je les vois faire, moi... Il est temps que tu deviennes raisonnable, ma fille...

Louise Hugonnet avait hérité de cinq hectares de bonne terre, en bordure de la Géline, à l'endroit où la Cluse s'élargit, trois kilomètres en aval du Clusot ; son mari cultivait le petit domaine ; ils avaient quatre vaches ; la paie de contremaîtresse avait permis d'acheter de l'outillage et une camionnette. Quand elle n'était encore qu'ouvrière aux métiers, elle avait adhéré au syndicat C.G.T. ; elle s'y était montrée fort active ; elle reprochait aux autres ouvrières d'être *molassones;* elle était si pleine de sang qu'après les huit heures de travail, il lui restait encore beaucoup de force à dépenser pour le syndicat ; elle aimait discuter avec les ingénieurs. Mais la vie s'était montrée si accommodante pour elle, qu'elle ne comprenait pas pourquoi on ne pouvait pas en fin de compte s'accommoder avec les patrons. Au moment de la scission, elle avait tout naturellement pris la tête de la fraction Force Ouvrière, où son activité n'était plus bridée par les « politiques ». Et quelques mois plus tard, elle avait trouvé tout naturel que la F.E.T.A. rendît hommage à ses dons d'organisatrice en le promouvant contremaîtresse.

Elle admirait et méprisait l'intransigeance de Pierrette. « Heureusement qu'il y en a comme toi... », disait-elle parfois. Mais que Pierrette acceptât de prendre sur soi tout le poids de la lutte, lui paraissait relever d'un manque de jugement, d'une espèce d'infirmité mentale. Alors elle lui faisait porter par son mari des pommes de terre, des légumes frais, un poulet, du confit d'oie, un jambon, rendant ainsi hommage à l'héroïsme, et essayant en même temps de ramener l'héroïne à sa propre mesure en lui communiquant son vice : la gourmandise.

Dans les réunions publiques, Louise Hugonnet attaquait les communistes, en répétant les arguments qu'elle trouvait dans les brochures que lui envoyait Force Ouvrière ; mais quand Pierrette lui présentait une liste de souscription pour l'édification de la Maison du parti communiste au chef-lieu du département, pour le Secours populaire, pour la presse communiste, elle donnait davantage que n'importe qui d'autre à l'usine. Au moment de l'arrestation de Jacques Duclos, elle avait refusé de signer les messages de protestation, mais dans le même temps, comme on avait cru au Clusot que le parti communiste allait être déclaré illégal, elle avait dit à Pierrette : « Si on veut vous faire des ennuis à toi ou à tes copains, venez à la maison ; c'est bien le dernier endroit où les gendarmes penseront à venir vous chercher. » Ces contradictions étaient extrêmement fréquentes, en France, en 195...

Mais ce jour-là elle refusa catégoriquement de s'associer avec Pierrette pour toute action commune contre l'opération P., ou pour la défense des licenciés.

— Si tu veux, proposa-t-elle, je te ferai muter à l'atelier P. On touche dès maintenant des primes, tu en as bien besoin, dans l'état où tu es... Ne fais pas l'imbécile... Tu ne voleras aucune autre ouvrière et c'est toujours ça de pris sur les patrons.

Et pour terminer :

— Mange ! Mange donc ! Maintenant vous êtes deux à nourrir...

*
**

Le 15 octobre, aucun des licenciés ne se présenta à l'usine. Même le bureau C.G.T. s'était prononcé, contre l'avis de Pierrette, pour accepter les compromis proposés par Noblet.

La F.E.T.A. était intervenue pour que l'hospice des vieux acceptât de prendre en charge avant l'âge requis le vitrier

Gustave. La Germaine ferait des ménages chez les ingénieurs. La mairie s'était mise d'accord avec les Ponts et Chaussées pour occuper les manœuvres sur le chantier d'un nouveau chemin vicinal. Les familles des gamines recevraient une petite indemnité pour les aider à suivre pendant un an des cours professionnels. L'aide comptable avait été engagé par une colonie de vacances religieuse, subventionnée par la F.E.T.A.

Les deux Calabrais et l'Algérien étaient partis pour Lyon, à la recherche d'un travail. Personne ne s'était soucié d'eux. Ils étaient venus, on ne savait d'où, qu'ils s'en retournent où ils pourraient. Pierrette, d'ordinaire, protestait contre le chauvinisme dont beaucoup de ses camarades ne se défendaient pas. Cette fois-ci elle n'osa pas, craignant, puisqu'elle vivait avec Beau Masque, qu'on ne supposât qu'elle en faisait une affaire personnelle.

Sa grossesse était de nouveau entrée dans une mauvaise période. Elle tombait dans des torpeurs. Elle rêvait qu'elle pataugeait dans une eau boueuse ; des poissons lui passaient vivement entre les jambes. Beau Masque rentrait tous les soirs un peu plus tard, se laissait tomber dans le fauteuil d'osier et ne parlait plus ; elle supposait qu'il était dégoûté de ramasser le lait et avait le mal du pays. « Il faudra penser à cela plus tard, quand l'enfant sera né. » Elle cherchait confusément un prétexte pour quitter le Clusot ; elle imaginait Gênes et les grues géantes de l'Ansaldo hérissées de drapeaux rouges.

Pour expliquer ses absences, Beau Masque disait qu'il s'en allait toujours plus loin à la pêche à la truite avec Philippe Letourneau. De les savoir si souvent ensemble déplaisait à Pierrette, mais elle ne s'en ouvrait pas à son ami, ne sachant comment expliquer sa contrariété. Un soir qu'il lui ramena des truites, si semblables aux poissons de ses rêves de grossesse, elle les jeta violemment par la fenêtre et fondit en larmes.

*
**

La cellule d'entreprise dont Pierrette était secrétaire, se réunit à quinze jours de l'inauguration de l'opération P. Les réunions qui avaient été hebdomadaires en 1946 et 1947 étaient devenues mensuelles. Celle d'octobre avait été remise deux fois, la première fois à cause des vendanges, où beaucoup d'ouvrières allaient aider après le travail, la seconde fois par ce que la date choisie coïncidait avec la fête patronale d'une commune voisine.

Pour cette troisième fois, Pierrette n'avait pas seulement envoyé aux vingt-trois membres de la cellule des convocations individuelles à domicile, soulignant l'importance toute spéciale de la réunion et annonçant la présence du secrétaire de section ; elle avait également utilisé les pauses à l'atelier pour solliciter personnellement chaque camarade ; presque tous avaient promis de venir ; on osait rarement lui refuser de front ; ce n'était qu'ensuite qu'on cherchait des dérobades.

Les réunions de cellule avaient lieu dans l'arrière-salle d'un café dont le patron était un sympathisant. Pierrette et Mignot s'y retrouvèrent dès huit heures et demie, heure de la convocation.

A neuf heures arriva la trésorière, ouvrière de l'atelier de Pierrette, trente années de F.E.T.A. ; elle chaussa ses lunettes et étala devant elle les feuilles de compte, les timbres, les listes de souscriptions. Mignot relisait l'intervention qu'il avait préparée. Pierrette s'était assise près du feu, un grand châle de laine noire sur les épaules.

Jusqu'à dix heures, il ne vint personne. La trésorière s'était endormie, la tête entre les mains. Pierrette n'avait pas prononcé un mot. Mignot marchait de long en large, les mains derrière le dos.

A dix heures arriva une jeune ouvrière. Elle ouvrit la porte silencieusement pour ne pas déranger la réunion. Pierrette leva les yeux vers elle :

— Je suis passée pour m'excuser, dit-elle.

Elle jeta un rapide regard sur la salle.

— Mais je vois, dit-elle, que vous avez déjà terminé.

La trésorière s'était réveillée.

— Je m'en vais avec toi, dit-elle.

Les deux femmes sortirent.

— Pourquoi les camarades ne viennent-ils plus aux réunions ? demanda Mignot.

— Est-ce que je sais, dit Pierrette.

Elle était toujours collée au poêle, avec le châle le laine noire serré contre elle.

— Ne crois-tu pas, demanda Mignot, que les camarades

t'accordent moins confiance depuis que tu t'es mise avec Beau Masque ? Vous n'êtes pas mariés. Je sais bien que vous vivez honnêtement, comme mari et femme... Mais les camarades responsables se doivent d'avoir une vie privée irréprochable.

Pierrette se dressa d'un bond.

— Tu es vraiment trop idiot, dit-elle à Mignot. Tu es vraiment trop idiot.

Elle sortit rapidement.

*
**

Le lendemain, Marguerite attendit Pierrette à la sortie de l'atelier. Elles firent chemin ensemble, bras sous bras. Marguerite était singulièrement silencieuse. « Quelle nouvelle sottise a-t-elle faite, se demandait Pierrette, quelle grave sottise, pour qu'elle tarde tant à me la raconter ? »

— Tu sais, dit Marguerite, il faut que je te dise...

Elle ne continua pas.

« C'est bien ce que j'imaginais », pensa Pierrette, Marguerite était d'une légèreté surprenante chez une fille aussi avertie. Ses aventures avaient failli plusieurs fois tourner dramatiquement pour elle-même ; Pierrette était toujours surprise que le souvenir des salles d'opération n'eût pas dégoûté son amie une fois pour toutes des choses de l'amour. Elle lui pressa le bras et se pencha vers elle pour recueillir sa confession.

— Tu vas être terriblement fâchée contre moi, dit Marguerite.

— Raconte, dit doucement Pierrette.

Elle ne s'était jamais sentie autant de tendresse pour son amie. Elle pensa qu'elle avait beaucoup de camarades au Clusot et par le monde, de bons camarades, de moins bons, de mauvais et aussi quelques merveilleux camarades, qu'elle ne connaissait pas ou qu'elle n'avait fait qu'entrevoir, mais dont elle avait lu les exploits. Mais elle n'avait qu'une amie, et c'était Marguerite. Il était doux d'avoir aussi une amie.

— J'ai peur de te faire de la peine, dit Marguerite.

— Raconte, insista Pierrette.

— Eh bien ! voilà, dit Marguerite, j'ai demandé à être mutée à l'atelier P.

Pierrette resta silencieuse.

— Je sais que ce n'est pas bien, dit Marguerite.

Au mois de juin, quand on avait commencé à parler de l'Opération P, Pierrette avait fait une « prise de parole » pendant une pause. Elle avait averti ses camarades que la direction ferait un effort tout particulier auprès de chacune d'elles, pour les attirer à l'atelier P. « Notre atelier est le seul où chaque ouvrière ne surveille qu'un métier, nous sommes l'*atelier de fer,* celui qui ne plie jamais, le cauchemar de Noblet et de la F.E.T.A. On va tout tenter pour nous diviser. » Puis elle les avait laissées libres du choix. Les ouvrières avaient décidé à l'unanimité de refuser les offfres qui leur seraient faites. L'atelier conservait la fierté collective de toutes les victoires remportées depuis des années.

— Tu comprends, dit Marguerite, tu comprends, moi je ne veux pas rester à moisir ici. Les cousins de Paris ne me feront jamais venir. Je ne crois plus à leurs promesses. Il faut les placer devant le fait accompli. A l'atelier P, en trois mois, je mettrai de côté 30.000 francs. Avec trente billets je pars pour Paris ; j'aurai le temps de voir venir...

Pierrette n'a que vingt-cinq ans, mais déjà huit ans de luttes syndicales et politiques derrière elle. Une trahison ne la bouleverse plus. Le temps est déjà loin où elle avait été décontenancée d'apprendre que le grand Gorki, l'écrivain le plus confiant dans l'avenir de l'homme et celui qu'elle préférait à tous, avait délibérément choisi pour pseudonyme Gorki, qui signifie *amer.* Pendant qu'elle écoutait Marguerite, les coins de sa bouche s'abaissèrent un peu ; ce fut sa seule réaction.

— Tu me détestes ? demanda Marguerite, qui s'était attendue à des reproches, et non à ce silence.

— Qu'est-ce que tu vas faire à Paris avec 30.000 francs ? lui demanda Pierrette.

Elle n'avait même pas de chagrin. Elle se sentait seulement encore un peu plus lasse que la veille et l'avant-veille et tous ces jours consacrés à un combat dont l'issue lui parut soudain si lointaine, dont elle sentit soudain dans son corps que l'issue était encore immensément lointaine, qu'elle trébucha. Elle s'accrocha au bras de Marguerite.

— Qu'est-ce que tu as ? demanda Marguerite, qu'est-ce que tu as ?

— Ce n'est rien, dit Pierrette, c'est la grossesse.

*
* *

Mignot dans le même instant quittait la poste pour rentrer chez lui. Il fit un détour pour voir où en étaient les préparatifs pour l'inauguration de l'atelier P.

L'ex-Atelier des Cent avait été édifié par François Letourneau, sur un terrain qu'il avait acheté à la municipalité, en bordure du quai rive gauche de la Géline. Il n'en était séparé que par le mur hérissé de tessons de bouteilles qui ceignait toute l'usine, et par une route intérieure où circulaient les camions qui transportaient les marchandises d'un atelier à l'autre.

Le directeur de publicité de la F.E.T.A. avait fait abattre le mur sur toute la largeur de l'atelier. Deux pylones encadraient la brèche, et d'un pylone à l'autre avait été tendu un immense calicot avec, en lettres grandes comme des hommes :

OPERATION PRODUCTIVITE
F.E.T.A.-PHILIPPE LETOURNEAU

Deux grandes portes avaient été ouvertes dans le mur de l'atelier, l'une marquée « Entrée » et l'autre « Sortie », en lettres rouges sur fond blanc. La population du Clusot était invitée en permanence à assister aux transformations, en suivant entre deux cordelières pourpres un chemin qui menait de l'une à l'autre porte, en faisant le tour de l'atelier. On avait construit pour l'ingénieur Tallagrand, qui présidait l'opération, un bureau vitré, surélevé, comme une passerelle de navire. Des techniciens américains et allemands dirigeaient la mise en place des nouveaux métiers. Ils disaient des grossièretés, dans leur langue, aux filles qui tournaient toute la journée entre les cordelières pourpres ; les filles riaient, croyant à des galanteries.

Entre l'atelier et la place, la route avait été défoncée pour faire place à un jardin. Mme Tallagrand, pantalon de velours, chemise de cow-boy, cigarette aux lèvres, dirigeait les jardiniers. En souvenir du *Petit Arpent du Bon Dieu* de Cadwell, dont la lecture l'avait émoustillée, elle avait demandé que toute la muraille fût couverte de volubilis ; l'agronome convoqué tout exprès lui avait expliqué que malgré tous les engrais du monde, — et il savait bien que la F.E.T.A. n'était pas à quelques kilos de nitrate de soude près, mais la quantité ne faisait rien à l'affaire, — que malgré tous les progrès de la *productivité* agricole, les volubilis n'auraient pas couvert la muraille à temps pour l'inauguration ; au fait c'était au printemps qu'ils auraient dû être semés. Il avait fallu se résigner à des lauriers roses déjà fleuris chez les horticulteurs et qu'on amena par camions : il n'y avait plus qu'à enterrer les caisses pour qu'ils parussent avoir poussé là.

Aussitôt les caisses enterrées, on étendait autour des plaques de gazon, on les roulait, on les arrosait, on les tondait. C'était Raymonde Mignot qui était responsable aux gazons. Mignot n'en savait rien. Quand il aperçut sa femme, pantalon de velours et cigarette au coin de la lèvre comme l'autre, en train de donner des ordres aux jardiniers :

— Qu'est-ce que tu fous là ? demanda-t-il en la saisissant par la bride de sa salopette.

Elle se dégagea brutalement. Elle était plus robuste que lui.

— Tu le vois bien, dit-elle. Mme Tallagrand a fait appel à toutes les femmes de bonne volonté...

— Quel luxe ajouta-t-elle. Transporter de l'herbe comme des plantes de serre...

On les observait. Raymonde le regardait avec défi. Elle était prête à un éclat. Elle se sentait passionnément du parti de Mme Tallagrand, qui se rapprochait doucement, d'un air faussement indifférent, du parti des dames du Clusot qui lui permettaient enfin de se mêler à elles. Elle eut un rire méchant, insolent.

— Je me dépense pour tes camarades ouvriers, dit-elle. On ne leur refuse rien. Ils seront peut-être moins feignants, quand ils travailleront au milieu de fleurs...

Mme Tallagrand rit en écho. Les ouvriers jardiniers ricanèrent ; ils méprisaient les deux femmes ; mais Mignot crut qu'ils se moquaient de lui parce que, secrétaire de la section communiste, il n'était pas capable de faire respecter la classe ouvrière dans son propre foyer.

Il fit demi-tour et courut chez Pierrette.

⁂

Pierrette venait de rentrer chez elle. Beau Masque était déjà assis dans le fauteuil cannelé.

Il leva à peine les yeux sur elle, mais elle surprit la buée qui flottait sur son regard : elle en connaissait bien la signification, son père ayant été ivrogne à la fin de sa vie.

Elle eut aussitôt la certitude que depuis deux semaines son ami était rentré tous les soirs ivre. Elle se reprocha de ne pas y avoir prêté attention plus tôt. Elle fut très surprise : l'ivresse n'était pas dans la manière de Beau Masque.

— Pourquoi t'es-tu mis à boire ? demanda-t-elle.

— A chacun ses plaisirs, répondit Beau Masque.

— Qu'est-ce que tu as dans la tête ? demanda-t-elle encore.

Elle lui parlait sur le ton dont naguère sa mère avait usé avec son père, le ton d'une infirmière patiente, pitoyable, mais quand même excédée par sa tâche. Les femmes du Clusot savent de *naissance* comment on parle à un ivrogne. Les ateliers de la Filature, l'Hôtel de la direction, la sonnette de Mlle Letourneau, la cité froide collée à la falaise et l'homme qui tout d'un coup se « met à boire », tels sont les éléments indissolublement liés du milieu auquel elles doivent s'adapter pour survivre.

— Qu'est-ce que tu as dans le ventre ? demanda-t-elle encore.

C'est à ce moment qu'entra Mignot.

— Pierrette, dit-il, je te demande pardon pour ce que je t'ai dit hier soir...

— Tu as tout de même réfléchi, dit-elle.

— Je n'ai pas le droit de me mêler de la vie privée des autres, quand je ne sais même pas ce qui se passe chez moi...

Il raconta tout d'un trait comment il venait de surprendre sa femme en train de collaborer bénévolement à l'opération P...

— Toutes les femmes sont des salopes, dit Beau Masque.

— La mienne, oui, dit Mignot.

— Toutes, dit Beau Masque.

— Ne fais pas attention à Beau Masque, dit Pierrette, il est ivre.

Mignot les regarda tous les deux.

— Alors, murmura-t-il, vous aussi, vous deux aussi...

Il alla jusqu'à la fenêtre. Des lambeaux de nuages s'accrochaient aux rocs nus de la montagne. Il commençait à bruiner. Une famille d'ouvriers passa, revenant de visiter l'atelier P : l'homme marchait le premier, les mains derrière le dos, le visage renfrogné ; la femme suivait, deux pas derrière, tirant après elle quatre gamins; le dernier s'essoufflait à suivre, trébuchait, pleurait. Un camion de la F.E.T.A. passa, soulevant une gerbe de boue. L'ouvrier s'arrêta et lança une injure au chauffeur. Puis il reprit sa marche, la tête un peu plus basse, le sourcil un peu plus froncé. La femme s'essuya le visage avec le dos de la main.

— Je ne peux plus vivre au fond de cette cluse ! dit Mignot.

— Toutes les femmes sont des salopes, répéta Beau Masque. Ecoute-moi bien, Mignot, je sais ce que je dis.

Mignot regarda de nouveau Beau Masque et Pierrette.

— Vous deux aussi, dit-il encore...

Il sortit sans ajouter un mot.

— Qu'est-ce qu'il t'a dit hier, demanda Beau Masque, qu'il soit obligé aujourd'hui de te demander pardon ?

— Je te le dirai quand tu seras à jeun, dit Pierrette.

— Ton copain Mignot ne me plaît pas, dit Beau Masque.

— Tu ne lui plais pas non plus, dit Pierrette.

— Je ne veux plus voir ce copain-là chez nous, dit Beau Masque.

— Je suis ici chez moi, dit Pierrette.

Beau Masque se souleva du fauteuil.

— Je vais te montrer, dit-il, comment dans mon pays on traite les femmes de ta sorte...

Elle avança droit sur lui, et, visage contre visage :

— Va cuver ton vin, dit-elle.

Elle montra du doigt la porte de la chambre. Ses yeux flambaient. Jamais encore Beau Masque n'avait vu si grands ses grands yeux noirs.

— Je te demande pardon, dit-il...

— Va te coucher, dit-elle.

Il se dirigea en titubant vers la porte de la chambre. Il se retourna vers le seuil.

— Moi non plus, dit-il, je ne peux plus vivre dans le fond de cette cluse.

— Et moi, cria-t-elle, est-ce que tu t'es jamais demandé si c'est pour mon plaisir que je passe ma jeunesse à essayer de secouer des hommes qui n'ont rien dans le ventre ?

Il franchit le seuil de leur chambre à coucher. Elle ferma la porte sur lui. Puis elle ouvrit la fenêtre et s'accouda à la rampe de fer. Des lambeaux de nuages descendaient sur la ville. La nuit tombait. La plupart des boutiques étaient déjà closes. Seuls les cafés, d'où montait la rumeur de voix, étaient illuminés. Au bout d'un moment, elle frissonna. Elle retourna jusqu'à la porte de la chambre et l'entr'ouvrit : Beau Masque, étendu tout habillé sur le lit, ronflait.

CINQUIÈME PARTIE

L'inauguration de l'Atelier Productivité F.E.T.A.-Philippe Letourneau et celle de l'exposition « volante » des syndicats américains avaient été fixées au dernier jeudi d'octobre.

Le lundi, la presque totalité de la population ouvrière du Clusot, reçut des lettres recommandées, à en-tête de la F.E.T.A., direction générale, Lyon. Il y en avait tellement que les facteurs n'eurent fini leur distribution que dans la soirée. Plus de quarante pour cent étaient des avis de licenciement, le reste des avertissements d'une diminution des heures de travail qui passaient de quarante à trente-deux, voire trente par semaine.

MARDI MATIN

Le mardi matin, la plupart des ouvrières et des ouvriers du poste de huit heures se retrouvèrent devant la grille, une demi-heure avant le coup de sirène. Ils se montraient les uns aux autres les lettres reçues.

Les employés aussi furent en avance, bien que peu d'entre eux fussent touchés par les licenciements. Mais ils avaient hâte de se rencontrer, de se consulter, de savoir ce qui s'était passé, ce qui allait se passer. Ils entraient rapidement par la petite porte à laquelle ils avaient droit, à côté de la grande grille. Puis, derrière les fenêtres des étages, ils guettaient la foule des ouvriers qui grossissait rapidement.

Noblet n'avait été informé des licenciements et de la diminution des heures de travail que la veille au soir, par un pli spécial de la direction générale de Lyon, et sans aucun commentaire. Il se rendit à son bureau dès sept heures du matin. A sept heures et demie, il avait déjà téléphoné trois fois à Lyon, mais il n'avait encore trouvé que le concierge.

— Il faudrait peut-être faire ouvrir tout de suite la grille, suggéra la secrétaire, arrivée elle aussi en avance... Avant qu'ils aient le temps de se monter la tête...

On n'ouvrait habituellement la grille qu'à huit heures moins dix, au premier coup de sirène. On la refermait à huit heures deux, aussitôt après le deuxième coup de sirène. Les retardataires entraient par la porte des employés, où ils se faisaient pointer par le concierge bossu.

Noblet haussa les épaules. Il lisait et relisait les listes de licenciements. Il n'y comprenait rien. Il avait vu trois jours plus tôt Northemaire, qui ne l'avait pas averti.

Les hommes se groupèrent à l'extrémité de la place, côté ville, les mécaniciens et les ajusteurs par petits groupes, les manœuvres tous ensemble. Les femmes occupaient tout le reste de la place. Quelques jeunes gens, appuyés à leur vélo, qu'ils n'avaient pas encore portés au garage, bavardaient avec des ouvrières. Une rumeur croissante montait de la foule. Quand l'ingénieur Tallagrand, directeur de l'opération P., arriva, quelques huées montèrent :

— Pé Pépé, Pé, cria une femme.

— Bê, bê, bê, firent des hommes.

Pé, bê, pet, brr..., ce fut en un instant une immense cacophonie. Les employés se mirent aux fenêtres.

Pierrette Amable arriva à huit heures moins le quart, accompagnée du délégué des ajusteurs et de celui des manœuvres, qui étaient allés la prendre chez elle. On s'écarta un peu pour leur faire passage. On répétait :

— Elle avait raison, elle nous l'avait bien dit.

Une femme cria :

— Grève sur le tas !

— Sur le tas toi-même, répondit une voix d'homme.

Mais presque personne ne rit. Le silence se refit aussitôt. Mme Hugonnet arrivait sur son vélo, mais au lieu d'aller comme d'habitude au garage, elle se dirigea, en sonnant sans arrêt pour s'ouvrir un passage, vers Pierrette Amable.

Les deux femmes et les deux hommes s'entretinrent un moment.

— La F.E.T.A. a perdu les pédales, dit Mme Hugonnet.

Elle prit Pierrette par le bras.

— Nous allons leur montrer de quel bois nous nous chauffons, dit-elle encore.

On faisait cercle autour d'eux. On essayait de saisir des bribes de leur conversation.

La sirène hurla et le bossu ouvrit la grande grille. Quelques ouvriers entrèrent, mais la foule resta sur place.

Pierrette, Louise Hugonnet, et les deux délégués hommes dressaient rapidement un premier plan d'action. Plusieurs déléguées d'atelier vinrent les rejoindre. Au second coup de sirène, une jeune fille entra en courant dans l'usine. Personne d'autre ne bougea. Le bossu tenait la main sur la grille, mais il ne la poussa pas.

Le groupe des délégués traversa la place, se dirigeant vers la grille.

— On va vous parler, disaient-ils au passage.

Ils montèrent sur les trois marches qui précèdent la grille et se retournèrent vers la foule.

— Parle la première, dit Pierrette à Louise Hugonnet.

— Non, répondit Louise, c'est de toi qu'ils attendent quelque chose.

De la foule montèrent des cris scandés :

— Pierrette ! Pierrette !

Pierrette fit signe qu'elle allait parler. Le silence aussitôt fut total.

— Voilà, dit-elle, ce que vos délégués ont décidé. Nous allons tous gagner nos postes de travail...

— Non, non, crièrent de nombreuses voix.

— ...pour collecter les lettres de congédiement et les avis de réduction des heures de travail...

« Vous les remettrez à vos délégués d'atelier...

— Débrayage ! débrayage ! crièrent plusieurs voix.

— Aussitôt les lettres collectées, poursuivit Pierrette, vos délégués se réuniront et iront ensemble à la direction. Pendant ce temps chaque atelier décidera s'il estime devoir débrayer immédiatement. A onze heures, tout le monde ici sur la place ! »

L'heure était bien choisie, celle où arrivaient les ouvriers des postes de l'après-midi. De onze heures à midi tous les travailleurs de la Filature étaient dans l'usine.

La foule applaudit.

— Vous demanderez à vos camarades de l'après-midi, poursuivit Pierrette, de ne pas entrer dans la boîte !

La foule applaudit de nouveau et plus fort que la première fois.

— A onze heures, continua Pierrette, ici même, vos délégués vous rendront compte de l'entretien qu'ils auront eu avec la direction... Et nous déciderons tous ensemble de la réponse qu'il convient de faire.

Il y eut un gros murmure d'approbation. Louise Hugonnet prit la parole à son tour.

— Le syndicat Force Ouvrière, dit-elle, est entièrement d'accord avec la C.G.T. Nous allons nous rendre ensemble à la direction.

— Tu ne nous as pas consultés, protesta un autre délégué F.O., un menuisier, que tout le monde savait être l'homme de Noblet.

— Hou ! hou ! scanda la foule.

Le menuisier haussa les épaules et entra dans l'usine.

— Tous ici à onze heures, cria Louise Hugonnet.

— Et moi je vous conseille, ajouta-t-elle, débrayez immédiatement !

Toute la foule applaudit longuement.

Le bossu avait disparu. Il ne referma la grille que quand tout le monde fut entré. Il était huit heures et demie.

Pierrette fit le tour de l'usine, avant de se rendre dans son atelier, « l'atelier de fer », qui décida à l'unanimité de ne pas travailler On lui criait au passage :

— Salut, Pierrette ! courage, Pierrette ! ne te dégonfle pas! on est tous avec toi !

Puis tous les délégués se rendirent ensemble à l'Hôtel de la direction. Ils étaient quatorze. Ils montèrent d'un pas ferme l'escalier de pierre.

***

L'ingénieur Tallagrand et Gaspard Hauser, directeur général de la publicité de la F.E.T.A., venu au Clusot pour préparer l'inauguration de l'atelier P., s'étaient retrouvés dans le bureau de Noblet. Celui-ci entendit le martèlement des pieds de la délégation. Grâce à sa longue expérience, il lui suffisait d'entendre le pas d'une délégation sur les marches de l'escalier pour mesurer la tension des esprits dans la Filature.

— Cette fois-ci, dit-il aux deux ingénieurs, ce ne sera pas commode.

Il dit à sa secrétaire :

— Faites-les entrer tout de suite.

Pierrette posa devant lui sur la table les paquets de lettres recommandées.

— Les travailleurs, dit-elle, refusent de les prendre en considération.

Noblet haussa les épaules.

— Je n'en sais pas plus que vous, dit-il.

Il ne cacha pas qu'il n'avait pas été informé des décisions prises. Il montra devant lui les listes qui lui avaient été portées la veille au soir et qu'il se déclara prêt à collationner avec les lettres apportées par les délégués. Il dit que depuis sept heures du matin il essayait d'obtenir par téléphone la direction générale, et qu'il venait seulement de joindre Northemaire qui lui avait confirmé les licenciements, mais s'était refusé à toute explication.

— Elle est belle votre opération P., dit Mme Hugonnet.

— C'est votre seule chance, répondit vivement l'ingénieur Tallagrand, la filature n'est plus rentable dans les conditions actuelles... Toute la population du Clusot bénéficiera finalement, etc.

— Qu'est-ce que nous boufferons en attendant ? protesta un délégué.

— Et nos enfants ? protesta le délégué chrétien.

Les autres attendaient que Pierrette prît la parole. Elle dit simplement :

— Nous n'acceptons ni les lienciements, ni les réductions d'heures de travail. Nous allons demander à nos camarades d'entrer en grève jusqu'à ce que la F.E.T.A. revienne sur ses décisions.

Noblet fit un geste d'impuissance.

— A faire les mariolles, dit Tallagrand, vous vous casserez la gueule.

— Je vous en prie, lui dit Noblet. Les rapports avec le personnel sont de mon ressort.

— Qu'est-ce que le directeur du personnel pense des mesures prises ? demanda Louise Hugonnet.

— Il dort, répondit Noblet.

Il avait envoyé le concierge de la direction chercher Philippe qui avait refusé d'ouvrir, n'avait rien voulu entendre et avait crié à travers les persiennes closes : « Foutez-moi la paix. »

Pierrette donna aux délégués le signal du départ.

*
**

Aussitôt les ouvriers sortis :

— Il faut ajourner l'inauguration de l'atelier P., dit Noblet.

Tallagrand protesta vivement, reprocha à Noblet sa mollesse, « sa complaisance pour les meneurs ».

Noblet s'adressa à Gaspard Hauser :

— Les licenciements à trois jours des cérémonies d'inauguration du nouvel atelier constituent une provocation à laquelle je ne peux m'associer. Si la direction maintient sa décision, je ne peux garantir qu'il n'y aura pas de grabuge jeudi... Je connais mon monde...

Gaspard Hauser se rangea à l'avis de Noblet. Il surenchérit même. Toute sa mise en scène était mise en l'air. Il se demandait en vain dans quel but la direction générale avait brusquement introduit le mécontentement ouvrier dans sa dramaturgie. Ils téléphonèrent ensemble à Northemaire et lui exposèrent la situation ; à dix heures du matin, la plupart des ateliers avaient déjà débrayé, etc.

— L'inauguration aura lieu comme prévu, répondit Northemaire, qui raccrocha.

*
**

A la sortie de l'Hôtel de la direction :

— J'ai faim, dit Pierrette.

— Enfin, dit Louise Hugonnet.

Avant de rentrer à l'usine, elles allèrent casser la croûte et boire un pot de beaujolais à l'Hôtel des Voyageurs.

— On t'aime bien tu sais, dit Louise.

« C'est vrai », pensa Pierrette. Les mêmes camarades qui, depuis quelque temps, évitaient de se trouver seules avec elle, redoutant ses questions précises : « Qu'as-tu fait contre l'Opération P. ?... Combien de copines de ton atelier seraient-elles d'accord pour un débrayage ?... Pour quel jour as-tu convoqué une réunion ?... », ces mêmes camarades, ce matin accourues vers elle, lui avaient demandé de prendre leur sort en main.

— On fait confiance au parti, répondit Pierrette.

— Et à toi, dit Louise.

« Cela est vrai aussi », pensa Pierrette. Il ne suffit pas d'être un communiste discipliné et de répéter les « mots d'ordre » pour entraîner les masses. Il faut avoir fait la preuve qu'on a le cœur ferme. Elle se réjouit d'avoir toujours eu le cœur ferme.

— Les copines ont confiance en toi, insista la Louise.

— C'est vrai, dit Pierrette.

Elles mangèrent un long moment en silence. Cela aussi était bon dans l'entracte de la bataille.

— Ton maca boit toujours ? demanda Louise qui savait tout ce qui se passait dans la petite ville.

— Non, répondit Pierrette.

Depuis le soir, il n'y avait pas huit jours, où il avait dit de Mignot : « Je ne veux plus voir ce copain-là chez nous », Beau Masque n'était plus allé à son rendez-vous quotidien avec Philippe et n'était pas retourné au bistro. Il avait passé les soirées à construire un paquebot miniature, tandis que Pierrette lisait. De temps en temps, il jetait un regard sombre sur elle, qui ne levait pas les yeux de son livre. Ils avaient échangé peu de paroles et n'avaient jamais fait allusion à leur première « scène ». Bien que Pierrette ne le lui eût pas demandé, Mignot n'était pas revenu chez eux.

— Non, répondit Pierrette, il ne boit plus. (Les femmes du Clusot n'avaient pas honte de parler entre elles de ces choses-là.) Mais je ne sais pas ce qu'il a...

Louise la regarda rapidement.

— On t'expliquera cela plus tard, dit-elle.

— Qu'est-ce que tu m'expliqueras ? demanda Pierrette.

Louise la regarda encore, longuement, puis .

— Beau Masque est un brave gars, dit-elle. Il te reviendra, maintenant que tu te bats.

— Je n'ai jamais cessé de me battre, dit Pierrette.

— Il faut être plusieurs pour se battre, dit Louise.

Puis elles parlèrent du comité de grève qui allait se former et dont elles seraient les deux animatrices. Pierrette offrit à son tour un pot de beaujolais. Depuis des semaines, elle ne s'était pas sentie aussi alerte.

A onze heures, elle parla devant un millier d'ouvrières et d'ouvriers réunis sur la place, devant la grille de la F.T.E.A. Elle fit l'analyse des liens entre l'Opération P., l'exposition des syndicats américains, la politique gouvernementale de soumission aux Etats-Unis, et les licenciements. La colère avait crû dans les ateliers pendant toute la matinée et elle le dit, parce qu'elle savait d'expérience que la prise de conscience de la colère renforce la colère. Elle proposa aux travailleurs « la grève jusqu'à la victoire » et à la population tout entière de manifester le jeudi contre l'inauguration de l'Atelier P. et de boycotter l'exposition américaine.

Louise Hugonnet parla dans le même sens.

Toutes leurs propositions furent adoptées par acclamations.

A l'issue de la réunion, la femme de Tallagrand, qui dirigeait les travaux de jardiniers devant l'Atelier P., fut huée et dut s'enfuir. Des drapeaux furent arrachés et les lauriers roses mis en pièces. Tallagrand réussit de justesse à faire fermer les portes de l'atelier.

***

Le patron du café où se tenaient d'ordinaire les réunions de la cellule d'entreprise fut d'accord pour que son arrière-salle, qui était grande, servît de permanence au comité de grève, où tous les syndicats étaient représentés et dont la présidence fut confiée à Pierrette Amable.

Elle alla aussitôt s'y installer avec ses dossiers. A six heures, Mignot vint lui faire visite.

— Voilà ce qui a été décidé, lui dit-elle...

— Tu fonces, tu fonces, s'étonna Mignot, tu ne consultes personne...

Il était surpris du caractère des licenciements à trois jours de l'inauguration solennelle de l'Opération Productivité F.E.T.A.-Philippe Letourneau.

— La F.E.T.A., dit-il à Pierrette, souhaiterait des incidents qu'elle ne s'y prendrait pas autrement. Est-il juste de faire son jeu ? Pourquoi avant de déclencher la grève n'as-tu pas pris l'avis de l'Union départementale des syndicats, qui dispose peut-être d'informations dont nous manquons au Clusot ?

— Les travailleurs se sont enfin unis pour se défendre, voilà ce qui compte, répondit Pierrette.

— Tu fonces, tu fonces, continuait de s'inquiéter Mignot, tu aurais pu au moins consulter le parti...

— Nous fonçons, dit Pierrette, toute l'usine fonce. Il est merveilleux que nous ayions foncé tout de suite. Si nous avions attendu demain, les moins touchés par les mesures de la F.E.T.A., les débrouillards, les combinards, auraient eu le temps de réfléchir qu'ils risquaient de tout perdre en s'engageant à fond avec leurs camarades. Maintenant que les piquets de grève sont à leur poste, même les lâches n'oseront pas revenir sur la décision prise à l'unanimité ; nous avons créé une situation où il faut plus de courage pour se dégonfler devant les ouvriers que devant les patrons ; même la lâcheté travaille aujourd'hui pour nous... Elle cita l'exemple d'un délégué chrétien qui venait de lui demander : « Ne crains-tu pas que si nous manifestons jeudi, la F.E.T.A. ne réplique par le lock-out ? »

— Il a réfléchi depuis ce matin, dit-elle. Peut-être la direction a-t-elle un moyen de pression sur lui. Il aimerait trouver une dérobade. Mais ses gars sont tellement gonflés par notre réunion et par les incidents qui se sont déroulés devant l'Atelier P., que même s'il nous abandonne, il ne sera pas suivi.

Pierrette rouvrit le cahier d'écolier sur lequel elle n'avait plus rien écrit depuis la défection de Marguerite. Elle fit son plan de bataille. Elle écrivit de son écriture petite et claire :

« Informer la fédération,

« Alerter la presse démocratique. »

— Tu peux aller au chef-lieu avec ta moto ? demanda-t-elle à Mignot.

— Oui, dit Mignot.

— Tu viendras me raconter ce que les copains t'ont dit. Si je ne suis pas ici à ton retour, passe à la maison. Peu importe l'heure.

— D'accord, dit Mignot.

Elle dessina une accolade en face des deux tâche acceptées par Mignot, et écrivit :

« Responsable : Mignot.

« Compte rendu : cette nuit. »

Puis, au-dessous :

« Mobiliser pour la manifestation les cheminots de Sainte-Marie. »

— Tu peux y aller ? demanda-t-elle à l'ouvrier Cuvrot, qui n'avait pas quitté la permanence depuis le début de l'après-midi.

— Bien sûr, dit-il, j'y vais tout de suite. Il y a un train dans un quart d'heure. Je connais tous les copains du dépôt...

— Tu me rendras compte demain matin, dit-elle.

Puis elle écrivit :

« Rédaction d'une affiche et d'un tract. »

— Je m'en charge, dit-elle... Mais il faudra que j'obtienne la signature de la Louise et du chrétien...

Elle écrivit :

« Responsable : Amable. »

Cuvrot sortait.

— Avertis Jacquelard en passant, lui dit-elle. Préviens-le que nous aurons besoin de sa voiture et de lui en permanence jusqu'à jeudi soir. Il ira porter ce soir les textes des affiches et des tracts à l'imprimerie des A* [1] et retournera demain matin chercher le matériel.

Elle inscrivit :

« Responsable de l'impression et des transports : Jacquelard. »

Puis :

« Collage des affiches... »

— Oui, bien, bon, d'accord, répondait maintenant Mignot.

1. Le journal démocratique de la région.

MARDI ET MERCREDI

Le mardi, Philippe Letourneau trouva dans son maigre courrier, deux numéros de *L'Echo du Commerce*, hebdomadaire financier, pliés sous la même bande. Il fut surpris, ne recevant jamais de publications de ce genre.

Deux entrefilets avaient été entourés au crayon bleu. Le premier sur un numéro de la mi-septembre :

TIREZ LES PREMIERS,
MESSIEURS LES ANGLAIS !

Des négociations menées depuis le début de l'année entre un groupe français d'industriels et de financiers et le gouvernement de Pékin avaient abouti au mois d'août à un accord de troc.

La Chine devait fournir de la soie grège[1] *en échange de locomotives françaises.*

Ce troc devait permettre à l'industrie française de la soie naturelle de surmonter les difficultés qu'elle connaît depuis le début de la guerre de Corée, par suite de la hausse considérable de la soie grège sur le marché mondial.

Mais à la suite d'une protestation de l'ambassade des Etats-Unis, le gouvernement français a interdit l'exportation en Chine des locomotives, considérées comme « produits stratégiques ».

Pékin a aussitôt transféré la commande à un groupe anglais qui l'a acceptée avec empressement. Le gouvernement britannique ne met pas d'opposition aux livraisons.

Le second entrefilet sur un numéro de la semaine en cours (fin octobre).

REMOUS A LA F.E.T.A.

Les principaux fournisseurs italiens de soie grège viennent de suspendre leurs livraisons à la société française, la F.E.T.A., qui se trouverait de ce fait en difficulté.

---

1. Soie grège : soie naturelle à l'état brut, cocon non travaillé.

Il s'agirait d'un épisode de la lutte pour le contrôle de la F.E.T.A. entre deux groupes rivaux : la Banque franco-anglaise V. Empoli et Cie et le groupe américain Durand de Chambord, qui a acquis de gros paquets d'actions de la F.E.T.A. au cours de ces dernières années et qui entend transformer les établissements français, pour le tissage des soies artificielles fabriquées dans ses usines américaines.

— Quel est le crétin, grommela Philippe, qui a imaginé que je pusse m'intéresser à ces combats de requins ?

Il était deux heures de l'après-midi. Il venait de se lever. Il avait renvoyé la femme de ménage, sans lui ouvrir. Il dormait le plus tard possible, c'était autant de temps gagné. Il lança les deux journaux dans la bibliothèque sans portes. Il ignorait encore tout des licenciements et de la grève.

Depuis bientôt une semaine que Beau Masque ne venait plus à leur rendez-vous quotidien, Philippe ne sortait de chez lui que pour gagner le café aux machines à billes, un peu à l'écart du Clusot, sur la route de Lyon. L'établissement n'était fréquenté que par quelques maquignons, un marchand de ferraille, des contremaîtres de la F.E.T.A.

Aux heures creuses de l'après-midi, la servante recevait sur un divan, dans une salle à manger du premier étage, entre un buffet Henri II et un fauteil de velours olivâtre. Philippe offrait à boire à la patronne, jouait aux appareils à billes avec les contremaîtres et à la belote avec les maquignons. A l'heure de la fermeture, il était ivre, si bien que la patronne et la servante le reconduisaient chez lui, en faisant des détours pour éviter le scandale.

La servante avait moins de dix-huit ans, un décolleté piquant et l'œil insolent. Il l'accompagnait de plus en plus souvent dans la salle à manger. C'était comme une fringale. Elle le traitait rudement, fouillait dans son portefeuille et dans ses poches, le dépouillait, l'injuriait; il se jetait sur elle, qui se laissait faire, sans cesser de l'injurier ; elle le pinçait jusqu'au sang. Il se réjouissait de s'être découvert une virilité. Malgré ses rêves éveillés ou à cause d'eux, il avait craint que si Pierrette lui cédait un jour, il ne se trouvât aussi benêt qu'à l'époque ou sa mère, après la confession angoissée qu'il lui avait faite, l'avait envoyé chez un psychanalyste.

Ce fut un contremaître qui, dans la soirée de mardi, le mit au courant des licenciements et de la grève. Il avait déjà suffisamment bu pour n'y prêter qu'une attention distraite.

Le mercredi, en fin de matinée, il fut réveillé par son grand-père qui cognait à la persienne de fer, côté parc. Valério Empoli, qui le cherchait au téléphone depuis le début de la matinée, s'était finalement adressé, avec maintes précautions verbales, au vieux Letourneau.

Philippe passa une robe de chambre, monta au château et appela la banque.

— As-tu lu les journaux que je t'ai envoyés ? demanda Empoli.

— Non, dit Philippe. Quels journaux ?

— Deux numéros de l'*Echo du Commerce.*

— Oui, dit Philippe. Les articles cerclés de bleu.

— C'est cela, dit Empoli. Je pense que ces deux entrefilets intéresseront tes amis.

— Quels amis ? demanda Philippe.

— Ce postier, cette jeune femme...

— Ah ! oui, dit Philippe.

— Tu les vois toujours ?

— Bien sûr, dit Philippe.

— Mais, dit Valério, pour ne pas te rendre suspect à leurs yeux, il est préférable que tu ne leur parles pas de la conversation que nous avons à présent...

— Je ne comprends pas, dit Philippe.

— Pour ne pas te rendre, toi, suspect à leurs yeux à eux...

— Oui, dit Philippe.

— Comment ça va au Clusot ? demanda Empoli.

— Mal, dit Philippe.

— Oui ?... dit Empoli.

Il y eut un silence.

— Alors à jeudi...

— Pourquoi jeudi ? demanda Philippe.

— Tout de même... dit Empoli.

— Ah ! oui, dit Philippe, alors à jeudi.

— A jeudi, dit Empoli qui raccrocha.

Le vieux François Letourneau était resté près de l'appareil.

— Qu'est-ce que vous trafiquez tous les deux ? demanda-t-il.

— Je ne trafique pas, dit Philippe. J'en suis bien incapable.

— Vous êtes en train de faire du beau travail ! dit violemment François Letourneau.

Philippe haussa les épaules.

— Je ne travaille jamais, dit-il.

Son grand-père le toisa de la tête aux pieds.

— Bientôt midi, dit-il, et encore en robe de chambre. Quand j'étais le patron, je t'aurais congédié, tout mon petit-fils que tu fusses.

— Je vous en aurais remercié, dit Philippe.

— La seule chose dont tu sois capable, poursuivit le vieux, c'est d'affamer mes ouvriers.

— Vous ne les traitiez pas mieux, dit Philippe.

— Moi, dit le vieux, je mettais ma fierté à occuper un nombre de travailleurs toujours plus grand.

— Plus on a de bœufs dans son étable, commença Philippe...

— Vous autres, continua le vieux, vous ne serez contents que quand vous vous trouverez en tête-à-tête avec des machines qui marcheront toutes seules.

— Quand ils étaient devenus trop vieux pour vous gagner de l'argent, dit Philippe, vous les chassiez comme de vieux chevaux bons à abattre...

— Tu les abats en pleine force de l'âge, cria le vieux.

— Moi... dit Philippe.

Il recula d'un pas.

— Moi, répéta-t-il, moi... Mais vous n'avez donc pas compris que je suis avec les ouvriers contre la F.E.T.A.

— Qu'est-ce que tu fais pour eux ? demanda le vieux.

— Je ne leur fais pas faire la charité par ma sœur, dit Philippe, en exigeant en échange qu'ils aillent à confesse.

— Ma pauvre sœur tenait sa place, laquelle était de servir à mes côtés, à sa manière.

— Ah ! s'ils voulaient de moi... s'écria Philippe.

— Qui donc voudrait d'un bon à rien comme toi ? demanda le vieux.

— Si les ouvriers voulaient de moi... dit Philippe.

Le vieux François Letourneau l'examina un long moment en silence. Puis :

— Tu n'as encore rien compris à la vie, dit-il. Tu mets tout sens dessus dessous. Tu regardes le monde la tête à l'envers. Voilà ce que j'avais envie de te dire depuis longtemps.

Il continua de parler pendant longtemps. Philippe l'écoutait avec étonnement. Le vieux disait tout haut, avec des silences, des grognements, des jurons parfois, ce qu'il devait souvent répéter tout bas, en soignant ses rosiers. Il reconnut « qu'il avait souvent été dur avec ses ouvriers. On l'avait appelé un patron de combat ; ainsi disait-on dans ce temps-là. C'est qu'il avait été forcé de se défendre contre ses concurrents, qui étaient durs aussi, et contre les banquiers, les spéculateurs, les boursiers, contre la finance qui est sans foi, ni loi, ni patrie.

« Que, finalement, la finance l'avait abattu.

« Que maintenant la finance affamait ses ouvriers. Il avait calculé qu'en 1900, avec la paye qu'il leur donnait, ses ouvriers pouvaient acheter davantage qu'avec leur salaire d'aujourd'hui. Et ils étaient moins abrutis après la journée de douze heures que maintenant après huit heures de cadences à l'américaine.

« Que la finance l'avait envoyé cultiver son jardin comme un retraité des chemins de fer. Mais avec les ouvriers, la finance se cassera finalement les dents. Les ouvriers tenaient le bon bout, et s'ils cessaient de faire tourner les machines, les agioteurs auraient beau jouer à la baisse pour s'engraisser de leur déficit, ils crèveraient à la fin, comme le serpent qui se mord la queue.

« Et que s'il n'était pas si vieux, il irait prendre la tête de ses ouvriers, lui François Letourneau, le grand Letourneau, pour chasser la canaille sans patrie, qui leur avait volé à lui et à eux, leur usine. »

Voilà à peu près ce que François Letourneau dit à son petit-fils, en se reprenant, en se répétant, mais à peu près dans ces termes, et en disant, comme avaient dit ses grands-parents à lui, les fondateurs du premier moulinage qu'avaient fait tourner les eaux de la Géline, et avec le même mépris qu'eux; la finance, les boursiers, les agioteurs.

Philippe retourna chez lui, dans l'ancien pavillon des concierges. Il se mit à la recherche des deux numéros de *L'Echo du Commerce* reçus la veille et relut attentivement les entrefilets cerclés de bleu. Il prit une douche froide (Nathalie avait installé dans la seconde pièce un tub et un jet). Il relut de nouveau les deux entrefilets. Puis il fit une longue marche à pied dans la montagne.

A cinq heures, il était de retour au Clusot. Il courut chez Pierrette Amable.

Il y trouva Beau Masque en train de parcourir à grands pas les trois pièces du logement. Beau Masque était partagé entre un violent désir d'aller rejoindre les ouvriers de la F.E.T.A. et de participer avec eux à la manifestation du lendemain, et sa répugnance à retrouver Mignot aux côtés de Pierrette et d'être obligé de lui parler en camarade.

— Où est Pierrette ? demanda Philippe.

— Qu'est-ce que tu lui veux ?

Philippe brandit les journaux :

— J'ai des informations d'une importance capitale pour la section !

Depuis qu'il fréquentait Beau Masque, il disait comme lui : « la section ».

— Elle est à la permanence, avec ses camarades français, répondit Beau Masque.

Philippe y courut.

MERCREDI

Ce fut par Ernestine que j'appris les événements du Clusot.

Quand j'ouvris ma fenêtre, dans la matinée du mercredi, elle était en train de balayer son perron. Elle portait cet automne-là des pantalons en fuseau, genre ski et une veste en peau de mouton.

— Là-bas aussi, me cria-t-elle, cela va mal.

Du pouce retourné elle désignait « là-bas », l'envers de la montagne, le versant du Clusot.

Justin avait reçu la veille un avis de licenciement, et s'il était quand même parti le matin sur sa moto, c'était pour assister à la réunion convoquée par le comité de grève. Mais pour lui-même, il ne souhaitait pas la victoire des ouvriers, n'étant pas mécontent que le licenciement l'obligeât à prendre une décision à laquelle il rêvait depuis longtemps. Il avait passé la nuit à faire des projets à haute voix : vendre le petit domaine, le tracteur, les deux vaches et partir pour Grenoble ou pour Lyon ; il finirait bien par y trouver un travail, non pas de manœuvre comme à la F.E.T.A., mais digne du mécanicien hautement qualifié qu'il estimait être ; Ernestine aussi travaillera en usine et avec le double traitement, ils vivront mieux qu'à la Grange-aux-Vents.

— Il va falloir laisser là mes bestioles, soupira Ernestine.

Par bestioles, elle désignait d'un geste large les vaches, les brebis, les agneaux, la chèvre, les dindons, les pintades, les poules ensauvagées et, au delà du paysage à la Hubert Robert qui fermait sa cour, tout ce qui vivait, hommes et bêtes, sur le territoire de l'*île*.

« Là-bas *aussi...* » avait-elle dit. C'est que tout allait de plus en plus mal à la Grange-aux-Vents. La sécheresse du printemps n'avait cessé qu'au moment des foins, et les pluies avaient pourri l'herbe fauchée. Les orages de l'été avaient couché le blé murissant, la grêle avait ravagé les vignes. L'automne venu, les cours du bétail s'étaient écroulés sur les foires du voisinage. Et pour comble, les travaux d'électrification de la voie terminés, les cheminots de Sainte-Marie-des-Anges avaient été avisés d'un prochain déplacement ; le dépôt de locomotives allait être fermé, les ateliers de réparations supprimés, le personnel réparti entre les dépôts et gares de tri des départements voisins. La plupart des paysannes de la Grange étaient mariées à des cheminots. Finie l'aisance relative du double métier.

— Justin, me dit encore Ernestine, Justin n'est pas mécontent d'être licencié. Mais il ira quand même demain manifester contre les Américains qui se moquent de nous en venant exposer leurs saletés, juste en ce moment, en plein centre du Clusot. J'y serais allée aussi, mais Justin ne veut pas, parce que j'ai les bronches fragiles et il paraît que les pompiers arroseront les manifestants, c'est une invention américaine comme la bombe atomique, à cause d'elle il n'y a plus de saisons et les avions qui font psscht et qui font mourir les chênes...

⁂

Je descendis au Clusot dans l'après-midi.

L'affaire m'intéressait d'autant plus que j'avais presque achevé ma série d'articles sur la F.E.T.A. C'était essentiellement un historique, dont la documentation fournie naguère par Philippe Letourneau et Mignot m'avait donné les premiers éléments. J'y décrivai les premiers moulinages français s'installant sur les rives de la Géline, l'accumulation du capital prélevé sur le travail des enfants de la montagne et des « filles repenties », les rivalités des barons de la soie, les vols, les faillites, les suicides, puis la concentration des entreprises, l'intervention des financiers, la formation des monopoles, leur internationalisation ; et enfin l'intervention américaine, et le rôle de la préparation à la guerre dans la nouvelle distribution des marchés. Le rôle des Durand de Chambord dans l'industrie atomique américaine m'avait été confirmée.

On m'indiqua la permanence du comité de grève. L'arrière-salle du café était fermée aux consommateurs. Un service d'ordre, fourni par l'U.J.R.F. était installé depuis le matin dans la première salle. Mignot avait obtenu du patron qu'il ne servît que de la bière ou de la limonade. Personne n'avait protesté.

Toutes les tables avaient été retirées de l'arrière-salle, sauf trois, disposées au fond, en fer à cheval. Quand j'entrai, Pierrette était assise derrière la table du milieu, avec son cahier d'écolier ouvert devant elle. L'instituteur Jacquelard lui rendait compte d'une mission.

Un délégué homme rangeait sur la table de gauche les affiches et les tracts que Jacquelard venait de rapporter du chef-lieu.

Autour de la table de droite, Jacquelard, le secrétaire fédéral Chardonnet, Mignot, Louise Hugonnet étaient en train de corriger le brouillon d'un nouveau tract.

Assis sur des bans, tout autour de la salle, des ouvriers et des ouvrières attendaient leur tour de parler à Pierrette, présidente du comité de grève. Des jeunes ouvriers entraient et sortaient, apportant et remportant des messages. Il y avait énormément de fumée. Tout le monde fumait. Cuvrot roulait ses cigarettes et les collait dans le coin de la bouche. Pierrette avait accumulé quantité de mégots dans le cendrier Cinzano posé devant elle. Les autres jetaient leurs mégots par terre.

Chardonnet me demanda de participer à l'amendement du nouveau tract qui devait être distribué le lendemain, au cours de la manifestation. A son idée, le texte rédigé par les camarades du Clusot ne liait pas assez leur lutte présente et locale avec la lutte générale pour la paix et l'indépendance nationale. Qui les réduisait au chômage ? La F.E.T.A., liée au trust américain Durand de Chambord ; ils étaient victimes de la politique de préparation de guerre ; voilà ce qu'il fallait souligner.

Louise Hugonnet n'était pas d'accord pour « qu'on parle politique », dans un texte destiné à encourager à la lutte contre les licenciements et l'Opération P., cause des licenciements.

Pierrette, qui en avait fini avec Jacquelard intervint. Sur le principe, elle était d'accord avec Chardonnet. Mais elle estimait que le texte qu'il proposait était rédigé en termes trop généraux, pas assez précis.

— C'est une copine terriblement entêtée, me dit Chardonnet. Mais elle a fait du bon boulot en réalisant l'unité ouvrière, ici, au Clusot...

Il me demanda ce que je pensais de son texte. Moi aussi, j'en trouvai la rédaction académique. Avec Pierrette, nous commençâmes un nouveau projet...

Là-dessus, arriva l'ouvrier Cuvrot qui revenait de Sainte-Marie-des-Anges. Les cheminots avaient promis de participer à la manifestation du lendemain ; ils arriveraient en masse par le train de treize heures. Dès ce soir, ils enverraient une équipe de renfort pour le collage des affiches.

— Qui assurera la protection des afficheurs ? demanda Pierrette à Mignot.

— J'ai pensé à l'Uji, répondit Mignot.

— Tu crois ? demanda Pierrette.

Un camarade, employé à la Préfecture venait de téléphoner que plusieurs cars de C.R.S. étaient en route pour le Clusot. A des jeunes prompts à la bagarre, Pierrette préférait « des copains sérieux qui assurent coûte que coûte le collage ».

— Pierrette a raison, dit Chardonnet.

— Qui proposes-tu ? demanda Mignot.

L'ouvrier Cuvrot intervint.

— Demandons à Vizille de former un groupe de protection.

— On ne l'a pas encore vu celui-là, dit Pierrette. Mais l'idée est bonne.

— Non, non et non, protesta Mignot.

Vizille était le garde-barrière et lieutenant des pompiers, ancien commandant F.T.P., qui avait rétabli l'ordre au profit de Beau Masque, et non sans quelque forfanterie, le soir du bal du parti.

— C'est un anar, protesta Mignot.

— Il a mauvaise tête dit Pierrette, mais ce n'est pas un gamin...

— Enfin, enfin, protestait Mignot, tourné vers Chardonnet...

Et il commença d'énumérer tous les manquements de Vizille à la discipline du parti.

Chardonnet se tourna interrogativement vers Pierrette.

— C'est un boulot pour lui, dit Pierrette.

— Laisse faire Pierrette, dit Chardonnet à Mignot.

Tout au long de cette soirée, Chardonnet laissa les coudées franches à Pierrette. Il n'était certainement pas venu dans cette intention. Mais Pierrette s'imposait à nous tous par son assurance, sa manière d'écouter attentivement ce qu'on lui disait, ce que lui disait n'importe quel camarade, de résumer en quelques mots ce qui lui avait été exposé confusément, puis de dire ce qu'il était raisonnable de faire, si tranquillement, si clairement, que chacun était persuadé qu'elle exprimait sa propre pensée.

Chardonnet ignorait à peu près tout des conditions de luttes particulières au Clusot. Il s'exprimait malaisément en public. De nature froide, il ne savait enflammer ni les individus, ni les foules. Mais au maquis d'abord, au secrétariat fédéral ensuite, il avait acquis la technique du commandement, qui consiste essentiellement à laisser faire ceux qui se montrent à la hauteur des tâches qui leur sont confiées et à écarter les autres patiemment, indéfiniment, jusqu'à ce qu'ils soient convenablement remplacés ; ainsi opèrent les grands généraux, les grands patrons et les grands révolutionnaires.

— Va chercher Vizille, demanda Pierrette à Cuvrot.

Un des jeunes du service d'ordre entra à cet instant.

— Le fils Letourneau veut te parler, dit-il à Pierrette. Qu'est-ce qu'il faut en faire ?

— Tu n'as rien à en faire, dit en riant Pierrette. Tu le laisses entrer ou tu ne le laisses pas...

— Vizille a fait école grommela Mignot.

— Fais-le entrer, dit Pierrette.

Philippe poussa brusquement la porte, jeta un rapide coup d'œil sur la salle enfumée et se dirigea droit vers Pierrette.

— J'ai trouvé quelque chose pour vous, dit-il.

Et il se mit à chercher dans ses poches pleines de papiers.

Il portait un veston de tweed pied-de-poule ; sa chemise était déboutonnée et l'on apercevait dans le décolleté une touffe de poils blonds.

Il chercha un moment dans la masse de papiers qu'il sortit finalement tout en vrac et posa sur la table. Un grand silence s'était fait à son arrivée. Les garçons de service d'ordre étaient entrés derrière lui et formaient demi-cercle dans le fond de la salle. Plusieurs des ouvrières assises sur les bancs s'étaient levées et rapprochées des tables en fer à cheval. Tous les regards étaient fixés sur lui.

Philippe trouva enfin les deux journaux qu'il avait pliés et repliés si bien qu'ils étaient maintenant du format d'une enveloppe ordinaire. Il les ouvrit gauchement.

— Voilà, dit-il, j'ai entouré de bleu ce qui pouvait vous intéresser.

Pierrette lut attentivement les deux entrefilets. Philippe resta debout devant elle, un peu penché en avant, les deux mains posées à plat sur la table.

— Précisément ce qui nous manquait, dit Pierrette à Chardonnet, en poussant vers lui les deux journaux. Maintenant tu vas pouvoir refaire ton tract.

Mignot se leva pour lire par-dessus l'épaule de Chardonnet.

— Asseyez-vous, dit Pierrette à Philippe.

Le délégué qui, tout à l'heure rangeait les affiches, lui passa une chaise par-dessus la table, et Philippe s'assit dans le fer à cheval des trois tables, en face de Pierrette. Le cercle des ouvrières et des jeunes gens se referma derrière lui.

— Excellent, dit Chardonnet.

— Vous lisez les journaux financiers ? demanda Mignot à Philippe.

— Je vous les apporte, dit Philippe.

— Vous savez quels intérêts défend *L'Echo du Commerce?*

— Absolument pas.

— Les vôtres, dit Mignot.

Il s'adressa à Chardonnet :

— Je l'ai déjà dit hier à Pierrette, je trouve toute cette affaire suspecte depuis le début. Pourquoi la F.E.T.A. n'a-t-elle pas attendu trois jours de plus pour licencier la moitié de son personnel ? Elle voudrait saboter l'inauguration de son Opération Productivité F.E.T.A.-Philippe Letourneau, elle ne s'y prendrait pas autrement.

La voix de Mignot avait appuyé sur « Philippe Letourneau ». Il poursuivit :

— Or, qui vient nous apporter des armes contre son opération, contre lui-même : Letourneau en personne.

— Il faut que je vous dise, commença Philippe...

— Laissez-moi terminer, coupa Mignot.

« Qui est donc Philippe Letourneau ? poursuivit-il.

« Primo, le directeur du personnel des établissements du Clusot, c'est-à-dire le responsable des licenciements.

— C'est vrai, c'est vrai, dirent plusieurs voix.

Philippe tourna la tête et vit les femmes groupées derrière lui, à l'entrée du fer à cheval.

— Il faut vous dire, commença-t-il, en s'adressant à Pierrette...

— Secundo, continua Mignot en haussant la voix. Philippe Letourneau est le petit-fils de François Letourneau, l'ancien patron de la filature, le plus dur patron qu'elle ait jamais eu.

« Tertio, il est le beau-fils de Valério Empoli, de la Banque Empoli et Cie, la banque qui contrôle la presque totalité de la soierie française.

« Quarto, il est le fils de la veuve Privas-Lubas, belle-sœur de James Durand de Chambord, principal actionnaire du trust américain de l'énergie atomique...

— C'est moi qui vous l'ai appris, protesta Philippe.

— Laissez-moi parler, dit Mignot.

« Il me semble donc, poursuivait-il, que nous avons toutes raisons de considérer Philippe Letourneau comme un provocateur et de traiter en conséquence les documents qu'il nous apporte.

— Je suis tout à fait d'accord, dit Louise Hugonnet.

Et à Philippe :

— Qu'est-ce que tu es venu faire ici ? demanda-t-elle.

— A la porte, crièrent plusieurs voix.

— Retourne chez ton grand-père ! dit une femme.

— Chez ta mère, cria une autre.

— On va le renvoyer chez les Ricains à coups de pied dans le cul, dit un garçon.

Je vis de la sueur sur le front de Philippe. Pendant un court instant, il avait courbé la tête. Puis il se redressa et frappa du plat de la main sur les journaux :

— Bon Dieu, dit-il, laissez-moi donc vous expliquer...

— Inutile, dit doucement Pierrette. Nous avons très bien compris.

Puis elle sourit. Je fus étourdi de la bonté de ce sourire. Ce fut de ce jour-là et dans cet instant que je commençai à comprendre Pierrette Amable.

— Laissez-nous discuter tranquillement, demanda-t-elle aux femmes et aux jeunes gens.

Il y eut des murmures de protestation.

— Nous ne sommes pas en réunion publique, dit-elle encore, mais en réunion de travail du comité de grève.

Le silence se rétablit.

Puis à Philippe :

— Qui vous a fait parvenir ces deux journaux ? demanda-t-elle doucement.

— Mon beau-père, Valério Empoli.

— Les articles étaient entourés de bleu ?

— Oui, dit Philippe.

— Il se coupe, s'écria Mignot. Il a dit tout à l'heure que c'était lui qui les avait soulignés...

— Il dit la vérité, trancha tranquillement Pierrette.

Puis de nouveau à Philippe :

— Votre beau-père ne vous a chargé d'aucune autre commission ?

— Non, dit Philippe.

— Eh bien ! dit Pierrette, il nous reste à vous remercier du service que vous venez de nous rendre.

Elle lui tendit la main. Il se leva et lui prit la main. Elle répondit à la pression.

— Au revoir, Philippe Letourneau, dit-elle. Et encore merci.

Elle lui sourit de nouveau.

— Merci, dit Philippe, merci.

Il se retourna et sortit. Le cercle des ouvrières et ouvriers s'ouvrit devant lui. Il n'y eut pas un murmure sur son passage.

— Qu'est-ce que tu comprends à toute cette histoire ? demanda Chardonnet à Pierrette.

— Que le torchon brûle à la F.E.T.A., dit-elle.

— Et encore ?

— Je ne suis pas experte en finances. Je ne peux pas t'expliquer pourquoi la Banque Empoli, qui paraissait jusqu'à présent contrôler la F.E.T.A., est en train de saboter une opération F.E.T.A., et vient de nous envoyer des armes contre elle-même. La seule chose qui m'intéresse c'est que les contradictions de l'adversaire, qui nous ont déjà permis de refaire l'unité des travailleurs au Clusot, viennent de nous donner des moyens de la fortifier.

— En nous envoyant un provocateur, dit Mignot.

— Qu'est-ce que tu penses de ce Philippe Letourneau ? demanda Chardonnet à Pierrette.

— Il manque de caractère, dit Pierrette, mais il est plein de bonne volonté.

Ils relurent attentivement les journaux qu'avait apportés Philippe.

— Qui nous garantit que ces informations soient vraies ? demanda Louise Hugonnet.

— Elles paraissent vraisemblables, dit Chardonnet. L'obéissance servile aux ordres de l'ambassade américaine est bien dans la ligne du gouvernement.

— Il faut utiliser cela pour ton tract, dit Pierrette. En expliquant bien clairement...

— Non, dit Louise Hugonnet, c'est de la politique.

— N'est-ce pas pour des raisons politiques que la F.E.T.A. licencie son personnel ? demanda Chardonnet. Si l'exportation des locomotives n'avait pas été interdite...

— Mais qui nous garantit que ces informations soient vraies ? demanda Mignot.

— Nous citerons nos sources, dit Chardonnet.

— Ce n'est pas nous qui en prenons la responsabilité, c'est un journal à eux, dit Pierrette.

— Tout de même, dit Louise, il faut qu'il soit bien clair que le comité de grève ne fait pas de politique...

Pendant qu'ils poursuivaient la discussion, Pierrette commença d'écrire :

POURQUOI LA F.E.T.A. LICENCIE SES OUVRIERS

« La soie brute est trop cher, dit la F.E.T.A., qui prétend travailler à perte.

« Or, au mois d'août, la Chine populaire a offert de la soie brute à la F.E.T.A.

« Pourquoi cette soie brute n'est-elle pas venue en France? C'est un journal du patronat qui nous l'apprend... »

— Viens m'aider, me dit Pierrette. C'est ton métier.

Nous nous mîmes au travail. L'ouvrier Cuvrot revint.

— Le commandant Vizille, dit-il refuse de venir.

— Je t'avais bien dit, s'écria Mignot, que Vizille est en train de lâcher le parti.

Cuvrot avait l'air malicieux.

— J'ai l'impression, dit-il, que Vizille est en train de préparer une petite manifestation personnelle, dans sa manière à lui.

— Pas question, dit Pierrette. Raconte ce que tu sais.

— Il ne m'a rien dit, affirma Cuvrot.

Mais, en même temps, il cligna de l'œil à Pierrette.

— Tu viendras me parler tout à l'heure, dit Pierrette. Tu n'oublieras pas, hein ?

— Vous autres, ici, dit sèchement Chardonnet, vous me paraissez avoir de curieuses manières de travailler.

— Nous travaillons avec les copains que nous avons, dit Pierrette. Ce ne sont pas des communistes de roman.

— Tu prends la responsabilité de ce que fera ton Vizille ? demanda Chardonnet.

— Je te répondrai quand je le saurai.

— Fais comme tu veux, dit Chardonnet. Mais je te considère comme responsable...

Il était sept heures du soir. Le comité de grève travaillait depuis tôt dans la matinée. Ce travail est tout de discussions, de conflits à résoudre, de décisions soudaines à prendre. Ils commençaient à s'irriter les uns contre les autres. De cela, Chardonnet avait déjà eu maintes expériences.

— Reprenons tranquillement cette question, dit-il.

Mais Jacquelard rentrait, ayant rangé sa quatre-chevaux devant la porte.

— Quel est le programme pour ce soir ? demanda-t-il.

De nombreux déplacements étaient prévus. Pierrette et Mignot devaient parler à Tournier et à Billon, petits centres industriels des vallées voisines et Chardonnet aux métallurgistes du chef-lieu, pour demander aux ouvriers de participer à la manifestation du lendemain au Clusot. Le texte du nouveau tract devait être porté à Grenoble, à l'imprimerie des A... et les tracts ramenés dans la nuit.

Il fut décidé que Jacquelard conduirait Chardonnet au chef-lieu, puis filerait sur Grenoble. Mignot mènerait Pierrette à Tournier sur sa moto, irait faire son discours à Billon, puis reviendrait la chercher.

Jacquelard et Chardonnet partirent aussitôt. Pierrette recommença de donner des consignes pour la manifestation.

Beau Masque arriva vers les huit heures.

— Qu'est-ce que je peux bien faire pour vous ? demanda-t-il.

— Reste tranquille, dit l'ouvrier Cuvrot. Nous ne voulons pas donner à la police l'occasion de t'expulser...

— *Porca miseria,* s'écria Beau Masque, pour une fois que le Clusot bouge, je ne vais pas rester les bras croisés.

Il avait retrouvé son regard malicieux, l'œil mi-clos.

On le chargea de faire le tour des anciens ouvriers de la voie demeurés au Clusot et de les inviter à participer le lendemain à l'action des travailleurs de la F.E.T.A.

Pierrette l'accompagna jusqu'à la porte.

— Sois prudent, dit-elle, les gendarmes te surveillent depuis que tu vis avec moi...

— A quelle heure rentres-tu ? demanda-t-il.

— Tard, répondit-elle. Je dois parler à une réunion publique à Tournier.

— Qui t'y conduit ?

— Jacquelard, dit-elle, comme d'habitude...

Il n'y avait pas dix minutes que j'avais entendu décider publiquement que ce serait Mignot qui mènerait Pierrette à Tournier. Et Jacquelard était déjà parti pour toute la nuit. Je fus au plus haut point déconcerté par le mensonge de la jeune femme. Je n'avais pas vu mes amis depuis plusieurs semaines et j'ignorais encore que Beau Masque fût jaloux de Mignot.

MERCREDI

Au début de l'après-midi de mercredi, ainsi que nous l'apprîmes par la suite, le chef du cabinet du ministre de l'Intérieur téléphona à Valério Empoli, à Lyon.

Il lui fit part d'une communication du préfet de..., signalant que les esprits étaient très excités au Clusot à la suite des licenciements massifs auxquels aurait procédé la F.E.T.A., et qu'il était à craindre que des incidents fâcheux se produisent le lendemain au cours de l'inauguration de l'Atelier Productivité F.E.T.A. Philippe Letourneau.

Le préfet de... est socialiste, répondit Empoli. Il met en valeur ses amis Force Ouvrière qui se sont engagés dans cette bagarre.

— Vous pouvez nous assurer qu'il n'y aura pas d'incidents au cours de la cérémonie ?

— Je ne peux vous assurer de rien, répondit Empoli. Ce n'est pas à moi de faire respecter l'ordre. Que vos services fassent leur métier.

Le chef de cabinet insista. Bien sûr, le ministre n'ignorait pas les fâcheuses circonstances qui avaient obligé la F.E.T.A. à licencier... un peu brutalement il faut bien le dire... 40 pour cent de son personnel. Mais étant donné les négociations en cours, la prochaine conférence internationale, il serait préférable pour éviter tout incident, d'ajourner les cérémonies prévues... Quand les esprits seront calmés... Quand la magnifique Opération Productivité aura fait ses preuves... Bref, on serait très reconnaissant à la F.E.T.A. qu'un incident technique aux ateliers obligeât à ajourner l'inauguration.

Valério Empoli, repoussa la suggestion. Le ministre comprendrait certainement qu'il était impossible de prendre prétexte d'un incident technique. Ce serait mettre en doute la valeur professionnelle des cadres de la F.E.T.A., dans le moment même où la Société était engagée, comme le savait le gouvernement, dans des négociations extrêmement délicates avec de très importantes firmes américaines.

Une demi-heure plus tard, le directeur du cabinet du ministre de la Production Industrielle appela à son tour le banquier. Il l'informa qu'un contretemps imprévu empêcherait son patron de se rendre le lendemain au Clusot, comme il avait été prévu, et que dans ces circonstances, une démarche allait être faite auprès de M. Jonathan Johnston, délégué américain à l'O.E.C.E., pour qu'il ajourne également son voyage.

— J'attends M. Johnston d'une minute à l'autre répondit doucement Empoli. Il est parti de Paris par la route et il devrait déjà être arrivé à Lyon où il sera mon hôte ce soir... Je me ferai un plaisir de lui faire part de la communication du ministre... Je serai obligé de lui expliquer, le prestige de la F.E.T.A. l'exige... que l'inauguration est ajournée par crainte de manifestations ouvrières... Il ne sera pas mauvais que les Américains aient ainsi une preuve que trop de brutalité dans la conduite de certaines affaires ont en France des conséquences fâcheuses... et ne peuvent qu'accroître une impopularité dont ils se plaignent déjà.

— Je vais consulter le ministre, dit le directeur de cabinet.

Un quart d'heure plus tard, un troisième coup de téléphone annula les deux précédents. Le ministre de la Production Industrielle viendra comme prévu. Il n'y aura pas d'incidents. L'ordre sera maintenu par les autorités compétentes.

Entre temps, l'Intérieur avait repris contact avec le préfet de... Le fonctionnaire venait d'avoir une conférence avec le maire du Clusot, le commissaire de police et le capitaine de gendarmerie. Il était beaucoup moins pessimiste que dans la matinée.

.Le maire, socialiste élu par une coalition anticommuniste, patron d'une cartonnerie qui occupait une cinquantaine d'ouvriers, en aval du Clusot, avait soutenu que le préfet et son informateur, le capitaine de gendarmerie, surestimaient la gravité de la situation.

— Au Clusot, avait-il dit, il n'y a que trois communistes qui comptent : l'ouvrier Cuvrot, l'inspecteur des postes Mignot, et la femme Amable... Si on les coffre tous les trois, il n'y aura pas d'incidents.

Le commissaire de police était du même avis. Originaire du Midi, récemment nommé au Clusot, il était convaincu de l'apathie de la petite ville. « Ce n'est pas comme chez moi... tout serait déjà à feu et à sang. »

— Si on coffre les meneurs, confirma-t-il, personne ne bougera.

Il fut facile de trouver un prétexte. Des inscriptions U.S. GO HOME avaient été peintes la nuit précédente sur le mur du cimetière, le long de la route par où devait arriver le cortège officiel. Le préfet décida de demander au parquet d'ouvrir une instruction pour détoriation de monument public et signa immédiatement, à ce chef, des mandats d'arrestation au nom de Cuvrot, Mignot et Amable.

— Promettez-leur, dit-il, au commissaire de police, qu'ils seront remis en liberté après-demain, si les cérémonies se déroulent sans incidents.

Puis, pour parer quand même à toute éventualité, il prit contact avec le colonel des C.R.S., afin qu'un important service d'ordre fût dirigé vers le Clusot.

*
**

Emilie Privas-Lubas était en Amérique chez sa belle-sœur Esther Durand de Chambord.

Nathalie était rentrée depuis quelques jours à Lyon. Elle n'avait jamais eu le teint aussi frais. Elle ne quittait plus son père.

Ils avaient passé ensemble la soirée de mardi au casino de Charbonnières, jouant au baccara, elle assise, lui debout auprès d'elle, la main posée sur son épaule. Ils avaient l'air du bonheur et tous les yeux étaient fixés sur eux. Nathalie gagna des sommes fabuleuses, en tirant à six, en gardant la main jusqu'à dix-huit fois; on s'étonnait que tant d'extravagances ne rebutassent pas la chance; on restait le souffle suspendu, et puis on s'exclamait. On ne prêta plus créance aux bruits fâcheux qui couraient depuis quelque temps sur la Banque Empoli, sur le point, disait-on, de passer sous le contrôle d'un consortium américain. On ne les avait d'ailleurs pas pris au sérieux, trois siècles ayant convaincu Florence, Lyon, Paris, Hambourg et Londres que les Empoli étaient invincibles.

Mercredi soir, en l'absence de sa belle-mère, Nathalie présida le dîner tout intime offert à Jonathan Johnston.

On servit des écrevisses de Nantua, des quenelles au brochet des Dombes, du gratin dauphinois.

— C'est une coutume lyonnaise, expliqua Nathalie, que de manger les légumes avant le rôti.

— Conservons, répondit l'Américain, conservons nos charmants provincialismes. Nous autres, dans le Sud...

On continua par une poularde demi-deuil.

Jonathan Johnston était technicien de la productivité, au même titre que Philippe Letourneau de la soierie. Sa nomination à l'O.E.C.E. avait été la menue monnaie d'un marché conclu entre deux groupes métallurgiques. Mais, plus consciencieux que Philippe, il avait lu quelques ouvrages de technologie et de géopolitique, et faisait ses rapports en conséquence. Il avait l'intelligence de ne tenir compte des faits que dans la mesure où ils confirmaient les deux ou trois idées bien reçues au Département d'Etat qu'il développait dans chacune de ses conclusions. On trouva qu'il avait du style; c'est qu'il savait admirablement envelopper de louanges sur le passé et de respect pour un pays « de haute civilisation », ses impitoyables critiques des méthodes françaises de travail; il n'y avait presque rien à changer pour montrer ses rapports à des ministres français. Trente ans seulement : on lui attribuait le plus grand avenir.

Il ne comprenait pas un seul mot de français. Il en avait d'abord souffert, puis il en avait fait un système : fonctionnaire du Département d'Etat dans une époque où l'Amérique sera de plus en plus appelée au *leadership* des affaires mondiales, ce serait se condamner à rester un perpétuel étudiant que d'entreprendre l'étude des langues de tous les pays où il sera envoyé en mission; mieux valait y renoncer une fois pour toutes. Mais il était heureux de se trouver chez des Français qui parlaient l'anglais aussi parfaitement que les Empoli.

Nathalie portait une petite robe noire, très simple, de *dîner habillé*, de chez Schiaparelli. Elle avait bu exactement la dose de whisky qui lui convenait et elle fut étourdissante. Elle raconta mille histoires drôles sur Capri, Saint-Germain-des-Prés, le zoo de Hambourg et l'hospitalité des pêcheurs écossais. « Voilà une vraie jeune fille française », pensa Johnston.

Au moment de la Fine Napoléon, Empoli expliqua que le cognac ne vieillit comme il doit que dans des fûts d'un certain bois de châtaignier qu'on ne trouve que dans deux ou trois communes du Limousin. L'Américain se promit d'utiliser cela dans un prochain rapport; voilà le type même des choses où les Français sont imbattables et où il convient de les confiner.

La fine l'assoupit enfin. On le conduisit dans une chambre gris et rose; il s'endormit sous un Marie Laurencin. Il nota le détail pour la prochaine lettre à sa fiancée.

Il n'avait pas été question de l'Opération Productivité F.E.T.A. Philippe Letourneau.

— Je déteste entendre parler affaire, avait de prime abord prévenu Nathalie.

Empoli avait seulement promis :

— Vous serez reçu demain au Clusot, comme nos populations montagnardes savent encore le faire.

MERCREDI SOIR

Philippe était sorti bouleversé de la permanence du comité de grève. Pierrette Amable avait pris sa défense envers et contre tous. Voilà ce qu'il avait retenu de l'affaire.

Son premier mouvement avait été d'aller s'asseoir dans le café le plus proche et d'attendre qu'elle sortît, pour lui parler. Mais il avait craint qu'on ne le prit pour un mouchard. D'ailleurs, que lui aurait-il dit ? Il avait envié les jeunes gens qui avaient droit de se tenir à proximité de l'état-major ouvrier, auxquels Pierrette faisait parfois appel pour porter un pli ou aller chercher quelqu'un, et qui jetaient sur lui des regards soupçonneux.

Il avait gagné les bords de la Géline et avait longuement suivi les quais dans un sens et puis dans l'autre. Il avait tourné et retourné cette idée : « Pierrette Amable me porte estime et ne craint pas de le manifester devant ses camarades. J'ai eu tort de désespérer. Beau Masque n'est certainement pour elle qu'un manœuvre d'amour, comme il le craint à juste titre. J'aurai cette femme. » Il avait retrouvé peu à peu le degré d'exaltation que nous connaissons par certaines de ses lettres à Nathalie.

Vers les huit heures, il s'assit dans un café, sur la grande place de la ville neuve, la place François-Letourneau, entre l'Hôtel de la direction de la F.E.T.A. et l'entrée de la Filature. On montait des tentes de toile et les stands de marqueterie de l'exposition volante des syndicats américains. Un barrage de C.R.S. protégeait les travaux. Des ouvriers regardaient par petits groupes. Philippe commanda un Ricard et commença une longue lettre pour sa demi-sœur qu'il croyait toujours à Sestrière.

A huit heures et demie, un moteur de motocyclette lui fit relever la tête. Mignot, avec Pierrette sur le tansad, passa lentement devant les C.R.S., fit deux fois le tour de la place, s'arrêta un instant près d'un groupe d'ouvriers auxquels Pierrette dit quelque chose, puis s'engagea sur le pont de la Géline, à droite de l'Hôtel de la direction. Au delà du pont, la moto disparut du champ du regard de Philippe. Mais il conclut, au bruit enflé du moteur, que Mignot et Pierrette gravissaient la côte qui rejoint la route de Grenoble à la sortie du Clusot.

Il lui fut déplaisant de voir Pierrette sur le tansad de Mignot. Mais il n'y attacha pas autrement d'importance. Il était normal qu'à la veille du combat, les deux dirigeants passassent en revue leurs troupes. Philippe commanda un deuxième Ricard et se remit à écrire.

A dix heures, il en était au sixième Ricard. Il n'était pas accoutumé à l'alcool au même degré que Nathalie. Le besoin de boire ne s'imposait pas à lui dès le réveil. Il pouvait même rester toute une journée à jeun, sans en éprouver de sérieux inconvénients. Mais, depuis quelques semaines, le premier verre créait aussitôt l'exigence d'un autre et ainsi de suite jusqu'à la perte de conscience.

Il gardait cependant encore son contrôle, sauf précisément en ce qui concernait le besoin de boire de nouveau, quand Vizille et Beau Masque entrèrent dans le café.

Beau Masque s'arrêta au passage pour serrer la main de Philippe.

— Pierrette est-elle rentrée ? demanda Philippe.

— Tu as encore des révélations à faire ? demanda en riant Beau Masque.

— Peut-être, dit Philippe.

Il montra les feuillets étalés devant lui :

— J'essaie, continua-t-il, de comprendre ce que manigance la F.E.T.A.

— Si tu fais des découvertes, dit Beau Masque, tu raconteras cela à Pierrette demain matin.

— On ne peut pas la voir ce soir ? demanda Philippe.

— Elle rentrera tard, dit Beau Masque. Elle est allée parler aux ouvriers de Tournier.

Philippe secoua la tête.

— C'est une route dangereuse, dit-il, à faire la nuit à motocyclette.

— Pierrette est en voiture, dit Beau Masque. C'est Jacquelard qui l'a menée dans sa quatre-chevaux.

Et il alla rejoindre Vizille.

« Elle lui a menti, pensa aussitôt Philippe. Aurait-il donc raison d'être jaloux de Mignot ? »

Il essaya de se remettre à écrire à Nathalie mais il ne pouvait plus. Au demeurant, tout ce qu'il venait d'écrire ne signifiait plus rien. Il imaginait Pierrette et Mignot sur la route. Il se rappela qu'un de ses camarades de lycée, le grand Rip, qui avait une motocyclette, racontait que les cahots de la route affolent les femmes. « Elles me supplient de m'arrêter, disait-il, de les prendre dans un fossé. »

A l'autre bout du café, Vizille chuchotait dans l'oreille de Beau Masque. Il saisit un siphon et fit siffler le jet sur le plancher. Beau Masque rit et tapa sur l'épaule de Vizille.

Philippe commanda un nouveau Ricard. Il écrivit à la suite de la lettre à Nathalie, mais au travers de la page :

« Comment Pierrette peut-elle embrasser ce Mignot, avec ses dents carriées, sa mauvaise haleine, sa peau malsaine ? Beau Masque au moins a le teint frais, les lèvres comme des fruits. Mais les femmes, quand leur ventre parle, se moquent pas mal de la qualité de la peau... »

Beau Masque appela la servante pour payer. Il mit la main dans la main de Vizille, comme pour dire « d'accord. C'est promis. A la vie, à la mort ». Puis il rit de nouveau.

« L'imbécile, pensait Philippe. Pierrette est sous l'autre en ce moment. Elle gémit comme une chienne. »

Vizille s'en alla. Beau Masque vint à Philippe.

— Tu bois quelque chose ? proposa Philippe.

Beau Masque commanda un verre de vin rouge, Philippe un nouveau Ricard.

— Pourquoi as-tu parlé de moto tout à l'heure ? demanda Beau Masque.

— Je croyais que c'était Mignot qui avait mené Pierrette à Tournier.

— Tu vois comme on se fait des idées, dit Beau Masque.

Il resta un instant silencieux.

— J'y ai bien réfléchi tous ces jours-ci, dit-il. J'ai eu tort au sujet de Pierrette. C'était le mal du pays qui me travaillait. Je suis sûr que c'est une honnête femme.

— C'est toi que ça regarde, dit Philippe.

Beau Masque regarda la pile de soucoupes.

— Tu bois trop, dit-il.

— Je me demande comment elle appelle le Mignot, dit Philippe. Frédéric ?... Frédé ?... mon chéri ?...

— Tu es saoul, dit Beau Masque. Je vais te ramener chez toi.

— Occupe-toi de ta Pierrette et fous-moi la paix, dit Philippe.

Beau Masque le regarda un moment en silence. Puis, et un peu comme se parlant à lui-même :

— Si j'ai été si idiot avec Pierrette, c'est un peu de ta faute. Mais je ne t'en veux pas. Tu l'as jugée au travers des femmes de ton milieu. Tu ne comprends rien aux ouvrières.

— Tu ne comprends rien aux Françaises, dit Philippe.

Il se pencha sur Beau Masque.

— Une jeune femme continua-t-il, une Française, belle, intelligente, courageuse, plus d'allure qu'aucune femelle au fond de cette affreuse cluse... une femme qui a épaté même ma mère et qui serait à l'aise dans n'importe quel salon... elle n'a que l'embarras du choix pour se remarier, ici ou ailleurs. Pourquoi penses-tu qu'elle a choisi précisément un Italien ?

Beau Masque chercha le regard de Philippe qui se déroba.

— Où veux-tu en venir ? demanda-t-il.

— Même pour son travail politique tu es une entrave, poursuivit Philippe. Tu sais aussi bien que moi qu'ici au Clusot, on ne respecte plus une femme qui s'est collée avec un maca...

Beau Masque le saisit par le bras :

— *Vuota il sacco !* gronda-t-il.

Puis se rappela l'expression française :

— Déballe, dit-il. Vite, vite... déballe !

— Ici, au Clusot, reprit Philippe, à deux heures de Modane, on en sait long sur vous... un tiers de la population porte des noms italiens... tu sais ce qu'on dit d'une femme qui se met avec un maca ?... on dit qu'elle en veut. Tu comprends ce que ça veut dire ?... elle en veut ta Pierrette !

— Sors, dit Beau Masque, je vais te casser la gueule.

Il saisit Philippe par le coude et l'obligea à se lever.

— Tu ferais mieux de casser la gueule de celui qui est avec elle en ce moment, lui souffla Philippe dans le visage.

— Je ne te crois pas, dit Beau Masque.

— Il n'y a pas une heure que je les ai vus passer comme deux amoureux, sur sa moto !

— Ce n'est pas vrai !

— Mignot devant et elle derrière, accrochée à lui, les jambes écartées...

— Quand ? demanda Beau Masque.

— Il n'y a pas une heure. Ils ont filé sur la route de Grenoble. Il y a des bois tout le long.

Beau Masque lâcha le bras de Philippe qui retomba sur la chaise.

— Si tu mens, dit Beau Masque, je te corrigerai de telle manière que tu ne pourras jamais plus ouvrir la gueule pour dire des cochonneries.

— Tu n'as qu'à attendre leur retour, dit Philippe. Tu en auras le cœur net... le cœur, oh ! oh !... le cœur...

Il rit avec des hoquets.

— Si tu n'as pas menti, dit Beau Masque, j'étranglerai cette femme.

— Tu étrangleras ta camarade ? demanda Philippe, en appuyant sur le mot « camarade ».

Beau Masque cracha par terre.

— Tu y mets trop de hargne, dit-il... Je ne sais ce que tu manigances, mais je n'aimerais pas être dans ta peau. J'aurais l'impression de puer.

— Nous puons tous, dit Philippe. Ce vieux monde s'est transformé en charogne.

Beau Masque regarda un moment Philippe en silence. Puis il se détourna et sortit en silence.

Philippe partit presque aussitôt. Il gagna le bistro à l'écart, sur la route de Lyon où il avait pris l'habitude de passer les soirées.

La servante se pencha par-dessus le zinc pour servir le Ricard qu'il avait tout de suite réclamé. Elle suivit le regard de Philippe, qui plongeait dans son décolleté.

— Tu es en fonds ce soir ? demanda-t-elle à mi-voix.

— Ni plus ni moins que d'habitude, dit-il.

Elle l'entendit souffler. Elle se pencha un peu plus.

— Tout de suite, dit-il.

— Non, dit-elle. Tu es trop pingre.

— Ce sera ce que vous voudrez, dit-il précipitamment.

Il la suivit dans la salle à manger Henri II.

JEUDI A L'AUBE

Après avoir quitté Philippe Letourneau, Beau Masque avait erré par la ville. Toute la journée, les nuages du plateau étaient lentement descendus dans la cluse. Vers minuit, ils commença de bruiner.

Les C.R.S. avaient dressé les faisceaux autour des tentes de l'exposition américaine et patrouillaient tout le long de la rue de Lyon, par où devaient arriver les officiels. On n'y voyait pas à dix pas. Ils ne s'aventuraient pas dans le reste de la ville, où s'affairaient silencieusement les afficheurs.

Dans une ruelle en pente de la vieille ville, Beau Masque se trouva nez à nez avec l'ouvrier Cuvrot qui recherchait dans la bruine un de ses groupes de protection.

— Ça ne me plaît pas, dit Beau Masque, de savoir Pierrette à moto, dans les lacets de la route de Tournier, par ce temps-là.

— Mignot mène son cheval prudemment, dit Cuvrot.

— Même pas de parapet, dit Beau Masque. On a vite fait de sauter dans le ravin.

— Ce n'est pas Mignot qui fera des folies avec sa moto, dit Cuvrot.

— Jacquelard aurait dû la conduire en voiture, dit Beau Masque.

— Jacquelard, dit Cuvrot, est allé porter le texte du nouveau tract à Grenoble.

— Tu crois que nous les aurons à temps ? demanda Beau Masque.

— Bien sûr, répondit Cuvrot. Jacquelard est parti à sept heures et demie.

Beau Masque disparut dans la bruine aussi vite qu'il était apparu.

— Beau Masque, hé ! Beau Masque, cria en vain le vieux Cuvrot.

Beau Masque courait droit devant lui, traqué par la certitude que Philippe n'avait pas menti. Letourneau avait raison. Il n'y avait rien qui ne puât sur cette vieille charogne de terre.

Il alla jusqu'à la Cité. « Est-ce qu'elle l'appelle Frédéric ? Frédé... mon chéri ?... », s'était demandé devant lui Philippe. Voilà ce qu'il voulait encore savoir. Il les surprendra à leur retour; Mignot viendra certainement l'accompagner jusqu'à sa porte. Beau Masque s'embusqua derrière le bâtiment des douches.

*
* *

Vers une heure du matin, la bise commença de souffler. Dans une cluse après l'autre, sur toute la région entre Jura et Savoie, le ciel et les étoiles apparurent entre les hautes falaises.

Mignot ne quitta Billon qu'à ce moment-là. Pour aller de Billon à Tournier, il faut franchir un col à 1.200 mètres entre deux routes en lacets parmi les ravins, et pendant toute la première partie de la nuit on n'avait pas vu à trois pas devant soi.

Il arriva transi à Tournier où il retrouva Pierrette chez un camarade. On exigea qu'il soupât. Ils ne repartirent pour le Clusot qu'après deux heures du matin.

Beau Masque était toujours embusqué dans la Cité, derrière le bâtiment des douches. Il raconta le lendemain matin à Vizille que, pendant cette longue attente, il avait peu pensé à Pierrette et à Mignot, qu'il savait ensemble. Il avait passé en revue les épisodes les plus glorieux de sa vie.

Il se remémora la fuite du petit village de Piémont où son père voulait lui faire apprendre le métier de maçon : il était parti à vélo, avec tous ses biens dans sa musette : une chemise, deux paires de chaussettes, un peigne, le petit atlas de sa *licenza elementare*; il était extraordinairement joyeux, il se demandait quel visage aurait la première femme qu'il connaîtrait à Milan. Il se rappela la jeune fille rencontrée sur la plate-forme d'un trolleybus de Gênes, comme il tremblait de désir quand il posa la main sur sa hanche; et puis elle se mit aussi à trembler.

Au moment où la bise chassa soudain les nuages de la cluse, quand se dévoilèrent toutes les constellations du ciel, il se revit au maquis. C'était par un beau clair de lune, comme maintenant. A la sortie d'un bois, il s'était soudain trouvé face à face avec un milicien; l'homme avait une mitraillette et Beau Masque seulement un poignard, conquis sur une autre Chemise Noire, mais la mitraillette était en bandoulière sur l'épaule du fasciste, tandis que Beau Masque tenait la main posée sur le manche du poignard. Ils n'étaient pas à deux mètres l'un de l'autre et c'est dans le choc des regards que s'était décidée l'issue du combat. Le milicien se retourna pour fuir, et aussitôt tomba, le poignard entre les deux épaules. Beau Masque voit de nouveau la peur qui envahit le regard de l'autre, cela ne dura qu'un centième de seconde. Et puis le voici à cheval sur le cadavre, et poussant dans la nuit un grand cri de fauve... Le voici dans les coulisses du théâtre dont il fut machiniste, un soir de triomphe, et la foule hurlait son plaisir... Le voici au sommet de la grue géante de l'Ansaldo, lors de la première grève avec occupation, en train de planter le drapeau rouge, et trente mille camarades l'acclament...

Un bruit de moto dans la nuit. Mignot ne reconduit pas Pierrette jusqu'à sa porte comme l'avait prévu Beau Masque. Il s'arrête à l'entrée de la Cité.

« Ils ont peur que je les voie de la fenêtre. »

Mignot pose le pied à terre sans stopper le moteur. Pierrette saute légèrement et s'approche de lui. Elle pose la main sur son épaule. Elle lui parle avec animation. Mignot répond. Le dialogue se poursuit. Pierrette rit. Mignot rit. Pierrette se penche pour l'embrasser. Elle se retourne et se dirige vers la porte.

Beau Masque a bondi. Caché par le bâtiment des douches, il est entré le premier dans le couloir de la maison. Il escalade silencieusement les escaliers. La clef est comme toujours sur la porte. Il attend Pierrette dans la seconde pièce...

*
**

Quand elle eut sauté à bas du tansad :

— La deuxième nuit sans sommeil, avait dit Pierrette. Mais je suis bien moins lasse que la semaine dernière.

— Pétroleuse, avait dit en souriant Mignot. ...

— Ce qu'on va leur mettre dans les gencives !

— Ne t'énerve pas. Il y aura certainement des dégonflages

Elle lui avait mis la main sur l'épaule.

— Nous étions si seuls, la semaine dernière. Tu me le reprochais. Je te le reprochais. Tu en étais arrivé à me faire grief de Beau Masque. Maintenant tout le monde fonce avec nous.

— C'est parce qu'ils ont compris par leur propre expérience...

— Assez de théorie, avait-elle dit. Je la connais aussi bien que toi...

Elle l'avait secoué :

— Ris donc, avait-elle dit. Apprends donc à rire.

Il avait eu un demi sourire.

Elle l'avait de nouveau secoué.

— Je veux te voir rire, avait-elle dit.

Il avait failli perdre l'équilibre, et s'était raccroché à elle. Elle avait ri. Il avait ri. Elle l'avait rapidement embrassé sur le front et s'était enfuie.

*
**

Pierrette monta légèrement l'escalier. Elle poussa doucement la porte. La lumière était allumée dans la seconde pièce. Elle trouva Beau Masque assis dans le fauteuil d'osier.

— Déjà debout, s'écria-t-elle...

Elle ôta sa canadienne.

— Tu travailles trop, dit Beau Masque, il faut aussi se reposer.

Elle fut surprise du ton bas de sa voix. Mais elle trouva aussitôt l'explication :

— Pas encore réveillé, dit-elle en riant. Grand feignant qui dort tout son saoul tandis que je cours les routes.

Elle passa dans la chambre et ouvrit l'armoire pour prendre un porte-manteau où suspendre sa canadienne.

— Tu dois avoir les membres brisés, dit-il.

— Oh ! non, s'écria-t-elle. Je ne me suis jamais sentie aussi légère.

Elle rentra dans la deuxième pièce et se dirigea vers le fauteuil. Beau Masque l'attira à lui et l'assit sur ses genoux. Elle laissa aller la tête sur son épaule.

— Je suis quand même lasse, dit-elle...

Il lui prit la nuque dans la main gauche, et, de la droite, lui flatta doucement l'épaule.

Elle se laissa aller davantage, toute détendue.

— Je suis tout de même contente de t'avoir trouvé debout, dit-elle... je n'aurais pas osé te réveiller... Après ces deux grandes journées, j'ai tant de choses à te dire...

— Raconte-moi tout ce que tu as fait.

— Je viens de parler aux métallos de Tournier. Je leur ai simplement raconté ce qui se passait ici... Je n'avais rien préparé... j'ai dit les choses comme ça venait... ils ont promis de venir à notre manifestation... ils prendront le train, pour le cas où les flics interdiraient les accès du Clusot aux cars... ils m'on acclamée... C'était bon après toutes ces semaines dans la nuit...

« C'est sûrement vrai, pensait Beau Masque. Pierrette est une militante du tonnerre. N'empêche que c'est une chienne... »

— Marguerite aussi nous a retrouvés, dit Pierrette. Marguerite s'est retrouvée... Elle est venue me voir à la permanence. Elle avait pris l'initiative de mobiliser les vieux de l'hospice : ils seront tout à l'heure avec elle à la tête de notre cortège...

« Si la police charge, pensa Beau Masque, Marguerite se battra comme une lionne. N'empêche que c'est une putain. Marguerite et Pierrette sont deux putains. »

— Vizille, dit Pierrette, va leur jouer un tour de sa façon. J'ai juré de ne le dire à personne, mais à toi je peux bien le raconter...

— Non, non, protesta Beau Masque, si tu as juré, il ne faut rien me dire...

« Tout de suite prête à trahir son serment, pensa-t-il. La parole donnée à un homme ne compte pas pour elle. La dernière des filles du dernier bordel de Gênes vaut mieux qu'elle : elle respecte la parole donnée à son maquereau. »

— Si je te le raconte, dit Pierrette, c'est que je peux te le raconter.

— Au nom de Dieu, tais-toi, s'écria-t-il.

Elle rit doucement, puis elle ferma les yeux et, accrochée à son cou, se balança doucement.

— Au nom de Dieu ! répéta-t-elle moqueusement...

« Trompeuse, pensait Beau Masque, *femina senza vergogna*, femelle en chaleur... Elle est encore pleine de l'autre et elle vient se frotter contre moi. »

Il baissa les yeux et la regarda, qui continuait de se bercer contre lui.

« Belle, pensa-t-il, oh ! combien belle... Ovale de madone, front limpide, visage sans un pli de la plus fourbe des femmes, lèvres fraîches de la plus éhontée... »

— Tu sais, dit Pierrette, je ne t'en veux pas d'avoir été si stupide la semaine dernière. J'aime que tu sois jaloux. J'aime que tu sois bête avec moi... Pauvre Mignot... s'il se doutait...

Elle se serra plus fort contre lui. Elle battit des paupières contre son cou.

— Dors, dit-il doucement. C'est bientôt l'aube. Il te reste très peu de temps pour dormir.

Il la berça très doucement.

« Je t'étoufferai pendant ton sommeil, pensait-il. Tu n'es même pas digne de savoir que tu vas mourir. »

— Dors, continua-t-il. Dors. Tu as bien mérité de dormir en paix...

Il ajouta :

— Le malheureux Jacquelard aussi doit être crevé de fatigue.

— Il est bien dévoué, dit Pierrette.

— J'étais inquiet. J'avais peur qu'il ne s'endorme au volant.

— Il conduit très prudemment... Mais tais-toi, mon Beau Masque... Il va bientôt être quatre heures... Je n'en ai plus pour longtemps à demeurer dans tes bras.

— Qu'est-ce que Jacquelard t'a raconté tout le long de la route ? demanda Beau Masque.

— J'ai oublié, dit Pierrette. Mets ta main dans mes cheveux...

— Il t'a encore parlé de ses ennuis avec le directeur de son école ?

— Naturellement, répondit Pierrette. Tu le connais. Prends ma tête dans tes mains, comme j'aime tant...

Il lui prit la tête entre les mains, les doigts contre les tempes, le cou pressé entre les paumes.

— Jacquelard ne t'a rien dit pour moi ? demanda-t-il.

— Il t'envoie ses amitiés comme toujours. Tu sais bien qu'il t'aime beaucoup... Beau Masque, mon Beau Masque, embrasse-moi...

Beau Masque haussa le visage de Pierrette vers le sien. Ses paumes pressaient contre l'os maxillaire, qu'elle a bien carré, qui forme un méplat, qui est lourd et doux à soulever. Il amena les lèvres de Pierrette jusqu'à ses lèvres. Il l'embrassa longuement.

Puis il rejeta violemment la tête de Pierrette en arrière,

sans lâcher le cou qu'il continua de tenir fermement entre ses paumes.

— Salope ! gronda-t-il.

Pierrette ouvrit brusquement les yeux.

— *Troia !* cria-t-il.

Pierrette rua des reins et des épaules. Elle a la force de son oncle paysan, le nerf de ses parents ouvriers. Elle se dégagea et bondit sur ses pieds. Elle se trouva à trois pas de Beau Masque.

— Je t'ai menti, cria-t-elle. C'est Mignot qui m'a menée à Tournier.

— Il t'a bien foutue ?

— Je t'ai menti parce que tu es jaloux. Voilà ce qui s'est passé : au dernier moment, Jacquelard a dû aller à Grenoble, pour l'impression du nouveau tract. Le comité de grève a alors décidé que ce serait Mignot qui me conduirait à Tournier... et qu'il en profiterait pour prendre contact, pendant que je parlerais aux métallos, avec les ouvriers de la fabrique d'outillage électrique de Billon...

Beau Masque l'écoutait en silence, sans bouger.

— Alors, continua-t-elle, le brouillard est venu...

Il l'interrompit brusquement.

— Tu mens encore, dit-il. J'ai vu Cuvrot tout à l'heure. Il m'a dit qu'à huit heures, quand je suis venu à la permanence, Jacquelard était déjà parti...

— C'est vrai, cria Pierrette. Je viens encore de mentir. Voilà comment un premier mensonge en entraîne d'autres... Mais je te jure qu'il n'y a jamais rien eu entre Mignot et moi... Sur quoi veux-tu que je te le jure ?

— Je ne te croirai pas, dit Beau Masque.

— Il faut que tu me croies, dit violemment Pierrette. Tu pourras vérifier, je te ferai tout dire par Mignot. Je te ferai tout dire par les camarades... par tout le monde... On sait ce qui se passe dans une petite ville... on ne peut rien cacher... tu interrogeras tout le monde...

— Qui pourrais-je jamais croire, maintenant que tu m'as menti ?

— Si tu n'avais pas été si odieux la semaine dernière, je n'aurais pas été obligée de te mentir ce soir.

— Il faut bien mentir à un maca qui a la naïveté de croire qu'une pute peut n'appartenir qu'à lui.

— Tais-toi ! cria Pierrette.

— Avec combien d'hommes as-tu couché depuis que tu es ma femme ?

— Assez, cria Pierrette, si tu continues à être aussi vil, je ne pourrai plus te tolérer près de moi, même après que tu sois venu me demander pardon.

Elle le regardait droit dans les yeux.

— Comme tu sais bien feindre l'indignation, dit-il. En qui pourrai-je jamais avoir foi, maintenant que tu m'as appris qu'une truie peut à son gré prendre le regard de la fierté ?

Elle continuait de le regarder droit dans les yeux.

— Baisse les yeux, dit-il. Une effrontée n'a pas le droit de regarder comme une honnête femme !

Il marcha vers elle :

— Je te ferai bien avouer que tu es une catin !

Il leva le bras.

— On ne bat pas une femme, dit une voix ironique derrière lui... On ne bat pas une femme, même avec une fleur...

Il se retourna. Quatre hommes étaient dans l'appartement, entrés par la porte jamais fermée.

— Madame Amable, dit le commissaire, j'ai un mandat d'arrêt contre vous... A ce que je viens de voir, vous avez toute raison de vous en féliciter. La police de la République est pleine de prévenance pour vous... Vous ne vous trouverez nulle part autant en sécurité qu'en prison...

Le policier continua de plaisanter. Beau Masque haletait dans le coin de la pièce. Pierrette respira plusieurs fois profondément. Elle croisa les bras derrière le dos, redressa les épaules, fit un pas vers le commissaire :

— Montrez-moi le mandat, dit-elle...

Les policiers l'emmenèrent.

Comme ils sortaient, Beau Masque se précipita vers eux. Mais ils étaient déjà sur le palier. Le commissaire, qui était sorti le dernier, lui claqua la porte au nez, et tourna dans la serrure la clef laissée à l'extérieur.

Beau Masque entendit, sur le palier, le rire des quatre hommes.

Il se précipita sur la porte.

— Ma femme ! hurla-t-il.

Il frappa à grands coups de pied et de poings dans la porte.

— Au secours ! Au secours ! Ils arrêtent Pierrette !

Il courut à la fenêtre.

— Au secours ! hurla-t-il dans la nuit. Au secours ! camarades ! Les flics emmènent Pierrette.

Il se rejeta sur la porte qui plia sous sa poussée.

— Au secours, camarades ! hurla-t-il dans la cage de l'escalier. Les flics emmènent Pierrette.

La maison commença de bruire. Des hommes apparurent sur les paliers.

— Au secours ! Les flics ! continuait de hurler Beau Masque en dégringolant les étages.

Mais déjà la traction noire qui emmenait Pierrette s'éloignait de la Cité.

JEUDI MIDI

Un déjeuner avait été prévu dans la salle de réception de l'Hôtel de la direction de la F.E.T.A. Valério Empoli, sa fille Nathalie et leur hôte Jonathan Johnston, délégué américain à l'O.E.C.E. arrivèrent au Clusot en fin de matinée.

Les boutiques étaient closes, rideaux de fer baissés, et personne dans la rue de Lyon, qu'ils suivirent tout au long, sauf les patrouilles de C.R.S.

— La ville semble en état de siège, s'étonna l'Américain.

— C'est l'atmosphère de nos provinces, les jours de fête, dit Empoli.

— Ces policiers avec leurs fusils ? insista Johnston.

— En France, la police est de toutes les fêtes.

Sur la place François-Letourneau, entre l'Hôtel de la F.E.T.A. et l'entrée de la Filature, les C.R.S. cassaient la croûte autour des tentes de l'exposition américaine.

— Voyez, dit Nathalie. Ils ont déjà commencé le banquet.

Philippe n'était pas à la direction. On ne l'avait pas encore vu. Empoli demanda à Nathalie d'aller le chercher.

— Il aura sans doute oublié qu'il doit présider le déjeuner et que l'Opération porte son nom.

Empoli sourit. Ses paupières battirent. Noblet et Tallagrand étaient tout à fait déconcertés; ils n'avaient jamais vu le banquier d'aussi belle humeur.

Nathalie trouva Philippe en robe de chambre, avec une barbe de trois jours.

— Je suis un salaud, commença Philippe.

— Suffit, coupa Nathalie, tu me parleras de tes amours un autre jour. Aujourd'hui, nous allons rire un peu... Je viens de jouer un bon tour aux associés américains de ta mère, à ma tante Esther qui nous avait tellement bluffé avec son Durand de Chambord, et à ta mère elle-même qui s'était bien moquée de toi en essayant d'expédier ta Pierrette en Amérique.

— Bon tour ou pas, dit Philippe, si tu as la seconde manche, ma mère aura la belle. Nous ne sommes pas de taille à lutter avec elle. Même ton père a été refait par elle, puisqu'elle lui a volé la F.E.T.A...

— La F.E.T.A., c'est moi, dit Nathalie...

Elle prit un papier et nota des noms et des chiffres. Il fallut bien que Philippe l'écoutât; elle parlait avec encore plus d'autorité que d'habitude. Aussi bien était-il en une certaine mesure intéressé : il allait peut-être comprendre ce qui avait motivé les soupçons des camarades de Pierrette Amable.

— Pour cent actions de la F.E.T.A., expliqua Nathalie, voici comment s'opère à l'heure actuelle la répartition...

Elle écrivit :

Valério Empoli et les Empoli d'Angleterre qui marchent avec lui	45
Esther Empoli Durand de Chambord et ses amis américains	35
Emilie Privas-Lubas Empoli	10
Un groupe lyonnais	4
Moi-même, Nathalie Empoli	6
	100

— Esther Durand de Chambord et Emilie Privas-Lubas, ma tante et ta mère ont fait alliance. Si elles obtiennent que la F.E.T.A. accepte une augmentation de capital de 12 p. cent, souscrite par le mari d'Esther, elles acquièrent le contrôle de l'affaire. En effet...

Elle écrivit :

Pour 112 actions, majorité absolue	56
Esther et son mari : 35 + 12 = ...	47

Emilie	10
Ensemble	57 > 56

— Mais pour que la F.E.T.A. consente à cette augmentation de capital, mon consentement est indispensable, quelle que soit l'attitude du groupe lyonnais.

— En effet...

Pour 100 actions, majorité absolue	50
Esther	35
Emilie	10
Les Lyonnais	4
	49<50

— Voilà pourquoi ta mère avait tellement besoin de ma signature au début du mois de juin.

« A cette date, la F.E.T.A. était déficitaire, à cause des difficultés que nous avions, depuis le début de la guerre de Corée, à nous procurer de la soie grège en Extrême-Orient. Impossible d'acheter au Japon, dont la monnaie est alignée sur le dollar. Mais mon père négociait depuis le début de l'année avec la Chine et espérait conclure marché à un taux qui rende sa rentabilité à notre entreprise.

« Si la négociation échouait, il nous restait, en dernier recours, à céder à ta mère et à passer le contrôle de la F.E.T.A. aux Durand de Chambord qui rêvent depuis longtemps de faire tisser leurs soies artificielles dans nos usines françaises. La main-d'œuvre coûte beaucoup moins cher en France qu'en Amérique.

« Il fallait donc poursuivre les négociations avec les Chinois, sans rompre avec les Américains.

« Il fallait gagner du temps.

« C'est pourquoi j'ai refusé ma signature à ta mère, sans la refuser, tout en la refusant...

— C'est pourquoi, interrompit Philippe, tu as pris mon parti contre ma mère.

— J'étais également heureuse de te faire plaisir, dit Nathalie.

— Moi qui t'avais cru prête à lutter jusqu'au bout pour m'aider à défendre mes amis ouvriers... pour toi-même les défendre...

— Cesse de parler comme un gamin, s'écria Nathalie. Tu n'imagines tout de même pas que j'allais m'amuser à mettre la pagaïe sur le marché international de la soie, rien que pour te permettre de coucher avec une ouvrière du Clusot ?

— Je le croyais, dit Philippe.

Mais déjà elle poursuivait. La joie de la victoire, et peut-être aussi un reste de fièvre, mettait du rouge à ses pommettes.

— Je partis donc pour Saint-Tropez, puis pour Capri. En mon absence, le groupe lyonnais devint l'arbitre de la situation.

« En effet, si de 100 actions, tu retires les 6 miennes, restent 94, la majorité absolue tombe à 47. Or mon père détient 45 actions, ta mère et ma tante ensemble 45.

« La bataille s'est tout de suite engagée.

« Fin juin, les Lyonnais sur qui mon père dispose de certains moyens de pression et qu'il a mis discrètement au courant de ses négociations avec la Chine, refusent l'augmentation de capital proposée par ta mère et ma tante.

« Le 15 juillet, un accord de troc est conclu avec les Chinois, dans d'excellentes conditions pour nous. Les Lyonnais se félicitent d'avoir suivi mon père. Ta mère furieuse part pour New-York.

« Début août, contre-offensive des Durand de Chambord. Le gouvernement américain exige du gouvernement français qu'il interdise l'exportation des locomotives que nous devions fournir aux Chinois en échange de leur soie. Les locomotives sont inscrites sur la liste des matériaux stratégiques.

« Mon père persuade aux Lyonnais de résister. Il les convainc que la guerre de Corée ne durera plus longtemps, que le commerce est-ouest sera prochainement renoué, que les Anglais y travaillent. Il fait confirmer sa thèse par le représentant lyonnais d'une grosse banque anglaise. Bref, les Lyonnais se résignent à ce que la F.E.T.A. continue provisoirement à travailler à perte, c'est le dernier quart d'heure qui compte... Mon père cependant compense aussitôt nos pertes personnelles, et bien au delà, en passant la commande chinoise à nos cousins d'Angleterre. Pan ! sur le bec de ma tante Esther...

« Il n'y a pas quinze jours, nouvelle offensive du Durand de Chambord. Il a investi des capitaux en Italie et il obtient que les exportateurs italiens de soie grège, nos principaux fournisseurs à l'heure actuelle, cessent leurs livraisons. Là-dessus, le groupe lyonnais prend peur et passe dans le camp de ta mère. Un conseil d'administration est convoqué...

« Il ne reste plus à mon père qu'à abattre sa carte maîtresse, c'est-à-dire moi-même, sa fille, avec mes 6 % d'actions, si heureusement héritées de mon oncle d'Edimbourg, qui avait du si bon whisky.

« Mon père me télégraphie à Sestrière. J'arrive.

— Tu n'étais pas malade, comme tu me l'as écrit, demande Philippe.

— Mais si, répond Nathalie, j'étais malade, je suis malade, j'ai été malade toute ma vie...

« Donc, poursuit-elle, je rentre à Lyon. Je surgis au milieu du conseil d'administration. Mon père et moi avec nos $45 + 6 = 51$ % d'actions, nous sommes les maîtres.

« Nous décidons de poursuivre la lutte à outrance. Puisque l'on nous boucle l'approvisionnement, nous bouclerons nos usines.

« Et pour commencer, licenciement de la moitié des ouvriers de l'usine du Clusot... à trois jours de l'inauguration de l'Opération Productivité, à laquelle est invité le délégué américain à l'O.E.C.E. Il y aura du grabuge ? Tant mieux. Le gouvernement doit comprendre ce qu'il en coûte d'entrer en conflit avec nous... Les Empoli d'Angleterre nous soutiennent à fond. Et aussi toute cette partie de l'industrie française qui est en conflit avec les Américains. Nous aurons tous les crédits nécessaires pour tenir jusqu'au bout.

« Au fait, ça coûte moins cher de tenir avec les usines fermées qu'en tournant à perte. Si c'est nécessaire, nous fermerons tous nos établissements français. Faute de cocons, nous mettrons nos machines en cocons. Mon père a mangé du lion. Il veut sa revanche sur sa femme, ta mère. Elle n'est d'ailleurs pas à la hauteur. Elle continue à jouer les Américains. Elle comprendra trop tard que leur temps est passé... du moins en Europe. Papa et moi, nous misons sur l'Angleterre... à fond.

— Alors, dit Philippe, c'est pour ton père et pour la reine d'Angleterre que les ouvriers du Clusot vont tout à l'heure se faire casser la gueule par les C.R.S.

— C'est ce que j'ai dit à mon père, mais avec beaucoup moins de hargne que toi; je trouvais même la chose assez piquante.

— Vous me dégoûtez tous ! s'écria Philippe.

— Voilà dix ans que tu le répètes sur tous les tons, dit Nathalie... Mon père, quant à lui, reconnaît que le mécontentement ouvrier nous sert aujourd'hui et que nous devons l'utiliser à fond. Mais il estime que s'il était un dirigeant ouvrier et qu'il connût la situation aussi clairement qu'il la connaît, il n'en mènerait le combat d'aujourd'hui qu'avec plus d'intransigeance... Il pense que, quelle qu'en soit l'issue, ce sont les ouvriers qui en seront les principaux bénéficiaires, qu'ils profiteront à la longue de nos rivalités, de la même manière que les banques Empoli ont utilisé pendant des siècles les rivalités des petits patrons pour les absorber les uns après les autres. Il est persuadé que quoi que nous fassions, les ouvriers sont les patrons de demain.

— Je n'ai rien à faire dans tout cela, dit Philippe. Je ne suis ni ouvrier, ni patron, il n'y a pas de place pour moi dans ce monde, etc.

Tout ce qu'il retenait de cette affaire c'était que Nathalie aussi, sa confidente, sa sœur, le seul être au monde auquel il eût jamais accordé totalement sa confiance, Nathalie aussi l'avait trompé...

— Habille-toi, coupa Nathalie, rase-toi, viens présider le déjeuner.

Il refusa net.

— Je t'en prie, insista Nathalie. Pour une fois que quelque chose m'amuse, ne me gâche pas mon plaisir !

— Tu mens, s'écria Philippe. Tu participes depuis longtemps et avec passion aux combats dont la F.E.T.A. est l'enjeu. Tu viens de l'avouer...

— C'est vrai et ce n'est pas vrai, dit Nathalie. En vérité, l'excitation provoquée par les événements d'aujourd'hui m'a fait grossir l'importance du rôle que j'ai été amenée à jouer. Si j'y réfléchis bien, je me suis bornée à boire du whisky, à chasser sous la mer et à taquiner Bernarde, en attendant que mon père me rappelât et me dictât ce que je devais faire.

— Ton père est réellement convaincu qu'il est essentiel pour lui de continuer à contrôler la F.E.T.A. ?

— Pas davantage que nous, dit Nathalie. Mais il a été bien élevé. Il saura mourir proprement... Tu te prépares ?

— Non, dit Philippe.

— Comme tu voudras...

Elle s'en alla et présida le banquet à la place de Philippe.

JEUDI MATIN

Les cris de Beau Masque avaient ameuté la Cité dès avant l'aube. Les nouvelles des arrestations de l'ouvrier Cuvrot et de Mignot trouvèrent la foule ouvrière rassemblée dans les cours. Quand j'arrivai au Clusot, vers les huit heures du matin, l'excitation était déjà grande. Les commerçants qui gardaient un vif souvenir des vitrines démolies au cours des émeutes de la grande grève de 1924, baissaient en hâte leurs rideaux de fer.

Vers neuf heures, une vingtaine de C.R.S. franchirent l'entrée principale de la Cité, et s'engagèrent dans l'allée centrale. Le bruit se répandit en un instant qu'ils venaient enlever les pancartes et banderoles préparées pour la manifestation. Des huées jaillirent des fenêtres. Ils n'avaient pas fait cinquante mètres, qu'un pot de fleurs vint s'écraser devant eux. Une chaise suivit. Ils battirent précipitamment en retraite. L'ordre du préfet était : pas d'incidents.

Dans l'heure qui suivit, une barricade fut édifiée à l'entrée de la Cité, sans qu'aucun mot d'ordre eût été lancé. Trois hommes poussèrent une carriole au travers du passage, d'autres allèrent chercher les poutres d'un chantier, des femmes commencèrent à desceller les pavés, un ancien sapeur du génie donna des conseils pour grouper les matériaux, toutes les initiatives se coordonnèrent sans qu'il y parût, comme dans une fourmilière. Toute la population de la Cité participa à l'œuvre. Il fallut empêcher les femmes d'y précipiter leurs meubles; les mêmes qui, la veille, refusaient de payer leur cotisation syndicale parce qu'elles économisaient sou par sou, dans une tirelire, pour remplacer la cuisinière de fonte par un poêle émaillé, offraient aux barricadiers leur précieux buffet à vitrine.

J'allais d'un groupe à l'autre, fasciné par la brusque montée de la colère populaire. Ses cheminements sont invisibles. Le peuple semble morne, résigné, désespéré, impossible à émouvoir. Et soudain, comme la pâte qui lève, comme l'émail qui prend, comme le pain qui se dore, sa volonté prend forme. C'est ce qui permet de dire que les révolutions *éclatent*.

La topographie du Clusot commandait la stratégie des deux camps.

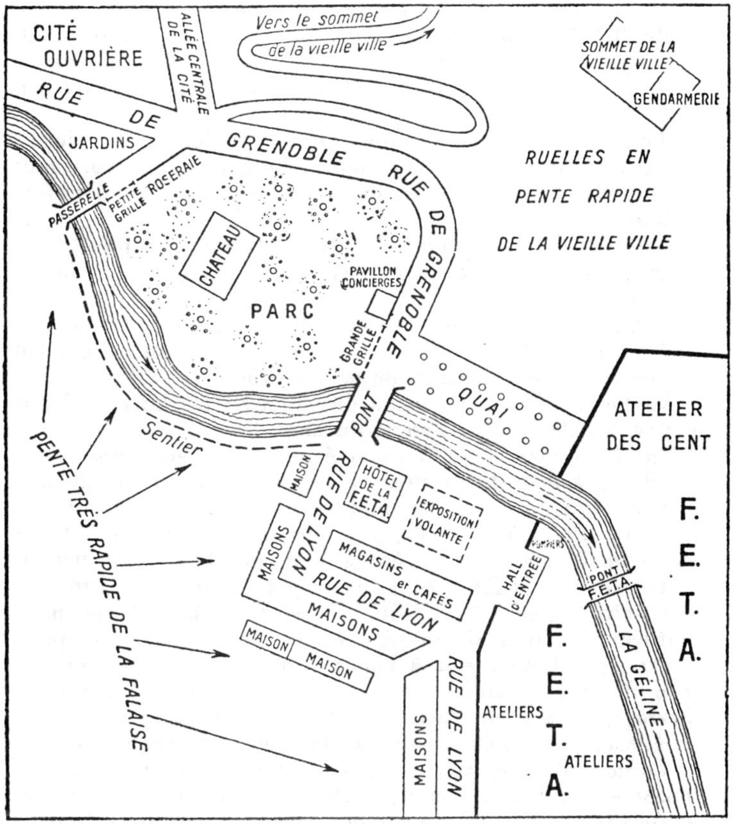

CITÉ OUVRIÈRE
ALLÉE CENTRALE DE LA CITÉ
Vers le sommet de la vieille ville
SOMMET DE LA VIEILLE VILLE
GENDARMERIE
RUE DE GRENOBLE
JARDINS
RUE DE GRENOBLE
RUELLES EN PENTE RAPIDE DE LA VIEILLE VILLE
PASSERELLE
PETITE GRILLE
ROSERAIE
CHATEAU
PAVILLON CONCIERGES
PARC
GRANDE GRILLE
QUAI
PONT
ATELIER DES CENT
Sentier
MAISON
RUE DE LYON
HÔTEL DE LA F.E.T.A.
EXPOSITION VOLANTE
POMPIERS
HALL D'ENTRÉE
MAISONS
MAGASINS ET CAFÉS
RUE DE LYON
MAISONS
PONT F.E.T.A.
F. E. T. A.
PENTE TRÈS RAPIDE DE LA FALAISE
MAISON
MAISON
F. E. T. A.
LA GÉLINE
RUE DE LYON
MAISONS
ATELIERS
ATELIERS

Le pont sur la Géline forme le centre géographique. Une seule grande rue, qui s'appelle rue de Lyon en aval du pont, et rue de Grenoble, en amont. Rive gauche et en amont du pont, la Cité ouvrière et le château des Letourneau avec son parc. Rive droite et en aval, la F.E.T.A.

Rive droite, la falaise tombe à pic sur la Géline, et à pic sur la rue de Lyon, en aval du pont. Rive gauche elle s'arrondit en un fort mamelon sur les flancs duquel la vieille ville a été bâtie.

L'Atelier P. a été édifié sur la rive droite, au pied de la ville. Il est relié aux autres ateliers par un pont qui appartient à la F.E.T.A.

La cluse est si étroite, la falaise si abrupte qu'aux mois de décembre et de janvier, le soleil n'éclaire à aucun moment de la journée les quartiers de la rive droite.

La façade de l'Hôtel de la direction de la F.E.T.A. donne sur la rue de Lyon, à l'angle du pont.

Les tentes de l'exposition américaine ont été dressées sur la place François-Letourneau. C'est une place quadrangulaire, bordée : au nord, par le quai de la Géline, rive droite, au sud par des maisons d'habitations, avec des cafés et des magasins au rez-de-chaussée. A l'est, par l'entrée principale des ateliers de la F.E.T.A., à l'ouest par l'Hôtel de la direction.

La rive opposée de la Géline, la rive gauche, est également bordée par un quai, au pied de la vieille ville. Les quais, œuvres des Letourneau, à l'époque de la plus grande prospérité de leurs établissements, vers 1890, s'achèvent sur un barrage, en aval de l'usine. Le torrent s'apaise entre les murailles de pierre. Des ormes se reflètent dans l'eau calme.

Le comité de grève avait décidé que le cortège de protestation se formerait, avec pancartes et banderoles, à l'intérieur de la Cité, descendrait la rue de Grenoble, franchirait le pont, et essaierait d'atteindre la place François-Letourneau. Il avait été prévu que si le service d'ordre interdisait l'accès du pont, les manifestants se regrouperaient sur le quai, rive gauche, face à la place François-Letourneau, devant l'entrée de l'Atelier P...

Pour le ministre et pour le préfet, l'objectif était d'épargner à Jonathan Johnston, délégué américain à l'O.E.C.E., le spectacle de la manifestation ouvrière. Le problème se ramenait à établir une cloison entre la rive gauche et la rive droite de la Géline.

Le pont principal et une passerelle à la hauteur de la Cité, furent occupés dès l'aube.

A dix heures du matin, un barrage de camions, soutenu par une centaine de C.R.S., fut établi en haut de la rue de Grenoble, à une cinquantaine de mètres de la barricade édifiée par les ouvriers à l'entrée de la Cité.

A midi, un second barrage, camions et C.R.S., fut établi en bas de la rue de Grenoble, un peu au-dessus de quai. Des pelotons de C.R.S. prirent position tout au long du quai, rive gauche et devant l'entrée de l'Atelier P.

A deux heures et demie, le déjeuner terminé, les discours achevés, le cortège officiel devait visiter l'exposition américaine, entrer dans la Filature par la porte principale, gagner l'Atelier P. par la passerelle intérieure (tant pis pour le jardin improvisé par Mme Tallagrand sur le quai), revenir par le même chemin, et quitter le Clusot par la rue de Lyon.

***

Il n'y avait pas de prison au Clusot. Pierrette Amable, Mignot et Cuvrot avaient été conduits à la gendarmerie installée dans l'ancienne mairie, au sommet de la vieille ville. On les avait enfermés dans un bureau du premier étage, un gendarme devant la porte.

Le capitaine de gendarmerie gardait un souvenir très vif du temps où Vizille avait présidé le Comité de Libération du Clusot. Il n'était alors que lieutenant. Le précédent capitaine, accusé d'avoir dirigé une opération contre le maquis, avait été fusillé.

Entre-temps, Vizille avait lâché les communistes, — du moins la police le pensait-elle, informé par des mouchards de la demande d'exclusion formulée par Mignot. Il était devenu lieutenant des sapeurs pompiers, et avait accepté l'ordre de réquisition lancé la veille par le maire. Mais d'autres Vizille pouvaient surgir, dans une ville aussi imprévisiblement surexcitable.

L'officier de gendarmerie avait donc donné l'ordre qu'on traitât les prisonniers avec égard. Ses hommes lui avaient obéi sans réticences; ils étaient pour la plupart mariés dans le pays et craignaient des représailles. On porta aux trois prisonniers des fauteuils, des sandwiches, des cigarettes, du vin et tous les journaux avec, sur le dessus de la pile, la feuille démocratique régionale.

Pendant toute la matinée, ils se parlèrent peu, bien qu'ils en eussent toute liberté.

Aussitôt arrêtée, Pierrette n'avait plus pensé à la méprise qui avait si dramatiquement bouleversé Beau Masque. Les excès de la passion laissent peu de traces dans la mémoire; leur étrangeté même les empêche de s'inscrire dans le cours de la vie; leur souvenir s'efface aussi vite que celui des délires de l'ivresse alcoolique ou de la démence, auxquels ils s'apparentent. A peine enfermée dans la gendarmerie, elle s'endormit, la tête renversée sur le dos du fauteuil.

Mignot, au contraire, s'asseyait, se relevait, marchait en long, en large. Il ne parvint pas à lire en entier un seul article de journal. Il ne cessait de penser à sa femme.

— J'étais sûre que cela finirait de cette manière, s'était-elle écriée, quand les policiers les avaient réveillés.

Un jour, à Lyon, passant devant la prison Saint-Paul, elle avait vu les femmes des détenus attendre l'heure de la visite, des paquets à la main. Non, elle n'accepterait pas cette humiliation après tant d'autres. Et comme le commissaire entraînait Mignot :

— Surtout, avait-elle crié, ne compte pas que j'irai te voir à la prison. Je ne te gâcherai pas le plaisir de ne recevoir de visites que de tes camarades !

Mignot n'en finissait pas de s'étonner d'avoir une aussi mauvaise épouse. Il se surprenait à souhaiter que la honte qu'on sût son mari en prison la précipiterait dans quelque nouvelle crise, qui obligerait cette fois à l'interner à l'asile des fous. Puis il se reprochait ce vœu. C'est ainsi seulement pourtant que se trouverait résolu son problème personnel. Puis il se reprochait de penser à son problème personnel alors que le parti se trouvait localement décapité, et que les travailleurs du Clusot, privés de leurs guides, allaient manifester leur colère par des actions confuses ou, pire encore, se laisser entraîner par des provocateurs. Puis il se reprochait de ne pas faire confiance aux autres camarades : « Dans le parti, tout le monde est nécessaire, personne n'est indispensable. » Mais nous savons déjà comme il est scrupuleux.

Cuvrot, près de la porte, bavardait avec le gendarme de garde, dont la fille était mariée avec un ajusteur de la

F.E.T.A., touché par les licenciements. Il lui expliquait par quel mécanisme la Filature était passée sous le contrôle du capital international et le gouvernement français sous celui des Américains.

– Bien sûr, monsieur Cuvrot, disait le gendarme. Tout cela est bien vrai...

Cuvrot en arriva à la nécessité de rétablir les relations commerciales entre l'ouest et l'est.

— Bien sûr, monsieur Cuvrot, répondait le gendarme, il faudrait que la France livre ces locomotives à la Chine.

Pierrette ne se réveilla que vers les onze heures. Mignot lui fit part de ses tourments. Elle lui répondit distraitement; elle était tout oreille aux rumeurs confuses qui commençaient de monter de la ville.

La fenêtre du bureau où ils étaient enfermés donnait sur la cour intérieure de la gendarmerie. A onze heures et demie, il y eut un branle-bas général, et ils virent sortir plusieurs groupes de gendarmes, casqués et armés de mousquetons. Leur gardien s'éloigna un instant et revint dire qu'il venait d'y avoir un sérieux accrochage entre les C.R.S. et les ouvriers, en haut de la rue de Grenoble.

Des jeunes gens avaient attaqué à coups de pierre le barrage de camions établi face à la barricade qui fermait l'entrée de la Cité. Les C.R.S. avaient chargé pour dégager l'espace en avant de leurs camions. Les jeunes gens étaient revenus avec des pavés. Les C.R.S. avaient de nouveau chargé. Il y avait eu des blessés légers de part et d'autre.

Le gendarme fit retomber toute la responsabilité de l'affaire sur les C.R.S. On ne peut jamais compter sur eux pour « arranger les choses ». Ils tiennent à toucher l'indemnité qu'ils reçoivent chaque fois qu'il y a échange de coups.

A midi et demie, le gendarme fut appelé par son brigadier. Quand il revint, il s'excusa auprès des trois prisonniers de devoir les enfermer à clef. Le collègue qui devait le remplacer, envoyé prêter main forte aux C.R.S., reviendrait, on ne savait quand. Lui, il avait faim, il allait manger un morceau au corps de garde. Il s'en alla en tirant la porte et en tournant la clef dans la serrure.

— Et maintenant, dit Cuvrot, nous n'avons plus qu'à partir à notre tour...

— Le poste de garde est au bas de l'escalier, observa Pierrette.

— Oui, dit Cuvrot, mais le bureau voisin est dans l'angle du bâtiment et sa fenêtre ouvre à moins de deux mètres du toit de la maison d'en dessous...

— Et comment sortirons-nous d'ici ?

— En poussant un tout petit peu la porte... un petit coup d'épaules... le chambranle est vermoulu...

— C'est une évasion, dit Mignot.

— C'est enfantin à faire, dit Cuvrot.

Il commença de peser doucement sur la porte.

— Non, s'écria Mignot, évasion avec bris de clôture, cela revient à passer dans l'illégalité... c'est contraire à la politique actuelle du parti.

— Ce qui est illégal, dit Pierrette, c'est notre arrestation.

— Vas-y, dit-elle à Cuvrot.

Cuvrot travailla les charnières qui se détachèrent presque aussitôt du bois pourri. Il retint le battant, pour éviter le bruit qu'aurait fait sa chute. Pierrette passa, suivie de Mignot. Cuvrot passa à son tour, puis rabattit doucement le battant sur les chambranles. De la cage de l'escalier montait le bruit de la conversation des gendarmes.

La porte du bureau d'angle était ouverte; ils la refermèrent silencieusement derrière eux. Cuvrot se laissa glisser sur le toit de la maison voisine, puis fit la courte échelle pour les deux autres. Ils entrèrent dans le grenier par un œil-de-bœuf.

Cuvrot connaissait chaque passage, chaque « traboule », chaque maison, chaque habitant de la vieille ville. Les trois évadés furent en moins de dix minutes dans les vignes. Ils franchirent la Géline sur la passerelle du barrage en aval de la Filature, devant quatre C.R.S. qui ne les connaissaient pas. De ruelle en ruelle, ils remontèrent, parallèlement à la rue de Lyon, jusqu'à hauteur de la place François-Letourneau. Ils traversèrent la rue de Lyon en courant et sonnèrent à la porte d'une institutrice, « sympathisante », dont les fenêtres ouvraient juste au-dessus des tentes de l'exposition américaine, au troisième étage.

Je me trouvais dans le même appartement en compagnie du reporter des A*. Nous préparions nos articles, en suivant les événements de derrière les rideaux. Des jeunes filles que, jusqu'à ce moment-là, les C.R.S. n'avaient pas empêchées de franchir le pont, nous tenaient en liaison avec les camarades de la rive gauche.

Nous mîmes rapidement nos amis au courant de la situation. A une heure le cortège était déjà formé, à l'intérieur de la Cité. Une tentative pour tourner les barrages de camions, en passant par le parc du vieux Letourneau, dont une grille avait été forcée, avait échoué. Les C.R.S. avaient contre-attaqué. Des bagarres s'étaient déroulées dans les massifs du parc. Le vieillard était intervenu pour protéger des femmes que les C.R.S frappaient; il avait reçu des coups. Il avait aussitôt passé sa jaquette, pour aller faire une protestation solennelle à l'Hôtel de la F.E.T.A. Il surgirait au milieu du festin... Mais les C.R.S. l'avaient consigné dans son château.

Il était bientôt deux heures. Nous venions d'apprendre que des groupes de manifestants s'infiltraient par les vignes dans la vieille ville, avec l'intention de descendre droit sur le quai.

Chardonnet avait été arrêté à la gare du chef-lieu dans la matinée, au moment où il allait prendre le train pour le Clusot.

*
**

A deux heures, dans la salle de réception de l'Hôtel de la direction de la F.E.T.A., Jonathan Johnston, qui parlait le dernier, acheva son discours.

On se leva pour l'applaudir. On se rassit pour boire la fine. A ce moment une rumeur confuse parvint de l'autre rive de la Géline.

Des manifestants venaient de surgir de toutes les ruelles de la vieille ville, sautaient des talus qui bordaient le quai de ce côté, bousculaient aisément les gendarmes qui avaient remplacé les C.R.S. appelés en renfort dans le parc de Letourneau, occupaient le quai sur toute sa longueur. Les gendarmes se repliaient sans combattre à l'intérieur de l'Atelier P. et refermaient les portes sur eux. L'avant-garde des manifestants prenait à revers le barrage du bas de la rue de Grenoble; les C.R.S. attaqués à coups de pierre, de boulons, de morceaux de ferraille refluaient, les uns sur le pont, les autres dans le parc.

Un groupe d'ouvriers entreprit aussitôt de renverser les camions abandonnés rue de Grenoble.

La rumeur grossit. Nathalie prit Jonathan Johnston par le bras et l'entraîna vers le balcon.

— Venez voir quel accueil la population du Clusot nous fait...

Valério Empoli les suivit rapidement, le préfet n'eut pas le temps de s'interposer.

Dès qu'ils apparurent sur le balcon, les huées grossirent sur le quai opposé. La Géline n'est pas large. Johnston, avec un pantalon de golf à carreaux (il croyait aller sur un chantier) et de grosses lunettes d'écaille, ressemblait aux Américains de caricature. La foule commença de scander « *Go home, go home !* »

Johnston se tourna vers Empoli. Le banquier lui expliqua crûment les choses. La politique de force des Américains l'avait obligé à licencier une partie de son personnel. Que le délégué de l'O.E.C.E. écoute, qu'il regarde. Il disposera enfin d'éléments vrais pour son rapport au Département d'Etat.

Le ministre accula le préfet dans un coin.

— Vous nous aviez promis qu'il n'y aurait pas d'incidents... Vous ne vous rendez pas compte des conséquences...

Le ministre était un petit industriel normand, que sa femme, à force d'intrigues auprès de l'archevêché, avait réussi à faire placer en tête de la liste M.R.P., aux élections législatives qui suivirent la Libération. Devenu député, il avait été amené à présider un groupe d'industriels invités aux Etats-Unis pour être initiés « aux nouvelles méthodes de rationalisation ». A dissimuler les réserves de ses collègues, il s'était acquis une réputation de tact. Il fréquentait ponctuellement l'église et votait toujours comme les dirigeants du groupe. On l'avait récompensé par un portefeuille dans le dernier cabinet. Il tremblait que les incidents du Clusot ne remissent en cause le résultat de dix années de platitudes.

Le préfet, ancien vérificateur des poids et mesures dans un chef-lieu de canton, avait fait une lente et patiente carrière dans les cadres régionaux du parti socialiste, l'Amicale laïque, le Sou des Ecoles. Son poste actuel se trouvait tellement au-dessus de ses ambitions initiales qu'il en était encore émerveillé. Maintenant il se trouvait partagé entre deux craintes : provoquer des incidents plus graves en faisant « nettoyer » le quai par les C.R.S., paraître « mou » aux yeux de l'Américain, en laissant les manifestants sur le quai. Il téléphona au ministère de l'Intérieur.

On lui répondit que puisqu'il n'avait pas pu éviter la manifestation, ni la dissimuler à l'Américain, que puisque le mal était déjà accompli, il ne restait qu'à faire la part du feu : dissimuler le service d'ordre, abréger les cérémonies, réexpédier le plus vite possible le délégué de l'O.E.C.E. à Paris.

Le colonel des C.R.S. changea son dispositif en conséquence. Il abandonna la rive gauche aux manifestants et replia ses meilleurs éléments sur le pont.

*
**

De derrière les rideaux de tulle ajourés de l'institutrice « sympathisante », nous avions dans le champ de notre regard la place François-Letourneau, les deux quais de la Géline, le pont, le bas de la rue de Grenoble, et toute la vieille ville.

Vers les deux heures et quart, il y eut une accalmie. Empoli et Jonathan Johnston avaient quitté le balcon de l'Hôtel de la direction. Les manifestants ne criaient plus. Ils disposaient le long du quai les banderoles, PAIX, PAIN, LIBERTÉ et U.S. GO HOME, préparées par le cortège.

Le temps était clair. Une forte bise s'était levée, faisant claquer les drapeaux français et américains au sommet des perches des tentes de l'exposition « volante ».

— Nous aurions dû rester sur l'autre rive, dit Mignot.

Pierrette et Cuvrot qui chuchotaient dans l'angle d'une fenêtre ne répondirent pas.

— Notre place est de l'autre côté, avec les camarades, insista Mignot.

Ce fut dans ce moment qu'on vit s'ouvrir sur la place les deux battants du garage de l'autopompe de la F.E.T.A., à gauche de la grande entrée des ateliers, en bordure de la Géline.

— Il se décide tout de même, s'écria Pierrette.

— On va rigoler, dit Cuvrot.

On entendit très nettement le moteur de l'autopompe. Puis deux hommes sortirent du garage. L'un en uniforme de pompier, l'autre en bleu d'ouvrier, tenant en main la grande lance d'incendie.

— Le salaud, dit Mignot...

Il venait de reconnaître le pompier : Vizille.

De la rive opposée montèrent des huées. Les manifestants qui s'attendaient à être pris sous le jet reculèrent précipitamment vers les talus de la vieille ville.

— Ton Beau Masque aussi, dit sourdement Mignot.

C'était en effet Beau Masque qui secondait Vizille. Mais Pierrette rit.

Les deux hommes avancèrent d'une vingtaine de pas. La lance d'incendie paraissait lourde à traîner.

— Allez-y, bon Dieu ! allez-y, murmura Cuvrot.

La lance d'incendie, qu'ils avaient d'abord tenue baissée se leva doucement et se dirigea vers les tentes de l'exposition volante.

Un énorme jet d'eau jaillit, frappa d'abord le sol, s'y réfléchit et retomba en pluie sur les toiles qui plièrent au centre. Le soleil fit briller la flaque instantanément formée dans la poche du toit des tentes.

Puis le jet frappa de plein fouet dans la paroi de toile, près du sol. Tout l'édifice fut traîné sur plusieurs mètres, puis soulevé. Une grande toile s'envola.

Vizille et Beau Masque avançaient lentement.

Des débris de contreplaqué, des tableaux, des maquettes allèrent s'écraser contre l'Hôtel de la F.E.T.A. Un drapeau fut soulevé jusqu'à la hauteur du deuxième étage, puis redevenu flasque s'abattit comme une loque mouillée sur le balcon que venaient de quitter Empoli et Johnston. Des graphiques portés par le jet, puis repris par le vent, volèrent jusqu'au pont.

Pierrette riait, Cuvrot se tapait sur les cuisses, le reporter photographiait. Sur l'autre rive de la Géline, tout le long du quai, la foule battait des mains et hurlait de joie.

Déjà, de l'exposition des syndicats « libres », il ne restait plus que des débris, au milieu de flaques d'eau.

Vizille et Beau Masque dirigèrent le jet sur les vitres de la salle de réception de la F.E.T.A., qui volèrent en éclats.

Soudain les acclamations firent place à des cris d'avertissement. Des C.R.S. venaient de surgir de l'intérieur de la Filature, par la grande grille, et se précipitaient vers le tuyau, une hache à la main. La retraite de Vizille et de Beau Masque allait être coupée.

Ils se tournèrent à temps et le jet balaya les policiers.

Les deux hommes commencèrent à reculer, pas à pas, en surveillant leurs arrières.

Des pompiers sortirent par la fenêtre d'un appentis voisin du garage de l'autopompe (nous sûmes par la suite que Beau Masque et Vizille les y avaient enfermés). Le jet les balaya jusqu'au pied de la grande grille.

Beau Masque et Vizille continuaient de reculer pas à pas.

Des C.R.S. surgissaient de toute part, se déployaient en éventail sur la place, se jetaient à plat ventre quand le jet approchait d'eux, se relevaient aussitôt. Deux d'entre eux longeaient le mur et étaient sur le point d'atteindre le garage. L'eau coupée, Vizille et Beau Masque n'auraient plus de défense.

Le silence était maintenant total sur toute la ville. Nous entendîmes très distinctement le bruit du jet sur les pavés, puis le fracas d'un mousqueton soulevé par l'eau et qui alla s'écraser contre un mur juste au-dessous de nous.

Vizille lâcha la lance et se précipita vers la Géline. Beau Masque vacilla une seconde, poussé par le recul du jet, puis il se cala solidement sur ses jambes écartées et atteignit de plein fouet un C.R.S. qui venait de bondir de l'abri de la porte pour entrer dans le garage. Il fut traîné jusque devant la grille de la F.E.T.A.

Beau Masque fit encore trois pas en arrière. Un autre C.R.S. se laissa glisser de la fenêtre de l'appentis. Le jet l'attrapa et le traîna vers la Géline.

A ce moment un coup de feu claqua. Beau Masque lâcha la lance. Il écarta les bras, nous entendîmes un cri rauque, puis il tomba en avant, les bras en croix. Le jet fusa au ras du sol, se frayant silencieusement un chemin au milieu des débris de l'exposition américaine.

Vizille, qui avait plongé dans la Géline, atteignait déjà l'autre rive. On l'aidait à escalader le quai. Le jet d'eau s'arrêta après quelques gargouillis. Quatre C.R.S. vinrent avec un brancard chercher le corps de Beau Masque. Nous les vîmes se pencher, lui fermer les paupières. Une large flaque rouge s'élargissait sous lui.

Pierrette passa dans la pièce voisine et s'allongea sur un lit, la tête tournée vers le mur. L'institutrice la suivit.

— Laissez-moi un instant seule, demanda Pierrette.

— Voulez-vous que je ferme la porte ?

— Non, je veux entendre...

***

Moins d'une demi-heure après que Beau Masque eut été abattu, les officiels partirent. Ils sortirent de l'Hôtel de la

F.E.T.A. par une porte de côté, et leurs voitures filèrent à toute allure, par la rue de Lyon, où stationnaient de petits groupes de gendarmes.

Les C.R.S. furent repliés à l'intérieur de l'enceinte de la F.E.T.A. La bise soufflait de plus en plus fort, dispersant les derniers groupes de manifestants. A six heures, il n'y eut plus d'animation que dans les cafés et à l'intérieur de la Cité, où l'on continuait de discuter des événements dans les cages des escaliers.

Le reporter et moi, nous retournâmes chez l'institutrice pour achever nos articles. Pierrette Amable était toujours étendue sur le lit, dans la chambre voisine. A six heures et demie, revint Cuvrot, qui avait rejoint les manifestants de la rive gauche aussitôt que le barrage sur le pont avait été levé.

— Vizille est en train de faire des conneries, dit-il.

Il raconta que Vizille, après être arrivé sur l'autre rive, avait rapidement regroupé quelques anciens de son maquis et des ouvriers que le meurtre de Beau Masque avait enragés. Ils s'étaient emparés d'explosifs dans une carrière. Ils venaient de s'engager sur la route de Grenoble, décidés à provoquer un éboulement au passage du premier convoi de C.R.S. qui quitterait le Clusot pour regagner ses casernements dans l'Isère.

Cuvrot venait d'apprendre par les gardiens de la Filature que les C.R.S. commenceraient d'évacuer le Clusot, sitôt achevé le souper que la F.E.T.A. leur faisait préparer dans un atelier.

Pierrette sortit de la chambre.

— Il faut rejoindre Vizille, dit-elle.

— Il n'en fera qu'à sa tête, dit Cuvrot. Il n'a rien voulu entendre de moi-même.

— Il faut m'aider à rejoindre Vizille avant qu'il ait fait des bêtises, dit Pierrette.

Le reporter s'offrit aussitôt de l'accompagner dans la voiture du journal. Pierrette s'assit dans le fond de la voiture, entre le reporter et moi, et Cuvrot s'accroupit à côté du chauffeur; nous craignions que les gendarmes ne les recherchent; le mandat d'arrestation était sans doute toujours valable.

A deux kilomètres du Clusot, la route de Grenoble quitte la cluse et commence l'escalade de la falaise. Cuvrot savait à quel endroit Vizille préparait sa mine. Nous laissâmes la voiture dans un chemin creux, toute lumière éteinte, et nous nous engageâmes parmi les rochers. Le reporter nous éclairait avec une torche électrique. Pierrette marchait la première; elle allait très vite.

Il fallut franchir un petit torrent que les pluies des jours précédents avaient grossi. Pierrette glissa sur un rocher mouillé, se rattrapa à un tronc. L'eau grondait dans les trous, entre les pierres. Deux fois encore, Pierrette glissa et se rattrapa. Nous nous précipitâmes derrière elle. Elle arriva sur l'autre rive complètement mouillée, sa petite robe de laine plaquée contre elle par la bise.

Elle commença aussitôt de grimper le sentier qui permettait de rejoindre, au-dessus d'un lacet de la route, le méplat de la falaise où devaient se trouver Vizille et ses hommes.

Quand nous surgîmes sur eux, Vizille préparait ses pétards. A quelques pas, trois gars achevaient de bourrer une mine dans un gros rocher qui soutenait tout un éboulis. A cinquante mètres à la verticale, on distinguait nettement la route dans le clair de lune.

— Vous êtes devenus fous ? demanda rudement Pierrette.

Les trois hommes se rapprochèrent d'elle.

— Nous allons venger ton homme, dit Vizille.

— Laisse-là tes outils... dit-elle.

« Et vous autres, dit-elle aux hommes, suivez-moi.

— Nous en ratatinerons au moins une vingtaine, dit Vizille.

— Et après ? demanda Pierrette.

— Ce sera une bonne leçon pour les autres, ils ne viendront plus se frotter à nous.

— Tu veux faire la révolution tout seul ? demanda Pierrette.

Du côté du Clusot, nous aperçûmes des lueurs de phares dans la nuit. D'autres hommes du groupe de Vizille s'étaient rapprochés. Ils tenaient des pics dans la main.

— Et qu'est-ce que vous ferez demain ? demanda Pierrette.

— On reprendra le maquis, dit Vizille. Les Allemands ne nous ont pas eus. Ce ne sont pas ces corniauds de C.R.S. qui nous feront peur.

— Imbécile... dit Pierrette.

— Ça n'a pas l'air de te faire trop de peine qu'ils aient bouzillé ton gars, dit Vizille.

— Imbécile... dit Pierrette. Tu ne comprends donc pas que le gouvernement n'attend que cela... Il se moque pas mal de la vie de quelques C.R.S., le gouvernement... Au besoin, il nous paierait pour les tuer... Ce qu'il veut, le gouvernement, c'est un prétexte pour dissoudre le parti...

— Elle a raison, dit un homme.

— Elle a raison, dit un autre.

— Merde, dit Vizille.

D'un grand geste il lança ses pétards dans la direction du torrent.

Puis, sans avoir ajouté un mot, il commença de descendre le sentier par où nous étions arrivés. Les autres le suivirent.

Les phares du convoi s'approchaient. Le premier camion passa en grondant au-dessous de nous. Pierrette était debout sur un rocher, la bise plaquant sur elle sa robe mouillée. Un second camion passa.

— Quel malheur, s'écria-t-elle, de ne pas pouvoir les écraser là-dessous...

Elle désigna d'un geste le pan de falaise qui se serait abattu sur la route, si elle avait laissé faire Vizille.

Elle se retourna vers nous. Une grosse larme coulait sur sa joue.

Nous redescendîmes tous vers la voiture, très lentement cette fois, et Pierrette, soutenue par nous dans les passages difficiles.

***

Un peu plus tard dans la soirée, Nathalie, qui se démenait fiévreusement par toute la ville, parvint à nous faire joindre. On nous la décrivit bouleversée par la mort de Beau Masque, indignée par les mandats d'arrêt lancés contre Pierrette, Mignot et Cuvrot. Elle s'offrait à les emmener dans sa voiture et leur donner asile dans une propriété familiale du Lyonnais. Nous apprîmes dans le même instant que les policiers avaient commencé de rechercher les trois évadés. Nous décidâmes d'accepter provisoirement l'offre de Nathalie Empoli.

La passerelle sur la Géline, à hauteur de la Cité, n'était plus surveillée. Nous entrâmes dans le parc par la petite porte qui en fait l'angle. L'Alfa de Nathalie sortirait par la grille qui avait été forcée par les manifestants et d'où un petit chemin rejoignait la grande rue, au delà de la Cité. Ainsi seraient évités tous les passages éventuellement surveillés par les gendarmes et la police.

JEUDI SOIR

A la fin de la matinée, aussitôt après la visite de Nathalie, Philippe avait gagné le bistro où il avait ses habitudes, sur la route de Lyon.

Il y avait passé le début de l'après-midi, buvant un Ricard après l'autre, remâchant son amertume de ce qu'il appelait en soi-même la « trahison » de sa sœur.

La servante était allée assister à l'inauguration de l'Atelier P. Philippe traînait d'une table à l'autre. Jamais encore il ne lui avait été si pénible d'avoir les membres trop longs. Il avait le dégoût de son grand corps mou.

La servante revint à trois heures. Elle était fort excitée.

— Les flics ont tiré, cria-t-elle, dès la porte franchie.

— Il y a des morts ? demanda la patronne.

— Un maca, répondit la servante. Votre ami Beau Masque, dit-elle à Philippe.

Elle raconta toute l'affaire à sa manière. Elle n'avait rien vu, les gendarmes lui ayant interdit l'accès de la place François-Letourneau, mais le récit de l'événement courait déjà toute la ville.

Elle décrivit le commandant Vizille attaquant les tentes de l'exposition avec le gros jet de la pompe à incendie, sa retraite...

— Pourquoi Beau Masque n'a-t-il pas fui comme Vizille ? demanda Philippe.

— Il protégeait la retraite de l'autre... un vrai lion... rien ne le faisait reculer... il avait déjà fauché des dizaines de C.R.S... il avançait toujours... Il les défiait tous... Il fonçait droit sur l'Hôtel de la direction, balayant tout sous son passage... On tirait de toute part sur lui... il avançait toujours, comme si les balles ne pouvaient pas l'atteindre...

Ainsi commençait de se former la légende de Beau Masque.

« C'est un suicide, pensa aussitôt Philippe. Beau Masque s'est suicidé parce que je lui ai donné la preuve que Pierrette le trompait. Il n'a pas pu supporter la certitude de la trahison de celle qu'il avait cru la plus intègre des femmes. Il s'est suicidé héroïquement. Mais c'est moi qui l'ai assassiné... »

Il rentra dans sa chambre tourner et retourner ces pensees torturantes : Nathalie l'avait trahi, Pierrette avait trahi Beau Masque, et lui, il avait assassiné son seul ami.

Vers les dix heures du soir, il nous aperçut au travers des persiennes, nous dirigeant vers le garage, à côté du pavillon qu'il habitait. Pierrette s'appuyait à mon bras et à celui de Nathalie, et Cuvrot et Mignot nous suivaient. Il crut que nous venions chez lui.

« Ils savent tout, pensa-t-il. Beau Masque a dû raconter avant de se tuer notre conversation de cette nuit... »

Nous marchions lentement à cause de la faiblesse de Pierrette dont les nerfs avaient brusquement flanché. Cela nous donnait l'allure solennelle d'un tribunal.

Philippe passa rapidement dans la seconde pièce et fit un nœud coulant avec la corde de la poulie qui servait à ouvrir la trappe du grenier. Il passa le nœud autour de son cou, grimpa sur l'escabeau pour tirer le verrou de la trappe. Il repoussa l'escabeau d'un grand coup de pied.

Nous prenions place dans la voiture de Nathalie.

La femme de ménage découvrit le lendemain matin le corps du dernier des Letourneau, pendu dans le pavillon des anciens concierges de son grand-père. Les pieds de son grand corps n'étaient pas à dix centimètres du plancher.

VENDREDI, SAMEDI, DIMANCHE, LUNDI...

Pierrette Amable, Mignot et Cuvrot ne restèrent que quarante-huit heures dans l'asile que leur avait trouvé Nathalie Empoli. Le gouvernement tenait à mettre fin le plus vite possible à une affaire qu'il estimait « malheureuse ». Dès le samedi matin les mandats d'arrêt furent annulés et les trois évadés purent regagner le Clusot. Je ne les avais pas quittés et c'est pendant ces deux jours que je recueillis d'eux et de Nathalie les éléments qui m'ont permis d'écrire ce récit.

Le préfet cependant avait été sévèrement tancé pour les incidents du jeudi. Il craignit que les funérailles de Beau Masque ne donnent occasion à de nouveaux troubles. Le vendredi à l'aube, deux policiers partirent pour l'Italie à la recherche des parents du mort. Les autorités italiennes prêtèrent assistance. On découvrit dans un hameau des montagnes du Piémont deux vieillards que l'irruption soudaine de la police affola. On leur demanda d'exiger que le corps de leur fils leur soit rendu et que les obsèques soient célébrées au village natal. On leur paya d'avance les frais et un peu au delà. Ils donnèrent toutes les signatures que le *brigadiere* leur demanda.

Le samedi soir, quand Pierrette se rendit à l'hôpital du Clusot pour réclamer le corps de son compagnon, on lui montra la lettre des parents. La police avait été diligente; le cadavre était déjà expédié.

Le vieux Cuvrot avait accompagné la jeune femme. Ils revinrent ensemble. La bise soufflait plus fort que jamais; elle s'engouffrait dans la cluse avec un bruit de tonnerre. Pierrette, pour aller à l'hôpital, avait jeté sur ses épaules son grand châle noir; le froid lui glaça le visage; elle releva le châle et le croisa sur sa tête. Pour la première fois de sa vie, elle aurait pu passer pour une femme italienne, pour une veuve du Piémont.

Ils traversèrent la place François-Letourneau, devant la porte close de la Filature. La grève continuait. Les lettres géantes F.E.T.A. se détachaient dans le clair de lune, au-dessus de la grille d'entrée.

— En 1924, dit Cuvrot, quand je leur ai lancé ma grande grève dans les pattes, nous ne savions pas tout ce que nous savons aujourd'hui... Nous ne comprenions rien à leurs combines financières... La classe ouvrière a mûri... Nous serons les plus forts...

— Nous sommes déjà les plus forts, dit fermement Pierrette.

Mais elle dut s'arrêter pour prendre souffle. Elle s'appuya au bras du vieux Cuvrot. Ils marchèrent lentement vers « la maison », qui n'avait été que si peu de temps « chez nous ».

***

Le gouvernement ne put empêcher la presse à sensation, française et américaine, d'exploiter le suicide de Philippe Letourneau. Son apparentement avec les dynasties mondiales de la soie faisait de sa mort dramatique un événement international. La vie scandaleuse de Nathalie, les extravagances horticoles du vieux Letourneau, les derniers jours misérables de Philippe prêtèrent à maints échos. Quand on commença à parler de la lutte à mort qui dressait Esther Durand de Chambord et Emilie Privas-Lubas contre leur frère et mari Valério Empoli, les Durand de Chambord s'émurent; la publicité faite autour de la liaison d'Emilie et de James risquait de dresser contre eux les ligues puritaines. Pour apaiser Valério qui faisait de perfides confidences aux journalistes, ils relâchèrent leur pression sur les producteurs italiens de soie grège. La F.E.T.A. retrouva ses fournisseurs et réintégra les ouvriers licenciés. La grève n'eut plus d'objet.

Le jour de la réouverture de la Filature, Pierrette parla aux ouvrières et ouvriers rassemblés sur la place François-Letourneau, devant la grille d'entrée. Elle exposa de nouveau les aspects nationaux et internationaux de l'affaire. Le sens de sa conclusion fut : « Nous sommes vainqueurs. Nous sommes les plus forts. Mais les batailles de demain seront encore plus dures. Il peut arriver qu'un bourgeois se suicide. *Mais la bourgeoisie ne se suicide pas, on la suicide.* »

ÉPILOGUE

Je quittai la France peu après les événements que je viens de relater. Je ne rentrai à la Grange-aux-Vents que l'année suivante.

Aimé Amable, l'oncle de Pierrette, était mort à la fin de l'hiver. Adèle, sa femme, avait dû vendre le domaine hypothéqué au cheminot Jean. Elle était descendue vivre au Clusot, chez sa nièce, dont elle tenait le ménage et soignait les deux enfants, le petit Roger et le fils de Beau Masque, né au printemps.

Ernestine et Justin étaient partis pour Grenoble où ils travaillaient tous deux en usine. Les poules du voisin nichaient dans la maison que, dans l'enthousiasme du départ, Justin avait mal fermée. A la fonte des neiges, des « gouttières » s'étaient formées dans la toiture. Encore un an, et une nouvelle ruine se sera ajoutée au paysage à la Hubert Robert que je vois de ma fenêtre. Aucun ramasseur de lait ne monte plus à la Grange, trop éloignée de la Fruitière; les paysans font du fromage, qui n'est pas bon, faute d'outillage.

Peu de jours après mon retour, j'appris par la presse que la France et la Chine venaient de conclure un traité de commerce qui prévoyait d'importantes fournitures chinoises de soie grège. Je descendis au Clusot.

J'allai tout droit « à la maison ». Il était sept heures du soir. Je tournai la clef laissée dans la serrure et entrai sans frapper. Pierrette Amable était assise dans la seconde pièce, devant la table chargée des dossiers du syndicat. L'ouvrier Cuvrot, debout près d'elle, roulait une cigarette. Dans le fauteuil d'osier, un jeune ouvrier, en bleu de travail, lisait *France Nouvelle*. Pierrette me le présenta :

— ... un bon camarade, nouveau venu dans le pays. Il a réussi, ce que personne n'avait encore pu, à syndiquer les ouvriers de la cartonnerie...

Mignot avait été déplacé, envoyé dans le Midi par son administration. Pierrette était devenue secrétaire de la section. « Oui, ça ne marchait pas trop mal. » Après la grève victorieuse, l'unité d'action avait été maintenue. Pierrette et Louise Hugonnet avaient formé un comité commun. Les ouvrières de l'Atelier des Cent avaient déjà gagné de ne plus surveiller que deux métiers chacune; la lutte était maintenant engagée pour « deux ouvrières pour trois métiers ».

— Voilà, dit Pierrette, je suis en train de discuter avec Cuvrot. Je propose qu'au cours de la prochaine réunion syndicale commune, nous parlions de ce traité de commerce avec la Chine. En un sens, c'est une victoire de la classe ouvrière française...

Louise Hugonnet arriva.

– Les traités de commerce, dit-elle, je m'en balance. Ce ne sont pas les ouvriers qui achètent de la soie grège, c'est pour les Empoli que l'affaire est bonne.

— Certes, dit Pierrette, mais il faut voir plus loin. La reprise des relations commerciales avec la Chine consolide la paix...

La discussion se poursuivit... J'écoutais distraitement. Je revenais des Indes et d'Egypte. Dans les cases de bambou de la vallée du Gange et dans les prisons de la vallée du Nil, j'avais entendu d'innombrables discussions, sur le même ton et autour des mêmes thèmes. Dans le monde entier simultanément une nouvelle classe d'hommes était en train de prendre conscience de ses intérêts, de sa force, d'atteindre à la maturité. Ils cherchaient leurs mots, ils répétaient indéfiniment leurs arguments, pour mieux les pénétrer et pour mieux s'en pénétrer. Il leur arrivait d'être pédants et de paraître répéter des formules apprises par cœur, mais c'était à force de conscience, d'attention, avec leur volonté passionnée de ne pas se tromper, de ne plus se tromper, de ne plus être trompés... L'histoire de l'homme était ainsi en train de prendre son « tournant décisif »... Je n'en finissais plus de me réjouir d'être né dans un temps et dans des circonstances qui me permettaient d'assister tout autour de la boule ronde à une aussi prodigieuse naissance.

Pierrette l'emporta finalement, non sans s'être heurtée à Cuvrot qui, vieux syndicaliste et de formation lyonnaise, s'était montré sensible aux arguments de Louise Hugonnet.

— Qui prendra la parole ? demanda Pierrette.

— Toi, dirent en même temps les deux autres.

— D'accord, dit-elle.

Elle ouvrit son cahier d'écolier, mouilla son crayon, et commença d'écrire, de sa petite écriture bien claire :

« Exposer la portée politique du traité de commerce franco-chinois.

« Responsable : Amable. »

Je partis avec Cuvrot. Louise Hugonnet et le jeune ouvrier restèrent avec Pierrette pour faire avec elle le plan de son « intervention ».

— Elle y va quelquefois un peu fort dans la discussion, me dit Cuvrot. Elle devrait ménager ses mots. Tout de même, j'étais déjà communiste qu'elle n'était pas encore née...

Après un silence, il l'excusa :

— Elle est un peu nerveuse... Ce n'est pas bon pour une jeune femme de vivre seule...

— Il n'y a rien entre elle et ce garçon ?

— Pas encore, répondit Cuvrot, mais j'espère que ça viendra.

*
**

Telles furent au Clusot, et dans maintes autres villes de France, ces mornes années 195... Pour Pierrette Amable, ce furent des années d'apprentissage. Les temps merveilleux et terribles approchaient. Elle sera d'une trempe sans égale.

FIN

TABLE

DU MÊME AUTEUR

Aux Éditions Gallimard

BEAU MASQUE, *roman.*

LA LOI, *roman.*

MONSIEUR JEAN, *théâtre.*

LA FÊTE, *roman.*

LA TRUITE, *roman.*

ÉCRITS INTIMES.

LETTRES À SA FAMILLE.

UN HOMME DU PEUPLE SOUS LA RÉVOLUTION *(en collaboration avec Raymond Manevy), récit.*

BOROBOUDOUR, CHOSES VUES EN ÉGYPTE, LA RÉUNION, *récits.*

Aux Éditions Buchet-Chastel

SUÉTONE, *essai.*

Aux Éditions Corrêa

DRÔLE DE JEU, *roman,* prix Interallié 1945.

BON PIED, BON ŒIL, *roman.*

UN JEUNE HOMME SEUL, *roman.*

325 000 FRANCS, *roman.*

EXPÉRIENCE DU DRAME, *essai.*

HÉLOÏSE ET ABÉLARD, *théâtre.*

Aux Éditeurs français réunis

LE COLONEL FOSTER PLAIDERA COUPABLE, *théâtre.*

Aux Éditions sociales

LE SURRÉALISME CONTRE LA RÉVOLUTION, *essai.*

Aux Éditions Fasquelle

ÉLOGE DU CARDINAL DE BERNIS, *essai.*

Aux Éditions Grasset

LE REGARD FROID, *essai.*

Aux Éditions Jacques Haumont

QUELQUES RÉFLEXIONS SUR LA SINGULARITÉ D'ÊTRE FRANÇAIS, *essai.*

ESQUISSES POUR UN PORTRAIT DU VRAI LIBERTIN, *essai.*

Aux Éditions du Sagittaire

LE MAUVAIS CORPS, *roman.*

Aux Éditions du Seuil

LACLOS, *essai.*

L'IMAGINAIRE
GALLIMARD

Axée sur les constructions de l'imagination, cette collection vous invite à découvrir les textes les plus originaux des littératures romanesques française et étrangères.

Volumes parus

1. Raymond Queneau : *Un rude hiver.*
2. William Faulkner : *Les palmiers sauvages.*
3. Michel Leiris : *Aurora.*
4. Henri Thomas : *La nuit de Londres.*
5. Max Jacob : *Le cabinet noir.*
6. D. H. Lawrence : *L'homme qui était mort.*
7. Herman Melville : *Benito Cereno et autres contes de la Véranda.*
8. Valery Larbaud : *Enfantines.*
9. Aragon : *Le libertinage.*
10. Jacques Audiberti : *Abraxas.*
11. Jean Grenier : *Les îles.*
12. Marguerite Duras : *Le vice-consul.*
13. Jorge Luis Borges : *L'Aleph.*
14. Pierre Drieu la Rochelle : *État civil.*
15. Maurice Blanchot : *L'arrêt de mort.*
16. Michel Butor : *Degrés.*
17. Georges Limbour : *Les vanilliers.*
18. George du Maurier : *Peter Ibbetson.*
19. Joseph Conrad : *Jeunesse* suivi de *Cœur des ténèbres.*
20. Jean Giono : *Fragments d'un paradis.*
21. Malcolm Lowry : *Ultramarine.*
22. Cesare Pavese : *Le bel été.*

23. Pierre Gascar : *Les bêtes.*
24. Jules Supervielle : *L'homme de la pampa.*
25. Truman Capote : *La harpe d'herbes.*
26. Marcel Arland : *La consolation du voyageur.*
27. F. Scott Fitzgerald : *L'envers du paradis.*
28. Victor Segalen : *René Leys.*
29. Paul Valéry : *Monsieur Teste.*
30. C.-F. Ramuz : *Vie de Samuel Belet.*
31. Marguerite Yourcenar : *Nouvelles orientales.*
32. Louis-René des Forêts : *Le bavard.*
33. William Faulkner : *Absalon! Absalon!*
34. Jean Genet : *Pompes funèbres.*
35. Ernst Jünger : *Le cœur aventureux.*
36. Antonin Artaud : *Héliogabale.*
37. Guillaume Apollinaire : *La femme assise.*
38. Juan Rulfo : *Pedro Páramo.*
39. Eugène Zamiantine : *Nous autres.*
40. Marcel Proust : *Les plaisirs et les jours.*
41. André Pieyre de Mandiargues : *Soleil des loups.*
42. Maurice Sachs : *Le Sabbat.*
43. D. H. Lawrence : *L'arc-en-ciel.*
44. Henri Calet : *La belle lurette.*
45. Rómulo Gallegos : *Doña Bárbara.*
46. Georges Lambrichs : *Les fines attaches.*
47. Ernst Jünger : *Sur les falaises de marbre.*
48. Raymond Queneau : *Les œuvres complètes de Sally Mara.*
49. Marguerite Duras : *L'après-midi de monsieur Andesmas.*
50. T. E. Lawrence : *La matrice.*
51. Julio Cortázar : *Marelle.*
52. Maurice Fourré : *La nuit du Rose-Hôtel.*
53. Gertrude Stein : *Autobiographie d'Alice Toklas.*
54. Hoffmann : *Le chat Murr.*
55. Joë Bousquet : *Le médisant par bonté.*
56. Marcel Jouhandeau : *Prudence Hautechaume.*
57. Jane Austen : *Catherine Morland.*
58. Pierre Guyotat : *Tombeau pour cinq cent mille soldats.*
59. Aragon : *Traité du style.*
60. Frédéric Prokosch : *Sept fugitifs.*

61. Henri Bosco : *Pierre Lampédouze.*
62. Paul Bowles : *Un thé au Sahara.*
63. Louis Guilloux : *La confrontation.*
64. Henri Calet : *Le tout sur le tout.*
65. Hermann Broch : *La mort de Virgile.*
66. Pierre Herbart : *Alcyon.*
67. Thomas Mann : *Les Histoires de Jacob.*
68. Thomas Mann : *Le jeune Joseph.*
69. Thomas Mann : *Joseph en Égypte.*
70. Thomas Mann : *Joseph le Nourricier.*
71. Samuel Butler : *Erewhon.*
72. René Daumal : *Le Mont Analogue.*
73. Edmond Duranty : *Le malheur d'Henriette Gérard.*
74. Vladimir Nabokov : *Feu pâle.*
75. René Crevel : *Êtes-vous fous ?*
76. Mario Vargas Llosa : *La maison verte.*
77. Stig Dagerman : *L'enfant brûlé.*
78. Raymond Queneau : *Saint Glinglin.*
79. Hugo von Hofmannsthal : *Andréas et autres récits.*
80. Robert Walser : *L'Institut Benjamenta.*
81. William Golding : *La nef.*
82. Alfred Jarry : *Les jours et les nuits.*
83. Roger Caillois : *Ponce Pilate.*
84. Thomas Mofolo : *Chaka, une épopée bantoue.*
85. Jean Blanzat : *Le Faussaire.*
86. Jean Genet : *Querelle de Brest.*
87. Gertrude Stein : *Trois vies.*
88. Mircea Eliade : *Le vieil homme et l'officier.*
89. Raymond Guérin : *L'apprenti.*
90. Robert Desnos : *La liberté ou l'amour !* suivi de *Deuil pour deuil.*
91. Jacques Stephen Alexis : *Compère Général Soleil.*
92. G. K. Chesterton : *Le poète et les lunatiques.*
93. Emmanuel Berl : *Présence des morts.*
94. Hermann Broch : *Les somnambules,* I. } cf. Nouvelle
95. Hermann Broch : *Les sombambules,* II. } édition n° 229
96. William Goyen : *La maison d'haleine.*
97. Léon-Paul Fargue : *Haute solitude.*

98. Valery Larbaud : *A. O. Barnabooth, son journal intime.*
99. Jean Paulhan : *Le guerrier appliqué. Progrès en amour assez lents. Lalie.*
100. Marguerite Yourcenar : *Denier du Rêve.*
101. Alexandre Vialatte : *Battling le ténébreux.*
102. Henri Bosco : *Irénée.*
103. Luigi Pirandello : *Un, personne et cent mille.*
104. Pierre Jean Jouve : *La Scène capitale.*
105. Jorge Luis Borges : *L'auteur et autres textes.*
106. Paul Gadenne : *La plage de Scheveningen.*
107. Ivy Compton-Burnett : *Une famille et son chef.*
108. Victor Segalen : *Équipée.*
109. Joseph Conrad : *Le Nègre du « Narcisse ».*
110. Danilo Kiš : *Jardin, cendre.*
111. Jacques Audiberti : *Le retour du divin.*
112. Brice Parain : *Joseph.*
113. Iouri Tynianov : *Le lieutenant Kijé.*
114. Jacques Stephen Alexis : *L'espace d'un cillement.*
115. David Shahar : *Un été rue des Prophètes.*
116. Léon Bloy : *L'âme de Napoléon.*
117. Louis-René des Forêts : *La chambre des enfants.*
118. Jean Rhys : *Les tigres sont plus beaux à voir.*
119. C.-A. Cingria : *Bois sec Bois vert.*
120. Vladimir Nabokov : *Le Don.*
121. Leonardo Sciascia : *La mer couleur de vin.*
122. Paul Morand : *Venises.*
123. Saul Bellow : *Au jour le jour.*
124. Raymond Guérin : *Parmi tant d'autres feux...*
125. Julien Green : *L'autre sommeil.*
126. Taha Hussein : *Le livre des jours.*
127. Pierre Herbart : *Le rôdeur.*
128. Edith Wharton : *Ethan Frome.*
129. André Dhôtel : *Bernard le paresseux.*
130. Valentine Penrose : *La Comtesse sanglante.*
131. Bernard Pingaud : *La scène primitive.*
132. H. G. Wells : *Effrois et fantasmagories.*
133. Henri Calet : *Les grandes largeurs.*
134. Saul Bellow : *Mémoires de Mosby et autres nouvelles.*

135. Paul Claudel : *Conversations dans le Loir-et-Cher*
136. William Maxwell : *La feuille repliée.*
137. Noël Devaulx : *L'auberge Parpillon.*
138. William Burroughs : *Le festin nu.*
139. Oskar Kokoschka : *Mirages du passé.*
140. Jean Cassou : *Les inconnus dans la cave.*
141. Jorge Amado : *Capitaines des Sables.*
142. Marc Bernard : *La mort de la bien-aimée.*
143. Raymond Abellio : *La fosse de Babel.*
144. Frederic Prokosch : *Les Asiatiques.*
145. Michel Déon : *Un déjeuner de soleil.*
146. Czeslaw Milosz : *Sur les bords de l'Issa.*
147. Pierre Guyotat : *Éden, Éden, Éden.*
148. Patrick White : *Une ceinture de feuilles.*
149. Malcolm de Chazal : *Sens-plastique.*
150. William Golding : *Chris Martin.*
151. André Pieyre de Mandiargues : *Marbre ou Les mystères d'Italie.*
152. V. S. Naipaul : *Une maison pour Monsieur Biswas.*
153. Rabindranath Tagore : *Souvenirs d'enfance.*
154. Henri Calet : *Peau d'Ours.*
155. Joseph Roth : *La fuite sans fin.*
156. Marcel Jouhandeau : *Chronique d'une passion.*
157. Truman Capote : *Les domaines hantés.*
158. Franz Kafka : *Préparatifs de noce à la campagne.*
159. Daniel Boulanger : *La rose et le reflet.*
160. T. F. Powys : *Le bon vin de M. Weston.*
161. Junichirô Tanizaki : *Le goût des orties.*
162. *En mouchant la chandelle (Nouvelles chinoises des Ming).*
163. Cesare Pavese : *La lune et les feux,* précédé de *La plage.*
164. Henri Michaux : *Un barbare en Asie.*
165. René Daumal : *La Grande Beuverie.*
166. Hector Bianciotti : *L'amour n'est pas aimé.*
167. Elizabeth Bowen : *La maison à Paris.*
168. Marguerite Duras : *L'Amante anglaise.*
169. David Shahar : *Un voyage à Ur de Chaldée.*
170. Mircea Eliade : *Noces au paradis.*
171. Armand Robin : *Le temps qu'il fait.*

172. Ernst von Salomon : *La Ville.*
173. Jacques Audiberti : *Le maître de Milan.*
174. Shelby Foote : *L'enfant de la fièvre.*
175. Vladimir Nabokov : *Pnine.*
176. Georges Perros : *Papiers collés.*
177. Osamu Dazai : *Soleil couchant.*
178. William Golding : *Le Dieu scorpion.*
179. Pierre Klossowski : *Le Baphomet.*
180. A. C. Swinburne : *Lesbia Brandon.*
181. Henri Thomas : *Le promontoire.*
182. Jean Rhys : *Rive gauche.*
183. Joseph Roth : *Hôtel Savoy.*
184. Herman Melville : *Billy Budd, marin,* suivi de *Daniel Orme.*
185. Paul Morand : *Ouvert la nuit.*
186. James Hogg : *Confession du pécheur justifié.*
187. Claude Debussy : *Monsieur Croche* et autres écrits.
188. Jorge Luis Borges et Margarita Guerrero : *Le livre des êtres imaginaires.*
189. Ronald Firbank : *La Princesse artificielle,* suivi de *Mon piaffeur noir.*
190. Manuel Puig : *Le plus beau tango du monde.*
191. Philippe Beaussant : *L'archéologue.*
192. Sylvia Plath : *La cloche de détresse.*
193. Violette Leduc : *L'asphyxie.*
194. Jacques Stephen Alexis : *Romancero aux étoiles.*
195. Joseph Conrad : *Au bout du rouleau.*
196. William Goyen : *Précieuse porte.*
197. Edmond Jabès : *Le Livre des Questions,* I.
198. Joë Bousquet : *Lettres à Poisson d'Or.*
199. Eugène Dabit : *Petit-Louis.*
200. Franz Kafka : *Lettres à Milena.*
201. Pier Paolo Pasolini : *Le rêve d'une chose.*
202. Daniel Boulanger : *L'autre rive.*
203. Maurice Blanchot : *Le Très-Haut.*
204. Paul Bowles : *Après toi le déluge.*
205. Pierre Drieu La Rochelle : *Histoires déplaisantes.*
206. Vincent Van Gogh : *Lettres à son frère Théo.*
207. Thomas Bernhard : *Perturbation.*

208. Boris Pasternak : *Sauf-conduit.*
209. Giuseppe Bonaviri : *Le tailleur de la grand-rue.*
210. Jean-Loup Trassard : *Paroles de laine.*
211. Thomas Mann : *Lotte à Weimar.*
212. Pascal Quignard : *Les tablettes de buis d'Apronenia Avitia.*
213. Guillermo Cabrera Infante : *Trois tristes tigres.*
214. Edmond Jabès : *Le Livre des Questions,* II.
215. Georges Perec : *La disparition.*
216. Michel Chaillou : *Le sentiment géographique.*
217. Michel Leiris : *Le ruban au cou d'Olympia.*
218. Danilo Kiš : *Le cirque de famille.*
219. Princesse Marthe Bibesco : *Au bal avec Marcel Proust.*
220. Harry Mathews : *Conversions.*
221. Georges Perros : *Papiers collés,* II.
222. Daniel Boulanger : *Le chant du coq.*
223. David Shahar : *Le jour de la comtesse.*
224. Camilo José Cela : *La ruche.*
225. J. M. G. Le Clézio : *Le livre des fuites.*
226. Vassilis Vassilikos : *La plante.*
227. Philippe Sollers : *Drame.*
228. Guillaume Apollinaire : *Lettres à Lou.*
229. Hermann Broch : *Les somnambules, 1 volume.*
230. Raymond Roussel : *Locus Solus.*
231. John Dos Passos : *Milieu de siècle.*
232. Elio Vittorini : *Conversation en Sicile.*
233. Edouard Glissant : *Le quatrième siècle.*
234. Thomas de Quincey : *Les confessions d'un mangeur d'opium anglais* suivies de *Suspiria de profundis* et de *La malle-poste anglaise.*
235. Eugène Dabit : *Faubourgs de Paris.*
236. Halldor Laxness : *Le Paradis retrouvé.*
237. André Pieyre de Mandiargues : *Le Musée noir.*
238. Arthur Rimbaud : *Lettres de la vie littéraire d'Arthur Rimbaud.*
239. Henry David Thoreau : *Walden ou La vie dans les bois.*
240. Paul Morand : *L'homme pressé.*
241. Ivan Bounine : *Le calice de la vie.*
242. Henri Michaux : *Ecuador.*

243. André Breton : *Les pas perdus.*
244. Florence Delay : *L'insuccès de la fête.*
245. Pierre Klossowski : *La vocation suspendue.*
246. William Faulkner : *Descends, Moïse.*
247. Frederick Rolfe : *Don Tarquinio.*

Ouvrage reproduit
par procédé photomécanique.
Impression S.E.P.C.
à Saint-Amand (Cher), le 21 janvier 1991.
Dépôt légal : janvier 1991.
Numéro d'imprimeur : 075.
ISBN 2-07-072170-1./Imprimé en France.

51004